श्रेष्ठ भारतीय साहित्य

भारतीय ज्ञानपीठ

फरिश्ता

(उपन्यास)

फरिश्ता

कपिल ईसापुरी

भारतीय ज्ञानपीठ

लोकोदय ग्रन्थमाला : ग्रन्थांक 1402

ISBN 978-93-87919-59-4

फरिश्ता

(उपन्यास)

कपिल ईसापुरी

प्रकाशक : **भारतीय ज्ञानपीठ**

18, इन्स्टीट्यूशनल एरिया, लोदी रोड, नयी दिल्ली–110 003

मुद्रक : आर.के. प्रिन्टर्स, दिल्ली–32

आवरण : महेश्वर

FARISHATA
(Novel)
By Kapil Isapuri

Published by
Bharatiya Jnanpith
18, Institutional Area, Lodi Road, New Delhi-110 003
Ph. : 011-24698417, 24626467; 23241619 (Daryaganj)
Mob. : 9350536020; e-mail : bjnanpith@gmail.com
sales@jnanpith.net; website : www.jnanpith.net

First Jnanpith Edition : 2019
Price : Rs. 450

नानी स्व. डल्लो, नाना स्व. इन्दर सिंह,
दादी स्व. पार्वती, दादा स्व. बाबू राम यादव,
मम्मी श्रीमती चमेली देवी, पापा श्री विजयपाल सिंह
को सादर समर्पित

दो शब्द

विभिन्न मुद्दों एवं विषयों पर मेरी तड़प ही मुझे लेखन की तरफ खींच लायी। मुझे बहुत पहले ही यह संज्ञान हो गया था कि भारत में परिवर्तनकारी एवं उद्देलित करने वाले लेखन की काफी कमी रही है। मैंने 'फरिश्ता' उपन्यास में दोस्ती, प्यार, आन्दोलन, क्रान्ति को गूँथते हुए देश एवं विश्व को एक चेतावनी स्वरूप नया सन्देश देने का प्रयास किया है।

इसमें घोर राष्ट्रवाद के साथ-साथ मानवता की वास्तविक चिन्ता को दर्शाने की कोशिश में मेरे जीवन के कई साल लग गए। इस लम्बे संघर्ष को परिणाम तक पहुँचाने में मेरे मित्रों तथा परिवार के सदस्यों का भरपूर सहयोग प्राप्त हुआ। मेरे बच्चों कासवी एवं कबीर ने भी अपनी छोटी उम्र के अनुरूप काफी सहयोग किया।

—कपिल ईसापुरी

एक

आसमान को छूती हुई ऊँची-ऊँची अट्टालिकाएँ, इतिहासबोध कराती हुई पुरानी इमारतें, आँखों को चौंधियाती लाईटें, चौड़ी-चौड़ी सड़कों पर रेलमपेल ट्रैफिक व भीड़ का रेला। कहीं ओवरब्रिज, कहीं बाईपास, तो कहीं विशाल चौराहों पर जलती हुई हरी, लाल, पीली लाईटें, सिर के ऊपर फर्राटें भरतीं मेट्रो और सबसे विशाल इक्कीसवी सदी के आदमी के सपने...उन सपनों के भार से दबे हुए आदमी की आपाधापी प्राय: निर्विघ्न एवं निर्बाध रूप से चल रही है।

हाँ ये दिल्ली है, जिसके बारे में कहा जाता है—'दिल्ली है दिल वालों की।' शहर में इस समय भी अनेक लोग सिनेमा देख रहे होंगे, तो अनेक रंगीन पार्टियों का मजा ले रहे होंगे, वहीं कुछ अपनी गर्लफ्रैंड या बॉयफ्रैंड के साथ मौजमस्ती कर रहे होंगे। अनेक लोग भव्य मेगा मार्केटों में महँगे-महँगे परिधान या अन्य सामान खरीद रहे होंगे।

लेकिन इस रंगीन, मनमौजी एवं बेतहाशा सरपट दौड़ती जिन्दगी से बिल्कुल अलग धुरी पर स्थित भी एक दुनिया है, जहाँ पर सब कुछ एकाएक ठहर सा जाता है।...आदमी हर तरह से बौना हो जाता है। जहाँ पर न कोई रस है, न कोई मस्ती है...अगर कुछ है तो बस इन्तजार में ढलती हुई शामें, जो मेडिकल साईंस पर विश्वास करते हुए बस किसी तरह बीतती जाती हैं।...हाँ ये है अस्पतालों की दुनिया,...जहाँ पर शायद ही कोई अपनी इच्छा से जाना चाहता है।

...'एम्स'...ऊँची व आलीशान इमारत के साथ पता नहीं कितने लोगों में फिर से स्वस्थ जीवन जीने की उम्मीदें जगाए हुए है।...रोज पता नहीं कितने लोगों की जिन्दगी के नए दस्तावेज यहाँ पर तैयार होते हैं।...यहाँ पर बड़ी मशक्कत से ही मरीज को दाखिला मिल पाता है।...दाखिला अगर मिल भी गया तो दूरदराज का आम आदमी दिल्ली की महँगाई में पिस जाता है।

रात के लगभग नौ बज चुके थे, मैं काफी देर से एम्स में दूसरी मंजिल पर स्थित बरामदे की खिड़की से एकटक बाहर झाँक रहा था।...कुछ देर पहले जब मैं

जफ़र से मिलकर आया था, तो वह स्किन वार्ड में गहरी नींद में सो रहा था।...वहाँ की घुटन एवं अनिश्चितता से यहाँ पर इन्तजार करना मुझे कुछ बेहतर लग रहा था।

...थके हुए कदमों एवं उदास उम्मीदों के साथ मैंने फिर से जफ़र के वार्ड की तरफ बढ़ना शुरू किया। तभी एक तेज चीख ने मुझे परेशान कर दिया। मुझे लगा कि जैसे जफ़र ही चीखा है। मैंने लगभग दौड़ना शुरू कर दिया।...लेकिन वह जफ़र नहीं था। वो हो भी नहीं सकता था, क्योंकि उसमें इतनी तेज चीखने की ताकत ही नहीं बची थी।

जफ़र जाग चुका था। उसने मुझे आज फिर से पहचान लिया था।...लेकिन कुछ देर बाद फिर से वही सिलसिला शुरू हो गया,...और फिर से हम लोगों की उम्मीदें ठंडी होने लगीं।

वास्तव में दुःखी तो सभी थे, सभी की आँखें नम थीं। इतना दुःखी व्यक्ति शायद ही कभी किसी ने देखा हो। उम्र ही क्या थी,...अभी शादी को साल भर भी नहीं हुआ था।

वह मेरा मित्र था। बचपन से हम साथ-साथ खेले कूदे थे। बहुत प्यार था हम दोनों में। गाँव एवं शहर में अधिकतर समय हमने साथ-साथ बिताया था।

इस तरह का सिलसिला शुरू नहीं होता था, तो वह कम ही बोलता था, प्राय: शान्त ही बना रहता था। कभी किसी पर गुस्सा भी नहीं होता था।...लेकिन आज फिर वह पिछली पन्द्रह मिनट से पता नहीं क्या-क्या बोले जा रहा था? कभी हँसने लगता था, कभी रोने लगता था, कभी चीखने लगता था। हाँ कपड़े भी फाड़ना चाहता था, लेकिन शायद उसके हाथों में अब उतनी ताकत भी नहीं बची थी।...मेरा मन टूट जाता था। दिल में एक हूक सी उठती थी।

लेकिन आज ये हूक बहुत गहरी थी। आज मुझे ऐसा लग रहा था कि उसका अन्त निकट आ रहा है। वह एकाएक मुझे फिर से पहचानकर रोने लगा। निरीह आवाज में तड़पकर मुझसे बोला—"शिवी! मेरे दोस्त—'मुझे मार डालो'...'प्लीज, मुझे मार डालो'—...अब मुझसे इतना दर्द सहा नहीं जाता।" लेकिन फिर वह सब कुछ भूलकर विक्षिप्तों जैसा व्यवहार करने लगा।

मेरी भावनाएँ अबोध हो चली थीं। इतने सारे लोग थे—सभी रिश्तेदार, दोस्त आदि। पता नहीं क्या हो रहा था अचानक मुझे कि मैं फफक-फफक कर रो पड़ा, आँसू रोके से रुक नहीं रहे थे। ऐसा लग रहा था, कि जो दुःखों की पीड़ा जफ़र सह रहा था, मैं सह रहा था; वह आँसुओं के माध्यम से एकाएक बाहर आ जाना चाह रही थी।

मुझे उसकी मौत की आहट साफ सुनाई दे रही थी। मुझे ऐसा महसूस हो रहा था कि जैसे उसके साथ ही मेरा बहुत कुछ अपना-सा चला जाएगा। मुझसे उसका हाल देखा नहीं जा रहा था, मुझे अपने सारे सपने टूटते हुए नजर आ रहे थे।

मैं घबराहट में वहाँ से भागा और सीधा बस में बैठकर एक प्रसिद्ध सन्त के पास पहुँचने के लिए निकल पड़ा, जिनके बारे में मैंने काफी पहले से सुन रखा था। मैंने सुना था कि वे अपने पास आए हर व्यक्ति की निस्वार्थ भाव से मदद करते हैं। वे भविष्य में झाँकने की क्षमता रखते हैं।

पता नहीं क्यों आज मैं अपने मित्र के लिए किसी की दुआ चाहता था। मैं हमेशा से नास्तिक-सा रहा था, लेकिन इस टूटन ने मुझे दुआएँ माँगने के लिए बाध्य कर दिया था। मैं चाह रहा था कि चाहे कुछ भी हो जाए, बस यह अनहोनी टल जाए। पहली बार मुझे किसी चमत्कार के होने की आशा नजर आ रही थी।

दैवीय-सत्ता पर आस्था रखना मुझे कहीं से भी उचित नहीं लगता था। मेरे व्यक्तित्व पर सन्देह एवं नास्तिकता के विचार हावी थे।

मैं अक्सर आस्तिकों को चुनौती देते हुए कहता था कि अगर तुम्हारी मान्यताओं के अनुसार नियति या ईश्वर या प्राकृतिक-शक्तियाँ हैं भी तो वह मुझे अनावश्यक मार नहीं सकतीं, क्योंकि अगर मैं एक साधन की तरह ही हूँ और मेरा विरोधी रूप में ही जन्म हुआ है तो फिर सब कुछ, जो कुछ भी हो रहा है वह सही है। तब यह विरोध नियति के अनुरूप ही है और अगर नियति या ईश्वर नहीं है तो फिर भय कैसा? तब तो फिर प्रगतिशील दृष्टिकोण का स्वागत है।

लेकिन इस समय मैं अपने आपको भूल चुका था। आज मैं अपना सम्पूर्ण स्वाभिमान गिरवी रखने को तैयार था। मैं नास्तिकता के आवरण एवं विचारों को हर सम्भव प्रयास से किनारे लगाने का प्रयास कर रहा था।

क्यों? आखिर क्यों मैं ऐसा हो गया था?...क्योंकि वह मेरा मित्र ही नहीं, सम्पूर्ण मानवता का मित्र ही नहीं; बल्कि वह 'सब-कुछ' का मित्र था। उसके बिना मैं अधूरा था। इसलिए मुझे ये बर्दाश्त नहीं हो रहा था कि आखिर क्यों वह इतनी जल्दी मृत्यु की तरफ अग्रसर हो रहा है? इस 'क्यों' का जवाब मैं खोजना भी नहीं चाहता था। क्योंकि मैं उसे अपने से जुदा होते देख ही नहीं सकता था।

रात काफी हो चुकी थी, आसमान पर तारे टिमटिमा रहे थे। काफी विशाल एवं भव्य आश्रम था। साफ-सुथरी सड़कों का जाल बिछा हुआ था। सड़कों के ईर्द-गिर्द काफी हरियाली एवं पेड़ थे। काफी लम्बी दूरी तय करने के बाद मैं बाबा के कक्ष के पास पहुँचा। कक्ष के इर्द-गिर्द काफी खुला-खुला था। बाबा भी कक्ष के बाहर खुले आसमान के नीचे ही बैठे थे। बड़े मान-मनौव्वल के बाद ही मुझे बाबा से मिलने का अवसर मिल पाया। सन्त बाबा बहुत ही कम कपड़ों में बैठे हुए थे, बस गेरुए रंग की धोती ही उन्होंने पहन रखी थी। लम्बी जटाएँ, जो अधिकांश सफेद हो चुकी थीं। चेहरे पर स्वास्थ्य की लालिमा और त्वचा की चमक तो युवकों को भी मात दे रही थी। एकदम शान्त बड़ी-बड़ी सी आँखे, जिनमें सरलता एवं सम्मोहित

कर देने वाला भाव था। उनके आसपास आठ-दस शिष्य भी बैठे हुए थे। चाँदनी रात में सम्पूर्ण परिवेश शान्त एवं मनोरम हो चला था।

मेरी बातें सुनने के बाद उन्होंने कहा कि ईश्वर की माया को कोई समझ नहीं सकता है। वो कभी अन्याय तो कर ही नहीं सकता है। फिर उन्होंने आँखें बन्द करके मन ही मन में जफ़र के लिए कुछ पढ़ा। फिर धीरे-धीरे आँखें खोलते हुए कहा कि जफ़र के लिए अधिक से अधिक लोग दुआएँ माँगें तो जफ़र बच सकता है। उन्हें गाँव के बारे में मैं बता ही चुका था। इसीलिए उन्होंने मुझे सलाह दी कि गाँव के लोग तो बुरे वक्त में काम आ ही जाते हैं, उन्हीं सबको इस नेक काम के लिए तैयार करो और बाकी सब ईश्वर पर छोड़ दो।

फिर आँखे बन्द करके ध्यानस्थ होकर वे बड़बड़ाने लगे, जीवन और मृत्यु एक ही सिक्के के दो पहलू हैं...जीवन और मृत्यु दोनों ही मनुष्य के लिए अवसर हैं।

वहाँ से निकला तो मेरा मूड कुछ ठीक हुआ। एक भरोसा जो संभवत: मैं चाहता था वो मुझे मिला...कैसे मिला, कहाँ से मिला, ये विचार महत्त्वपूर्ण नहीं था। हाँ मुझे बाबा की सामूहिक दुआ माँगने की बात गले नहीं उतर रही थी। लेकिन भरोसा इस बात के साथ ही जुड़ा था...इसलिए विश्वास करने के अलावा कोई चारा भी नहीं था।

पता नहीं दुआओं का असर था या कुछ और, अचानक जफ़र की हालत कुछ सुधरने लगी। उसकी त्वचा भी पहले से कुछ ठीक दिखने लगी। कुछ दिनों के बाद वह थोड़ा सहारा लेकर बैठने भी लगा। उसकी आँखों में जीवन फिर से झाँकने लगा, जैसे वह सभी को आश्वस्त कर देना चाहता हो कि अब वह फिर से जी सकेगा।...फिर से उसकी आँखों में भविष्य के सपने तैरने लगे।

हाँ जफ़र अब तुम ठीक हो जाओगे, मैंने भी उसे भरोसा दिलाया था।

मैं जफ़र के अब्बू से सन्त बाबा की बातें पहले ही बता चुका था। उन्होंने दबाव डालकर मुझसे गाँव जाने के लिए कहा था, लेकिन मैं कुछ समय के लिए टाल गया था। जफ़र की हालत ठीक देखकर मैंने सोचा कि चलो इसी बहाने गाँव भी घूम आएँगे। जफ़र के अब्बू मेरे गाँव जाने के विचार से बहुत खुश हुए। उन्हें बताकर मैं गाँव के लिए निकल पड़ा।

गाँव पहुँचते ही सभी लोग मुझसे पूछने लगे कि जफ़र की तबीयत कैसी है? मैंने प्रसिद्ध सन्त तथा उनके द्वारा कही हुई बातों के बारे में विस्तार से सभी लोगों को बताया। कई बुजुर्गो ने मुझे इसी तरह के चमत्कारों की कई कहानियाँ सुना डालीं। उन्होंने इस कार्य को मन लगाकर करने के लिए मुझसे कहा।

उसी दिन से मस्जिद एवं मन्दिर में ये घोषणा कर दी गयी कि गाँव का एक

होनहार बच्चा मौत से जूझ रहा है। सभी लोगों से विनम्र निवेदन है कि उसकी जिन्दगी के लिए दुआएँ करें, मन्नतें माँगें।...मुसीबत के वक्त में इनका साथ देना हम सभी लोगों का फर्ज है। इस वक्त इनको हमारी दुआओं तथा खुदा के रहमोकरम की जरूरत है। ऊपर वाला ही हमारे ज़फ़र को बचा सकता है। अतः सभी लोग दिल से ज़फ़र के लिए दुआएँ करें, मन्नतें माँगें,...ऊपर वाले से इबादत करें।

रात में बिस्तर पर लेटते समय मुझे याद आया कि बड़े-बूढ़े कहा करते थे कि झील के पास जो पीपल का पेड़ है, वह बहुत पुराना तथा पवित्र है। उस पर पवित्र आत्माओं तथा देवताओं का वास रहता है। उसके नीचे वक्त गुजारने से ही व्यक्ति का मन पवित्र हो उठता है तथा यदि सच्चे मन से कोई दुआ माँगे, तो वह कबूल भी कर ली जाती है। मम्मी ने भी उस वृक्ष का काफी महिमामंडन कर डाला। मैंने सोचा, चलो पीपल के नीचे वक्त तो गुजारा ही जा सकता है। वैसे भी मुझे दो-तीन दिन गाँव में तो रहना ही था।

सुबह उठते समय मेरा मन कुछ उदास सा था। जब मैं बहुत उदास हो जाता था तो कई बार शमशान-घाट पर चला जाता था तथा फिर पास में ही ऊँचे भूड़ के टीले पर चला जाता था। वहाँ से झील का विहंगम दृश्य दिखता था, यदि वह भरी हो। आज तो मुझे वैसे भी पीपल के वृक्ष के नीचे जाना ही था।

गाँव काफी बड़ा था। हिन्दू-मुसलमानों के शमशान-घाट आस-पास ही थे। कभी-कभी कुछ लोग कब्र खोदते हुए या किसी शव को जलाते हुये दिख जाते थे। मुझे यहाँ बैठा देखकर कुछ युवक कभी-कभी कमेन्ट भी कस देते थे—'शमशान में आने की ज्यादा जल्दी है क्या?' तो मैं भी ऐसे कमेंट सुनकर प्रतिक्रिया में विरोधी तेवर दिखाता था।

आज भी किसी ने ऐसा ही कमेन्ट मारा। लेकिन आज मेरे मन में उन युवकों या व्यंग्यों के प्रति एक उदासीनता का भाव था। मैं उन शब्दों को मात्र सुन रहा था। वे शब्द भी अब पराये या विरोधी नहीं लग रहे थे।

सबेरा होने में अभी काफी समय था। मैं नहीं चाहता था कि मेरे रहते अब कोई और वहाँ आये।

मैं मुस्लिम कब्रगाह एवं हिन्दू शमशान-घाट दोनों पर घूमा तथा दोनों के बीच बैठ गया।

उस पल महसूस हो रहा था कि समय किसी को नहीं बख्शता। सभी को एक दिन मृत्यु अपने आगोश में ले लेती है। परिजन एवं मित्र उस व्यक्ति की मृत्यु पर कुछ दिन तक बिलखते हैं और फिर अपनी मृत्यु का एक तरह से इन्तजार करते रहते हैं। जीवन-मृत्यु का यह खेल इस पृथ्वी पर अनेकानेक शताब्दियों से चला आ रहा

है। सिर्फ इसका फर्क मानव-समुदाय पर ही अधिक पड़ता है। हाँ, जीवन की तेजी एवं आपाधापी के कारण अब मनुष्य की मृत्यु पर भी अधिक बिलखने का समय कोई नहीं जुटा पाता है।

...हद तो तब हो जाती है, जब कुछ मामलों में मृत्यु की भी मार्केटिंग होने लगती है। मीडिया वालों में ये होड़ लग जाती है कि कौन मृत्यु के बाद की घटनाओं का अच्छा कबरेज कर रहा है? फिर लोग चर्चा करने लगते हैं कि क्या आदमी था? उसकी तो मौत भी इतनी बड़ी घटना बन गयी?...फिर ये चर्चा भी आश्चर्य के साथ होती है कि उसकी शवयात्रा के मीडिया अधिकार लाखों डॉलर में बिके हैं। फिर गाड़ियों के लम्बे-लम्बे काफिले की भी प्रशंसा हर कोई करता है।...क्या आदमी था?...इतनी भीड़ तो शायद ही किसी की शव यात्रा में जुटी हो?...लेकिन इस सबमें 'आदमी' कहीं बहुत पीछे छूट जाता है।

...एक 'क्षण' को अगर धर्म की मान्यताओं को हटा दें, अर्थात् स्वर्ग-नरक, जन्नत-जहन्नुम या मोक्ष/निर्वाण-बन्धन की बातें हटा दें, तो निश्चय ही मृत्यु और भी अधिक डरावनी लगने लगती है। निश्चित ही धर्म व्यक्ति को इस सम्बन्ध में बहुत बड़ा अवलम्ब देते हैं। धर्म इस दुनिया के परे एक दूसरी दुनिया रचने लगते हैं। तब मनुष्य को मृत्यु के बाद भी सब कुछ समाप्त होता नजर नहीं आता। अन्यथा अगर आप नास्तिक हैं या फिर आस्तिक एवं नास्तिक दोनों ही नहीं हैं; और साथ में ईमानदार भी हैं। तब अखिल-ब्रह्मांड अपनी भयावहता से डराने लगता है। तब आपके पास एक ही विकल्प बचता है कि आप इस जगत में जीवन के बड़े-बड़े आधार एवं संकेत खोज लें और अपनी आत्मशक्ति को विशाल बना लें तथा जितना सम्भव हो ब्रह्मांड, मृत्यु एवं अकेलेपन को लेकर चिन्तन न करें।

सोचते-सोचते अचानक अकेलेपन की एक हूक सी उठी। मैं फौरन वहाँ से उठा और भूड़ के टीले की ओर चल पड़ा। रास्ते में मेरे एक रिश्ते के चाचा गोपी मिल गये, जो हमेशा खुश रहते थे तथा मजाकिया किस्म के थे। नाटे कद, गोल चेहरे तथा मजाकिया आँखों के साथ वे हमेशा ऊर्जा से लबरेज रहते थे।

छूटते ही बोले—"नाइन्टी-फोर में कैसे उदास हो? क्या आज ऑक्सीजन में नाइट्रोजन ज्यादा ले ली है?" वे ऐसे ही ऊट-पटाँग शब्दों का इस्तेमाल करते थे। उन्हें देखते ही मेरी उदासी टूट जाती थी, लेकिन आज मेरी उदासी वे भी नहीं तोड़ पाए।

वे फिर बोले, "सब ठीक तो है, ज़फ़र भी अब तो नाइट्रोजन लेने लगा है (यानि ठीक है)। तब तुम सेवेन्टी-फोर में क्यों पड़े हो?"

मैने कहा कि "कुछ नहीं चाचा ऐसे ही नींद नहीं आयी है। आज नहाया भी नहीं हूँ।"

उन्हें छोड़ते हुए मैं जल्दी ही टीले पर पहुँच जाना चाहता था। लेकिन रास्ते में

ही एक खरगोश के प्यारे से बच्चे ने मेरी उदासी कुछ तोड़ दी। वह एक झुंड से भागता हुआ दिखायी दिया, मैंने उसे तेजी से दौड़कर पकड़ लिया। बहुत प्यारा सा बच्चा था—एकदम झक सफेद। उसके शरीर की ताजगी एवं उसकी आँखों में छलकती जीवन तथा वर्तमान की जीवंतता मुझे ताजगी दे गयी। वह मेरे हाथों में आते ही सहम सा गया। आँखे चकर-मकर चलाते हुए वह बहुत जल्दी-जल्दी साँसे ले रहा था। मैंने उसे बहुत प्यार देने की कोशिश की, लेकिन वह तो सिर्फ स्वतन्त्रता चाहता था। मैंने उसे झुंडों के झुरमुट में ज्यों ही छोड़ा, वह पलक झपकते ही गायब हो गया।

थोड़ी देर में ही मैं टीले पर था। टीले पर वही पीपल का पेड़ खड़ा था। एक लम्बी सी अंगड़ाई से मैंने आलस्य और उदासी को तोड़ने की कोशिश की। मौसम उस समय अच्छा हो चला था। मैं पेड़ की जड़ से कमर लगाकर बैठ गया। सुबह-सुबह बालू में कुछ ठंडक थी। मैंने चप्पल उतार कर एक तरफ रख दिए और पैर बालू पर टिका दिए। फिर धीरे-धीरे उसमें धँसा दिये।

पीपल का पेड़ काफी पुराना था। पेड़ कुछ अधिक ऊँचाई पर था। उसके आसपास बहुत सारे पेड़ खड़े थे तथा पास में ही काफी झाड़ियाँ भी खड़ी थीं। आसपास खेती भी नहीं होती थी तथा मुख्य रास्ते से कुछ अलग भी था। एक गहरी छाया एवं शान्ति का अनोखा वातावरण था वहाँ पर।

हवा कुछ तीव्र गति से बह रही थी, जिससे पीपल के पत्ते फड़-फड़ की आवाज कर रहे थे। मुझे याद आया कि पीपल की पूजा हड़प्पा सभ्यता से ही होती चली आ रही है। अर्थात् कितना लम्बा इतिहास रहा है इसकी पूजा एवं पवित्रता का।

सामने एक झील थी, जो बरसात के पानी से इस बार कुछ अधिक भर गयी थी। झील का पानी गाँव तक पहुँचने लगा था। मैंने सम्पूर्ण परिवेश में मन को रमाया, बाबा की बातों तथा उनके आश्रम को याद किया। प्रकृति एवं ब्रह्मांड का सहयोग माँगा। ज़फ़र के लिए यह सब करने से मुझे अन्दर से अच्छा लगा। जितना हो सकता था उतना मैंने किया।

सुबह-सुबह सूरज उगने का दृश्य मन को ताजा कर रहा था तथा प्रकृति जैसे अपना बना लेना चाह रही थी। पंछियों की चीं-चीं तथा कलरव मन को मोह रहा था। आसमान में पंछियों की लम्बी-लम्बी कतारें अपने गन्तव्य स्थान की तरफ जा रही थीं। आसपास कई मोर, कुछ बगुले, कुछ गुरगल भी मुझे घूमते हुए दिखाई दिए।...कितने दिन बाद मैंने मोर इतने पास टहलते हुए देखे थे।...जीवन जैसे हर तरफ से फूट रहा था।

लेकिन प्राकृतिक जीवन की ये छटा अब पहले जैसी नहीं रह गयी थी। जब हम छोटे थे तो भूड़ पर खेती नहीं होती थी तथा हिरन, भेड़िया, भालू जैसे अनेक

जंगली जीवों की यह भूड़ शरणस्थली थी, लेकिन आज एक भी हिरन का अस्तित्व नहीं रह गया था। सब या तो मानवीय गतिविधियों से डर कर भाग गये थे या उनका शिकार हो चुका था। बचपन में हम भेड़ियों के गाँव में घुस आने की घटनायें आये दिन सुनते रहते थे। कई बार भालू के भी गाँव में इसी तरह घुस आने की चर्चा हम सुनते थे। जब ऐसी चर्चा होती थी, तो छोटे बच्चों की देखभाल पहले से कई गुना बढ़ जाती थी। पूरे गाँव में एक भयमिश्रित रोमांच का वातावरण पैदा हो जाता था। अब भेड़ियों एवं भालुओं का नामोनिशान भी नहीं रह गया था।

उस समय भूड़ तथा खेतों में अनगिनत रंग-बिरंगी तितलियाँ उड़ती फिरती थीं। आज वे भी बमुश्किल ही दिखायी देती हैं।

इसी तरह अन्य विभिन्न प्रकार की जंगली वनस्पतियाँ भी गायब हो गयी थीं। लेकिन प्रकृति की इन अनमोल चीजों के लिए रोने वाला कोई भी नहीं है, क्योंकि वे बेचारे मनुष्य जितने समर्थ, संगठित तथा बुद्धिमान जो नहीं हैं।

गाँव के आस-पास के सारे तालाब दबंग लोगों ने पाट लिए थे तथा झील का भी अधिकांश हिस्सा ग्राम-प्रधान ने पट्टे काट-काट कर लोगों को रिश्वत के माध्यम से एक तरह से बेच दिया था। तदुपरान्त लोगों ने समतलीकरण से झील की गहराई को भी कम कर दिया था और उसमें खेती भी करने लगे थे।

इस बार भी झील के बड़े हिस्से पर किसानो ने धान 'बो' रखा था। बारिस भी कुछ अधिक हो गयी थी। इतनी बारिस शायद काफी सालों से नहीं हुई थी। ऐसा शायद मौसम-चक्र में आए विश्वव्यापी परिवर्तन की वजह से सम्भव हुआ था। धान के जो खेत झील में थे, वे तो पूरी तरह पानी में डूब गये थे; साथ ही झील के आस-पास के काफी खेत भी पानी में डूबे हुये थे। लोग मौसम को कोस रहे थे। झील ऐसे लग रही थी कि जैसे झील न होकर समुद्र हो। क्योंकि झील के एक तरफ भूड़ थी तथा एक तरफ गाँव था तथा एक छोर काफी दूर तक फैला हुआ था। एक कोना भूड़ के सहारे-सहारे थोड़ा मुड़कर छिप सा गया था तथा दूर भी हो गया था। ऐसा लगता था कि जैसे झील की निरन्तरता लगातार बनी हुई है।

झील के पानी में सूरज की लालिमा तथा समस्त प्राकृतिक परिदृश्य अनायास ही याद दिला रहे थे कि प्राकृतिक-शक्तियों से बड़ा चित्रकार कोई हो ही नहीं सकता।...वैसे भी पृथ्वीवासी सभी चित्रकार नकली चित्रकार ही तो हैं।

इस तरह की चित्रकारी का आनन्द कुछ साल पहले तक मैं और जफ़र दोनों साथ-साथ उठाते थे। हाँ झील का पानी कम होने तथा मौसम बदलने पर इस चित्रकारी का स्वरूप कुछ अवश्य बदल जाता था। पानी कम होने पर हम दोनों गाँव वालों की मूर्खता एवं स्वार्थीपन पर गुस्साते थे। क्योंकि झील के छोटा होने एवं पानी कम होने के लिए इन लोगों की अदूरदर्शिता ही तो जिम्मेदार थी।

इस बार झील मुझे अपने बचपन की याद दिला रही थी, तब इस मनोरम दृश्य एवं चित्रकारी का मैं इस तरह से आनन्द नहीं ले पाता था, क्योंकि तब मैं भी इसी चित्रकारी का हिस्सा तो था। तब मुझमें भी ऐसी ही निश्छलता एवं प्राकृतिकता थी।

तब लोग कम थे, संसाधनों पर दबाव कम था। भूमि का मूल्य भी कम था। झील तब अतिक्रमण का शिकार नहीं हुई थी।

जब हम छोटे थे तो झील में 'घंघोल' तोड़ने आते थे। झील में बहुत सहम कर धीमे-धीमे ही कदम बढ़ाते थे। लगभग फिसलने के बावजूद घंघोल तोड़ने के मोह से बच नहीं पाते थे। बड़े बच्चों के साथ बहुत छोटेपन से ही भूड़ पर 'बेर' तोड़ने जाते थे। उस 'देशी-बेर' की मिठास के क्या कहने थे। झाड़ियों से बेर तोड़ने में कई बार तो उंगली ही कट जाती थी। लेकिन बेर खाने का आनन्द उसी अनुपात में बढ़ जाता था। आज भी उन बेरों को तोड़ने का मन करता है। लेकिन अब तो उन बेरों की झाड़ियाँ ही अपना अस्तित्व खो चुकी हैं। पहले तो पूरी की पूरी भूड़ ही उन झाड़ियों से अटी पड़ी थी। जहाँ भी भूड़ में घुसो, वहीं बेर दिख जाते थे। यहाँ तक कि एक पतली सी नहर, जो कि गाँव के पास बहती थी, अभी है; उसके किनारे-किनारे भी खूब बेर मिल जाते थे। बेर देखते ही हम लोगों की आँखें चमकने लगती थीं। घर से बेपरवाह होकर मैं, जफ़र तथा अन्य बच्चे कच्ची मूँगफली, कच्ची मटर या कच्चे चने भी अक्सर तोड़ने चले जाते थे। खेत मालिक को कानोंकान खबर नहीं होती थी और हम लोग इन्हें भूनकर भी खा जाते थे। घरवालों की डाँट-फटकार का भय उस समय भूल-सा जाता था।

सूरज थोड़ा ऊपर चढ़ने लगा और मेरा मन आज अतीत की यादों में जाने के लिए मचलने लगा। पता नहीं आज क्यों अतीत को फिर से जीने का मन कर रहा था। एक-एक चीज को फिर से महसूस करने का मन कर रहा था। मुझे भूख, प्यास कुछ भी नहीं लग रही थी। हाँ, कुछ दूरी पर एक मन्दिर बना था और उससे कुछ दूरी पर एक हैंडपम्प भी लगा था। तो पानी पीने की समस्या वैसे भी नहीं थी। लेकिन आज मैं रात से पहले घर नहीं जाना चाहता था।

मैंने थोड़ा पानी पिया तथा मुँह धुला और फिर एक लम्बी सी अंगड़ाई ली तथा मन्दिर के लोगों से छुपता हुआ टीले पर पुनः जा पहुँचा और पेड़ के नीचे इस तरह से बैठ गया कि जल्दी से कोई देख न पाये। वैसे भी पेड़ के आस पास किसी के आने की सम्भावना नगण्य थी।

अब मैं और मेरा अतीत बस हम दोनों का तादात्म्य होना था।

मुरादाबाद के पास एक गाँव है पीतमपुरा। गाँव में लगभग सभी जातियों के लोग रहते हैं। गाँव का आकार काफी बड़ा है। हिन्दू एवं मुस्लिम लगभग समान संख्या में हैं। गाँव में दो मन्दिर हैं तथा एक मस्जिद भी है। मस्जिद अभी कुछ साल पहले ही आम सहमति से बनी थी। पूरे गाँव में खड़ंजा बिछा हुआ है, जोकि कुछ साल पहले ही बना है। हालाँकि खड़ंजा जगह–जगह से टूटा हुआ है। मुझे ग्राम–प्रधान से बहुत शिकायत थी। मैंने लोगों से कहा कि क्यों नहीं कोई सूचना आयोग से इसके खर्चों का ब्योरा माँग लेता है?

सभी उसकी बुराई तो करते थे परन्तु उसके खिलाफ जाने से कतराते थे। मैंने प्रधान से कहा कि कुछ कार्य तो आपको गाँव में करवाना ही चाहिए। उसने कहा कि कुछ समय बाद वह खड़ंजा सही करवाएगा। उसने यह भी साथ में जोड़ दिया कि गाँव वाले सिर्फ अपने बारे में ही सोचते हैं। चुनाव के वक्त इन्हें रोज शराब चाहिए, साथ में अन्य चीजें भी चाहिए। उसका पैसा भी तो जुटाना पड़ता है। अगला चुनाव भी तो लड़ना है। इन्हें खुद अपने गिरेबान में झाँकना चाहिए। कोई किसी की मेड़ काटने में लगा है, कोई रास्ते को अपने घर या खेते के अन्दर ले लेने के फेर में पड़ा है...आदि–आदि। फिर भी उसने मुझसे वादा किया कि वह कुछ न कुछ कार्य अवश्य ही कराएगा।

कई जातियों में बँटे समाज के अधिकांश लोग किसानी एवं मजदूरी में लिप्त थे। गाँव में एक जूनियर हाईस्कूल भी था, जिससे प्रेरित होकर नयी पीढ़ी के अधिकांश लोग अपने लड़कों एवं लड़कियों; दोनों को पढ़ा रहे थे। गली के हर नुक्कड़ पर एक न एक छोटी–मोटी दुकान भी खुल गयी थी। जिनमें कुछ पर तो गर्मियों में ठंडा भी मिल जाता था। गाँव में बड़ी संख्या में खेती के लिए ट्रैक्टर भी थे।

...कुछ लोग शौकीन मिजाज के भी थे, जो शिवरात्रि पर कम्पनी तथा दशहरे पर रामलीला का बन्दोबश्त जरूर करते थे। और इनमें नाचने वालियों का इन्तजाम जरूर होता था। अगर अच्छी नाचने वाली आ गयी तो सबसे आगे बैठने की होड़ सी लग जाती थी। रामलीला अगर होती थी तो नाचने वाली का प्रोग्राम सबसे बाद में रखा जाता था, जिससे कि पब्लिक जमी रहे।...अगर किसी अवसर पर नाचने वाली नहीं आती थीं तो बहुत से लोग दुःखी हो जाते थे। यही नहीं आसपास के जो लोग अपनी–अपनी बैलगाड़ियों, ट्रैक्टरों, साइकिलों या मोटरसाइकिलों से हर साल पहुँचते थे, वे भी फिर इक्का–दुक्का ही आते थे। समस्या तब और गहरा जाती थी, जब कुछ अपने ही गाँव वाले ऐसे गाँव में कम्पनी देखने जाने लगते थे, जहाँ पर अच्छी नाचने वाली आयी हों। तब पूरा प्रोग्राम ही फीका पड़ जाता था। घाटा तो अलग से होता ही था।

सबसे खराब बात ये है कि लोग नाचने वाली को 'रंडी' कहते हैं। अर्थात उनके चरित्र का निर्धारण ये लोग उन्हें बिना जाने ही कर देते हैं। उनकी कला का इनके लिए कोई महत्व नहीं है। उसकी खराब परिस्थितियों का इन्हें जरा भी बोध नहीं होता है।

ऐसी रंगीनमिजाजी अभी भी थोड़े-बहुत हेर-फेर के साथ बदस्तूर जारी है। अब तो कभी-कभी बड़ी स्क्रीन पर भी फिल्में दिखायी जाने लगी हैं, जिसमें कुछ रुपये किराया रख दिया जाता है।

...मेरे पापा रामसिंह एवं जफ़र के अब्बू हमीद दोनों जूनियर हाईस्कूल में अध्यापक थे तथा दोनों बहुत अच्छे तो नहीं, लेकिन पेशा समान होने से अच्छे दोस्त थे।

हमारी आर्थिक स्थिति जफ़र के परिवार से कुछ अच्छी थी, लेकिन दोनों परिवारों के पास ठीक-ठाक कृषि योग्य जमीन थी। मेरे पापा तो पास के ही एक स्कूल में पढ़ाते थे, जबकि जफ़र के अब्बू लखनऊ के एक स्कूल में पढ़ाते थे।

मेरा और जफ़र का घर बहुत दूर नहीं था। दस-पन्द्रह घर ही बीच में पड़ते थे। मेरा घर दोमंजिला था, जिसमें नीचे चार तथा ऊपर दो कमरे थे। बरामदा ऊपर-नीचे दोनों जगह बना था। घर से सटी हुई दो कमरों की बैठक भी बनी थी, जिसमें दादा-दादी रहते थे। घर अभी-अभी बना था और पूरा पक्का था।

इसी तरह जफ़र के घर में तीन कमरे थे, लेकिन दूसरी मंजिल पर कुछ नहीं बना था। घर से थोड़ा हटकर उसके यहाँ भी तीन कमरों की एक बैठक थी। उसका घर भी पूरा पक्का बना था। उसकी बैठक में अभी भी कुछ काम चल रहा था।

छत पर चढ़ने से जफ़र के घर की झलक दिख जाती थी तथा छत तो और भी स्पष्ट दिखती थी। जफ़र के एक भाई मीर तथा एक बहन नफीसा थी, मीर तीसरे नंबर पर था। नफीसा जफ़र से दो साल छोटी थी।

हमारा परिवार तो और भी छोटा था—मैं और नताशा। नताशा मुझसे छोटी थी। जफ़र भी मुझसे पाँच-छह माह छोटा था। हम दोनों की मम्मी लगभग अनपढ़ थीं। उन्हें केवल अक्षर ज्ञान ही था।

नताशा के पिता हमारे दूर के रिश्तेदार थे। नताशा बचपन में काफी दुर्भाग्यशाली रही थी। जब वह एक साल की थी, तब उसके पिता का देहान्त हो गया। बाद में एक साल के भीतर ही उसकी मम्मी भी स्वर्गवासी हो गयीं। वे बस दो बहनें ही थीं, भाई उनके कोई नहीं था। बड़ी बहन उससे चार साल बड़ी थी।

माँ-बाप के न रहने पर सभी रिश्तेदारों को उनकी चिन्ता हुई। उसी समय उसकी बड़ी बहन की जिम्मेदारी उसके चाचा ने ले ली।

हमारे घर में भी इस मुद्दे को लेकर काफी विचार-विमर्श हुआ। आखिर

पापा ने मम्मी को मना ही लिया और नताशा के पालन-पोषण की जिम्मेदारी स्वयं उन्होंने ले ली।

नताशा इतनी प्यारी तथा चंचल थी कि धीरे-धीरे उसने सभी के दिल में जगह बना ली। पापा-मम्मी दोनों ही उसे सबसे ज्यादा चाहने लगे और वो भी हर चीज पर अपना स्वाभाविक अधिकार समझने लगी तथा परिवार का एक अंग बन गयी।

पड़ोसी होने के नाते दोनों परिवारों में काफी जुड़ाव था, मिलना-जुलना भी काफी अधिक था। मेरे पापा समाजवादी विचारों के थे। ज़फ़र के पिता को संकीर्ण तो नहीं कहा जा सकता था, लेकिन बहुत आधुनिक विचारों के भी वो नहीं थे।

मेरे पापा हम लोगों के प्रति काफी कठोर एवं संवेदनशील थे, वो हमारी पढ़ाई के प्रति अत्यधिक जागरुक रहते थे। ज़फ़र के अब्बू भी मौका मिलते ही घर पर आ जाते थे। वे भी अपने बच्चों को बड़ा अधिकारी बनाना चाहते थे, परिवार की तरक्की चाहते थे।

गाँव में उस समय बहुत अधिक बसावट नहीं थी। अधिकतर घरों में छप्पर ही पड़े हुये थे। घर चौड़ी-चौड़ी कच्ची दीवारों से निर्मित होते थे, जो कि गर्मियों में 'ए.सी.' की तरह घर को ठंडा बनाए रखती थीं। लोग उतने व्यस्त नहीं थे, जितने आज हैं। एक दूसरे के कार्यों में सहयोग करते थे। लोगों में आपसी द्वेष भी काफी कम था।

लेकिन हाँ, जातिवाद आज की तुलना में अधिक था। लोग निचली जातियों का शोषण अधिक करते थे। अब निचली जातियाँ पहले से अधिक स्वावलम्बी हो गयी हैं, जिसके परिणामस्वरूप जातीय-संघर्ष दिखने लगा है। ध्यातव्य है कि संघर्ष लगभग बराबरी पर ही संभव होता है। आज जातीय समानता पहले से अधिक आ गयी है।...लेकिन अभी भी ऐसे लोग मिल ही जाते हैं कि जिन्हें नीची जाति वाले लोगों को सताने या अपमानित करने में आनन्द की प्राप्ति होती है।

अर्थव्यवस्था कृषि पर अधिक आधारित थी, तब जीवन आज जितना जटिल नहीं था। आज मजदूर-वर्ग बड़े-बड़े शहरों में जाता है तथा कई लोग बाहर नौकरियाँ करते हैं। कृषि आज उतनी सम्माननीय नहीं रह गयी है। आबादी बढ़ी है, सभी वर्गों में जागरूकता बढ़ी है। संसाधन उतने ही हैं लगभग।

मीडिया के माध्यम से वैश्वीकरण की संस्कृति गाँव में भी आ पहुँची है। जिस कारण गाँव का प्रायः हर व्यक्ति अब अपने आपको कहीं न कहीं अभावग्रस्त समझने लगा है। मोबाइल हाथ में लिए युवा संगीत सुनते रहते हैं। दिमाग में टी.वी. एवं मोबाइल का प्रदूषण बचपन से ही प्रवेश करने लगता है।

पंचायत एवं अन्य चुनावों ने नित नए-नए समूह बनाये हैं। जिससे अवसरवादिता,

कुटिलता तथा परस्पर द्वेष गाँवों में पहले से बढ़ा है। व्यक्ति अब सत्तर या अस्सी के दशक जितना प्रसन्न नहीं रह गया है। कुछ कर दिखाने या अपनी पहचान बनाने का दबाव गाँव के अधिकतर व्यक्तियों पर महसूस किया जा सकता है।

पहले आबादी कम थी। आज प्रत्येक गाँव की आबादी कई गुना बढ़ गयी है। आज चेहरे उतने जाने-पहचाने नहीं रह गये हैं, जिससे एक-दूसरे के प्रति संवेदनशीलता घटी है। हाँ, दूसरों के घरों में क्या हो रहा है? क्या चल रहा है? किसकी टाँग खींचनी चाहिए? यह प्रवृत्ति पहले से बढ़ी ही है। आज भी प्रतिदिन निश्चित जगहों, जैसे-दुकानों, चौपालों आदि पर मीटिंग होती हैं तथा गुप्तचर-विभाग अपनी मजबूत भूमिका निभाता है।

छोटी-छोटी बातों को अपने अहं का मुद्दा बनाकर झगड़ा करने की प्रवृत्ति भी बढ़ी है। कोई भी कमजोर (जैसे नि:संतान या एक सन्तान वाला या बिना परिवार वाला) व्यक्ति बिना आत्मसम्मान खोए गाँव में प्राय: नहीं रह पाता है। सम्पत्ति के लिए कुछ लोग तो अपने भाई-भतीजों तक की हत्या करने में संकोच नहीं करते हैं।

आज गाँव में बच्चे सहज, सरल खेल न खेलकर दिन भर टी.वी. प्रोग्राम देखते हैं। उनकी बुद्धि का विकास पहले से अधिक हो रहा है। तब उनकी बुद्धि का सही निवेश न होने पर वह अधिक विध्वंसक भूमिका बड़े होकर निभाने लगते हैं। आज सख्त जरूरत है कि वहाँ छोटे-छोटे उद्योग लगाकर उनकी प्रतिभा को सही रूप में इस्तेमाल किया जाय।

मुझे याद आता है कि मैं और ज़फ़र स्कूल से आते ही खेलों में लग जाते थे— रामडौल, गुल्ली-डंडा, कांयपत्ता, कबड्डी जैसे खेल लगभग प्रतिदिन ही खेलते थे। हॉकी खेलने में भी बड़ा मजा आता था। हॉकी खेलने के लिए प्लास्टिक की थैलियों को पिंघलाकर गेंद बनायी जाती थी तथा शीशम की टेढ़ी-मेढ़ी डंडियों को हॉकी की स्टिक की तरह इस्तेमाल किया जाता था। हॉकी की इस गेंद से हम लोग खेल में काफी चोटें खाते थे। कभी-कभी तो गेंद इतनी तेज लगती थी कि 'चट' जैसी आवाज निकलती थी, दर्द से पैर तड़प उठता था। लेकिन हॉकी की धुन में सब लोग इस दर्द को तुरन्त ही भूल जाते थे।

इसी तरह कभी-कभी लकड़ी के कृत्रिम बैट से हम लोग क्रिकेट भी खेलते थे।

गुल्ली-डंडा खेलने की हम लोगों को सख्त मनाही थी, क्योंकि इस खेल में आँख खोने का एक भय हमेशा बना रहता था। लेकिन जब खेलने लगते थे, तो जोश में हम लोग हर तरह के भय को भुलाकर मस्त हो जाते थे।

पहले सप्ताह में दो या तीन दिन गाँव में अखाड़ा जमता था। उस समय छोटे-बड़ों में उल्लास का माहौल रहता था। आसपास जो छोटे-मोटे मेले लगते थे, उनमें

भी कुश्ती के अखाड़े का ही सर्वाधिक रोमांच रहता था। इन कुश्तियों के लिए प्रत्येक गाँव में कुछ लड़के हमेशा तैयारी करते रहते थे। आज ये अखाड़े भी पुरानी प्रथा होते जा रहे हैं।

उस समय किसी को भी यह पता नहीं था कि खेल में भी लोग कॅरियर बना सकते हैं या फिर महान खिलाड़ी भी बन सकते हैं।

मुझे जफ़र की आँखों की वह चमक अभी भी याद आती है, जो खेल में जीतने पर आ जाती थी। जफ़र मुझसे शरीफ था। वह हारने पर मुझसे झगड़ा नहीं करता था। लेकिन मैं तो हारने पर उससे झगड़ा कर लेता था। मुझे याद है कि मैंने कई बार अपने दाँत उसके शरीर में गड़ा दिये थे। जिस पर मुझे घर पर मार भी पड़ी थी तथा जफ़र को मेरे साथ न खेलने की सख्त हिदायत भी मिली थी।

लेकिन बचपन तो होता ही इतना जीवंत है कि वह अतीत को याद रखता नहीं तथा भविष्य में खोता नहीं। वह तो बस वर्तमान देखता है।...तभी तो हम दोनों अगले दिन फिर साथ-साथ खेलने लगते थे। हाँ, अगर दूसरे किसी से झगड़ा हो जाए तो उसके खिलाफ हम एकजुट भी तुरन्त हो जाते थे।

...अब वे खेल जो जीवन को ऊर्जा एवं सरलता से भर देते थे, कहीं खो गए हैं। आज तो गाँव में भी बचपन समय से बहुत पहले ही लुप्त हो जाता है।

हम साथ-साथ खेलते हुए धीरे-धीरे बड़े हो रहे थे। जुदाई का समय निकट आ रहा था। 9वीं कक्षा के लिए जफ़र एवं नफीसा अपने अब्बू के पास लखनऊ में पढ़ाई करने के लिए जाने लगे, तो हम सभी को दुःख हुआ। मुझे कुछ अधिक हुआ, क्योंकि मैं गाँव में ही छूटने वाला था। मैं भी 9वीं कक्षा में मुरादाबाद पढ़ने चला गया। मुझे भी कुछ नए दोस्त मिल गए। हाँ उनमें जफ़र जैसा कोई नहीं था।

छुट्टियों में जब हम मिलते थे, तो पुराना रोमांच फिर से लौट आता था। जफ़र की बड़ी-बड़ी बातों से कई बार मेरा आत्मविश्वास घटने लगता था। जब उसने पहली बार विस्तार से लखनऊ का विस्तृत चित्र मेरे सामने खींचा, तो मैं उसके सम्मोहन में बंध गया। लखनऊ की चौड़ी-चौड़ी सड़कों, बड़े-बड़े पार्कों, विशाल कालोनियों, बड़े-बड़े शोरूमों तथा भव्य स्टेशनों के बखान ने मुझे काफी हद तक कल्पना के सुखद संसार में पहुँचा दिया। हजरतगंज की शाम के बारे में उसने अपने अब्बू के शब्दों को हू-ब-हू बयाँ कर दिया। तो मुझे कहीं न कहीं पिछड़ने का दुःख हुआ। लेकिन मुरादाबाद भी ऐसा बुरा शहर नहीं था। सबसे अच्छी बात यह थी कि मैं घर के पास था।

परिवार, समाज एवं धर्म के बंधनों को चुनौती देते हुए हम लोग अपनेपन के साथ परस्पर मिलते-जुलते बड़े हो रहे थे। वक्त इतनी तेजी से गुजरता गया कि कब

हमने इंटर पास कर लिया और कब हमने इंजीनियरिंग की परीक्षा पास कर ली, पता ही नहीं चला।

संयोग यह रहा कि हम दोनों ने ही आई.ई.टी. लखनऊ में एडमिशन भी ले लिया। ज़फ़र को इलेक्ट्रिकल एवं मुझे मैकेनिकल इंजीनियरिंग में प्रवेश मिला। नताशा का एडमिशन भी आई.टी. कालेज में करवा दिया। वह हॉस्टल मे रहने लगी।

सोचा था कि पहले लखनऊ घूमेंगे, लेकिन रैगिंग का ऐसा कड़ा दौर शुरू हुआ कि हम दोनों की सारी ऐंठ तो जाती ही रही, जोश भी काफी हद तक ठंडा हो गया। सुबह से लेकर रात तक कब कहाँ फँस जाएँ, कुछ पता नहीं चलता था। सीनियर गुलामों की तरह कहीं भी किसी भी जगह रैगिंग शुरू कर देते थे। रैगिंग उनका सर्वमान्य अधिकार था। ज़फ़र चूँकि शाम को घर चला जाता था, इसलिए वह रैगिंग से कभी-कभी बच जाता था। ऐसा लगता था कि ये सब कब तक चलेगा। कभी-कभी तो कॉलेज ही छोड़ने का मन हुआ। धीरे-धीरे सीनियर शान्त होने लगे। कड़ा दौर गुजर गया। अब वे कुछ-कुछ सहयोगी होने लगे।

इंजीनियरिंग कॉलेज अभी नया ही था। काफी बड़े क्षेत्रफल पर फैला हुआ था तथा हरियाली से भरा हुआ था। ए,बी,सी,डी,ई पाँच हॉस्टल थे लड़कों के। लड़कियों के हॉस्टल अलग से थे। जोकि कुछ हटकर थे, जिसका प्रायः सभी लड़कों को अफसोस था।

हॉस्टल नये तथा सुन्दर थे। कक्षाएँ भी पास में ही लगती थीं। आसपास रंग-बिरंगे फूलों के छोटे-बड़े पौधों की क्यारियाँ लगी हुई थीं। बीच-बीच में करीने से कटी हुई छोटी-छोटी घास भी लगी हुई थी। इन्हीं क्यारियों के बीच में बचे स्थान पर शाम के वक्त कुछ लड़के लॉन टेनिस भी खेल लेते थे। वैसे प्रत्येक हॉस्टल के बीच में दिन-रात के बैडमिंटन कोर्ट भी बने हुए थे, जहाँ पर अब नये छात्र भी अपने हाथ दिखाने लगे थे।

समय मिलते ही मैं और ज़फ़र लखनऊ भ्रमण के लिए निकल जाया करते थे। बड़ा इमामबाड़ा, छोटा इमामबाड़ा, हजरतगंज...सब घूम लिए। लेकिन हजरतगंज में शाम के वक्त अलग ही आनंद आता था। ऊपर से खूबसूरत लड़कियाँ हजरतगंज को और भी खूबसूरत बना देती थीं।

'मॉल-संस्कृति' लखनऊ में पांव पसार चुकी थी। सहारागंज, वेब, फन जैसे अनेक मॉल खुल चुके थे। इससे हजरतगंज के बड़े-बड़े शोरूमों की चहल-पहल कुछ फीकी पड़ गयी थी। नॉवेल्टी, साहू, प्रतिभा जैसे सिनेमाहाल अब अपनी प्रसिद्धि को बचाने के लिए छटपटा रहे थे। जो फिल्म पहले कई-कई माह तक चलकर सुपर-डुपर हिट कहलाती थी, वह अब 10-15 दिन में ही सुपरहिट होकर

सिनेमा-हॉल से उतर भी जाती थी। सबकुछ तेज हो चला था।

मुझसे भी रहा नहीं गया और पीवीआर में फिल्म देखने चला गया। इतना अच्छा लगा सब कुछ कि फिल्म में पूरी तरह रम भी नहीं पाया। थोड़ी ढिशुम-ढिशुम, थोड़ी कॉमेडी, हीरो की मसल्स, उसका स्टाइल...एक घिसी-पिटी कहानी...लेकिन दूसरे दर्शकों की तरह मुझे भी मजा आया। हाँ, मैंने उनकी तरह ताली या सीटी नहीं बजायी।

पापा ने शुरू में ही टोक दिया था कि बेटा लड़कियों से बात करने में तो समस्या नहीं है, लेकिन 'शादी-वादी' घरवालों की मर्जी वाली लड़की से ही करना। जीवन का तभी मजा तुम्हें भी आएगा और हमें भी। मुझे समझ में आ गया कि हमारे देश में 'शादी' का सभी लोग इन्तजार क्यों करते हैं? बच्चों की शादी से सभी कुछ न कुछ अपेक्षा पाले रहते हैं। शादी व्यक्तिगत न होकर सार्वजनिक सी होने लगती है। शादी बहुत बड़ी घटना में तब्दील हो जाती है।

द्वितीय वर्ष, फिर तृतीय वर्ष...और अब तो चतुर्थ अर्थात—अन्तिम वर्ष आ पहुँचा। मैं वैसा अन्तर्मुखी तो नहीं रह पाया। हाँ बहुत बड़ा वैयक्तिक परिवर्तन भी नहीं हुआ। ज़फ़र अवश्य अब पहले से अधिक स्मार्ट हो गया था।

'परिवर्तन' स्पष्ट था तो बस भावनात्मक स्तर पर ही था। मैं पहले से अधिक सामाजिक हो गया था। पढ़ाई के समय सवर्ण, पिछड़ा एवं दलित वर्ग का स्पष्ट विभाजन जो मैंने देखा।...यही नहीं इन वर्गों में भी जातीय विभाजन, उससे मैं अन्दर तक विचलित हो गया था। लोग राष्ट्रीय सरोकारों से कोई वास्ता नहीं रखते थे। बस वही पुरातन श्रेष्ठता को बचाए रखने के लिए छटपटा रहे थे या फिर नए विकासगामी वर्ग भी अपना वर्चस्व स्थापित करना चाहते थे। 'आरक्षण' के मुद्दे ने इस विभाजन को और स्पष्टता दे दी थी।

भावनात्मक स्तर पर ही एक और परिवर्तन था, जो मेरा निजी मामला था। वह थी 'नफीसा'। वही नफीसा थी, जो बचपन में टहनी जैसी टाँगों से हर तरफ इठलाती घूमती थी। उसके प्रति एक अपनेपन का भाव कब गहरे में बैठता चला गया, मुझे पता ही नहीं चला। वह अब बड़ी हो चुकी थी। शरीर से ही नहीं, वह विचारों में भी काफी परिपक्व हो गयी थी।

यूँ तो ज़फ़र के घर मैं हर माह में एक बार जाता ही था, परन्तु अन्तिम वर्ष में लगभग पन्द्रह दिन के अन्तराल पर ही जाने लगा था। नताशा भी अक्सर मेरे साथ चली जाती थी। ज़फ़र का घर अलीगंज में था, वह उनके किसी दूर के रिश्तेदार का था, जो कि बहुत कम किराए पर उन्हें मिला हुआ था। उसके घर में तीन कमरे थे, घर के चारों तरफ एक चौहद्दी भी थी। बाहर से पूरे घर पर गुलाबी रंग चढ़ा हुआ था, जोकि पुराना पड़ चुका था। कई जगह काई भी जम गयी थी। घर के अन्दर हल्के

हरे रंग का शेड चढ़ा हुआ था। नफीसा ने काफी मेहनत से आँगन एवं घर को सँवार रखा था। उसके घर में 'अम्मी' कुछ न कुछ खिलाती रहती थीं। हम लोग आपस में काफी खुल चुके थे तथा साथ में कैरम, लूडो, ताश के पत्ते आदि खेलते रहते थे।

एक दिन जफ़र अपने अब्बू को लेने स्टेशन गया। नताशा भी नहीं थी, अम्मी अन्दर कुछ काम कर रही थीं। मैं घर में अकेला ही छूट गया। नफीसा मुझे चाय देने आयी। उसने आसमानी रंग का सूट तथा उसी रंग की चूड़ियाँ पहनी हुई थीं। दुपट्टा गले से थोड़ा नीचे सरक गया था। जब उसने मुझे चाय दी तो उसके उरोंज बाहर झाँकने लगे, मेरी निगाह उन पर पड़ी तो वो शरमा गयी। "...भाई-जान कुछ और लाऊँ...।" मैं सकपकाकर कुछ सोचने लगा।

आज मैंने उसे ध्यान से देखा। पूरी तरह जवान हो गयी थी वह। सौन्दर्य एवं लज्जा की प्रतिमूर्ति लग रही थी। शरीर के सारे अंग...उंगलियाँ, हाथ, पैर, कमर...सबके सब सांचे में ढले हुए...कहीं भी अतिरिक्त चर्बी नहीं।

नैन-नक्श इतना तीखापन एवं मासूमियत लिए हुए थे कि अप्सराएँ भी बौनी साबित हो जाएँ। मैं एक-दो बार पहले भी उसकी आँखों को 'महासागर' कह चुका था। उनमें झाँकने पर वे 'अथाह' ही लगती थीं।

मैंने ज्यों ही उसकी आँखों पर निगाह टिकायी, वो हँसी और बोली... "महासागर...हैं न भाई-जान।"

...इस बार 'भाई' शब्द पर जोर कम था। ध्यान हटते ही मैं बोला—"आओ कुछ खेला जाए।"

"अभी मन नहीं है।" उसने शरारती आवाज में मुझसे कहा।

"चलो आज ढेर सारी बातें करते हैं।"

"फिर कभी...।" और वह पलटकर चली गयी। वो शायद मेरी आँखों की जांच-पड़ताल से असहज हो गयी थी। लेकिन जाते समय उसने मुझे ऐसी निगाह से देखा कि जैसे वो कब से मेरे इस अन्दाज एवं आमन्त्रण का इन्तजार कर रही थी।

उसके अब्बू आए तो मैं जल्द ही हॉस्टल के कमरे पर चला आया। कमरे की पिछली खिड़की खोलकर कालोनी तथा सड़क को निहारने लगा। दिमाग तो जैसे आज 'नफीसा' पर ही अटक गया था। मुझे वो सारे पल याद आ गए, जब नफीसा मेरे इर्द-गिर्द मेरा ध्यान खींचने के लिए मंडराती रहती थी। फिर वह क्षण भी याद आया, जब इंजीनियरिंग की प्रवेश परीक्षा उत्तीर्ण करने के बाद वो मुझे अकेले में मिली थी। मुझे लग रहा था कि वो तब मुझसे ढेर सारी बातें करना चाहती थी। लेकिन मैं ही पीछे हट गया था। ऐसे अनेक अवसर मैं गवां चुका था।

ये भी कह सकते हैं कि मेरी सोच स्पष्ट नहीं थी। कहीं न कहीं अन्तर्मन में कोई हिचकिचाहट छिपी हुई थी। वह मेरे दोस्त जफ़र की बहन थी, इसलिए भी

कुछ झेंप सी बनी रहती थी।

अब चीजें बदल चुकी थीं। मुझे स्पष्ट हो गया था कि मैं उसे प्यार करता हूँ। वह मुझे बेहद अपनी लगने लगी थी। जितना सोचता गया, उतनी ही बेचैनी बढ़ती गयी।

मन में बार-बार अनेक आशंकाएँ भी पैदा होती रहीं। कहीं ये सब मेरी आँखों का धोखा तो नहीं है।...सबसे बड़ी अड़चन धर्म की थी, जो सताती रहती थी।

अगली कई मुलाकातों में मैंने नफीसा की बॉडी लैंगवेज एवं आँखों से यह खोजबीन जारी रखी कि उनके संकेत क्या हैं। मुझे स्पष्ट हो गया था कि वह भी मेरे लिए धीरे-धीरे अधीर हो रही है। मेरी निकटता उसे पसन्द है।

उसका मन भाँपकर मैंने आगे बढ़ने का फैसला किया। सारी कठिनाईयों पर मैं विचार कर चुका था। अब मैं सही समय की तलाश में था, जिससे कि मैं अपने मन की बात उससे कह सकूँ। उसके 'मन' की थाह भी ले सकूँ।

अक्टूबर माह में एक फंक्शन रखा गया था, जिसमें कुछ पुराने छात्रों को सम्मानित किया जाना था। जिन्होंने अपने कॉलेज का नाम रोशन किया था। खूब धूम-धड़ाके का 'फेट' में इन्तजाम था।

हम लोगों ने तय किया कि नताशा एवं नफीसा को भी साथ में ले लेंगे। हमने अम्मी से कहा, तो वो कुछ ना-नुकुर के बाद नफीसा को भेजने के लिये तैयार हो गयीं। लेकिन उन्होंने स्वयं मीर की वजह से आने से मना कर दिया।

शनिवार का दिन था। कई दिन से बादल अपनी छटाएँ रोज बिखेरते थे, लेकिन रोज ही दगा दे जाते थे। आज भी बादल सुबह से ही आँख-मिचौली का खेल खेल रहे थे। कोई भी नहीं चाह रहा था कि आज बादल सच में बरस जाएँ।

दोपहर को ही मैंने नताशा को तैयार होने के लिए कह दिया था तथा स्वयं भी ज़फ़र के घर कुछ जल्दी ही पहुँच गया। वे दोनों भी इस समय बी.ए. के अन्तिम वर्ष में लखनऊ वि.वि. में पढ़ रही थीं। नताशा वहीं गर्ल्स-हॉस्टल में रह रही थी।

ज़फ़र के घर जैसे ही मैं पहुँचा, वैसे ही नफीसा पानी लेकर आयी। और मुझे अकेला पाकर उसने आदाब किया। उसकी ये अदा मेरी जान ले जाती थी।

मैंने उसे ऊपर से नीचे तक निहारते हुए कहा, "बहुत प्यारी लग रही हो।"

वह बोली, "आप बताइये क्या पहनूँ?" उसकी आवाज से लग रहा था कि वह फेट में जाने के लिए काफी उत्साहित थी।

मैं बोला, "हुम्म! गुलाबी रंग वाला सूट पहन लो।"

वह बोली, "थोड़ा टाइट-फिट है,...इतने लोगों के सामने शर्म आएगी।"

आज वह मुझसे काफी सहज होकर बात कर रही थी।

वह फिर बोली, ''रात में कितने बज जायेंगे?''

''क्यों, मुझसे डर लगता है?'' मैंने मस्ती की।

''नहीं-नहीं, आपसे और डर,...बिल्कुल नहीं।'' उसने कनखियों से मुझे कुछ शरारत से भरे हुए अन्दाज में देखते हुए कहा।

थोड़ी देर में ज़फ़र भी नहा कर आ गया। नफीसा तब तक हम दोनों के लिए दही-बड़ा ले आयी।

नफीसा जल्दी ही तैयार हो गयी। उसने वही गुलाबी रंग का सूट पहन लिया था। ज़फ़र भी लाइटशेड का सूट पहनकर आ गया।

''नफीसा तुम तो बहुत स्मार्ट लग रही हो।'' ज़फ़र बोला।

मैं बोला, ''तेरी पर्सनेलिटी अब दब गयी है ज़फ़र।'' नफीसा का चेहरा शर्म से लाल हो गया।

रास्ते में ही नताशा को भी ले लिया। हरे सूट में नताशा भी उतनी ही प्यारी लग रही थी।

''माशा अल्लाह! ये दोनों तो सबकी छुट्टी कर देंगी।'' ज़फ़र बोला।

दिन छिप गया था। कुछ-कुछ अन्धेरा भी होने लगा था। बारिश का खतरा भी अब कम हो गया था, क्योंकि बादल लगभग छंट गए थे। उमस इस समय बिल्कुल भी नहीं थी। ऐसा लग रहा था कि जैसे कहीं आसपास बारिश हुई हो या शायद अभी भी हो रही हो। संभवत: इसीलिए हवा में हल्की ठंडक थी। हवा में कुछ अतिरिक्त तेजी भी थी, जिससे मौसम खुशगवार हो गया था।

पहले सभी मेरे कमरे पर पहुँचे। नफीसा कुछ हिचकते हुए कमरे में घुसी तथा एक तरफ कोने में दुबकी हुई सी बैठ गयी। मैंने कोल्डड्रिंक मंगवाया।

नफीसा मेरी सभी चीजों पर बड़े ध्यान से गौर फरमा रही थी। कमरे की दीवारों पर हॉलीवुड फिल्मों के कई हीरो-हिरोइनों के फोटो तो लगे ही थे, साथ में कार्ल मार्क्स का बड़ा सा फोटो भी लगा हुआ था। मैंने आज कमरे की ठीक से सफाई की थी।

ज़फ़र बोला, ''आज खास तौर पर सफाई की गयी है कमरे की।'' मैंने उसकी तरफ आँखें निकालीं।

लेकिन वह नहीं माना, ''अरे भाई, कुछ तो बड़ाई कर दो बेचारे के कमरे की।''

नफीसा बोली, ''भाईजान, आप लोग यहाँ पर कितना स्वतन्त्र महसूस करते होंगे न।''

''न,...नहीं ऐसी बात नहीं है, यहाँ भी जूनियर-सीनियर का चक्कर है। फिर

भी खूब मजे हैं।'' मैंने उसके मन को भाँपते हुये कहा।

मैं दूसरे कमरे में गया और झट से क्रीम कलर का सूट पहनकर आ गया।

नताशा एवं जफ़र ने सूट की प्रशंसा की। लेकिन नफीसा तो बस देखती ही रह गयी।

कार्यक्रम में पहुँचते ही दरवाजे पर सीमा एवं मोहिनी मिल गयीं। झट से दोनों बोलीं, ''आप दोनों बहुत स्मार्ट लग रहे हो।...और ये दोनों?'' दोनों ने ईर्ष्या-मिश्रित आश्चर्य के साथ कहा।

हमने उनका परिचय कराया।

''तभी दोनों इतनी खूबसूरत हैं।'' फिर से वही ईर्ष्या-मिश्रित भाव।

किनारे की सीटों पर हम लोग बैठ गये। मैं, फिर नफीसा, नताशा तथा अन्त में जफ़र। हमारे एकदम आगे की सीटों पर सीमा एवं मोहिनी भी चिपक गयीं तथा दोनों नताशा एवं नफीसा से काफी देर तक बतियाती रहीं। फिर दोनों कुछ देर बाद किसी काम से उठकर कहीं चली गयीं।

सीमा एवं मोहनी दोनों ही हमसे एक साल जूनियर थीं। सीमा मुझसे तथा मोहनी जफ़र से मौका मिलते ही बतियाने का प्रयास करती थीं। जफ़र तो अच्छे से बतिया भी लेता था।

नफीसा बोली, ''शोर बहुत है...है न।''

मैंने आवाज कुछ कम करने के लिए कहा। लेकिन वह हो नहीं पायी।

''भई! समस्या है, लोग ऐसा ही चाहते हैं।...अभी पुरस्कार वितरण होगा, तब अपने आप संगीत कम हो जाएगा।'' मैंने नफीसा को सफाई देनी चाही।

''नफीसा मुझे लगता है कि मुझे तुमसे प्यार हो गया है। पता नहीं ये सही है या गलत।'' कहने के बाद मुझे लगा कि कहीं जल्दबाजी तो नहीं कर दी।

वह चुप।

कुछ देर हम यूँ ही चुप बैठे रहे। गज़ल का प्रोग्राम शुरू हो गया। जिससे हमारे दिमाग को एक दूसरी दिशा मिल गयी। सारा माहौल एकाएक शान्त सा होने लगा।

बड़े ध्यान से नफीसा गजलें सुन रही थी। बड़े मशहूर गजल गायक भी तो थे वो।

अन्तिम गजल थी, 'रंजिश ही सही...' ने समां बाँध दिया। नफीसा की तो आँखें ही गीली हो गयीं।

उसके हाथ में बहुत देर से मैंगो-शेक का गिलास था। मैंने कहा, ''नफी जल्दी पी लो।'' वह हड़बड़ाई तथा उसने गिलास अपनी बांह पर ही उड़ेल लिया। और फिर मेरी तरफ रुआँसी होकर देखने लगी।

मैंने कहा, ''कोई बात नहीं, आराम से साफ कर लो।'' और मैंने अपना

रुमाल उसकी तरफ बढ़ा दिया।

वह बोली, "नहीं, मुझे बाथरूम जाना होगा, वरना तो मैं घर ही चली जाऊँगी।"

मैं जफ़र से बोला, "मैं नफीसा को बाथरूम तक ले जा रहा हूँ। जल्द ही वापस आ जाऊँगा।...हॉस्टल ही ले जाना पड़ेगा।"

मैंने सोचा कि कहीं जफ़र शक न करे, इसलिए मैंने उससे फिर कहा, "तुम्हीं हॉस्टल ले जाओ न इसको।"

जफ़र ने कुछ तेज नज़रों से मुझे देखा, तथा फिर नताशा पर नजर डालते हुए मुझसे कहा, "कोई बात नहीं, तुम्हीं चले जाओ। पर जल्दी आ जाना।"

हम लोग हॉस्टल की तरफ चल दिए। मेरी नजर सीमा पर पड़ी तो पाया कि वह लगातार मुझे ही खिसियायी हुई सी देख रही थी।

पण्डाल के बाहर कुछ तेज हवा बह रही थी। हवा में ठंडक भी पहले से कुछ बढ़ गयी थी। अन्धेरे का वातावरण कुछ शरारती अन्दाज में लग रहा था। ऐसे रूमानी मौसम में नफीसा का मुझसे कुछ दूर हटकर चलना मुझे खल रहा था। अचानक हवा का एक तेज झोंका आया और नफीसा के दुपट्टे को कुछ दूर तक उड़ा ले गया। शायद हवा मेरे मिजाज को भाँप गयी थी।

नफीसा ने दुपट्टे को लपकना चाहा, लेकिन वह कामयाब नहीं हो पायी। मैं उस पर चीते की तरह झपटा, पर वह मुझसे भी दूर चला गया।

....काफी दौड़-भाग करने के बाद ही मैं उसे पकड़ पाया।

वह मुझे दूर से ही देख रही थी। मैं उसके पास गया, तो उसने अपना वक्षस्थल अपनी बांहों में छुपा लिया। लेकिन तब तक मेरी खोजी निगाह उसके बेतरतीब शरीर पर पड़ चुकी थी।

वह बोली, "भाईजान! आप अच्छे नहीं हैं। आपको मुझे ऐसे देखना नहीं चाहिए था।"

मैं थोड़ा सकपका गया, "नहीं,...मेरी निगाह बस यूँ ही चली गयी।...मेरा वैसा इरादा नहीं था।" फिर मैंने उसे दुपट्टा दे दिया।

अन्धेरे का थोड़ा फायदा उठाते हुए मैं अपने बायें हाथ को उसके दायें हाथ के पास ले गया। उसे स्पर्श किया, फिर पकड़ा तथा उसकी उंगलियों में अपनी उंगलियाँ फँसा दीं। वह शान्ति के साथ चलती रही।

मैंने फिर से हिम्मत जुटाकर कहा "नफी...मैं तुम्हें चाहने लगा हूँ...मैं तुम्हारी भी इच्छा जानना चाहता हूँ।...मुझे गलत मत समझना।"

"भाईजान, हमें शान्ति से कहीं बैठकर इस मुद्दे पर चर्चा करनी चाहिए।"

"हाँ, निश्चित रूप से,...कहाँ?...कब?" मुझे एकाएक विश्वास नहीं हुआ,

उसके ऐसा कहने पर।

"ये आपको सोचना है।" उसने तिरछी निगाह से मुझे देखते हुये कहा। मेरी उंगलियाँ उसकी उंगलियों में सख्ती से फँस गयीं।

"इस शनिवार को ही हम लोग कहीं बैठते हैं।...अच्छा, ऐसा करना तुम सुबह ग्यारह बजे यूनिवर्सिटी के मुख्य दरवाजे पर आ जाना। वहीं से कहीं सही जगह पर चलेंगे।" मैंने उसके हाथ को और भी सख्ती से दबाते हुये कहा।

"ठीक है,...लेकिन डर लगता है।" उसने जब ऐसा कहा तो मेरा कन्धा अचानक उसके कन्धे से टकरा गया।

"सो तो है...हम ध्यान रखेंगे।"

बात करते-करते हम कमरे में पहुँच गए। "आओ, यहाँ पर कोई नहीं है। बाथरूम में जाकर अच्छे से कलाई साफ कर लो।" एकदम सुनसान लग रहा था हॉस्टल। नफीसा भी एकान्त के उस सन्नाटे में कुछ हिचकिचा सी रही थी।

हल्का मुस्कराते हुए वह बाहर आयी।

"...काफी साफ हो गया है,...अब कुछ देर के लिए पंखे की हवा में बैठ जाओ और इसे सुखा लो,...तब चलते हैं।" मैंने उसका हाथ अपने हाथ में लेकर देखते हुए कहा।

वो चुपचाप कुर्सी पर आकर बैठ गयी।

...उसने आज खूबसूरत चूड़ियाँ पहन रखी थीं। एक सुन्दर सी अंगूठी भी बाएँ हाथ में पहन रखी थी। बाल भी आज वैसे ही काढ़े हुए थे, जैसे मुझे पसन्द थे। उनमें माँग उसने नहीं निकाली थी।

धीरे-धीरे वह अपनी नजरें सभी चीजों पर डाल रही थी, जैसे उस एकान्त एवं सुनसान माहौल को कुछ हद तक वह तोड़ना चाह रही हो।

मैंने कमरे के पीछे की खिड़की खोल दी। जिससे हल्की-हल्की ठंडी हवा कमरे में आने लगी। मैं खिड़की से बाहर झाँकने लगा। इंजीनियरिंग कॉलेज की बाहरी दीवार के साथ वाली सड़क पर इक्का-दुक्का दुपहिया या कभी-कभी चार पहिया वाहन आ-जा रहे थे। कुछ पैदल तथा कुछ साइकिल चालक भी गुजर रहे थे।

मुझे बस यही डर था कि कहीं बत्ती न चली जाए।

मोबाइल की आवाज आयी तो मुझे लगा कि शायद कुछ ज्यादा देर हो गयी है। देखा तो ज़फ़र की कॉल थी। मैंने उसे बता दिया कि दो मिनट में पहुँच रहे हैं। पूरे रास्ते हम दोनों में कोई बात नहीं हुई। अब एक अजीब सी दूरी का अहसास हम दोनों कर रहे थे।

पॉप म्यूज़िक का कार्यक्रम शुरू हो चुका था। और ये क्या, ज़फ़र तो डांस कर रहा था। साथ में नताशा, मोहिनी, सीमा सब धूम-धड़ाका कर रहे थे।

सीमा मुझे एवं नफीसा को भी खींच ले गयी डांस के लिए। मैं और डांस, दूर तक कोई रिश्ता नहीं। बस हिला डुला लिया शरीर को और अलग हो गया।

नफीसा भी ठीक-ठाक डांस कर लेती थी। लेकिन आज उसका मूड नहीं था। जबर्दश्ती नचा ही लिया उसको भी थोड़ी देर के लिए सीमा ने। जफ़र एवं नताशा तो जैसे डांस कॉम्पटीशन कर रहे थे। दोनों नाच भी बहुत अच्छा रहे थे।

जफ़र ने मेरी खिंचाई करते हुये कहा, "तुम तो बेकार हो यार। जिन्दगी को कभी हल्के में नहीं लेते हो।"

जफ़र के अब्बू उस रात घर पर नहीं थे। इसीलिए सब लोगों का आज रात उसी के घर पर सोने का कार्यक्रम बन गया। वैसे भी उसके घर पहुँचते-पहुँचते लगभग बारह बज चुके थे।

थोड़ा रिलैक्स होने के बाद लूडो शुरू हो गया।

फिर ताश के पत्ते...तीन बजे के बाद ही हम किसी तरह सो पाये।

इतनी गहरी नींद सोए कि सुबह नौ बजे ही उठे, वो भी उठाने पर। तैयार होकर जल्दी ही मैं और नताशा चलने लगे।

तभी अन्दर से नफीसा की अम्मी की आवाज आयी, "एक मिनट रुको तो।"

वे आयीं और दो प्यारे से कंगन नताशा को पहना दिए, और फिर कहा, "बाजार गयी थी, तो इन दोनों के लिए ले आयी।" कहते हुए नताशा को उन्होंने चूम लिया।

मैंने देखा कि दूसरे रंग के वैसे ही कंगन नफीसा ने भी पहन रखे थे।

हम लोगों ने विदा ली और चल दिए।

कमरे पर पहुँचते ही मैं सो गया और शाम चार बजे तक सोता रहा। खाना भी मुझे बाहर ढाबे पर ही खाना पड़ा।

जफ़र लंच मेरे यहाँ ही करता था। वह अपना टिफिन ले आता था और मेरे कमरे में ही रख देता था। उसके बाद कक्षाएँ करने जाता था। दोपहर को फिर मेरे कमरे पर आ जाता था। कमरे की दो चाभियाँ थीं। एक उसी के पास रहती थी। वह किसी और समय भी आकर खाना खा लेता था।

प्रतिदिन हम मिलते थे और बहसें प्राय: होती रहती थीं। बड़े मन से बहस करता था जफ़र। इधर हमारी बहसों में हमारे अध्ययन तथा चिन्तन का प्रभाव साफ तौर पर परिलक्षित होने लगा था। पहले तो जो हारता था वह काफी देर तक अनमना सा रहता था। लेकिन अब हम धीरे-धीरे परिपक्व होते जा रहे थे। कई बार बहस जफ़र के घर पर ही शुरू हो जाती थी। नफीसा भी कभी-कभी बहस में शामिल हो

जाती थी। अम्मी भी एक दो बातें बोल देती थीं। साथ में वे हिदायत भी देती थीं, "बेटा, कुछ भी हो जाए आपसी भाईचारा कभी भी मत छोड़ना। अच्छे इंसानों का साथ बमुश्किल मिलता है।"

मैं अक्सर सोचता था कि अपने विचार रखने का सबको अवसर मिलना चाहिए। इसी से सच्ची लोकतांत्रिक सोच का पता चलता है। आप अगर अपने चिन्तन को सबके सामने नहीं ला पाते हैं, तो यह आपको बहुत पीड़ा देता है।

अगर आप रचनात्मक एवं बहुत व्यापक सोचते हैं और किसी अनचाहे भय से उसे कह नहीं पाते हैं, तो आपको बहुत घनीभूत पीड़ा होती है। यह ऐसा ही है, जैसे कोई बच्चा पैदा होने वाला होता है और कोई ताकत उसे पैदा नहीं होने देती है। मौलिक विचार भी बच्चे की तरह ही तो होता है, जिसे व्यक्ति किसी भी तरह सबके सामने लाना चाहता है। विचारों को पैदा करने में भी काफी दर्द एवं पीड़ा सहनी पड़ती है।

नफीसा काफी कम बोलती थी। लेकिन जब बोलती थी तो बात में वजन होता था। कभी-कभी लगता था कि वह हम दोनों से अधिक परिपक्व हो चुकी है। इधर उसने मुझसे मैक्सिम गोर्की का 'माँ' उपन्यास लेकर पढ़ा था, जो उसे काफी पसन्द आया था। मैं अब तक काफी साहित्य पढ़ चुका था। वह मुझसे अक्सर उसके बारे में जानकारी लेती रहती थी। नयी चीजों के प्रति काफी ललक थी उसमें।

मुझसे अक्सर कहा करती थी, "भाईजान ज़फ़र भाई का तो भरोसा नहीं; लेकिन आप तो मुझे अपने कार्यों में साथ रखेंगे न। मुझे आप लोगों के विचारों से पूरी हमदर्दी है।"

मैं उसकी उत्सुकता देखकर रोमांचित हो उठता था। नताशा जरूर इन मामलों में कुछ शिथिल थी।

उस दिन सुबह चार बजे ही मेरी आँखें खुल गयी थीं। समय जैसे काटे नहीं कट रहा था। कितना बड़ा दिन था वो मेरे लिये।...शायद तब उसके मूल्य का मुझे उतना अहसास नहीं था।

मैंने नाश्ता किया, कपड़े पहने तथा निकल पड़ा।

साढ़े दस बजे ही मैं लखनऊ विश्वविद्यालय के मुख्य गेट पर पहुँच गया।

ग्यारह बज गए, कोई नहीं आया...सवा ग्यारह, फिर साढ़े ग्यारह...लेकिन कोई नहीं आया।...मुझे काफी पसीना आने लगा था। वो भी तब, जबकि आज उतनी उमस नहीं थी।

फिर से तरह-तरह के विचार आने लगे। जैसे, शायद वो डर गयी होगी या फिर उसका आने का विचार ही बदल गया होगा।

इतनी देर में पता नहीं मैं कितने वाहनों का धुआँ पी गया था। आस-पास बीड़ी, सिगरेट आदि के खोखे थे। गेट के सामने ही एक पेट्रोल पम्प भी था। पास में ही एक बड़ा हनुमान मन्दिर भी था। बगल में ही एक प्राकृतिक चिकित्सा केन्द्र भी था।...यानी कितने लोग सड़क के किनारे विभिन्न रोजगारों या अन्य चीजों में लगे रहते हैं और सब के सब प्रदूषण के जहर को पीने के लिए जैसे अभिशप्त हैं।

एक कार, बाईक या टैम्पो या अन्य वाहन वाला अपनी या किसी अन्य की सुविधा के लिए जा रहा है और धुआँ इन सबको नाश्ते में परोस रहा है। लेकिन यह भी सच है कि सभी के रोजगार एक दूसरे से जुड़े हुए हैं। यानी सभी रोजी-रोटी या कारोबार की आपाधापी में इस चक्रव्यूह में फँसते चले जा रहे हैं।

पौने बारह बजे आखिरकार मैडम गयीं।...दूर से ही पहचान लिया था मैंने। बैंगनी रंग का नया सूट पहने हुए थी वो।

कुछ बेचैन सी लग रही थी। सड़क पार करने के बाद वह इधर-उधर देखने लगी। जैसे ही मुझे देखा, उसके माथे की सलवटें कुछ ढीली पड़ गयीं।

मैंने थोड़ा उलाहना देने वाले अन्दाज में कहा, ''भई, अभी से इन्तजार करवाना शुरू कर दिया।''

वो हल्का मुस्कुराते हुये मेरे साथ टेम्पो में बैठ गयी।

हजरतगंज में हम दोनों उतर गये। उसके चेहरे पर भय एवं चिन्ता की रेखाएँ स्पष्ट तौर पर देखी जा सकती थीं।

हम लोग एकांत चाहते थे। इसलिए हमने एक ऐसे रेस्टोरेन्ट में प्रवेश किया, जिसमें कम लोग ही आते थे तथा प्रकाश भी काफी कम था। जो थे, उसमें भी प्रेमी-युगल ही दिख रहे थे।

हम दोनों एक कोने में दुबके हुए से बैठ गए।...एक-दूसरे के ठीक आमने-सामने। नफीसा इस तरह से बैठी, जिससे कि उसका चेहरा किसी को दिखने न पाए।

बातों ही बातों में उसने बताया कि वह क्यों इतना लेट हो गयी थी?

मैंने बैरे को आर्डर दिया।

वह बोला, ''ठीक है साहब, अभी लाता हूँ।''

फिर मैंने ही मौन तोड़ा—''तुम्हें पता है उस दिन फेट में मैंने अनजाने ही एकाएक अपने दिल की बात कह दी थी। वह इसके लिए सही जगह नहीं थी। बाद में मुझे काफी पछतावा हुआ।''

तभी बैरा पानी ले आया। मैंने दोनों गिलासों में पानी उड़ेला और उसकी तरफ एक गिलास बढ़ा दिया। उसने मेरी बात पर जैसे ध्यान न देते हुए पानी पिया।

पानी पीकर हल्की ताजगी आने से उसका चेहरा कुछ तरोताजा लगने लगा।

मैंने उसके दोनों हाथ अपने हाथों में ले लिये तथा उन्हें धीरे-धीरे सहलाने लगा—''नफीसा, डरो मत। मेरी आँखों में देखो, क्या इनमें तुम्हारे लिए अपनापन नहीं है?...क्या इनमें तुम्हारे लिए सब कुछ नहीं है?...क्या मैं तुम्हारा हमेशा ख्याल नहीं रख पाऊँगा?...या फिर तुम्हें मुझ पर अभी भी विश्वास नहीं है?'' मैंने हिम्मत बटोरकर कहा।

''विश्वास तो है लेकिन बहुत मुश्किल है!''

''क्यों...?''

''पिछले एक हफ्ते से मैं ठीक से सो भी नहीं पायी हूँ। हर वक्त डरावनी बातों से दिमाग भरा रहता है। मुझे अपनी चिन्ता तो उतनी नहीं होती है, लेकिन कोई आपको कुछ कहे; यह मैं बर्दाश्त नहीं कर सकती। और अगर आपको खुदा न खास्ते कुछ हो गया, तो मेरे तो खड़े-खड़े ही प्राण निकल जायेंगे।'' इस बार फिर से वह मुझे भाईजान कहना भूल गयी थी।

''ऐसी नकारात्मक बातें मत सोचा करो, तुम्हें तो मेरी हिम्मत बढ़ानी चाहिए। तुम तो मेरा सबसे बड़ा सम्बल हो।''

उसने मेरे हाथों को तेजी से दबाया, फिर प्यार भरी नजरों से देखते हुये बोली, ''हूँ, और जीते जी हमेशा रहूँगी, लेकिन...?''

''लेकिन क्या...?'' मैंने उसकी उंगलियों में अपनी उंगलियाँ और ज्यादा उलझा दीं।

''हम केवल अच्छे दोस्त ही रहें, तो भी तो ठीक रह सकता है।''

''नफी..., ऐसा मत कहो। किसके साथ जीवन जीना है, इसका अधिकार मैं किसी बाहरी दबाव में नहीं छोड़ सकता और तुम्हें भी नहीं छोड़ना चाहिये। देखो! बात बस धर्म की है, तुम तो जानती ही हो कि मुझे किसी खास धर्म में विश्वास नहीं है। बस सिर्फ योग को मैं पसन्द करता हूँ। ऊपर वाला है भी या नहीं; इस पर मैं अभी भी निश्चित नहीं हूँ। लेकिन मैं दूसरों की धार्मिक आस्था का पूर्ण सम्मान करता हूँ। तुम मेरे साथ रहकर भी इस्लाम धर्म को अपनाए रहना, मुझे तो अच्छा ही लगेगा। मैं स्वयं इसकी कोशिश करूँगा कि तुम मानसिक रूप से पूर्ण स्वतन्त्र महसूस कर सको। मेरी राय में धर्म नितान्त व्यक्तिगत मामला होता है, ईश्वर-प्राप्ति का एक साधन होता है,...तब वह अपनी पसन्द का ही होना चाहिए।

...हालाँकि व्यवहार में ऐसा नहीं हो पाता है, क्योंकि पैदा होते ही व्यक्ति पर माँ-बाप या परिवार द्वारा धर्म...या कभी-कभी नास्तिकता लाद दी जाती है। व्यक्ति के दिमाग का एक हिस्सा गुलामी की जंजीरों में उसके सबसे अधिक अपनों द्वारा जकड़ दिया जाता है।...वास्तव में जाने-अनजाने ही उनसे एक बहुत बड़ा अपराध हो जाता है।...और ऐसे अपराध व्यक्ति पीढ़ी दर पीढ़ी करते चले आ रहे हैं।...और हद

तो तब हो जाती है, जब स्वयं द्वारा लादी गयी ऐसी गुलामी में अपने बच्चों को देखने के आदी होकर कुछ लोग कई तरह के अनैतिक एवं पाशविक कार्य तक कर जाते हैं।'' नफीसा बहुत ध्यान से मुझे सुन रही थी। काफी देर से उसके बालों की एक 'लट' उसके माथे पर लटक रही थी, इससे वह और भी सुन्दर दिखने लगी थी।

''आपकी सारी बातें सच हो सकती हैं। लेकिन ऐसी बातों से बदलाव एकाएक तो नहीं आ सकते हैं।'' उसने अपना बांया हाथ मुझसे छुड़ाया और अपनी लट को ठीक किया। फिर अपना दुपट्टा ठीक किया और वह हाथ मेज पर रख लिया।

''वैसे तुम क्या सोचती हो?...क्या मैं तुम्हें पसन्द नहीं?'' कहते हुये मैंने अपनी निगाहें उसके चेहरे पर टिका दीं।

''ऐसा कैसे कह सकते हैं आप? मैंने ऐसा तो कुछ नहीं कहा। आप तो बेहद स्मार्ट हैं और इंटेलेक्चुअल भी हैं। बस थोड़े से लापरवाह जरूर हैं, मेरी छोटी- छोटी चीजों का ख्याल नहीं रखते हैं।''

''सो तो है।...देखो नफीसा! मेरा ध्यान कई बार बँटा रहता है, इसीलिये मैं कई बार लापरवाही कर जाता हूँ।''

''बातें आप भी खूब बनाना सीख गए हैं। इतने साल हो गए हैं, कोई अच्छा सा गिफ्ट भी नहीं दिया है मुझे।'' उसने कुछ शिकायती लहजे में कहा।

''देखो नफी! मैंने पैसे बचाए थे तुम्हारे लिए, ताकि तुम्हें कोई अच्छा गिफ्ट दे सकूँ; लेकिन मुझे झेंप आ गयी।'' उसने कुछ अविश्वास सा दिखाते हुये बांयी तरफ को कुछ मुँह बिचकाया।

''तुम्हें मेरा विश्वास नहीं है?'' मैंने उससे कहा।

लेकिन नफीसा बात को टाल गयी। उसने ऐसे हाव-भाव दिखाये, जैसे कि उसने कुछ सुना ही नहीं।

नूडल्स खाने के बाद हम लोग जनपथ की तरफ निकल पड़े। नफीसा मुझसे कुछ दूर हट कर ही चल रही थी। उस समय दुकानों पर भीड़ काफी कम थी।

''आओ एक सूट देखते हैं।'' एक दुकान में घुसते हुये मैंने कहा।

''नताशा के लिए?'' उसने स्वयं ही अनुमान लगाया।

''बता दूँगा, कुछ देर इन्तजार तो कर लो।'' फिर हम लोग सूट पसन्द करने में जुट गये।

''नफीसा, जरा पहन कर तो दिखाओ।'' मैंने नफीसा की तरफ एक सूट बढ़ाते हुए कहा।

''मैं,...क्यों?'' कहकर वह थोड़ा मुस्कुरायी।

"तुम, प्लीज पहनो न।"

थोड़ी ना-नुकुर के बाद वह मान गयी।

जैसे ही वह सूट पहन कर बाहर आयी, मेरी ही नहीं सभी की निगाहें उस पर ठहर गयीं। निगाहों के उस घेराव से वो सकपकाते हुये शरमा गयी।

उस पर कोई भी कपड़ा, चाहे वह किसी भी रंग का हो; अपने आप ही अच्छा लगने लगता था।

सूट लेकर जब हम लोग कुछ आगे बढ़े तो नफीसा ने बेचैन होते हुये फिर पूछा, "किसके लिए लिया है?"

"बता दूँगा, पहले फिर से मिलने का वादा करो।" मैंने झूठे ही सख्ती करते हुये कहा।

"अच्छा आ जाऊँगी, अब बता दीजिए न।" उसने कहा।

मैंने उसके दोनों हाथों में सूट देते हुए कहा, "तुम्हारे लिए है, ये सूट।"

"लेकिन अम्मी को क्या बताऊँगी?"

"अब ये तुम्हारा काम है। फिलहाल इसे सँभाल कर रख लो।"

फिर बातें करते हुये हम लोग टैम्पो-स्टैण्ड तक पहुँच गये।

"तुम अकेले चली जाओगी, या मैं छोड़ दूँ?"

"नहीं, मैं चली जाऊँगी।" फिर उसने टैम्पो पकड़ा और मुझसे विदा लेकर जाने लगी।

"देखना, ठीक से जाना।" मेरा भी उसी के साथ जाने का मन कर रहा था।

उसके जाने के बाद मेरे दिमाग की धुँध छंटने की बजाए और भी बढ़ गयी थी। सोचने लगा कि नफीसा की चिन्ताएँ शायद गलत नहीं हैं। वह बहुत समझदार है।

प्यार का भी क्या अहसास होता है? सब-कुछ भूल सा जाता है आदमी। हर चीज इससे प्रभावित होने लगती है। आप कितने भी परिपक्व क्यों न हों, इसकी जकड़न से बच नहीं सकते। और जब उस प्यार को पाने की अनिश्चितता बनी हुई हो, तब तो वह और भी अनमोल लगने लगता है।

अगले शनिवार की शाम को नताशा को साथ लेते हुए मैं ज़फ़र के घर पहुँच गया।

थोड़ी देर बाद नफीसा ही पानी लेकर आयी। उसने मुझे आदाब किया। वो हल्के हरे रंग का सूट पहने हुई थी, काफी अच्छी लग रही थी। उसके चेहरे पर हल्की मुस्कुराहट के भाव थे।

"आप थके हुए क्यों लग रहे हैं?" उसने मुझे टोका।

"हाँ, कल रात यूँ ही नींद नहीं आयी थी।"

"क्यों?" उसने मेरे चेहरे को कुछ पढ़ते हुये पूछा।

मैंने बात काटी, "जफ़र एवं अब्बू कहाँ हैं?"

"जफ़र-भाई तो दुकान तक गए हैं, और अब्बू तो बस हर समय बच्चों को कोचिंग ही पढ़ाते रहते हैं।" कहते हुए वह अन्दर चली गई।

कुछ देर बाद जफ़र वापस आ गया।

"यार मैं यूरोप का इतिहास पढ़ रहा था, यह आजादी तो हमें जर्मनी एवं क्रान्तिकारियों ने ही दिलायी थी। बापू तो बस यूँ ही जरूरत से ज्यादा महत्त्वपूर्ण हो गए।" वो कुछ अतिउत्साहित सा होते हुये बोला। इसी उत्साह में वो घर में अन्दर सामान पहुँचाना भी भूल गया।

"बात इतनी आसान नहीं है यार।...तू पहले सामान तो अन्दर पहुँचा दे।"

वो अन्दर गया और फिर वापस आकर बैठते हुये बोला, "क्यों यार? ये यूरोप के राष्ट्र उपनिवेशों के लालच में ऐसे पड़े कि प्रथम विश्वयुद्ध हो गया। फिर जर्मनी को दूसरे देशों ने बहुत सताया। परिणामस्वरूप हिटलर का अभ्युदय हुआ। उसने बेरहमी से इन्हें हराना व नीचा दिखाना शुरू किया। इन्हें स्वयं उसके उपनिवेश बनने का डर सताने लगा और बहुत से तो बन भी गए। यूरोपीय जान-माल की इतनी क्षति हुई कि यूरोप की जगह अमेरिका एवं सोवियत संघ मजबूत होते चले गए।...इंलैण्ड तो उस समय इतना कमजोर हो गया था कि वह हमें गुलाम बनाए रख ही नहीं सकता था।...और इसका पूर्ण श्रेय जाता है हिटलर को। वह अनजाने ही उपनिवेशवाद के खात्मे का एक कारण बन गया।"

"जापान भी तो कम विध्वंसक नहीं था और इटली ने भी कुछ भय तो बनाया ही था।" मैंने बातचीत को थोड़ा आगे बढ़ाया।

"हाँ, लेकिन हिटलर की जगह कोई नहीं ले सकता। उसके नेतृत्व में जर्मनी ने तमाम देशों और लोगों के गुरूर को मिट्टी में मिला दिया।" उसने फिर से हिटलर का पक्ष लिया।

"हाँ, लेकिन वह तानाशाह था। हम उसका समर्थन नहीं कर सकते, उसने लाखों यहूदियों को मौत के घाट उतार दिया। उन निर्दोष यहूदियों के बारे में सोचकर उसकी अविचलित क्रूरता का सहज ही अन्दाजा हो जाता है। यहूदियों में इतना भय व्याप्त हो गया कि वे अपने देश के बारे में और भी गम्भीरता से सोचने लगे। परिणामस्वरूप इस्राइल का जन्म हुआ, जिससे फलस्तीन समस्या उभरी। आज भी इस समस्या से पूरा अरब-जगत् ग्रसित है।...साथ ही स्वयं इस्राइल अपने को चारों तरफ से घिरा हुआ महसूस करता है। यहूदी जनता को अपनी सुरक्षा के लिए अनवरत संघर्ष करना पड़ रहा है।...वास्तव में उसने यहूदियों के प्रति जितनी

क्रूरता दिखायी, उतनी क्रूरता तो एक विक्षिप्त एवं पागलपन की हद तक कुंठित मनुष्य ही दिखा सकता है।''

''यार तू हमेशा बात को इतना फैला क्यों देता है? मैं भी हिटलर को अच्छा नहीं मान रहा हूँ। यहूदियों के खिलाफ तो उसका व्यवहार उसे निश्चित रूप से शैतान का दर्जा देता ही है, वह मानवता के नाम पर एक धब्बा था। बस मैं आजादी के लिए उसे महत्व दे रहा हूँ।'' ज़फ़र ने कुछ चिढ़ते हुये कहा।

''आजादी भी लम्बे संघर्ष से ही मिली थी, जो कि गाँधी जी के नेतृत्व में हुआ था।'' नफीसा एवं नताशा हम लोगों को बड़े ही ध्यान से सुन रही थीं।

''केवल अहिंसा से आजादी नहीं मिलती है, और हाँ आजादी तो मिलनी ही थी। गाँधी जी नहीं होते, तब भी हमें मिलती। हमारी आजादी के आस-पास ही प्राय: सभी देश आजाद हो गये थे। भगत सिंह ने भी काफी कम समय में लगभग उतनी ही छाप जनमानस के मस्तिष्क पर छोड़ी थी। सुभाषचन्द्र बोस तो विलक्षण थे ही।''

''इतिहास में क्या, क्यों, कैसे हुआ था या नहीं हुआ था; इसके लिए स्थान नहीं है। गाँधी जी से स्वतन्त्रता संघर्ष का नेतृत्व कोई नहीं छीन पाया। नेताजी सुभाषचन्द्र बोस ने भी अँग्रेजों के खिलाफ सैनिक-संघर्ष छेड़ने से पहले उनका आशीर्वाद माँगा था। उनकी इज्जत सभी लोग करते थे और वह भी बिना किसी दबाव के। और यही नेतृत्व का सबसे बड़ा गुण होता है।...चाहे जो भी हो, भगत सिंह अपने आपको बहुत बड़े फलक पर नेता के रूप में स्थापित नहीं कर पाए।''

''तू कबसे गाँधीवादी हो गया। अगर भगत सिंह को फांसी नहीं मिलती, तो वे बहुत परिपक्व एवं क्रान्तिकारी नेता के रूप में उभरते।...उनका दीर्घायु न होना पूरे देश के लिए एक गम्भीर आघात रहा है।...आजादी के बाद अगर वो जिन्दा होते तो देश के हालात पूरी तरह से भिन्न होते।...और आजादी के बाद देश की बागडोर अगर उनके हाथों में आ जाती, तो देश में आज बहुत सारी समस्याओं का निदान हो चुका होता।''

''मुझे भी गाँधी जी की शैली पसन्द नहीं है। लेकिन आप सच्चाई से मुँह नहीं मोड़ सकते। मैं भी उनके अतिआदर्शवाद के सख्त खिलाफ हूँ, जिसका खामियाजा अभी तक हम लोग भुगत रहे हैं। आजादी के बाद भी उनका आदर्शवाद अभी तक हमारा पीछा नहीं छोड़ रहा है। हम वास्तविक समस्याओं के निदान की जगह अभी भी आदर्शवाद का दामन थाम लेते हैं। आजादी के बाद जो भी बड़े बदलाव के बिगुल बजे हैं सभी में आदर्शवाद अपनी जड़ों को जोरदार तरीके से जमाये रहा। इसीलिए वास्तविक बदलाव अभी तक नहीं हो पाया है। दुनिया के अधिकांश देशों और उनकी जनता ने व्यावहारिक एवं जमीनी तरीकों से ही अपनी

तकदीर को बेहतरी से संवारा है। आदर्शवाद का पालन एक सीमा तक ही सही है। अति आदर्शवाद कहीं न कहीं पाखंड को जन्म देने लगता है।...लेकिन आजादी से पहले के उनके योगदान को कोई भुला नहीं सकता है।''

''सच्चाई को गढ़ता कौन है?...गाँधी जी को बड़ा बनाया अँग्रेजों ने, वे उन्हें मोहरे की तरह प्रयोग करते थे। ताकि बड़े खूनी संघर्ष से वे लोग सुरक्षित रहें। गाँधी जी ने देश में उफान ले रही विप्लवकारी एवं परिवर्तनकारी ऊर्जा को कुंद कर दिया। इस ऊर्जा से देश का परम्परागत सामाजिक-धार्मिक ढाँचा पूर्णरूप से परिवर्तित हो सकता था। और एक बार अगर समाज जागरुक एवं परिवर्तित हो जाता तो वह गुलाम तो रह ही नहीं सकता था।

सच ये है कि हमारे समाज के बड़े हिस्से को आजादी से खास मतलब कभी रहा ही नहीं, क्योंकि वे हजारों साल से शोषित होते चले आ रहे थे। बड़े नेता इस शोषित तबके का अपनी इच्छानुसार प्रयोग करते रहे। उनकी मासूम भावनाओं से हमेशा ही खिलवाड़ होता रहा। वास्तव में एक छोटे से तबके के नेता ही थे गाँधी जी। असली लड़ाई तो आम जनता ने ही लड़ी थी और अगर समाज कूपमंडूक नहीं होता, तो हम या तो गुलाम ही नहीं होते या फिर गुलाम होते भी तो काफी पहले आजादी पा चुके होते।''

''कोई एक आदमी रातों-रात सब कुछ नहीं बदल सकता है, और अपने संस्कारों से मुक्त होने के लिए भी गहन आन्तरिक संघर्ष करना पड़ता है। कुछ कमियाँ थीं गाँधी जी में भी। ये भी सच है कि उनमें जो अच्छाईयाँ पनपी थीं, वे भी अधिकतर पाश्चात्य परिवेश में अध्ययन करके ही पनपी थीं। साथ ही यह भी सच है कि यहाँ का आम आदमी आदर्शवाद के पीछे बहुत अधिक भागता रहा है। इसलिए गाँधी जी भी बहुत तेजी से लोकप्रियता हासिल करते चले गये।...वास्तव में वे तत्कालीन समाज की नब्ज पकड़ने में पूर्णरूपेण कामयाब रहे और इसी चीज ने उन्हें बड़े नेता के रूप में तब्दील कर दिया। उन्होंने अपने आपको दक्षिण अफ्रीका एवं भारत; दोनों जगह ही स्थापित करके दिखाया तथा इतिहास को एक नयी दिशा भी दी।'' वास्तव में अब मैं चाहता था कि बहस जल्दी से समाप्त हो।

''तुम समन्वय वाली बातें मत किया करो, ऐसी बातों से समाज को कोई लाभ नहीं होता है। आज आदर्शवाद के आधार पर सफलता मिलना बहुत मुश्किल है। तुम भी जानते हो कि स्वतन्त्रता प्राप्ति का समय जितना करीब आता गया, गाँधी जी लगातार उतने ही कमजोर एवं निष्प्रभावी होते गये।''

''अच्छा बाबा तुम जीते मैं हारा। वैसे आज तुम्हारा विश्लेषण लाजबाव था।''

''नहीं, बात अभी पूरी नहीं हुई है। भारत-छोड़ो आन्दोलन में 'करो या मरो' का नारा कहीं न कहीं गाँधी जी का स्वयं अपनी नीतियों से भटकाव ही था और वे

इस आन्दोलन के नेता भी नहीं रहे थे।''

''देखो, उतार-चढ़ाव तो हर नेता के जीवन में आता है। लेकिन गाँधी जी की छाप भारत ही नहीं पूरे विश्व पर पड़ी है। उनका महत्व विश्व में आज भी लगातार बढ़ रहा है। अनेक बड़े नेता आज भी उन्हें अपने आदर्श के रूप में अपना रहे हैं।''

''तू फिर से विश्व की बात करने लगा? केवल भारत की बात चल रही थी न।''

मैं इस बार हँसते हुये बोला, ''चल यार, कुछ खिला-पिला तो दे या ऐसे ही बातों में सारा वक्त गुजार देगा?''

''तू आजकल इतनी शान्ति से बात कैसे करने लगा है?'' उसने कुछ आश्चर्य सा व्यक्त करते हुये कहा।

''भई, परिवर्तन ही शाश्वत नियम है। हेराक्लाइटस हों या महात्मा बुद्ध, सभी ने परिवर्तन की शाश्वतता को महत्व दिया है और यही सबसे बड़ा सच है।'' मैं कुछ दार्शनिक अन्दाज में आते हुये बोला।

''बहुत बातें हो गयीं, अब लस्सी पी लीजिए। वरना गर्म हो जाएगी।'' अचानक नफीसा ने कहा। वह एकाएक शुरू हुए इस सैद्धांतिक वार्तालाप से असहज दिख रही थी।

''भई नताशा, तुम्हारी पसन्द बड़ी प्यारी है। कितना अच्छा सूट पसन्द किया है तुमने। नफी को बहुत पसन्द आ रहा है। मुझसे तुम पैसे ले लेना। अब उसको नफी के पास ही रहने दो।'' अम्मी ने अचानक वहाँ आते हुये कहा।

''आंटी, वह तो मैंने नफी को पहले ही देने का मन बना लिया था। ज्यादा मंहगा भी नहीं है।'' साफ झूठ बोल गयी थी नताशा।

''अरे, जो भी पैसे लगे हैं मैं दे दूँगी तुम्हें।''

मैंने नफीसा को देखा, तो वह सन्तुष्ट नज़र आ रही थी। उसकी आँखें जैसे कहना चाह रही हों कि देखा, कैसी काट निकाली है मैंने? और अम्मी के ज्यादा पैसे भी खर्च नहीं करवाए।

''अरे भई नफीसा, जरा हमें भी तो पहन कर दिखाओ।'' जफ़र कुछ उत्सुक होते हुए बोला।

''भाईजान किसी खास मौके पर ही पहनूँगी,...वैसे आप देख लीजिएगा।''... और नफीसा झट से सूट ले आयी।

मेरे लिए वह एक रहस्य बनती जा रही थी। मेरी बेचैनी को वह लगातार बढ़ा रही थी। मुझे लगता था कि वह इतना शान्त कैसे रह लेती है? जबकि मैं तो हर वक्त उसके लिए परेशान सा रहता हूँ। मैंने उसे कई बार फोन करने के लिए टोका भी था। लेकिन वह थी कि फोन करती ही नहीं थी। मुझे उसकी इस बेरहमी पर

गुस्सा भी आ जाता था।

आज मैं इस बात को सोचता हूँ, तो पाता हूँ कि सदियों के लम्बे संघर्ष के बाद महिलाओं में धैर्य बहुत बढ़ गया है। धैर्य एवं सहनशीलता उनमें प्रायः पुरुषों से काफी अधिक बढ़ गयी है। हर देश एवं समाज में बीसवीं शताब्दी से पहले तक महिलाओं पर अत्याचार प्रायः होते ही रहे थे। इसलिए उनमें कुछ अलग तरह के संस्कार पैदा हो गए हैं। प्यार के मामले में भी वे अति उत्साही कभी नहीं होतीं। कुछ वे पुरुषों को लम्बी जद्दोजहद में रखकर परख भी लेना चाहती हैं, कि वह उनको पूर्ण सुरक्षा व आत्मसम्मान देगा भी या नहीं।

आखिरकार अपना घर छोड़कर वे सदियों से दूसरों के घर में जाती रही हैं, वहाँ वे कई तरह के नये सम्बंधों से सामन्जस्य बिठाती रही हैं। हर बार प्रायः वे ही समझौते के लिए बाध्य होती रही हैं। हाँ, अब जरूर स्थितियाँ थोड़ी बदली हैं, लेकिन अभी भी उन्हें महिला होने का अहसास हर संस्कृति एवं समाज में समय-समय पर होता ही रहता है। इसीलिए वे कई मामलों में बहुत सतर्कता से काम लेती हैं। हाँ, कुछ अपवाद महिलाओं में भी मिल ही जाते हैं।

ठीक साढ़े दस बजे नफीसा रेस्टोरेन्ट पहुँच गयी थी। मैं तो दस बजे ही पहुँच गया था।

कुछ हल्की फुल्की बातें करने के बाद मैंने उसका मूड भाँपते हुए कहा ''नौकरी लगते ही मैं तुमसे शादी करना चाहता हूँ। संभवतः तब उतना विरोध भी नहीं होगा।''

''कैसे करेंगे?'' उसने मेज पर अपनी दोनों कोहनी टिकाते हुये उत्सुकता से कहा।

''हम कोर्ट-मैरिज करेंगे।'' मैंने उसे स्पष्ट बता दिया।

''लेकिन ये रास्ता तो बहुत टेढ़ा है, अम्मी-अब्बू की बहुत बदनामी हो जाएगी। लोग उन्हें चैन से जीने नहीं देंगे।'' उसने थोड़ा और आगे की तरफ झुकते हुये कहा।

''कुछ दिन की ही ये सब बातें होती हैं, बाद में लोग सब भूल जाते हैं।''

''आप मुझसे लड़ाई तो नहीं किया करेंगे, कई बार प्रेम-विवाह में समस्या भी तो आ जाती है। मेरे लिए तो सारे रास्ते ही बन्द हो जायेंगे।'' उसने माहौल को एकाएक नया मोड़ देते हुए कहा।

''तुम ऐसा सोच भी कैसे सकती हो? तुम मुझे बचपन से जानती हो। तुम मेरे परिवार की सदस्य की तरह ही तो रही हो। मेरे मम्मी-पापा तुम्हें बेटी की तरह से प्यार करेंगे।'' कहते हुये मेरे दिल की धड़कन तेज हो गयी थी, क्योंकि अब

अप्रत्यक्ष रूप से वह लगभग सहमति दे चुकी थी।

दोनों कुछ देर चुप रहे। फिर उसने अपने हाथ मेरे हाथों में रखते हुए कहा, ''पहले से आप कमजोर हो गए हैं, क्या आप खाना-पीना भी ढंग से नहीं कर सकते हैं? मुझे आपकी चिन्ता लगी रहती है।''

''कमजोर तो तुम भी हो गई हो।''

फिर बैरा आइस्क्रीम ले आया। दोनों कुछ सुकून महसूस करते हुए आइस्क्रीम खाने लगे। कुछ समय बतियाने के बाद आखिर वह अपना पर्स उठाते हुए चलने के लिए कहने लगी। मैंने उसे एक गिफ्ट पैक दिया जिसमें एक परफ्यूम था। उसने भी मुझे रूमाल दिया।

वह आँखों मे उदासी का भाव लिए हुए अनमनी सी होकर विदा हो गयी। मैं खड़ा-खड़ा टैम्पो को तब तक देखता रहा, जब तक कि टैम्पो को पूरी तरह से अन्य गाड़ियों ने घेर नहीं लिया।

घर जाकर देखा, तो वे दो रुमाल निकले। एक हल्के हरे रंग का तथा दूसरा आसमानी रंग का। दोनों पर उसने हाथ से कढ़ाई की थी। बेहद खूबसूरत थे दोनों। दोनों को मैंने सँभाल कर रख लिया।

एकाएक रेस्टोरेंट में बिताये गये पलों के सारे चित्र मेरे दिमाग में उभर आये।

सुबह उठा तो शरीर एकदम स्फूर्ति से भरा था। वैसे तो आज रविवार था, लेकिन पता नहीं क्यों कुछ जल्दी ही आँखें खुल गयी थीं। बाहर निकलकर मैंने एक लम्बी सी अंगड़ाई ली।

अभी हॉस्टल में अधिकतर लोग सोए हुए थे। मैं ऊपर छत पर चला गया। दूर-दूर तक ऊँची-ऊँची इमारतें दिख रही थीं। हल्की-हल्की हवा बह रही थी। सूरज उगने की सुगबुहागट होने लगी थी। मैंने फुल टी-शर्ट एवं पायजामा पहना हुआ था। अभी मुँह भी नहीं धुला था। हवा के एक झोके के बाद दूसरा झोका कुछ रुककर आ रहा था। ऐसे में मुझे हवा का कुछ इन्तजार करना पड़ रहा था। मैंने आँखे बन्द कर लीं तथा हवा का आनन्द लेता रहा।

कुछ देर बाद सूरज की लालिमा झाँकने लगी, तो मैं नीचे उतर आया।

वक्त भी बड़ा बेरहम होता है। जब मन करता है कि वक्त जल्दी गुजरे, तो वह गुजरता नहीं। और जब मन करता है कि वक्त जल्दी न गुजरे, तो वह बहुत तेजी से गुजरता हुआ महसूस होता है।...लेकिन हाँ गुजरता वह जरूर है।

...फिर भी बीस नवम्बर को तो आना ही था।

मैं साढ़े नौ बजे तक रेस्टोरेन्ट के दरवाजे पर पहुँच गया। रेस्टोरेन्ट अभी बन्द

ही था। दिल की धड़कनें आज काफी तीव्र हो चली थीं।

दस बजे वह आ गयी। दूर से ही मुस्करा पड़ी मुझे देखकर। पास आकर आदाब किया और बोली, "कहाँ चलना है? जल्दी चलिए, कहीं कोई देख न ले।"

"रेस्टोरेंट में नहीं बैठोगी?"

"नहीं, कहीं घूमने चलते हैं।"

"पहले इमामबाड़ा या पिक्चर?"

"पिक्चर और इस समय?" उसने जिज्ञाशा प्रकट की।

"हाँ, सुबह भी तो सिनेमा चलता है।" मैंने स्पष्ट किया।

"चलिए, इस समय भीड़ भी नहीं होगी। लेकिन कोई घटिया फिल्म नहीं होनी चाहिए।" कहते हुए उसने मुझे घूरा।

पिक्चर समाप्त होने से लगभग दस मिनट पहले ही हम लोग निकल आए तथा टेम्पों में बैठकर सीधे आई.टी. चौराहे पर पहुँचे। वहीं से थोड़ा आगे चलकर बायीं तरफ मेरे दोस्त का फ्लैट था। फ्लैट में उसके अलावा कोई और नहीं रहता था।

नफीसा को लेकर मैं वहीं पहुँच गया।

"किसका घर है ये?" उसने शंकापूर्वक मुझसे पूछा।

"मेरे दोस्त का।" फिर मैंने जल्दी से नफीसा को दरबाजे के अन्दर ले लिया और अन्दर से सिटकनी लगा ली।

"अब हम लोग इमामबाड़ा देखने भी नहीं जा रहे हैं। यहाँ पर मिलना सबसे सुरक्षित है।"

"जी ठीक है, मैं इमामबाड़ा अम्मी या जफ़र भाई के साथ देख लूँगी।" कहते हुए उसने अपना पर्स वहीं बैड पर रख दिया।

मैं खाने-पीने के लिए चीजें वहाँ पहले ही रख गया था। "क्या खाओगी? आज मैं ही लगाता हूँ, चाय भी मैं ही बनाऊँगा।"

"नहीं, नहीं आप रहने दीजिए, मैं ही कर दूँगी सब।"

"नहीं, आज सब कुछ मैं करूँगा।" और मैं चाय बनाने लगा।

"अच्छा बाबा, आप ही बनाइए।" फिर वह घूमी और बाथरूम में चली गयी हाथ-मुँह धुलने के लिए।

जब तक वह आयी, मैं सारी चीजें लगा चुका था।

देखते ही बोली, "अरे वाह! आपने बड़ी जल्दी सब निपटा लिया।" फिर वह बेड पर बैठ गयी। लेकिन उसने सिर्फ चाय ही पी।

मैंने सभी खिड़कियाँ बन्द कर दीं, पर्दे ठीक किए और उसे बेडरूम में ले

गया। दरवाजा भी अन्दर से बन्द कर लिया।

फिर मैंने बत्ती भी बुझा दी। वो सकपकाते हुए बोली, ''प्लीज, बत्ती जलती रहने दीजिए।'' लेकिन मैंने उसकी परवाह न करते हुए उसे बाँहों के घेरे में ले लिया।

उसने हल्का-हल्का प्रतिरोध किया, मैंने उसे बाँहों में पूरी तरह से ले लिया - मेरे होठ गालों से फिसलते हुए उसके होठों पर आकर ठहर गए। होठ वहाँ से थोड़े हटे, तो वह बोलती रही, ''शादी से पहले ये सब ठीक नहीं है,...हमें जल्दबाजी नहीं करनी चाहिए।'' लेकिन बहुत तीखा विरोध भी नहीं किया उसने।

मैंने कहा, ''नफी, तुम्हें मुझ पर विश्वास नहीं है क्या?''

वह बोली,''अपने से भी ज्यादा है।''

वह और बोलना चाहती थी, लेकिन तब तक मेरे होठों ने हरकतें फिर से शुरू कर दीं। हरकतें तीव्र होती जा रही थीं।

अब उसके अंग भी चलने लगे थे।

दोनों के अंगों में धीरे-धीरे तारतम्यता आ रही थी।

''ओह! मेरी नफीसा, तुम कितनी प्यारी हो।'' फिर प्रेम की गहरायी में सब ठहर सा गया।

शाम के चार बज चुके थे—मैंने नफीसा को अपने पास खींचा, तो वह मुझसे चिपट गयी।

आई.टी. चौराहे के पास मैंने उससे विदा ली। वह लगभग रोने ही वाली थी। कितनी भावुक और मासूम थी वह। उसके पास रहकर एक अजीब सी ऊर्जा का अहसास होता था मुझे।

हॉस्टल पहुँचा तो रोम-रोम से नफीसा की सुहानी गंध सी आ रही थी।

जफ़र अब अधिक सामाजिक बहस करने लगा था। आरक्षण के मुद्दे पर जफ़र उसका पक्ष लेता था। मुझसे कहता रहता था कि मैं उसका मन से साथ नहीं देता हूँ। लेकिन मैं उससे कहता था कि वास्तव में गलती दोनों पक्षों की रही है। अगर किसी का शोषण होता है, तो गलती उसकी भी होती है। शोषक एवं शोषित दोनों पक्षों की ही कमोवेश कुछ न कुछ गलतियाँ रहती हैं। वर्णव्यवस्था में भी दोनों ही पक्ष पूर्णत: उचित नहीं कहे जा सकते हैं। शोषित वर्ग आखिर क्यों विद्रोहात्मक तेवर नहीं अपना पाया? उसने क्यों परम्परागत कार्यों को छोड़कर नए कार्यों को नहीं अपनाया? उदाहरण के लिए यदि अछूत अपने परम्परागत कार्यों को छोड़कर आधुनिक या अपरम्परागत कार्यों को अपना लें तो ही उनके प्रति नजरिया बदलने लगेगा।

अब उच्च-वर्ग को अपने अधिकार छोड़ते हुए कष्ट तो होगा ही। कोई भी

अपना परम्परागत वर्चस्व छोड़ना नहीं चाहता है। यह मनुष्य का स्वभाव है। फोकट् की श्रेष्ठता किसको अच्छी नहीं लगती है?

दु:ख इस बात का जरूर है कि हम लोग अभी भी सभी वर्गों को आधुनिकता से पूरी तरह जोड़ नहीं पाए हैं। होना तो यह चाहिए कि जैसे अमेरिका में काले, रेड इंडियन, हिस्पैनिक्स एवं एशिया-पैसिफिक आदि के लोगों को गोरों के मुकाबले प्राथमिकता के आधार पर दशकों से आगे बढ़ाया गया है, वैसे ही कुछ यहाँ भी किया जाना चाहिए। प्राथमिकता के आधार पर कमजोर तबके के सभी लोगों को उनकी आबादी के हिसाब से सार्वजनिक जीवन, न्याय पालिका, नौकरियों (सरकारी तथा प्राइवेट), फिल्म, टी.वी., मीडिया, ठेकों, डीलरशिप आदि में आनुपातिक प्रतिनिधित्व दिया जा सकता है। कई विद्वान इसे डाईवर्सिटी के नाम से पुकारते हैं। लेकिन इसमें हमें प्रकृति को भी उसके आनुपातिक महत्त्व एवं मूल्य के आधार पर सम्मिलित करना चाहिए। जिससे कि प्रकृति के महाविनाश से बच सकें तथा उसका संरक्षण भी प्राथमिकता के आधार पर कर सकें। इस आनुपातिक महत्त्व में प्रकृति को शामिल करते हुए इसे 'टोटल-जस्टिस' अथवा 'पूर्ण न्याय' कहना अधिक उचित रहेगा। अमेरिका में आज कमजोर तबके के लोगों को अधिकतर क्षेत्रों में लगभग गोरों के समकक्ष खड़ा कर दिया गया है। लेकिन यदि अमेरिका प्रकृति का भी आनुपातिक रूप में ध्यान रखता तो वह आज और अधिक मजबूत राष्ट्र एवं समाज के रूप में उभरता।

लेकिन टोटल-जस्टिस पर आम सहमति बन जाए तो अच्छा है। इसके लिए उच्च-वर्ग को दरियादिली दिखानी होगी। जब अमेरिका में दरियादिली दिखाई जा सकती है, तो हमारे यहाँ ऐसा क्यों नहीं हो सकता है? जबकि वहाँ तो गोरों और कालों का भेद त्वचा के आधार पर एकदम स्पष्ट हो जाता है।

हमारे यहाँ तो अगर हजार लोगों की भीड़ को खड़ा कर दें, और किसी भी व्यक्ति से यह कहा जाय कि इस भीड़ में से जाति विशेष के आधार पर व्यक्तियों की पहचान करो; तो ऐसा किसी भी तरह सम्भव नहीं हो पायेगा। अर्थात् हमारे यहाँ जो भेद हैं वो कृत्रिम ज्यादा हैं, नस्लीय बहुत कम हैं।

ज़फ़र का कहना था कि यहाँ के लोग नहीं सुधरेंगे। टोटल-जस्टिस को तो तुम भूल ही जाओ। यहाँ पर जाति-व्यवस्था बहुत जटिल है। अधिकतर लोग अभी भी ईसा-पूर्व के विचारों के साथ ही जी रहे हैं। आखिर इतना जड़ समाज तो जंगलों में जनजातियों में भी नहीं दिखता है।

वो सभी से बहस करता रहता था। बस कभी-कभी उग्र अधिक हो जाता था। उसका स्पष्ट मानना था कि समाज से कूपमंडूकता समाप्त होनी चाहिए, ताकि हम जल्दी ही विकसित एवं प्रगतिशील देशों की श्रेणी में पहुँच जाएँ। इसीलिए वो

कमजोर तबके का हिमायती था। उसके अनुसार जब तक समाज में इस तबके को आर्थिक, सामाजिक एवं राजनैतिक रूप से मजबूत नहीं किया जा सकेगा, तब तक हम सभ्य राष्ट्र भी नहीं बन सकेंगे; विकसित होना तो दूर की बात है।

मेरे टोटल-जस्टिस के सुझाव से वह काफी प्रसन्न हुआ था। लेकिन उसके अनुसार समाज अभी इसे स्वीकार नहीं कर पायेगा। इसीलिये वह इसकी व्यावहारिकता की मुश्किलों के बारे में कई दिनों तक चर्चा करता रहा था।

इस बार नफीसा बिल्कुल सही समय पर पहुँच गयी थी। वह मेरे लिए कुछ खाने के लिए भी बना कर लायी थी। मैं भी कुछ चीजें लाया था खाने के लिए। खीर उसने बहुत अच्छी बनायी थी। हमने अगल-बगल लेटकर काफी देर तक टी.वी. देखा।

"जफ़र भाई से क्या बहाना करते हैं आप?" उसने टी.वी. की आवाज़ कुछ कम करते हुए पूछा।

"उससे...अरे, अगले दिन बताता हूँ। जैसे, किसी दूर के रिश्तेदार के यहाँ चला गया था, या मूड अच्छा नहीं था...तो घूमने चला गया था, आदि-आदि।" मैंने उसके बालों में नाक रगड़ते हुए कहा।

"महीने में एक दिन चल जाता है।" मैंने उसके हाथों को अपने हाथों में लेते हुए पूछा, "तुम्हारे घर में किसी को कोई शक तो नहीं हुआ है?"

"अभी तक तो नहीं हुआ है। नताशा को अवश्य कुछ शक सा है, लेकिन मैंने उससे कह दिया है कि मैं अपने एक दोस्त से मिलने जाती हूँ। समय आने पर उसे सब बता दूँगी। उसने नाम पूछने की बहुत जिद की और यह भी कहा कि, 'नफी तू तो बहुत आगे निकल गयी'।"

"मुझे विश्वास है कि शक होगा भी नहीं। फिर भी थोड़ी और सावधानी बरतने की जरूरत है।"

भीनी-भीनी सी गंध आ रही थी उसके शरीर से। एक गहरी मदहोशी सी छाने लगती थी उसके पास होने पर। मैंने उसकी गर्दन के नीचे से हाथ डालते हुये उसे धीरे से बाँहों में ले लिया...फिर जकड़ लिया।...

अब उसके चिपकने में एक अलग तरह की आत्मीयता घुली हुई थी। वो ऐसे चिपकती थी, जैसे अब उसे यूँ ही मुझसे चिपके रहना है।

"नफी!" और मैंने उसे एक प्यारी सी थपकी दी। वह समझ गयी और धीरे-धीरे अलग हो गयी।

उसके बाद मैं हजरतगंज के लिए निकल गया। काफी देर तक यूँ ही घूमता रहा।

जनपथ पर बैठकर मैंने कॉफी मंगवा ली। खुले में ऊँचे स्थान पर बैठकर

कॉफी पीना मुझे बेहद पसन्द था। इसीलिए मैं कई बार अकेला ही कॉफी पीने आ जाता था। कॉफी पीने के बाद भी मैं काफी देर तक वहाँ बैठा रहता था।

प्राय: एक दो बार वो बैरा मुझे टोक ही देता था, कि 'भाई साहब कुछ और लाऊँ क्या?'

आज भी जब मैं वहाँ लगभग एक घंटा बैठा रहा, तो बैरा मुझे कई बार टोक चुका था।

लेकिन मेरा कुछ भी खाने का मन नहीं था। वैसे अनाप-शनाप खर्च के लिए पैसे भी नहीं थे मेरे पास। अब तो उसकी नजरों में कुछ व्यंग्य भी आ गया था, जैसे कहना चाह रहा हो, 'पता नहीं कहाँ से निठल्ले चले आते हैं?' जब मुझे शर्म आने लगी, तो मैं वहाँ से उठ लिया।

मैं टैम्पो में बैठा और हॉस्टल के लिए निकल पड़ा।

टैम्पो वाले ने इतनी तेज आवाज में 'टेप' चला रखा था कि कान फटे जा रहे थे। कुछ देर तक तो मैंने बरदाश्त किया, लेकिन फिर मैंने टोक ही दिया। फिर भी उसने काफी तेज बजाए रखा।

टैम्पो इतना अधिक धुआँ छोड़ रहा था कि अगर हल्के या सफेद रंग की शर्ट में कोई व्यक्ति टैम्पो को ओवरटेक करे, तो ओवरटेक करते-करते ही उसकी शर्ट काली पड़ जाए। ऊपर से ड्राइवर साहब किसी को 'साइड' भी नहीं दे रहे थे।

मैंने उसे फिर टोक दिया कि "भाई टैम्पो को दिखा लो, बहुत प्रदूषण फैल रहा है।"

"क्या कहा—?" उसे इस बार कुछ समझ ही नहीं आया।

अब मेरा भी ज्यादा चिल्लाने का मन नहीं हुआ। मैं जानता था कि चिल्लाने से ज्यादा फायदा होने वाला नहीं है। ऊपर से झगड़ा होने का भी खतरा था। वे दो लोग थे और दोनों पक्के आवारा लग रहे थे। ड्राइवर तो कुछ ठीक था भी, लेकिन हैल्पर तो पूरा गली का गुण्डा लग रहा था। जीन्स-टीशर्ट पहने हुए था और माथे पर लाल रंग का रुमाल खूब खींचकर बाँध रखा था।

मैं देख रहा था कि जब भी टैम्पो के पास से कोई लड़की निकलती थी, तो वह गाना गुनगुनाने लगता था और उसकी तरफ ऐसे देखता था, जैसे मानों कि वह किसी हिन्दी फिल्म का 'टपोरी' हो।

उसकी इस हरकत पर ड्राइवर हर बार हँस कर रह जाता था। कभी-कभी वह कुछ शब्द भी बोलता था। लेकिन टेप की तेज आवाज में मैं सुन नहीं पाता था।

हाँ एक-दो बार जरूर मुझे समझ में आया—'साले तू भी न।'

जब भी टैम्पो सवारी उतारने के लिए रुकता, तो वह झट से नीचे उतर जाता और चारों तरफ नजर दौड़ाने लगता। इधर-उधर खड़ी कोई लड़की दिखती, तो उसे

जरूर टोकता—"मैडम कहाँ चलना है?"

जबकि कई बार तो उसे पता रहता था कि उसे उसके टैम्पो से नहीं जाना है। ड्राइवर फिर हल्का आगे को झुकते हुए हँस पड़ता था।

ड्राइवर भी कम नहीं था। पीछे देखने वाले शीशे से लगातार टैम्पो में बैठी लड़कियों पर निगाह डालने की कोशिश कर रहा था। अगर किसी सवारी से पैसे के लेन-देन पर विवाद होता था, तो दोनों उस पर चढ़ पड़ते थे।

पुरनिया चौराहे से एक सुन्दर सी लड़की टैम्पो में बैठी, तो 'मि. हीरो' टैम्पो के पिछले हिस्से पर बार-बार आ जा रहे थे। टैम्पो चल रहा था, मगर उसकी कोई परवाह नहीं। बीच में कोई लड़की खड़ी दिख जाती थी, तो उसकी तरफ स्टाइल में हाथ उठाकर कहता था कि 'कहाँ चलना है?' ड्राइवर कुछ स्पीड धीमी करता था तथा फिर टेम्पो को आगे बढ़ा देता था।

टैम्पो से निकलते धुएँ के गुब्बार तथा टेप की तेज आवाज ने मेरा मूड खराब कर दिया था।

जब से वो लड़की बैठी थी, तब से टेप की आवाज और भी तेज हो गयी थी तथा लगातार सेक्सी गाने ही बज रहे थे। मुझसे अब ये सब बरदाश्त नहीं हो रहा था। कई बार तो उन्हें डाँटने का भी मन हुआ, लेकिन डर था कि कहीं मेरी बेइज्जती न कर दें। हाँ, अगर मैं यूनिवर्सिटी का छात्र रहा होता, तो जरूर वो मेरा कुछ सम्मान कर सकते थे। लेकिन मैं तो इंजीनियरिंग कॉलेज का छात्र था—पढ़ाकू।

जब वो लड़की उतरी, तो 'मि. हीरो' सीटी बजाने लगे। लड़की बेचारी झेंप रही थी। किसी तरह जल्दी से पैसे देकर भागी।

'क्या माल है यार।' इस बार टैम्पो रुका हुआ था तथा पैसे लेते समय टेप की आवाज भी कुछ कम कर ली थी ड्राइवर ने। इसीलिए मुझे दोनों की आवाजें समझ आ रही थीं।

ड्राइवर ने फिर कहा, "साले तू भी ना पूरा पक्का है।" और कहकर वह आगे को झुकते हुए फिर हँस पड़ा।

आखिर इंजीनियरिंग कॉलेज का चौराहा आ गया। वहाँ तक पहुँचते-पहुँचते केवल हम दो ही लोग बचे थे। टैम्पो रुका तो मैं जल्दी से नीचे उतरा। धुएँ का पूरा गुब्बार पीछे से आया और मेरा मूड खराब कर गया।

मेरे मन में फिर आया कि कह दूँ, 'प्लीज इस टैम्पो को ठीक क्यों नहीं करवा लेते, कितना प्रदूषण फैला रहा है ये?' लेकिन बुदबुदाता हुआ ही रह गया।

मैंने पैसे दिये तथा एक बार फिर से दोनों पर निगाह डाली और इंजीनियरिंग कॉलेज की तरफ चल पड़ा। रास्ते में फिर विचार आया कि मुझे उन्हें टोकना जरूर चाहिये था। झगड़ा हो जाता, तो हो जाता। लेकिन सच तो यह था कि दोनों ही

कसरती शरीर के युवक थे और झगड़ा होने पर मेरी खैर नहीं थी।

इस समय मैं 'सी' ब्लॉक में दूसरी मंजिल पर रह रहा था। मेरा कमरा कुछ अन्दर की तरफ धंसा हुआ था, जिससे कमरे के सामने कुछ ज्यादा जगह मिल जाती थी। आजकल दिमाग इतना व्यस्त रहता था कि पूरा कमरा ही कबाड़खाना सा लगता था।

पहुँचते ही मैंने कपड़े बदले तथा सीधा बाथरूम में चला गया और मुँह-हाथ धुले।

उधर सीमा एवं मोहिनी ने भी अपने-अपने दोस्त बना लिए थे। इस साल कुछ लड़के कैम्पस की तैयारी में भी पूरी शिद्दत से जुटे थे। कुछ आई.ई.एस., तो कुछ सिविल सेवा की तैयारी में जुटे थे। हम लोग भी सरकारी नौकरी की तैयारी करने लगे थे। नफीसा से लगभग हर माह मेरा मिलना-जुलना भी चलता रहा। कोई अड़चन अभी तक नहीं आ पायी थी। हाँ, अब वो टेलीफोन बूथ से कभी-कभी फोन भी कर लेती थी। ई-मेल अभी भी नहीं करती थी।

अच्छे माहौल में अन्तिम वर्ष भी बीत गया। इंजीनियरिंग की पढ़ाई पूर्ण हो गयी...अब नया भविष्य हमारा इन्तजार कर रहा था।

सारे दोस्त बिछुड़ रहे थे। आधे से अधिक लोगों ने कैम्पस से ही नौकरी भी प्राप्त कर ली थी। बाकी पाने के लिए हाथ-पांव मार रहे थे।

बिछुड़ते समय अधिकतर लड़के एक दूसरे को अपने पते व फोन नं. दे रहे थे, फिर से मिलने के वादे कर रहे थे। हम लोग भी ऐसा ही कर रहे थे।

वास्तव में सभी लोग उन पलों में बहुत भावुक हो गए थे। जोकि स्वाभाविक भी था।

चार साल हम लोगों ने साथ-साथ गुजारे थे। साथ-साथ घूमे थे। कई अच्छे-बुरे पलों के साक्षी रहे थे। जिस समय हम लोगों ने एडमीशन लिया था, उस समय हम सभी लोग काफी छोटे थे; सभी में कहीं न कहीं लड़कपन छिपा हुआ था। इसीलिए नये दोस्त बनाने का अच्छा स्कोप तो था ही। और ये दोस्त लम्बे समय तक दोस्ती भी निभा सकते थे।

लेकिन कुछ ऐसा रहा कि हम दोनों के बहुत दोस्त नहीं बन पाये या कुछ बने भी तो उनसे बहुत गहरी दोस्ती नहीं हो पायी, क्योंकि हम दोनों आपस में ही इतना ज्यादा व्यस्त रहते थे कि किसी की बहुत ज्यादा जरूरत ही नहीं महसूस होती थी।

फिर भी इंजीनियरिंग कॉलेज से नाता टूटते समय हम लोगों को बहुत अजीब सा लग रहा था। सभी लोगों के प्रति अचानक प्यार की विशेष अनुभूति उमड़ रही थी। इस समय केवल अच्छे अनुभव ही सबको याद आ रहे थे।

हम लोग आर्थिक स्थिरता चाहते थे, ताकि जीवन में कुछ रचनात्मक कार्यों को अंजाम दिया जा सके। इसलिए नौकरी आवश्यक थी।

जफ़र की अम्मी का कहना था कि जफ़र यहीं लखनऊ में रहकर तैयारी करे। लेकिन मैं दिल्ली में जिया-सराय जाना चाहता था। आखिर में मेरी बात ही मानी गयी। अब दोनों ही लोगों को जुलाई माह में जिया-सराय जाना था।

जब मैंने सबसे विदा ली और चला, तो माहौल कुछ भावुक हो गया। क्योंकि अब ये किसी को पता नहीं था कि कभी इस तरह से एक ही शहर में हँसी-खुशी से रह भी पाएँगे या नहीं। सभी लोग मुझे दरवाजे तक छोड़ने आए।

नफीसा दरवाजे तक नहीं आयी। उसकी अम्मी ने बताया कि उसके सिर में हल्का दर्द है। लेकिन सच तो यह था कि वो मुझे इस तरह अलग होते देख नहीं पाती।

जब से दिल्ली जाने की बात चलने लगी थी, एक उदासी सी नफीसा के चेहरे को हमेशा घेरे रहती थी। शायद मुझे खोने का डर उसके जेहन में कुछ और बढ़ गया था। दुःख तो मुझे भी बहुत था। लेकिन मेरे लिए व्यावहारिक पहलू को नकारना असंभव था। नौकरी के बिना अगला कोई भी कदम उठाना घातक ही सिद्ध होता। यही बात मैंने अपने पत्र के माध्यम से नफीसा को समझाने की कोशिश भी की थी।

लेकिन भावना को व्यवहार पर हावी होते हुए मैं देख रहा था। यहाँ तक कि न चाहते हुए भी मेरी आवाज में भी उल्लास गायब था।

गाँव पहुँचने पर घरवाले काफी उत्साहित थे। गाँव वाले पूछ रहे थे कि ''भैय्या, अब तो इन्जीनियर बन गया होगा। कितना पैसा कमा लेता है?''

जब मैं कहता कि ''अभी नौकरी की कोशिश करनी है'', तो वे सन्देह करने लगते—''ऐं, इतनी बड़ी डिग्री लेने के बाद भी नौकरी नहीं!''

''बिना जुगाड़ के कोई नौकरी नहीं देता है आजकल। पढ़ाई लिखाई का कोई फायदा ही नहीं है। बताओ इतना पैसा बहाया, फिर भी नौकरी नहीं। इससे तो हम गाँव में ही अच्छे हैं।''

पीछे-पीछे कुछ कानाफूसी भी होती थी कि ''पता नहीं कुछ किया भी है कि नहीं? क्या पता ऐसे ही शादी के चक्कर में झूठ बोलते रहे हों?''

....इस बार गर्मियों की छुट्टियों में सिर्फ जफ़र ही गाँव आ पाया था। जफ़र का बाकी परिवार लखनऊ में ही टिका रहा। मीर की वजह से वो लोग वहीं रुक गये थे।

दिल्ली जाने का समय जब निकट आ गया, तब कहीं जफ़र का परिवार गाँव आ पाया।

उसी शाम नफीसा अपनी अम्मी के साथ हमारे घर पहुँची। मैं उस समय बाहर घूमने गया हुआ था।

जफ़र के साथ जब घर वापस आया, तो नफीसा को देखा। काले-सूट में वो अच्छी दिख रही थी।

जब दिल्ली जाने की बात चली, तो फिर से मुझे और जफ़र दोनों को ही गाँव वालों की मजाकिया कानाफूसी सुनने को मिली। इस पर हम लोग बस हँस कर रह गए।

दिल्ली मुझे ही पहले जाना था। जफ़र को लखनऊ होते हुए जाना था।

मेरे जाने के एक दिन पहले ही नफीसा ने चुपके से मुझे एक पत्र दे दिया था।

मैं एक रेस्टोरेन्ट में बैठा और चाय मंगवायी, फिर पत्र निकालकर पढ़ने लगा–

'मेरे शिवी,'

आप लखनऊ में रहकर भी तो आई.ई.एस. की तैयारी कर सकते थे। लेकिन कोई बात नहीं। आपकी जहाँ पर भी अधिक पढ़ाई हो, आपको वहीं पर रहना चाहिए।

मेरा क्या है? मैं तो आजकल कुछ अधिक ही स्वार्थी हो गयी हूँ। हर दिन आपको देखना, छूना चाहती हूँ। पता नहीं आपको भी ऐसा महसूस होता है कि नहीं? या सिर्फ मैं ही पागल हूँ? गाँव पहुँचकर तो सब कुछ और भी असंभव लगने लगता है। खैर जो भी हो, मुझे आप पर पूरा विश्वास है। भाग्य की तो खुदा ही जाने।...देखिए! मैं आपको फिर से भटका रही हूँ। मैं पगली हो गयी हूँ। आप कितने अच्छे कार्य से जा रहे हैं और मैं आपका ध्यान बँटा रही हूँ।

आप दिल्ली जाइए और जल्दी से सरकारी इन्जीनियर बनकर मुझे अपना बना लीजिए। फिर तो बस मुझे आपका ख्याल रखना है, जिससे कि आप अपने सपनों को पूरा कर सकें। मुझे आपकी हर समय चिन्ता लगी रहती है। आप लापरवाह भी तो बहुत हैं।

अच्छा अब लिखना बन्द करती हूँ। आप अपने बारे में लिखते रहिएगा। पता वही रहेगा सलोनी का। आप अपना भी नया पता जल्दी ही लिख दीजिएगा। मैं बहुत कम फोन किया करूँगी तथा मेल भी नहीं कर पाऊँगी। एक अनजाना सा डर लगा रहता है।

खुदा आपको सलामत रखे और जल्दी से जल्दी आपको कामयाब बनाये।

आपकी अपनी

'नफी'

पत्र पढ़कर मैंने एक लम्बी साँस ली। कुछ देर तक मैं यूँ ही उदास सा बैठा रहा। जिया-सराय में इंजीनियरिंग के छात्र अधिक थे। एक अलग ही तरह का प्रतिस्पर्धात्मक माहौल था वहाँ पर। छोटी-छोटी संकरी गलियों में बने हुए घरों में हर तरफ छात्र ही छात्र दिखाई देते थे।

कमरा मुझे उसी दिन मिल गया था। कमरा तीसरे तल पर था। उस घर में भी हमारे अतिरिक्त बीस छात्र रह रहे थे। जिया सराय से सटा हुआ ही आई.आई.टी. दिल्ली भी था, जिससे बौद्धिक परिवेश बढ़ जाता था।

एक हफ्ते बाद ज़फ़र भी आ गया। कमरा देखकर वह थोड़ा निराश जरूर हुआ, जो कि स्वाभाविक भी था; क्योंकि वह पहली बार घर से अलग रहने वाला था। खाना बनाने के लिए हमने एक नौकर रख लिया, जो कि वहाँ आसानी से उपलब्ध था।

यह सच था कि वहाँ पर आई.ए.एस. की तैयारी का बहुत अच्छा माहौल था, लेकिन हम लोग इतनी लम्बी तथा अनिश्चित तैयारी करने के मूड में नहीं थे। हम एक साथ भी रहना चाहते थे, ताकि भविष्य में कुछ अलग हटकर काम कर सकें।

कुछ दिन वहाँ रहने पर हमें यह अहसास हुआ कि जातिवाद का जो कीड़ा उ.प्र. में विद्यमान था, वह यहाँ पर काफी कम था।

कभी जिया-सराय एक छोटा सा गाँव हुआ करता था। अब तो यहाँ के लोग जमीनें महँगी होने से मालामाल हो गए थे। लेकिन लोगों के रहन-सहन, आचार-विचार एवं बोलचाल में देहात के संस्कार दिख ही जाते थे। मुझे तो वहाँ पर काफी अपनापन लगा था। उनके व्यवहार में अभी भी कोई विशेष लाग-लपेट या दिखावा नहीं आ पाया था।

लखनऊ में अगर कोई कमरा या मकान किराए पर लेने के लिए आप जाएँगे, तो लोग आपका पूरा नाम अवश्य पूछेंगे; ताकि वे आपकी जाति एवं धर्म का पता लगा सकें। हालाँकि भेदभाव पहले से घटा अवश्य था। लेकिन मुस्लिमों के प्रति नजरिया पहले से कुछ खराब हो गया था। इसका कारण हाल में घटी कुछ ऐसी घटनाएँ तथा आतंकवाद का बढ़ना रहा है। कई मुस्लिम भाई तो अपना नाम जैसे 'पप्पू' आदि बताकर कमरा लेते थे। यह सब उन्हें समाज से और भी अधिक अलग-थलग कर देता था।

दिल्ली में दकियानूसी चीजों के लिए स्थान कम होता जा रहा था। जिन्दगी में गति बढ़ रही थी, व्यस्तता बढ़ रही थी, सपने बढ़ रहे थे तथा सम्बन्धों का आधार भी स्वतः आधुनिक हो रहा था। परिणामस्वरूप लोग किसी भी तरह प्रतिस्पर्धामयी सम्पन्नता प्राप्त करना चाह रहे थे। दिल्ली के लोगों के लिए पैसा ही सर्वाधिक

महत्त्वपूर्ण था।

मनोरंजन के लिए यहाँ सिनेमा की भरमार थी। मुझे अब हॉलीवुड की फिल्में अधिक पसन्द आती थीं। हिन्दी फिल्मों का अन्त तथा उनमें जबरदस्ती ठूसे गए गाने मुझे बोर करने लगे थे। इससे कई बार फिल्म की लम्बाई बेवजह बढ़ जाती थी। साथ ही उनमें जो दिखाया जाता था, वो सब तो हम अपने आसपास के परिवेश में देखते ही रहते थे। अधिकतर फिल्मों में प्यार को हासिल करने में ही सारा समय खप जाता था और वे आम आदमी के जीवन से कटती जा रही थीं। निर्माता-निर्देशक पैसा कमाने एवं हिट फिल्म देने का बहुत ही सुरक्षित गेम खेल रहे थे। अपवाद स्वरूप कुछ ही अच्छी प्रयोगधर्मी फिल्में बन रही थीं।

नफीसा ने सलोनी का फोन नंबर मुझे दे दिया था। कभी-कभी मैं उस फोन पर उसे मैसेज कर देता था। वो भी कभी-कभी मुझसे फोन से बात कर लिया करती थी। लेकिन बहुत ही सावधानी से। उसकी नजर में पत्र-व्यवहार की बात ही अलग थी।

पत्र-व्यवहार के लिए मैंने उसे एक दुकानदार का पता दे दिया था। जिस पर उसके पत्र भी आने लगे थे।

इधर वह कुछ उद्धिग्न एवं परेशान सी रहने लगी थी, अपनी शादी की चर्चाओं को लेकर। उसके पापा व ननसाल वाले जल्द से जल्द उसकी शादी करवाना चाहते थे। इस सबसे मुझ पर भी दबाव पड़ने लगा था। कभी-कभी तो मैं ज़फ़र पर भी झल्ला पड़ता था। और अगर एक-दो दिन पढ़ाई नहीं होती थी, तो मेरा मूड और भी खराब हो जाता था।

आखिरकार मेरा चयन एच.ए.एल. में हो गया, वो भी साल भर के भीतर ही।

जिस दिन परिणाम आया, उस दिन हमने खूब मस्ती की। पिक्चर भी देखी।

अगले दिन दोस्तों को पार्टी भी दी। ज़फ़र तो उस दिन खूब जमकर नाचा।

धीरे-धीरे शराब व बीयर के पैक चल रहे थे। मैं तो बस बीयर ले रहा था। हल्का-हल्का सुरूर सभी को चढ़ रहा था। सारे अहंकार, दिखावे धीरे-धीरे गिरने लगे थे। सारी दूरियाँ मिट रही थीं, चिन्ताएँ दूर की चीज होती जा रही थीं।

काफी रात तक हम लोग पार्टी में मशगूल रहे।

सुबह उठे तो पता चला कि हम लोगों ने रात में कितनी कसरत की थी? कितना नाचे-कूदे थे? शरीर में काफी थकान थी।

ज़फ़र ने अपने घर पर फोन से खबर कर दी थी। मैंने भी घर पर फोन से पापा को बता दिया था। पापा खुशी से रोमांचित हो उठे थे। 'घर कब आ रहे हो', वे बस इतना ही बोल पाये थे।

जफ़र पढ़ने में मुझसे थोड़ा अच्छा रहा था। लेकिन पता नहीं क्यों उसका चयन नहीं हुआ था। दु:ख तो उसे अपना बहुत हुआ था, लेकिन वह बरदाश्त कर गया था। और वह मेरी खुशी को हल्के भी नहीं होने देना चाहता था। सच कहूँ तो मेरा तो पार्टी या पिक्चर का मन ही नहीं था, लेकिन जफ़र ने ही जिद की।

उसका कहना था कि उसे पहले ही इस परीक्षा से उम्मीद कम थी। हाँ, उसे हाईडिल में चयनित होने की अच्छी उम्मीद थी, जिसका परिणाम भी जल्द ही आने वाला था। मुझे पता नहीं ऐसा क्यों महसूस हो रहा था कि उसका भी चयन हो ही जाएगा।

मैंने उसे ढांढस देते हुए बस यही कहा था, कि जफ़र तेरा चयन होने पर ही असली पार्टी होगी। यह तो बस मैं तेरे कहने पर यूँ ही कर रहा हूँ।

जफ़र ने बताया था कि उसके घर वाले बहुत खुश हुये थे, मेरी इस सफलता की खबर से। कह रहे थे कि चलो इससे ये तो पता चलता है कि तुम लोग वहाँ पर मटरगश्ती नहीं कर रहे हो कम से कम।

अगले दिन मैंने भी बात की उसके घर। उसकी अम्मी ने ही फोन उठाया। मैंने उनसे कहा कि, ''जफ़र का भी जल्द ही चयन हो जाएगा। आप उसकी चिन्ता बिल्कुल मत कीजिए। उसने तो मुझसे भी ज्यादा पढ़ाई की है।''

वह बोलीं, ''इंशाअल्लाह जरूर होगा, मेहनत करोगे तो ऊपर वाला सुनेगा तो है ही।''

फोन पर ही उसकी अम्मी ने बताया कि ''नफीसा पूछ रही है कि भाईजान पार्टी कब देंगे?'' मैं बस हँसकर रह गया। मन उलांचे मारने लगा नफीसा का नाम सुनते ही।

आज पता नहीं क्यों नफीसा पर अधिक अधिकार सा महसूस हो रहा था मुझे। मैं बोलने ही वाला था कि आंटी जरा नफीसा को फोन तो देना, पर रोक लिया था किसी तरह से अपने आपको मैंने।

उसके बाद काफी देर तक दिमाग में नफीसा का 'पार्टी' शब्द गूँजता रहा। कितने दिन हो गए थे नफीसा की आवाज को सुने हुए, उसके साथ घूमे हुए। दो माह से तो उसका कोई पत्र भी नहीं आया था। कई बार तो मुझे गुस्सा भी आया था। लेकिन मना भी तो मैंने ही किया था उससे। बस एक बार फोन पर ही बात हुई थी।

मैं इतना स्वार्थी हो गया था कि गाँव जाने से पहले किसी न किसी बहाने लखनऊ जाना चाहता था, ताकि उससे मिल सकूँ; उसके पास बैठकर अपनी खुशी उसके साथ बाँट सकूँ।

तभी मुझे याद आया कि नताशा का कुछ दिन पहले पत्र भी आया था, जिसमें

उसने लिखा था कि भैय्या अगर घर जाओ तो मुझे बता देना, मैं भी गाँव आ जाऊँगी उसी समय। कुछ दिन साथ-साथ रह लेंगे गाँव में।

जब मैंने ज़फ़र को ये बात बतायी, तो वह भी कहने लगा, ''हाँ तुम लखनऊ होते हुए भी तो गाँव जा सकते हो।''

मैंने उससे भी साथ चलने के लिए कहा, तो पहले तो वह नहीं माना, लेकिन फिर मेरे ज्यादा कहने पर वह मान गया।

उसी रात हम ट्रेन से लखनऊ के लिए रवाना हो गए।

ज़फ़र के घर पहुँचे तो दरवाजा ज़फ़र की अम्मी ने खोला, नफीसा भी उनके पीछे ही खड़ी थी। उससे खुशी छुपाये नहीं छुप रही थी।

वे लोग शायद अभी सो ही रहे थे। उनकी आँखों में नींद साफ झलक रही थी। शायद वे लोग अभी और सोना चाह रहे थे। मैंने ज़फ़र से सोने की इच्छा व्यक्त की, तो उसने भी मेरी हाँ में हाँ मिलायी।

दो-तीन घंटे सोने के बाद ही हम फ्रेश हुए।

ज़फ़र अन्दर चला गया, तभी नफीसा नाश्ता लेकर आयी और बोली, ''आप ट्रीट कब देंगे?''

मैंने कहा, ''जब तुम चाहो।''

वह बोली, ''गोला मत दीजिए।''

''एक हफ्ते बाद जब घर से आऊँगा तब।'' मैंने देखा कि वह कुछ दुबली हो गयी थी, वैसे दुबली होने पर वह और भी अधिक खूबसूरत लग रही थी।

''इतनी देर से?'' इस बार उसने बहुत धीमे से कहा। जैसे वह कहना चाह रही हो कि आज या कल ही क्यों नहीं दे देते।

''हाँ, देर से तो है।'' फिर मैंने उसे मिठाई का डिब्बा निकाल कर दे दिया।

''अच्छा आप नाश्ता कर लीजिए।'' और इस बार उसने मेरी आँखों में आँखें डालकर ऐसे देखा, जैसे वह मेरे प्रति सम्मान एवं प्यार दोनों ही प्रकट करना चाह रही हो।

नाश्ता करने के बाद मैं नताशा से मिलने चला गया। ज़फ़र घर पर ही रहा।

नताशा भी कुछ दुबली हो गयी थी। मैंने उससे कहा, ''कुछ खाती नहीं है क्या?'' वह टाल गयी और बोली, ''भैय्या, आप भी तो पहले जैसे हैल्दी नहीं रहे।''

कुछ रुककर वह फिर बोली, ''भैय्या, मेरे लिए क्या लाए हैं?''

मैंने एक अच्छा सा सूट निकाल कर उसे दे दिया।

वह बोली, ''बस?''

"हाँ और क्या? पैसा मिलने लगेगा, तब कोई और अच्छी चीज दे दूँगा।" उसने निराशा में मुँह बनाया।

"तुम शाम को तैयार रहना। जफ़र के यहाँ ही हमें खाना खाना है, साथ में ही वहाँ चलना है। और हाँ, कल रात को हम गाँव भी चल रहे हैं।"

"जी, भैय्या।"

वहाँ से मैं निकला तो सीधे हजरतगंज पहुँचा। काफी देर तक मैं यूँ ही घूमता रहा, जनपथ...फिर नावेल्टी...; पुराने दिनों की यादें ताजा हो आयीं। काफी देर घूमने के बाद खाना खाया, और फिर पिक्चर देखने पहुँच गया।

वैसे मुझे आज ही घर के लिए निकल जाना चाहिए था, लेकिन मैं किसी भी तरह नफीसा से मिलने का मौका हथियाना चाहता था।

पिक्चर देखी, फिर विधानसभा के सामने पहुँचा और वहीं कोने की दुकान पर लस्सी पी। रह-रहकर यही सवाल दिमाग में आ रहा था कि पता नहीं उससे कल मिल भी पाऊँगा या नहीं?

खैर, वहाँ से निकला तथा नताशा को लेते हुए लगभग शाम पाँच बजे जफ़र के घर पहुँच गया। नफीसा तो चहक उठी, उसकी खुशी देखते ही बनती थी। नताशा के बहाने शायद यह खुशी मेरे लिये ही थी। सभी लोग कुछ चौंके जरूर थे, मुझे भी कुछ अजीब सा लगा था।

जफ़र उस समय घर पर नहीं था, मैं अकेला ही बैठ गया। थोड़ी देर में नफीसा पानी लेकर आयी। मैंने झट से एक पत्र निकालकर उसे दे दिया।

उसने उसे छुपा लिया और अन्दर चली गयी।

पत्र में मैंने लिख दिया था कि मैं कल ग्यारह बजे से दो बजे के बीच तुम्हारा उसी पुराने रेस्टोरेन्ट में इन्तजार करूँगा।

जफ़र की अम्मी से मेरी काफी बातें हुईं, जफ़र का चयन न होने की टींस उनके मन में बनी हुई थी।

जब उन्होंने यह कहा कि जफ़र कहीं नौकरी पा जाए, तो नफीसा की शादी के बारे में भी सोचें। लड़के ढूंढने में भी काफी वक्त लग जाता है।...तुम भी बेटा अभी से नताशा के लिए लड़का देखना शुरू कर दो। और हाँ, कोई नफीसा के लायक भी लड़का मिले, तो हमें जरूर बता देना।

ऐसा सुनकर मुझे एक हल्की सी उलझन होने लगी। मैं कह भी गया कि अभी क्या जल्दी है? अभी और पढ़ाईए न नफीसा को।

रात में होटल के कमरे में भी काफी देर तक मेरे मन में नफीसा की शादी की बात गूँजती रही।

नफीसा साढ़े ग्यारह बजे तक रेस्टोरेन्ट में पहुँच गयी। काफी घबरायी हुई सी थी।

देखते ही मैंने उससे कहा, "बैठ जाओ! क्या हुआ? क्यों इतनी लस्त-पस्त हो?"

"नहीं-नहीं, ऐसी कोई बात नहीं है।" और वह सामने वाली कुर्सी पर बैठते हुये बड़ी सतर्कता से इधर-उधर देखने लगी।

फिर कुछ देर हम यूँ ही बैठे रहे, तब तक कॉफी भी आ गयी। वही पुराना बैरा अभी भी काम कर रहा था। नफीसा को देखते ही उसने मुस्कुराकर नमस्ते की।

दोनों ने कॉफी की चुस्कियाँ लीं, "देखो! डरो नहीं, लगभग डेढ़ साल बाद हम लोग शादी कर लेंगे। अब मैं भी बेरोजगार नहीं हूँ, अन्ततः सब ठीक हो जाएगा।" मैंने देखा कि कॉफी पीने से उसका मूड कुछ ठीक हो गया था।

"लेकिन एक अजीब सा डर लगने लगा है।"

"कितने बजे जाना है?" मैंने बात बदलते हुए कहा।

"डेढ़ बजे।" उसने अपनी घड़ी देखते हुये कहा।

"अभी तो बारह ही बजे हैं, चले जाना। इतने दिन बाद तो मिल पायी हो।" फिर मैंने उसे हाथ पकड़ कर उठा लिया।

रेस्टोरेन्ट से बाहर आते ही वह मुझसे कुछ दूर हटकर चलने लगी।

होटल के कमरे में पहुँचे तो वह मुझसे काफी दूर हटकर कुर्सी पर बैठ गयी।

कुछ पल बाद उसने कहा, "...आप नहीं जानते, जैसे ही मुझे आपके चयन का पता चला तो मैं इतनी ज्यादा खुश एवं उत्तेजित हो गयी कि पूरी रात सो भी नहीं पायी। मन कर रहा था कि उड़कर आपके पास चली जाऊँ और आपके साथ बस घूमती रहूँ।"

"तुम्हें पता है, जिस दिन रिजल्ट आया, तो उस दिन मुझे अपनी खुशी तो बहुत हुई थी; लेकिन जफ़र का गम भी उतना ही हुआ था। मैं तो बिलकुल भी मस्ती नहीं करना चाहता था, लेकिन जफ़र था कि रात भर नाचा और हम सबको नचाया।"

वो एकाएक उदास होकर बोली, "हाँ, जफ़र भाई का भी हो जाता, तो और भी अच्छा लगता। अम्मी-अब्बू कितने खुश होते?"

फिर मैंने जेब से एक छोटा सा पैकेट निकाल कर उसे दे दिया।

"क्या है?" उसे सँभालते हुये कहा।

"अँगूठी है।"

उसने खोलकर देखा, "अच्छी है,..."

"बंगलौर तो सुना है कि बहुत खूबसूरत शहर है?" उसने जिज्ञासा से मुझे देखते हुये कहा।

"हाँ, खूबसूरत तो है।"

"आप इतनी दूर जा रहे हैं, तो डर सा लगता है।" फिर वह कुछ याद करते हुये कहीं खो सी गयी।

"क्या हुआ मेरी नफी को?" मैंने उसकी नाक को दबाते हुये कहा।

"कुछ नहीं, हम लोग कितना आगे बढ़ चुके हैं? कितना लगाव हो गया है मुझे आपसे? कहीं कुछ गड़बड़...।" तभी मैंने उसके होंठो पर उंगली रख दी।

इसके बाद वो मुझसे दिल्ली के बारे में काफी जानकारी लेती रही और ज़फ़र के बारे में भी काफी कुछ पूछती रही। उसने यह भी कहा कि कितना अच्छा होता अगर वह भी बंगलौर जा सकती। लेकिन फिर उसे स्वयं ही अपनी इस अव्यावहारिक बात पर हँसी भी आयी।

हम लोगों को वहाँ पर लेटे-लेटे तीन बज चुके थे। वो काफी देर से जाने के लिए कह रही थी, बस मैं ही उसे बार-बार खींचकर बैठा लेता था।

"अब चलना चाहिए, बहुत देर हो गयी है।" और वो जाने के लिए तैयार हो गयी। जाने से पहले वह मेरे गले से लगकर लगभग पाँच मिनट तक सुबकती रही। मैं उसे थपकी दे देकर दिलासा देता रहा।

"आप इतनी दूर जा रहे हैं, मुझे अजीब सा लग रहा है।...पता नहीं फिर मिल भी पाएँगे कि नहीं, या फिर मिलेंगे भी तो कब और कितने समय बाद; यह भी निश्चित नहीं है।"

"एक हफ्ते बाद मैं फिर आ रहा हूँ, और हाँ आने की तारीख मैं ज़फ़र या नताशा से नहीं बताऊँगा। तुम ठीक एक हफ्ते बाद इसी होटल में आ जाना, समय वही लगभग साढ़े ग्यारह बजे।

"आपको जब भी मैं बुलाऊँ, तब आप जरूर आ जाइएगा।"

"अरे बाबा, किसी त्योहार या फिर छुट्टियों में ही तो आ पाऊँगा। इतनी दूर से एकदम कैसे आ सकता हूँ।"

"अच्छा, आप झूठ ही कह दीजिए।"

"ठीक है बाबा, सच्ची में किसी भी तरह आ जाऊँगा।"

फिर उसने मेरे बाल ठीक किए, कॉलर ठीक किया तथा थोड़े हाथ गीले करके मेरा मुँह पोछा। फिर स्वंय का मुँह भी पोछा और वो विदा हो गयी।

आज मैं उसे टेम्पो तक भी छोड़ने नहीं गया। जब तक वो दिखी, मैं देखता रहा। फिर एक लम्बी साँस छोड़ते हुये कमरे पर पहुँचा और औंधा लेट गया।

शाम को मैं ज़फ़र के घर नहीं गया। उसे बताया भी नहीं था कि अगले दिन किस समय घर जाना है। रात में नताशा को हॉस्टल से लिया और सीधे स्टेशन पहुँच गया। उसने पूछा भइया दिन भर आपने क्या किया? क्या आप ज़फ़र भइया के घर

गये थे? मैंने उसे बता दिया कि पहले मैंने पिक्चर देखी, फिर इंजीनियरिंग कॉलेज में घूमने चला गया और अपने जूनियर साथियों से भी मिल लिया।

घर पहुँचने पर पूरा गाँव ही नौकरी के बारे में पूछ रहा था। आग की तरह खबर फैल गयी थी पूरे गाँव में।

घर पर सभी लोग खुश थे, शादी की बातें भी जोर-शोर से चलने लगी थीं।

गोपी चाचा मिले तो छूटते ही बोले, ''नाईन्टी-फोर में काम हो गया है, अब सेवेन्टी-फोर में दावत कब दे रहे हो?''

''क्यों चाचा, लड्डू नहीं खाए हैं क्या?''

''लड्डू से नाइट्रोजन नहीं मिल पाती है।''

''ठीक है चाचा, आपको अच्छी दावत मिल जाएगी।''

अगले कुछ दिनों में मैं अपने पुराने अध्यापकों एवं साथियों से मिला; सभी लोगों की नजरों में मेरे लिए एक विशेष सम्मान का भाव था।

मेरे पापा की इज्जत तो सभी रिश्तेदारियों में एकाएक बढ़ गयी थी। कई जगहों से तो शादी के प्रस्ताव भी आने लगे थे। दादा-दादी भी शादी जल्दी ही चाहते थे, ताकि वे भी अपनी आँखों से इस उत्सव का आनन्द ले सकें। उन्हें अपने लम्बे जीवन का अब भरोसा नहीं था।

मुझे हमेशा ही यह चीज खराब लगती रही थी कि हमारे समाज में शादी को लोग उत्सव के रूप में लेते हैं, कुछ लोग इसे दहेज हड़पने का माध्यम बना लेते हैं, तो कुछ लोग मौज मस्ती का एक अच्छा तरीका बना लेते हैं। अधिकतर व्यक्ति शादी को इज्जत से जोड़ लेते हैं। इसीलिए कई बार अपनी हैसियत से अधिक खर्च करते हैं। वास्तव में इस दिखावे भरे उत्सव का दबाव लड़की वाला हमेशा महसूस करता रहता है।

अरेंज-मैरिज अपने अन्दर कई सामन्ती लक्षणों को भी समेटे हुए है। लड़के वाला अपनी इच्छा से अच्छी लड़की या अच्छा दहेज या फिर रसूख वाले घर का चुनाव करता है। लड़की या लड़के की भावनाओं की कद्र इसमें प्रायः बिल्कुल नहीं रहती है। कई बार शारीरिक जरूरतें भी अनसुलझी ही रह जाती हैं। बहुत सारी चीजें भाग्य के सहारे ही छोड़ दी जाती हैं।

लड़की वाले को लाभ यह रहता है कि अक्सर वह पैसे व रसूख के दम पर मनमाफिक लड़का पा ही लेता है। प्राय: अच्छे लड़कों पर अच्छे परिवार की लड़कियाँ का ही कब्जा हो जाता है, अर्थात् सामन्तवाद कई तरह से स्वयं ही पनपने लगता है।

आखिरकार एक हफ्ते बाद मैं नताशा को लेकर लखनऊ के लिए चल दिया।

आज ट्रेन कुछ लेट थी। हम लोग काफी थक चुके थे। ऐसे में और इन्तजार

करना—वो भी स्टेशन पर आती बदबू में; निश्चित रूप से कष्टकारी था।

स्टेशन पर पहुँचकर अक्सर मुझे ये दुख होता है कि हमारे देश में स्टेशनों पर इतनी गंदगी क्यों रहती है? प्लेटफार्म पर खड़े होकर कई बार तो इतनी बदबू आती है कि लगता है, जैसे टॉयलेट के पास खड़े हों। वहीं हमारे पड़ोसी देश चीन में अगर देखें तो हम पायेंगे कि वह हमसे हर मामले में मीलों आगे निकल चुका है।

ऊपर से यदि दिन में सफर करते हैं, तो कोई न कोई भिखारी भीख माँगने आ ही जाता हैं। ऐसा लगता है कि जैसे इस देश में पता नहीं कितने भिखारी हैं और कितने अपंग हैं। कमी उनकी उतनी नहीं है, जितनी हमारी सामाजिक व्यवस्था की है।

सोचते-सोचते ट्रेन आ गयी। हम लोग अपनी बर्थ पर लेट गये।

बगल में थोड़ी दूर पर कुछ लोग ताश के पत्ते खेल रहे थे। वे इतना अधिक शोर मचा रहे थे कि सोना असंभव था। शायद हमारी तरह आस-पास के कुछ और लोग भी उनसे त्रस्त थे। लेकिन वे कई लोग थे, इसलिए कोई उन्हें शायद टोकने की हिम्मत नहीं कर पा रहा था। मैंने नताशा से कहा कि आज शायद नींद नहीं आ पायेगी।

कुछ देर बाद आखिरकार मैंने उन लोगों को समझाने की कोशिश की, "भैय्या ये सोने का समय है, ताश तो आप सुबह भी खेल सकते हैं।"

वे लोग मुझे ऐसे देखने लगे, जैसे मैंने उनकी बहुत बड़ी बेइज्जती कर दी हो। वे मुझसे बहस करने लगे—"आप अपनी सीट पर सोओ न, किसने रोका है?"

मैं कुछ देर बहस करने के बाद लड़ाई बढ़ जाने के डर से अपनी बर्थ पर आकर लेट गया। मुझे पता था ऐसे लोग बिना वजह ही चीजों को अपने अहं से जोड़ लेते हैं।

लेकिन हाँ, इस बहस से इतना अवश्य हो गया कि वे अब बहुत धीरे-धीरे बातें कर रहे थे।

...मेरे सामने एक महत् पुरुष बड़ी ही शान्त मुद्रा में आँखे बन्द किए हुए लेटे हुए थे। लग रहा था कि जैसे लेटे-लेटे ही ईश्वर के ध्यान में पूरी तल्लीनता से खोए हुए हैं। लेकिन अचानक उनकी समाधि टूटी और मुझ पर कुछ तरस सा खाते हुए मेरी तरफ मुखातिब हुए, "बोले—क्या मिला इस सबसे? बेकार में अपनी इतनी ऊर्जा नष्ट की।...कहीं लिखा है कि आप ट्रेन में ताश के पत्ते नहीं खेल सकते या रात में सोने के समय तेज आवाज में बात नहीं कर सकते। क्या रेलवे में कोई ऐसा नियम है?"

मैं कुछ बोलना ही चाहता था कि उस शान्त पुरुष ने मुझे चुप रहने के लिए इशारा करते हुए कहा कि "सदैव दूसरो की अपेक्षा खुद को ही बदलने का प्रयास

करना चाहिए, इसी में असली आनन्द है।...एडजस्टमैण्ट करना कोई बच्चों का खेल नहीं है। बड़े ही धैर्य की जरूरत पड़ती है।" और फिर उन्होंने हल्की विजयी मुस्कान के साथ अपनी आँखें बन्द करते हुए समाधि ले ली। मेरे पास तो जैसे कोई जवाब ही नहीं बचा था। एक खतरा और भी था कि कहीं ताश खेलने वालों ने मुझे बहस करते हुए सुन लिया तो वे मुझ पर उल्टे चढ़ बैठेंगे। उस ज्ञानी पुरुष ने मेरी आँखें खोल दी थीं।

लखनऊ पहुँचते ही मैंने सोचा कि आज ही दिल्ली वापस जाना ठीक रहेगा। मुझे याद आया कि जफ़र तो दो दिन बाद ही चला गया होगा।

जल्दी से मैंने नताशा को उसके हॉस्टल में छोड़ा।

थोड़ी देर हजरतगंज में घूमने के बाद उसी होटल में पहुँच गया तथा वहाँ मैंने वही पुराना वाला कमरा आरक्षित करा लिया। यहीं से शाम को मुझे निकलना था।

मैं इन्तजार करता रहा, लेकिन वह नहीं आयी। लगभग 12 बजे उसका फोन आया कि आज वह किसी समस्या की वजह से घर से नहीं निकल पायी। मैं काफी दुखी हुआ, लेकिन मैंने भी ज्यादा जोर नहीं दिया। बस कसमसाकर रह गया।

कुछ समय होटल में आराम किया तथा फिर शाम को नताशा से मिलने के लिए पहुँच गया। उसी रात दिल्ली के लिए रवाना हो गया।

दिल्ली पहुँचकर दो दिन तक दोस्तों के साथ मैंने खूब मस्ती की, खूब घूमा। जफ़र के साथ फिल्म भी देखी। जफ़र को पढ़ने की ढेर सारी हिदायतें देते हुए मैं बैंगलोर के लिए रवाना हो गया।

विदाई के समय जफ़र बहुत उदास एवं भावुक होते हुये कहने लगा, "यार, अब पढ़ाई में मन नहीं लगेगा। तेरे साथ बात ही कुछ अलग थी।"

फिर वह मेरे गले से लगकर काफी देर तक मुझे चिपकाए रहा।

आखिरकार गाड़ी चल पड़ी। मैंने उससे लगातार सम्पर्क में रहने का वादा करते हुये हाथ हिलाकर विदाई ली।

वास्तव में उसे मेरी और मुझे उसकी आदत सी पड़ गयी थी। मेरे जाने के बाद उसे कुछ दिन तक निश्चित रूप से परेशानी तो होनी ही थी।

तीन

बंगलौर शहर की प्रगति देखकर मैं दंग रह गया। अब समझ में आ रहा था कि आखिर क्यों बंगलौर का इतना नाम सुनने को मिलता था? क्यों धीरे-धीरे वैश्विक नक्शे पर यह शहर अपनी अलग पहचान बना रहा था?

अगले दिन नफीसा का फोन आया तो मैंने उसे नया नम्बर दे दिया। पापा, ज़फ़र एवं नताशा से भी फोन पर बात हो गयी थी। प्रशिक्षण का समय ऐसा था जब कोई भी जिम्मेदारी मुझ पर नहीं थी। इंजीनियरिंग कॉलेज के दिनों की मुझे फिर से याद आने लगी।

हाँ बस कोई चिन्ता थी, तो वह नफीसा की ही थी।

कुछ समय बाद ही ज़फ़र का भी हाईडिल में चयन हो गया। सबसे पहले उसने मुझे ही खबर दी थी। बहुत खुश था वह उस दिन। अपने सपनों की ही लगातार बातें किये जा रहा था।

इसी बहाने मैंने ज़फ़र के घर पर भी बात कर ली। फोन इस बार नफीसा ने ही उठाया। चौंक पड़ी थी वह मेरी आवाज सुनकर। पहले तो वह घबरा गयी, फिर जब मैंने उसे फोन करने का कारण बताया तो वह सहज हो गयी।

उसकी अम्मी की खुशी तो छिपाए नहीं छिप रही थी। बस वो ये ही कहे जा रही थीं कि खुदा ने ज़फ़र की भी सुन ली। अब सब ठीक हो जाएगा।

ज़फ़र ने बताया कि जल्द ही लखनऊ में प्रशिक्षण भी शुरू हो जाएगा। यह उसके लिए अच्छा रहा कि उसे लखनऊ में ही रहने का मौका मिल गया।

इधर मेरे कई दक्षिण भारतीय दोस्त भी बन गए थे। उनसे दक्षिण भारत के बारे में जानने का अवसर भी मिला। मुझे नए-नए लोगों के विचारों को जानने में बहुत आनन्द आता था। दक्षिण भारत में लोगों की मानसिकता उत्तर-भारतीयों से कुछ हद तक अलग हो चली थी। लोगों का निजी-क्षेत्र की तरफ रुझान बढ़ रहा था। लोग विदेश (खासकर अमेरिका) में नौकरी करने के लिए अधिक से अधिक इच्छुक होते

जा रहे थे, जबकि उत्तर भारत में लोग अभी भी परम्परागत ढाँचे से अधिक चिपके हुए थे।

कई विदेशी लोगों से भी सम्पर्क हुआ था। उनकी सरलता तथा काम के प्रति उनके लगाव एवं समर्पण को देखकर मैं दंग रह गया था।

इधर नफीसा के खतों की संख्या बढ़ती जा रही थी। उसकी शिकायतें भी दिनों-दिन बढ़ती ही जा रही थीं। उसकी मुख्य शिकायत ये थी कि मैं कम खत लिखता हूँ। कल ही तो उसका खत आया था—

'मेरे प्रिय शिवांग,'

आपको गये हुए चार माह से अधिक हो गए हैं, और मुझे आपने गिनती के आठ पत्र ही लिखे हैं। आप बदल तो नहीं गए हैं? या फिर अब हमसे उतनी मोहब्बत नहीं रह गयी है? मैं तो एक-एक दिन गिन रही हूँ आपकी वापसी के। पता नहीं आप क्यों ट्रेनिंग के लिए इतनी दूर चले गए हैं। आपसे तो ज़फ़र भाई ही ठीक हैं, जो लखनऊ में ही रहकर ट्रेनिंग कर रहे हैं। आपसे मैं एक माह से कह रही हूँ कि समय निकालकर एक बार आ जाइए; लेकिन जनाब हैं कि बस टाल रहे हैं। आप बार-बार व्यस्तता का बहाना बना देते हैं। लेकिन जनाब को पता होना चाहिए कि आने वाले तो किसी भी तरह वक्त निकालकर आ ही जाते हैं। आप समझ रहे होंगे कि मैं कुछ अधिक स्वार्थी हो गयी हूँ। आप कुछ भी समझिए, लेकिन मेरे लिए कुछ वक्त जरूर निकालिए। मुझे खत जरूर जल्दी-जल्दी लिखिए, और हो सके तो मुझसे मिलने के लिए पंछी की तरह उड़कर चले आइए।

आपको पता होना चाहिये कि मैंने आसमान में आपके लिए एक 'तारा' खोज लिया है। सच बताऊँ तो मैंने यह तारा इंटर के बाद ही खोज लिया था। तभी से उस तारे में मैं आपका अक्स खोजती रहती हूँ। बंगलौर की दिशा में ही वह निकलता है। बिल्कुल आपकी तरह ही वह भी निष्ठुर हृदय का है। मैं प्राय: हर रोज ही छत पर चढ़कर उससे ढेर सारी बातें करती हूँ।

कई मामलों में वह आपसे बहुत अच्छा है, क्योंकि उससे मैं अपने दिल की सारी बातें कर लेती हूँ। आपसे जिन बातों को कहते हुये मुझे बहुत शर्म आती है, उससे उनको भी मैं कह डालती हूँ। जिस रात उससे मैं बात नहीं कर पाती हूँ, तो उससे अगले दिन मुझे आपकी बहुत याद आती है।

...अब आप आ भी जाइए न एक बार। अब आपका ख्याल रखने का बहुत मन करता है।...एक बात और...आप मुझे एक पल के लिए भी भूलियेगा नहीं; अब आप मुझसे पढ़ाई डिस्टर्ब होने का बहाना भी नहीं बना सकते हैं।...और हाँ, आप किसी तारे को नफीसा समझकर उससे बात मत कीजिएगा, आप बस मुझसे ही बात कीजिएगा और मेरे बारे में ही सोचियेगा।

अच्छा अब लिखना बन्द करती हूँ...
आपकी अपनी
'नफी'

कुछ दिन बाद मैं घर गया तो किसी तरह लखनऊ के लिए भी एक दिन निकाला। लेकिन नफीसा से इस बार अलग से मिलना संभव नहीं हो पाया। मैं चाहता भी नहीं था कि किसी को शक हो जाए। बस दो-तीन घंटे ही रहा ज़फ़र के घर पर। ज़फ़र, उसके अब्बू, अम्मी, नफीसा सभी थे। खूब बातें हुई बंगलौर के बारे में।

इतनी जल्दबाजी से नफीसा को दुःख तो जरूर हुआ था, लेकिन उसने अपने मनोभावों को छुपाये ही रखा। जल्दी इतनी थी मुझे कि नताशा से भी मैं बस एक घंटे के लिए ही मिल पाया। नफीसा ने फोन पर अपनी पीड़ा व्यक्त की थी।

बंगलौर पहुँचने पर नफीसा के पत्र से भी पता चला कि उसके मन में अलग से न मिलने की कसक रह गयी थी। इस बार मजाक में मैंने उसे लिखा था कि उस तारे की पहचान मुझे भी बता दे, मुझे उस पर बहुत गुस्सा आता है। वो मेरे हिस्से का प्यार मुफ्त में लूट ले जा रहा है। जबसे वह तुम्हें मिला है, तुमने मेरी कद्र करना कुछ कम कर दिया है।

उसने भी मजाक में लिखा था कि अगर आपने मुझसे जल्दी ही शादी नहीं की, तो मैं जल्द ही उस तारे से शादी रचा लूँगी, तभी आप मेरी सही वैल्यू समझ पायेंगे।

धीरे-धीरे वह समय भी आ गया जब ट्रेनिंग समाप्त हो गयी तथा प्रयास करने से लखनऊ एच.ए.एल. में मुझे पोस्टिंग भी मिल गयी। इससे मेरी बहुत सारी चिन्ताएँ दूर हो गयीं। इसकी खबर नफीसा के घर पर भी मैंने तुरन्त कर दी।

अगले दिन नफीसा का फोन आया। वो इतनी खुश थी कि कुछ देर उसकी आवाज में एक कंपन सा बना रहा।

सबसे बड़ी बात तो ये थी कि ज़फ़र भी लखनऊ में ही था। उसने भी ट्रेनिंग के बाद यहीं पर पोस्टिंग ले ली थी।

कुछ दिन गाँव में रहने के बाद मैं लखनऊ चला गया।...ज्वाइन किया तथा एच.ए.एल. परिसर में ही रहने लगा। काफी साफ-सुथरा तथा बड़ा परिसर था।

अच्छा इलाका था। घर भी अच्छा था। ज़फ़र से भी मैंने कह दिया था कि मेरे आसपास ही वह भी घर ले ले। जिससे मिलने में आसानी रहे, और हम लोग आगे की योजनाओं पर काम कर सकें। घरवाले भी अब मेरी तरफ से निश्चिन्त हो गए

थे।

हम लोग प्रायः दूसरे-तीसरे दिन मिलने लगे। पता नहीं अब क्यों जफ़र के घर जाने की मेरी हिम्मत कुछ कम हो गयी थी। जफ़र की अम्मी मुझे बार-बार घर बुला भी रही थीं, लेकिन अभी तक मैं ही उनके घर जा नहीं पाया था। नफीसा से तो फोन पर बात हो ही जाती थी तथा एक बार उससे मुलाकात भी रेस्टोरेंट में हो गयी थी।

लगभग पन्द्रह दिन बाद रविवार को आखिर मैं जफ़र के घर गया। जफ़र भी घर पर ही था, उसी ने दरवाजा खोला। घर काफी बदला-बदला सा दिख रहा था। सोफा, बैड, चादर, पर्दे, फूलों के गमले सब बदल गए थे। बाहर का छोटा सा आँगन भी काफी रंग-बिरंगा हो गया था। छोटी-छोटी क्यारियों में बड़े ही करीने से नए-नए पौधे लगाए गए थे। मुझे याद आया कि नफीसा को बागवानी का काफी शौक रहा है।

पानी नफीसा ही लेकर आयी। उसके चेहरे पर प्रसन्नता एवं चैतन्यता के भाव साफ दिख रहे थे।

जब मैंने उसे मिठाई का डिब्बा दिया, तो पीछे से अम्मी ने आवाज लगायी, ''आज पन्द्रह दिन बाद तुम मिठाई खिलाने आए हो।''

मैं झेंपते हुये बोला, ''...दरअसल जफ़र से तो मुलाकात हो ही जाती थी...इसीलिए आ नहीं पाया।...कुछ शुरुआत में काम भी ज्यादा करना रहता है।''

''चलो! खैर कोई बात नहीं। सुना है घर भी अच्छा ही मिला है।''

''हाँ-हाँ, आप आइए न किसी दिन,...अगले रविवार को ही आ जाइये,...मैं आपका इन्तजार करूँगा।'' और मेरा मन हुआ कि कह दूँ—आंटी नफीसा को भी साथ ले आइयेगा।

''कहाँ बेटा, फुर्सत कहाँ है?...तुम्हारी मम्मी आएँगी तब उनसे मिलने आऊँगी।'' कुछ देर तक बातें करने के बाद मैं वहाँ से निकल गया।

मंगलवार को मैंने छुट्टी ले ली थी, ताकि उसी होटल में ग्यारह बजे नफीसा से मिल सकूँ।

ठीक साढ़े ग्यारह बजे नफीसा आ गयी, आते ही कहा, ''अपना मोबाइल दिखाइए,...अच्छा है।''

''तुम्हें अगर अच्छा लग रहा हो, तो तुम ले लो।'' मैंने उसे अपना नया मोबाइल दिखाते हुए कहा।

''मैं घर पर क्या बताऊँगी? मुझे ऐसी जरूरत भी क्या है? मुझे अगर आपको फोन करना होगा, तो मैं बाहर से कर लूँगी।''

कुछ पल के बाद वह फिर बोली, ''आपको पता है, जबसे मुझे पता चला है कि आप लखनऊ में ही नौकरी करेंगे, तबसे मेरी खुशी का ठिकाना नहीं रहा। कई बार तो अम्मी ने भी टोका, क्या बात है नफी? बहुत खुश नजर आ रही है? मैं तो सहम सी गयी उस समय, कि कहीं शक न हो जाए।

शक तो नहीं हुआ, लेकिन इधर अम्मी कई बार मुझे ऐसे देखती हैं, जैसे उन्हें मेरा व्यवहार कुछ अटपटा सा लग रहा हो। अब्बू तो इस बार मेरी शादी का भी जिक्र कर रहे थे। तब मैंने रोते हुये उनसे कहा, अब्बू आप मुझे जल्द से जल्द घर से निकालना चाहते हैं। इस पर अब्बू ने कुछ भावुक होते हुये कहा कि अच्छा चल, तू अभी और पढ़ाई कर ले; बाद में सोचेंगे।...लेकिन अब हम लोगों को कुछ तो सोचना ही पड़ेगा, वरना शक तो हो ही सकता है। कब तक हम लोग यूँ ही टालते रहेंगे?''

''कभी-कभी मन करता है कि हम लोग जल्द से जल्द कोर्ट-मैरिज कर लें। बाद में तुम्हारे घर वालों से बात करके उन्हें समझाने की कोशिश की जाए।...हालाँकि मुझे लगता नहीं कि वे आसानी से मानेंगे, परन्तु हम लोग अगर पहले ही कोर्ट-मैरिज कर चुके होंगे; तो अन्त में वे लोग दबाव में तो आ जायेंगे। अन्यथा फिर कुछ दिन के लिए घर छोड़ना पड़ेगा, जो कि बहुत ही कष्टदायक कार्य होगा।...लेकिन अन्ततः सब ठीक हो जायेगा।''

''क्या ये सम्भव है कि हम कोर्ट-मैरिज कर लें और किसी को पता भी न चले?'' नफीसा ने मेरे कान पर धीरे से उंगलियाँ फिराते हुये कहा।

''हाँ संभव तो है, लेकिन चोरी-चोरी शादी करना कुछ खराब सा लगता है।'' मैंने उसे अपने मन की पीड़ा बतायी।

''चलो अभी और सोचते हैं कि क्या हो सकता है?'' कहते हुये मैंने इस मामले को फिर से बीच में ही छोड़ दिया।

''कहीं सोचते-सोचते सब कुछ हाथ से न निकल जाए।'' उसने कुछ चिन्तित होते हुये कहा।

उसकी इस बात से मेरे माथे पर भी चिन्ता की लकीरें खिंच आयीं।

''हाँ, मुझे भी कभी-कभी ऐसा लगता है कि कहीं हम लोग ज्यादा लापरवाह तो नहीं हो रहे हैं। लेकिन तुम्हीं बताओ कि बात किस तरह से शुरू की जाय।...अच्छा अब मैं कोई निश्चित रणनीति बनाकर ही चैन से बैठूंगा।''

वो आज अच्छे मूड में थी। आज मौसम भी बड़ा प्यारा था। कुछ देर बातें करने के बाद मैंने उसे बाँहों में ले लिया और फिर दोनों एक-दूसरे में समा गये।

इधर मैं और ज़फ़र एक किताब लिखने की योजना भी बनाने लगे थे। मैं तो वैसे

अभी तैयार नहीं था।...जफ़र जल्द से जल्द किताब लिखना चाहता था।

उसका कहना था कि दो दिमाग जब एक साथ चलेंगे तो निश्चित ही किताब में एक गहरा मंथन झलकेगा। जफ़र का सपना था कि हम लोग मार्क्स-एँजिल्स की तरह कुछ विशेष कार्य करें। वह मजाक में अपने को मार्क्स कहने लगता था।

वह उत्तेजित-सा होता हुआ कहा करता था कि हमारे विचार समाज को एक नयी दिशा देंगे। उनमें आने वाली शताब्दियों के लिए एक अलग रचनात्मक दिशा होगी। लोगों के दिमाग में जो जंग लगा है, वह छूट जायेगा। उनकी चेतना हर तरह की जड़ता को पीछे छोड़ देगी।

नताशा एवं नफीसा भी अब कॉलेज कम जाने लगी थीं, क्योंकि दोनों पी.एच.डी. कर रही थीं। नफीसा जब भी कालेज जाती थी, तो फोन मुझे अवश्य कर लेती थी।

फोन पर उसकी आवाज मुझे हमेशा से ही अच्छी लगती थी। वो 'जी', 'जी' करके ही बात करती थी।

उसके बार-बार कहने के बावजूद दो माह और यूँ ही असमंजस में बीत गए। अचानक उसका फोन आना बन्द हो गया। मैंने सलोनी के फोन पर मैसेज किया, लेकिन उसका भी कोई जवाब नहीं आया। इन्तजार करते-करते जब 15 दिन और बीत गये तो मैं अनेक आशंकाओं को लेकर परेशान होने लगा।

मैंने सलोनी को फोन किया तो उससे भी कुछ पता नहीं चल पाया। जब मैंने नताशा से अप्रत्यक्ष रूप से पूछा, तो पता चला कि उसे भी वह काफी दिनों से नहीं मिली है।

उसने उसके घर पर फोन किया, तो पता चला कि वह मुरादाबाद में अपने मामू के यहाँ गयी हुई है।

मैंने उससे पूछा, "तुमसे कुछ कहा था उसने?"

"नहीं, उसने ऐसा तो कुछ नहीं कहा था।" नताशा परेशान होते हुए बोली।

मैं एकाएक गहरी चिन्ता में डूब गया। पता नहीं क्या हुआ? कहीं किसी को कुछ पता तो नहीं चल गया है?...अगर ऐसा हो गया होगा, तब तो बहुत जटिल समस्या हो जाएगी।...लेकिन पता तो चले कि मामला क्या है?

...नहीं, नहीं, ऐसा नहीं हुआ होगा। अगर ऐसा हुआ होता, तो किसी भी तरह नफीसा मुझे सूचित तो अवश्य ही करती। नहीं, कोई 'शोक' हुआ होगा मुरादाबाद में। इसीलिए वह बिना बताए चली गयी होगी। लेकिन फोन तो कर ही सकती थी।...'हूँ'!

...शायद फोन भी करने का मौका न मिला हो।...या फिर हो सकता है

जानबूझकर परेशान कर रही हो।...मैं शादी की निश्चित रणनीति भी तो नहीं बना पाया था अभी तक। इसीलिए शायद वह मुझे परेशान कर रही हो, जिससे कि मैं कोई सही रणनीति बना सकूँ।

इधर ज़फ़र से भी कम ही मुलाकातें हुई थीं और वो कुछ अनमना-सा भी दिखायी दिया था। या फिर उसने व्यस्त होने का बहाना बनाया था।...घर में कुछ समस्या थी, ऐसा उसने बताया था। ये भी कहा था कि कुछ दिन में सब ठीक हो जाएगा। सारी स्थिति का जायजा लेने पर मेरी चिन्ता बढ़ने लगी।

दिन भर दिमाग में तरह-तरह के विचार कौंधते रहते थे। हर समय एक अजीब सी बेचैनी बनी रहती थी। रात में भी बड़ी उखड़ी-उखड़ी सी नींद मुझे आती थी। बहुत बिखरे-बिखरे से और तेज गति के सपने मुझे आते थे।

कुछ और दिन के इन्तजार के बाद मैं बहुत परेशान हो गया। आखिर मैंने नताशा को सब-कुछ बता दिया।

"मुझे काफी पहले से शक था भैय्या।" उसने बड़े विश्वासपूर्वक कहा।

"कैसे?..."

"आपकी और नफी की बातों से अन्दाजा हो चला था।...इधर तो कई बार आपका नाम सुनते ही उसका चेहरा लाल हो जाता था।" उसने सफाई दी।

"नताशा मुझे कुछ गड़बड़ लगती है। मुझे रात-भर ठीक से नींद नहीं आती, पता नहीं किसी अनहोनी का डर सा लगा रहता है। तू कुछ कर ना मेरी प्यारी बहना, जिससे वास्तविक स्थिति का पता चल सके।"

"भैय्या कल मैंने उसके घर फोन किया तो उधर से कोई आवाज ही नहीं आयी, जैसे फोन खराब हो गया हो।...अच्छा कल शाम को मैं उसके घर जाऊँगी।"

"जाना, लेकिन किसी सहेली को साथ में लेकर और हाँ फौरन मुझे बताना।"

ध्यान देने पर ज़फ़र का व्यवहार भी मुझे सन्देहजनक लगने लगा था। ड्यूटी में बिल्कुल भी मन नहीं लगता था। साथी लोग पूँछने लगे थे कि "क्यों भई, आजकल कहाँ खोए रहते हो? कोई चक्कर-वक्कर है क्या?" वास्तव में ऐसे चक्कर में फँसने की मुझे भी उम्मीद नहीं थी।

अगले दिन नताशा ने बताया कि नफीसा तो सच में घर पर नहीं है।

"और कुछ पता चला।" मैंने उससे हड़बड़ाते हुये पूछा।

"नहीं,...लेकिन भैय्या कुछ गड़बड़ अवश्य है।"

"क्यों...?" इस बार मेरी धड़कन कुछ बढ़ गयी थी।

"आंटी का व्यवहार बहुत नपा-तुला था। आपके बारे में भी कुछ नहीं पूछा।

मैंने आपका जिक्र किया, तो वे एकदम चुप हो गयीं तथा बात ही बदल दी।''

''और कुछ पता चला?'' मैंने कुछ परेशान सा होते हुए पूछा।

''जब मैं चलने लगी तो उन्होंने कहा कि जैसे ही नफीसा आ जाएगी, तो मैं तुम्हारे पास भेज दूँगी। हो सकता है कि मैं भी मुरादाबाद चली जाऊँ।''

''हूँ।''

''आप परेशान मत होइए भैय्या, जरूर कुछ न कुछ पता चलेगा।''

''अच्छा ठीक है।'' और मैंने निराशा में फोन काट दिया।...कहाँ चली गयी, क्या एक बार बता भी नहीं सकती थी? मैं काफी देर तक निराशा में खड़ा-खड़ा बुदबुदाता रहा।

नफीसा का मासूम चेहरा स्मृति के दृश्यपटल पर टंग सा गया था। कई बार तो मैं रात में कई-कई घंटे टहलता रहता था। कुछ न कुछ सोचता ही रहता था,...अगर वो नहीं मिली तो शायद मैं कुछ भी अच्छा न कर पाऊँगा, उसको खोने का गम ही मुझे खा जाएगा।

अपनी गलती पर हर समय पछताता रहता था। क्यों नहीं कोर्ट-मैरिज कर ली? क्यों उसके परिवार के बारे में इतना सोचा? क्यों मैं दूसरों के बारे में इतना अधिक सोचता हूँ?...ये दुनिया पत्थरों की है। लोग अपने लिए और केवल अपने लिए जीते हैं। झूठी शान के लिए जीते हैं। एक छद्म अहं से हमेशा पीड़ित रहते हैं। उस छद्म अहं की सन्तुष्टि के लिए वे कितना भी बड़ा पाप या गलत कार्य कर सकते हैं।

हर दिन उसकी यादें बढ़ती ही जा रही थीं। इतना बड़ा अभाव, इतना बड़ा खालीपन तो मैंने कभी भी महसूस नहीं किया था।

एक दिन मैं सोच ही रहा था कि तभी मोबाइल की घंटी बजी। घंटी बजते ही मैंने फोन रिसीव किया।

''हैलो..., कौन?'' मैंने पूछा

''मैं, नताशा।'' फिर काफी देर तक वो मुझसे बात करती रही।

''ऐं! नहीं,...नहीं, ऐसा नहीं हो सकता।''

''हाँ, भैय्या! ऐसा ही है। आज मुझे ज़फ़र-भैय्या मिले थे, कालेज के बाहर। वे ही सब बता रहे थे।'' नताशा ने विश्वासपूर्वक कहा।

''इतनी जल्दी भी क्या थी? ऐसा क्या हो गया था?'' मैंने नताशा से पूछा।

''वे बता रहे थे कि किसी ने आपके साथ नफीसा को देख लिया था। फिर घर पर आपके पत्र वगैरहा भी पकड़े गए थे। बस, इसी वजह से अब्बू ने उसकी महाराष्ट्र में शादी कर दी। किसी ने बताया था लड़का। साथ ही दूरी अधिक होने की

वजह से भी की। बात खुलते ही नफीसा को मुरादाबाद भेज दिया गया। वहीं से शादी भी कर दी। लड़का डॉक्टर है।'' नताशा एक ही साँस में सब बताती चली गयी।

''भैय्या, आप तो बहुत समझदार हैं। परेशान मत होइए।''

''चलो,...अच्छा ठीक है।'' मैं इस समय समझदारी की बातें सुनना नहीं चाहता था।

ये धर्म सबसे अधिक अमानववाद फैला रहे हैं। आम आदमी इनके सिद्धान्तों में पूरी तरह से जकड़ा है। धर्मों के रूढ़िवादी संस्कार इतने प्रबल हैं कि इन्होंने मनुष्य को पूरी तरह से गुलाम बना रखा है, मनुष्य के विवेक पर कब्जा करके बैठ गये हैं यह धर्म।

अब मैं कैसे जीऊँगा?...ये ज़फ़र भी धोखेबाज निकला। स्साले ने कुछ भी नहीं बताया। इतने सपने, इतनी गहरी दोस्ती सब भूल गया। उसकी शक्ल भी नहीं देखनी है मुझे।...हैं! हैं! किताब लिखेंगे। मैं मार्क्स हूँ...दुनिया को दिशा देंगे।...लोगों की चेतना को बदल देंगे, मिलकर सब बदल देंगे। सारे सपने मिट्टी में मिला दिए। मूर्ख कहीं का।...क्या गलत कर रहा था मैं?

उसकी बहन को मुझसे ज्यादा सुखी कौन रख सकता है? अब क्या वो मुझसे अलग होकर कभी सुखी रह पाएगी?...ये भी नहीं सोचा एक बार कि हम दोनों ही जीते जी मर जाएँगे।

और फिर एकाएक मैं सिसकने लगा। मुझे बड़ी तेज घबराहट सी होने लगी।

...ऐसी ही वो नफीसा निकली। कम से कम एक बार फोन तो कर देती। किसी से खबर ही भिजवा देती। मैं कोशिश तो कर सकता था।...पता नहीं प्यार भी करती थी या नहीं?

नहीं, नहीं मोहब्बत तो थी उसको मुझसे।...फिर दूसरी शादी कैसे कर ली उसने? कहती थी खुदा जरूर है, वो उसकी दुआ जरूर सुनेगा। वो ही हम दोनों की मोहब्बत को शादी का रूप देगा।

इसीलिए मुझे विश्वास नहीं है, इन सब चीजों पर। क्या गलत किया था हम लोगों ने? सच्चा प्यार किया था।...फल क्या मिला? कुछ नहीं है इस दुनिया के सिवा। सब कुछ ऐसे ही चल रहा है। कोई शक्ति नहीं है इसके पीछे। कमजोर इच्छाशक्ति के लोग ही इन सब चीजों को मानते हैं।

मैं जब बहुत परेशान हो गया, तो कुछ दिन की छुट्टी लेकर गाँव चला गया।

वहाँ पर खेतों, खलिहानों में अपना गम बाँटता रहा। अपने पुराने मित्रों से मिलना, ताश के पत्ते खेलना तथा फिर से नफीसा की यादों में खो जाना। फिर उसे कोसना,...कई दिनां तक यही सब चलता रहा।

मम्मी बार-बार मुझसे पूछती रहीं, ''बेटा! खोया-खोया सा क्यों रहता है?''

''कुछ नहीं मम्मी, बस यूँ ही कुछ लिख रहा हूँ। इसी से ऐसा मन रहता है,'' कहकर उन्हें हर बार टाल देता था।

वहाँ से लखनऊ आने के बाद कई दिनों तक मैं यूँ ही कुछ न कुछ डायरी में लिखता रहा, पिक्चर देखता रहा। लेकिन उदासी मेरे मस्तिष्क को घेरे ही रहती थी।

तभी एक दिन एक फोन आया—'हैलो?'

''हाँ, हैलो...मैं शिवांग, आप कौन?''

''मैं,...न...नफीसा बोल रही हूँ।'' फोन में एक लम्बी सूं-सूं की आवाज के बाद उसकी आवाज सुनाई पड़ी।

''ऐं,...कौन?'' मुझे विश्वास नहीं हुआ था अपने कानों पर। इसीलिए मैंने प्रमाणित करना चाहा।

''नफीसा!...आप शिवांग ही हैं न।''

''हँ,...हाँ बोलो।'' मैंने काफी सख्त लहजे में उसे जवाब दिया।

''मुझे माफ कर दीजिए।...मैं आपकी बहुत बड़ी गुनहगार हूँ।''

''अब क्यों याद किया मुझे?...क्या कोई और चोट पहुँचाना चाहती हो?''

''कभी मिलेंगे आप तो परेशानी बताऊँगी।...बस मैं तो ये कह रही थी कि आप अब एक अच्छी सी लड़की देखकर शादी कर लीजिएगा। मैं तो आपके लिए अच्छी भी नहीं थी। आप तो बहुत स्मार्ट हैं, इंटेलेक्चुअल भी हैं। मुझे आप बिल्कुल भी याद मत कीजिएगा।'' फोन में कुछ घरघराहट सी हुई।

''तुमने मुझे जीते जी मार दिया। ऐसा क्यों किया? कौन सा बदला लिया है तुमने मुझसे।...मेरे सारे सपने तोड़ दिये।''

''आप एक बुरे आदमी के साथ रहने से बच गए।...अरे! मेरे से अच्छी तो हजारों लड़कियाँ हैं।...आप मेरे अच्छे दोस्त थे, हैं और आगे भी रहेंगे। हो सके तो मुझे माफ कर दीजिएगा। और हाँ, अपना ख्याल रखिएगा।....हाँ, इस मुद्दे पर किसी से लड़ाई-झगड़ा भी नहीं करिएगा। खुदा आपको सलामत रखे। आपके सपने पूरे हों।...लेकिन हाँ, जब आपके सपने पूरे हों तो एक बार अपनी इस पगली नफीसा को भी याद जरूर कर लीजिएगा। अब रखती हूँ। जल्दी है,...शायद अब फोन भी न कर पाऊँ।''

''तुमने ऐसा क्यों किया? क्यों इतने वादे किये थे? तुमने सब भुला दिया। मुझे तुम पर अपने से भी ज्यादा विश्वास था।...सब खत्म कर दिया तुमने।''

वह बीच में ही बोल पड़ी, ''मैं रख रही हूँ। मैं जानती हूँ कि मैं अच्छी नहीं हूँ। आपके लायक भी नहीं हूँ। खुदा हाफिज।'' और उसने फोन काट दिया।

मैं अभी उसे और खरी-खोटी सुनाना चाहता था। यह जानना चाहता था कि

उसने आखिर ऐसा क्यों किया? लेकिन मैं बस हैलो-हैलो करता ही रह गया।

जो नं. मेरे मोबाइल पर आया था, उस पर मैंने फोन किया तो पता चला कि वो पी.सी.ओ. का फोन नं. था। जब मैंने पूछा कि जो लड़की अभी फोन कर रही थी, वो चली गयी क्या? तो जवाब हाँ में मिला।

एक उम्मीद जो रहस्य के पर्दे को हटा सकती थी, वो भी अब समाप्त हो गयी। लेकिन इतना मुझे समझ में आने लगा था कि शायद नफीसा को डराया-धमकाया गया होगा। उसकी बातों से तथा उसकी आवाज के उतार-चढ़ाव से मुझे अभी भी उसके मन में अपनेपन का अहसास जरूर हो गया था।

-हाँ, हाँ वो मुझे बहुत चाहती थी। केवल शादी होने से कैसे भूल जाएगी मुझे? सच तो यह है कि हम दोनों ही एक-दूसरे को कभी भी भूल नहीं पायेंगे। मैं चलते-चलते ये ही सब बुदबुदा रहा था।

बहुत दिनों तक चलने वाली उस उदासी में बार-बार एक ही यक्ष प्रश्न उछलता रहा कि आखिर वजह क्या थी? क्या सच में नफीसा बेकसूर थी? क्या वह जरा सी धमकी से बिखर गयी? क्या जफ़र ने मुझे धोखा दिया?...क्या?...क्या?

कुछ दिनों के बाद पता चला कि ज़फ़र एवं नताशा के बीच भी गहरा अफेयर चल रहा है। लगभग हमारे जितना ही लम्बा था उनका अफेयर भी। दोनों शादी भी करना चाहते थे।

लेकिन मैंने और मेरे परिवार वालों ने सलाह-मशविरा करके स्पष्ट मना कर दिया था नताशा को। तब तक मेरे बारे में भी घर वालों को पता चल गया था।

नताशा रोयी,...बहुत परेशान रही; लेकिन अंततः उसने भी ज़फ़र से सम्पर्क तोड़ लिया।

पिछली बार जब ज़फ़र मुझसे मिला था, तो मैंने उससे सारे सम्बन्ध तोड़ लिए थे। उसकी अब मुझसे मिलने की हिम्मत ही नहीं पड़ती थी।

जब अपने बहुत खास हमें धोखा देते हैं, तो इतना गहरा खालीपन आता है कि उसको भर पाना लगभग नामुमकिन-सा हो जाता है। खाली समय जैसे काटने को दौड़ता है। रह-रहकर पुरानी यादें अपने घरौंदों से निकलकर मन को जकड़ लेती हैं। द्वन्द्व इतना गहरा जाता है कि हर चीज बेकार लगने लगती है। उदासी, परेशानी एवं हताशा चेहरे से साफ झलकने लगती है।

एक साथ अपने सबसे खास मित्र ज़फ़र एवं अपनी जान से भी प्यारी नफीसा को खोने से जैसे मैं अन्दर ही अन्दर बेहद कमजोर हो गया था। या कहो कि भीतर ही भीतर खोखला हो गया था। अचानक ही नकारात्मक विचारों की बाढ़ सी आ जाती थी। खाना-पीना सब भुला सा गया था। गहरी नींद तो जैसे आती ही नहीं थी। आँखों के नीचे काले-काले धब्बे एवं घेरे आ गए थे। चेहरे का रंग भी कुछ दब सा

गया था। वजन घट गया था।

कुछ नए साथी भी इधर बन गए थे। सभी लोग मुझे व्यस्त रहने के लिए कहते रहते थे। मैं भी गम भुलाने के लिए दूसरे-तीसरे दिन पिक्चर देखने चला जाता था।

कई बार मैं गोमती के किनारे शाम होते ही पहुँच जाता था तथा वहाँ पर थोड़े-बहुत पानी को बहते हुए देखते रहता था।

दूसरी कई नदियों की तरह गोमती भी बेचारी प्रदूषण से सराबोर हो चुकी है। अब कोई भी साफ सुथरा व्यक्ति उसमें नहाना पसन्द नहीं करता है। शहर के पता नहीं कितने नालों तथा फैक्ट्रियों का कचरा उसमें बिना उससे पूछे ही घुस आता है। वो बेचारी बिना कुछ बोले ही सारे कचरे एवं गंदगी को पचाने की कोशिश करती रहती है। बेचारी कितना कुछ सहती है। फिर भी लगातार आगे बढ़ती रहती है, जहाँ तक बढ़ सकती है।

उस संघर्ष में मैं बहुत दिनों तक उलझा रहा।

मन को अब कुछ रचनात्मक दिशा देना आवश्यक था, अन्यथा निराशा का अन्ध कूप मुझे गहरे अवसाद में धकेल सकता था।

कुछ समय बाद नताशा मेरे घर आयी और उसने एक पत्र मुझे देते हुये कहा कि, ''नफीसा ने भिजवाया है, बेचारी बहुत बुरे नसीब वाली है। बहुत दुःख उठा रही है।''

''क्यों, ऐसा क्या हो गया है उसके साथ?...तुम उसे बेचारी कैसे कह सकती हो?'' मैंने कुछ आश्चर्य प्रकेट करते हुये उत्सुकतापूर्वक पूछा।

''भैय्या,...वह विधवा हो गयी है।''

''ऐं, क्या?...नहीं, नहीं एक साल में ही।...तुम झूठ बोल रही हो, या फिर वो झूठ बोल रही है!'' और आश्चर्य से मैं हक्का-बक्का रह गया।

''हाँ, भैय्या! इस खत में सब लिखा है, आराम से पढ़ लीजिएगा।''

''मुझे तो ये भी एक नाटक ही लगता है!'' मैंने सन्देह प्रकट करते हुये कहा।

''नहीं, नहीं। हम लोगों की एक पुरानी सहेली है, जो उससे मिलकर आयी है। नफीसा ने ही उसे बुलाया था। बहुत दुबली एवं साँवली हो गयी है वो। हमेशा खोयी-खोयी सी रहती है। न ठीक से खाती है, न ठीक से पीती है और न ठीक से सोती ही है। जैसे, जानबूझकर दुःखों को ओढ़ लेना चाह रही हो। कई-कई दिनों तक तो नहाती भी नहीं है। घर वालों की बातों पर भी बहुत कम ध्यान देती है।

उसकी अम्मी उसको लेकर बहुत परेशान रहती हैं। वे भी उसकी चिन्ता में कमजोर हो गयी हैं। उसके अब्बू तो उसे एक बोझ की तरह ही मानने लगे हैं, जो पैदा ही परेशान करने के लिए हुई है। लेकिन कभी-कभी दुःखी भी होते हैं उसके

हालात पर। ज़फ़र भैय्या से तो वह बहुत ही कम बात करती है।...वास्तव में उसे किसी भी चीज में उत्सुकता ही नहीं बची है। किसी पर झल्लाती-गुस्साती भी बिल्कुल नहीं है।

अम्मी चिल्लाती रहती हैं कि 'इस तरह तो तू अपने आपको खत्म कर लेगी'। लेकिन वह उतना ही ठंडी होकर जवाब देती है—'मैं भी ऐसा ही चाहती हूँ। जो चीज कुछ दिन बाद होनी है, वो अभी हो जाय तो क्या फर्क पड़ता है'?''

ये सब जानकर मुझे कुछ सहानुभूति जागी उसके प्रति।...चलो, जो भी उसने मेरे साथ किया वो अलग है। लेकिन वो स्वयं अब दुःखों के ऐसे भंवर में फँस गयी है, जहाँ से उसके लिए निकलना लगभग नामुमकिन है।

लेकिन अभी भी मुझे ऐसा लग रहा था कि जैसे मैं कोई सपना देख रहा हूँ।

''नताशा! कैसे हुआ ये सब?'' मैंने जिज्ञासापूर्वक उससे पूछा।

''उसके शौहर को कोई गम्भीर बीमारी थी, जिसे उन लोगों ने शादी के समय छुपा लिया था।'' मैं बड़े ध्यान से उसकी बातें सुन रहा था।

''वो लोग एक बच्चा चाहते थे, जिससे उनके लड़के को अपने परिवार का थोड़ा बहुत सुख मिल सके और वो चैन से मर सके। लेकिन वो तो समय से भी साल भर पहले ही चल बसा।...ऊपर वाले का शुक्र था कि नफीसा को कोई बच्चा नहीं हुआ।'' नताशा दुःखी होते हुये बोली।

''इतने बड़े धोखेबाज इन्हें मिले कहाँ से?'' बहुत दिनों के बाद आज कुछ उत्सुकता जगी थी।

''बस किस्मत में थे उसकी। सब कुछ अपने आप होता चला गया।''

''खत में क्या लिखा है? तूने पढ़ा है क्या?...वैसे इन लोगों ने मुझे भी तो ठगा ही था।''

''ह...हाँ, भैय्या! अब ऐसा मत कहिए। इस समय वो बहुत बुरे वक्त से गुजर रही है।'' उसने मुझे टोका।

''आप पत्र पढ़ेंगे तो उसकी पीड़ा को स्वयं समझ जायेंगे।'' उसने कुछ रुककर फिर कहा।

''अच्छा मैं अब चल रही हूँ।''

उसके जाते ही मैंने पत्र खोला। उसकी लिखावट को देखते ही पुरानी यादों का एक गुब्बार सा मन में उठा।

'शिवांग जी'

आज आपको क्या कहूँ?...समझ में नहीं आ रहा है। मेरा आप पर अब कुछ हक भी तो नहीं रह गया है। इसीलिए बहुत संकोच हो रहा है खत लिखते हुए।...लेकिन क्या करूँ? मुझे अब अपना अंत निकट ही नजर आ रहा है। सो मैं

एक खत आपको लिखने की इच्छा को मार न सकी। मेरी तो जीने की इच्छा उसी दिन समाप्त हो गयी थी, जिस दिन मेरी शादी आपसे नहीं हो पायी थी। तब से आज तक हर पल मैं थोड़ा-थोड़ा मरती आ रही हूँ। लेकिन फिर भी मैं अपने शौहर तथा उसके परिवार वालों के लिए जीना चाह रही थी। अब तो वह वजह भी समाप्त हो गयी।

जिन्दगी ने इतने धोखे दिए हैं कि जिन्दगी से अब मैंने ही मुँह फेर लिया है। चारों तरफ सब कुछ फरेब एवं छलावा ही लगता है।...भाई, माँ-बाप सब।

...खैर आप मेरी छोड़िए। आपने अभी तक शादी क्यों नहीं की?...प्लीज, किसी अच्छी-सी लड़की से शादी कर लीजिए न। जब आपकी किसी लड़की से शादी हो जाएगी, तभी मुझे थोड़ी राहत मिल सकेगी। और तब शायद मैं आराम से मर भी सकूँगी। वरना एक आत्मग्लानि एवं पश्चाताप हमेशा मेरा पीछा करते रहेंगे। सच बताऊँ तो मैं अभागिन हूँ, मैं किसी को भी सुख नहीं दे पायी। अच्छा हुआ, जो आपकी मुझसे शादी नहीं हुई, वरना आप भी परेशान ही रहते। देखिए! मैंने फिर से आप पर एक अधिकार सा दिखा ही दिया। मैं बहुत बुरी हूँ,...हो सके तो मुझे माफ कर देना। वैसे मैं माफी माँगने लायक भी नहीं हूँ।...हो सके तो मेरे मरने से पहले एक बार अपना चेहरा किसी तरह मुझे दिखा दीजिएगा। खुदा करे, आपको मेरी उम्र लग जाए।

एक अभागिन

'नफीसा'

खत पढ़कर मेरा हृदय पसीज गया। मुझे उससे हमदर्दी होने लगी। बस एक ही विचार दिमाग में बार-बार कौंध रहा था कि आखिर क्या मजबूरी थी उसकी? उसकी बातों से ऐसा लग रहा था कि जैसे उसने किसी खास मजबूरी में शादी की थी।

एक अरसे बाद मुझे पता नहीं क्यों आज फिर कुछ अच्छा लग रहा था। हाँ, नफीसा की तरफ से मन जरूर उदास था।...अरे! आखिर उसने जो भी किया हो, लेकिन उसने कई साल तक मुझे ढेर सारा प्यार भी तो दिया था। वे प्यारे पल जो उसने मुझे दिए थे, उनका कोई मोल नहीं था। कितना गहरा समर्पण था उन पलों में। लेकिन दुष्टों ने उन पलों की निरन्तरता को मुझसे छीन लिया। उससे अलग होने के इतने दिनों में ही मेरे व्यक्तित्व में एक रूखापन आ गया था। आज फिर से उस रूखेपन में कुछ तरावट आयी थी।

कई दिन बाद फिर से नताशा का फोन आया।

उसने बताया कि "...सारी समस्या की जड़ नफीसा के रुस्तम मामू थे। और

उन्हें समर्थन उसके अब्बू का भी मिला हुआ था। रुस्तम मामू ने भैय्या आपको जान से मारने की धमकी दे रखी थी। नफीसा उनके बहसीपन को जानती थी। वह आपको खोने की वजह से डर गयी और उसने समझौता कर लिया। नफीसा ने ज़फ़र भाई को आपकी दोस्ती की बार-बार याद दिलायी, लेकिन उन्होंने कुछ नहीं किया। अम्मी ने जरूर कुछ हद तक नफीसा का पक्ष लिया था, लेकिन उनका स्वर दबा दिया गया।''

''तुम्हें कैसे पता चला ये सब?'' मैंने उससे स्पष्टीकरण चाहा।

''मैं और मेरी सहेली, नफीसा से मिलने गए थे। काफी झिझक एवं उदासीनता से उसकी अम्मी ने नफीसा से मिलवाया। नफीसा की एक चचेरी बहन भी आयी हुई थी उस समय। उसी ने सब बताया। नफीसा तो बस फफक पड़ी थी मेरे गले से लगकर। बार-बार बस यही कह रही थी, अब वह जीना नहीं चाहती।

बस उसने सिर्फ यही कहा एक-दो बार। फिर कुछ बातें भी कीं आपके बारे में, कालेज के बारे में तथा पी.एच.डी. के बारे में।''

''सारी गलती जफ़र की ही थी। अगर ये रुस्तम मामू के विपक्ष में खड़ा हो जाता, तब रुस्तम मामू भी ठंडे पड़ जाते। और ऐसी ही ये नफीसा है, इतनी जल्दी घबरा गयी। मैं क्या इतना कमजोर हूँ कि कोई भी मुझे मार डालता?'' मैंने झुंझलाते हुये कहा।

''भैय्या, लड़कियाँ इतनी बहादुर थोड़े ही होती हैं। वो बेचारी धमकियों से सहम गयी होगी।'' उसने सफाई पेश की।

''हूँ,...अब क्या हो सकता है? पुराना समय तो वापस नहीं आ सकता है।''

''भैय्या! क्यों नहीं आ सकता पुराना समय वापस?...आप फिर से नफीसा के बारे में सोच सकते हैं? वैसे भी जो कुछ हुआ उसमें उसका तो कोई दोष था नहीं।...मेरी राय में तो आप फिर से उसके बारे में सोचिये।'' नताशा ने बहुत शान्त होकर कहा।

''क-क्या?...न, नहीं, अब ये सम्भव नहीं है।'' मैं उसके इस तरह से समर्थन करने की उम्मीद नहीं कर रहा था।

''चलिए,...आराम से सोच लीजिएगा।'' अब उसने सारी जिम्मेदारी मुझ पर ही छोड़ दी।

नताशा ने मेरे दिमाग में ऐसी बात डाल दी थी, जिसने मुझे परेशान कर दिया। किसी विधवा लड़की से शादी और वो भी दूसरे धर्म की।...कितना मुश्किल कार्य था यह समाज के हिसाब से।

हालाँकि नफीसा से नफरत धीरे-धीरे पिंघल रही थी, लेकिन वह मेरे दिल में इतनी जगह नहीं ले पायी थी कि मैं उससे शादी करने के लिए सोचूँ।

मैं नफीसा को चाहता तो अब भी था। लेकिन अपनी पुरानी नफीसा को ही। जो सिर्फ और सिर्फ मेरी थी बस। मैं इस मामले में विभाजन या बँटवारा बर्दाश्त नहीं कर सकता था। शायद एकाएक तो बिल्कुल नहीं।

हालाँकि बर्दाश्त करने की इच्छा हुई थी नफीसा के लिए, लेकिन अन्तर्मन इसके लिए तैयार नहीं हुआ। मैं उसकी किसी भी हद तक सहायता करने के लिए तो तैयार था, लेकिन पुरानी चीजें वापस ला पाना लगभग नामुमकिन था। पुराना प्यार दिल में जगाना असंभव लग रहा था।

ऐसी ही उधेड़बुन में एक दिन उलझा हुआ था, तभी दरवाजा किसी ने खटखटाया। वैसे इस समय मेरा किसी से भी मिलने का मन नहीं था।

दरवाजा खोला तो सामने ज़फ़र था। वह मुझसे नजरें नहीं मिला पा रहा था। उसे देखकर तो मूड ही खराब हो गया। मन किया कि भगा दूँ उसे।

''क्या बात है?...सुबह-सुबह यहाँ कैसे?'' बहुत रूखेपन से मैंने उससे कहा। मैं चाहता था कि वो बाहर से ही चला जाए।

''यार, बाहर से ही भगा दोगे क्या? दो मिनट के लिए अन्दर भी नहीं बुलाओगे क्या? प्लीज, मैं तुम्हारा ज्यादा वक्त नहीं लूँगा।'' उसने लगभग विनती करते हुये कहा।

''आ...आओ। मुझे थोड़ी जल्दी है, इसीलिए।...और मेरा मूड भी ठीक नहीं है।'' मैंने उसे पहले ही अल्टीमेटम दे दिया।

''घर तो काफी व्यवस्थित कर लिया है।'' उसने बैठते ही चारों तरफ निगाह दौड़ाते हुए कुछ धीमे से कहा।

''मुद्दे पर आओ।...अचानक कैसे आ गए।''

''कितने पराए हो गए हो तुम। सगे भाईयों से भी ज्यादा प्यार था हम दोनों में।'' फिर कुछ पल वह चुप रहा। सिर नीचा करते हुये वह आँखों पर उंगलियाँ फिराने लगा।

कुछ आगे को झुकते हुये वो फिर बोला, ''गलती मेरी ही थी, मैं कनफ्यूज सा हो गया था। नफीसा ने मेरा समर्थन माँगा था। पता नहीं क्या हो गया था मुझे? मैं तुम्हारे खिलाफ भी नहीं गया था, परन्तु रुस्तम मामू व अब्बू जो कर रहे थे उसका भी मैं विरोध नहीं कर पा रहा था। यह सब कैसे अचानक होता चला गया मुझे पता ही नहीं चला।...कुछ मुझे अपने नुकसान का सही अहसास भी नहीं था।

आज नफीसा स्वयं अपने को नष्ट करना चाहती है। लाख कोशिशों के बावजूद भी वह जीना नहीं चाहती है; इससे मेरा परिवार बहुत परेशान है। उसको कोई भी खोना नहीं चाहता है।''

"तुम लोग उसकी दूसरी शादी क्यों नहीं कर देते?" मैंने उसकी बात बीच में ही काटते हुये कहा।

"तुम...तुम ऐसा कैसे कह सकते हो?" एकाएक हम दोनों की निगाहें टकरा गयीं।

वह फिर बोला, "उसकी स्थिति तुम्हें दूसरी शादी के लायक दिखती है।...तुमने उसे देखा नहीं है, इसीलिए तुम ऐसा कह रहे हो। जिन्दगी के प्रति पूरी तरह उदासीन सी हो गयी है वह। हर दिन अपने आपको कतरा-कतरा करके खत्म कर रही है।" कहते हुये उसने मेरी तरफ कुछ आशा भरी नजरों से देखा।

"इसके लिए जिम्मेदार कौन है?...तुम! तुमने दोस्ती, प्यार, सपने...सब कुछ भुला दिया, सब एक साथ खत्म कर दिया। इतना अध्ययन, चिन्तन, डिग्रियाँ...सब बेकार।"

"भाई गलती मान ली है मैंने। हम फिर से नयी शुरुआत कर सकते हैं। विश्वास करो मैं पूरी तरह से बदल गया हूँ। जबसे नफीसा की शादी हुई है, तभी से हमेशा एक अपराधबोध मेरे पीछे लगा रहता है साए की तरह, जिसने कभी भी मुझे ठीक से सोने नहीं दिया है। मैंने तुम्हें और नफीसा को बहुत दुःख पहुँचाए हैं, और स्वयं भी नताशा को खो दिया है। मैं तुम दोनों का ही अपराधी हूँ।"

"तुम मुझसे चाहते क्या हो?" मैं जल्द से जल्द उससे मुक्त होना चाहता था।

"हम लोग फिर से दोस्त बन सकते हैं,...दोस्त ही नहीं मैं तो तुम्हें अब रिश्तेदार भी बनाना चाहता हूँ।" कहते हुये उसकी दोनों आँखें फैलकर कुछ बड़ी हो गयीं।

"क्या मतलब?" मैंने अनजान सा बनते हुये कहा।

"तुम नफीसा से शादी कर लो, उसे अपना लो।...उसे केवल तुम ही नयी जिन्दगी दे सकते हो।" उसने विनती भरे स्वर में मुझसे कहा।

"अगर वो स्वस्थ होती, तो शायद तुम ऐसा नहीं कहते।"

"न,...नहीं, मेरा विश्वास करो। जब नफीसा महाराष्ट्र में थी अपने पति के साथ, तबसे ही मैं पछता रहा हूँ। तुमसे अच्छा पति उसको मिल ही नहीं सकता, वो तुम्हारे बिना प्रसन्न रह ही नहीं सकती। तुम ही उसे फिर से नया जीवन दे सकते हो।"

"शायद अब बहुत देर हो चुकी है।"

"क्यों?" मेरा उत्तर सुनकर वह अवाक् रह गया।

"मेरे घरवाले ऐसी स्थिति में शादी के लिए किसी भी तरह तैयार नहीं होंगे।" मैंने उस पर ध्यान न देते हुये कहा।

"तुम घर वालों की इच्छाओं का ख्याल कब से करने लगे? ये तो कोरी

बहानेबाजी है। अपनी जिम्मेदारियों से भागने का बहाना मात्र है।'' उसने बेचैन होते हुए मुझ पर आरोप मढ़ दिए। मेरी इस तरह की बातों से उसका साहस बढ़ गया था।

''न,...नहीं। हमेशा अपनी ही नहीं चलानी चाहिए। उनकी भी तो कुछ इज्जत है। एक तो दूसरे धर्म की लड़की। ऊपर से...। खैर छोड़ो, और कोई भी सहायता मुझसे ले सकते हो। लेकिन शादी नहीं कर पाऊँगा मैं। जब मैं बुरे वक्त में था, तो घरवालों ने ही मेरा साथ दिया था। अब मैं उन्हें इतने बड़े सामाजिक संकट में क्यों डालूँ?''

''समझ गया, तुम भी कम कूपमंडूक नहीं हो। वही पिछड़ी सोच। अभी तुम मुझ पर यही आरोप लगा रहे थे। लेकिन जब अपनी बारी आयी तो तुम भी तो कुएँ के मेंढक की तरह व्यवहार कर रहे हो।...वही भारतीय मानसिकता कि जो एक बार किसी दूसरे की हो चुकी हो, उससे शादी नहीं।'' और उसके चेहरे पर एक व्यंग्यात्मक मुस्कान फैल गयी। वह पहली बार मेरे सामने कुछ रिलैक्स हुआ।

''तुम कुछ भी सोचने के लिए स्वतन्त्र हो।'' मैंने उसे फिर से टका सा जवाब दे दिया।

''क्या यही तुम्हारा प्यार है नफीसा के लिए?...जब उस पर मुसीबत आयी तो उसका साथ नहीं दोगे?...उसे अब तुम्हारी जरूरत है, और तुम दकियानूसी विचारों से चिपक रहे हो। अपनी जिम्मेदारी से बचने के बहाने खोज रहे हो। जिन घर वालों की इस मामले में कभी परवाह नहीं की तुमने, आज उनकी इज्जत की दुहायी दे रहे हो। क्या तुमने उनसे इस बारे में कभी एक बार भी पूछा है? क्या प्यार करने से पहले उनसे पूछा था?...मुझे नहीं लगता कि वे अब भी कोई बड़ा अवरोध पैदा करेंगे। अगर करेंगे भी तो उतना ही, जितना पहले वो करते।''

''मुझे लगता है कि तुम नताशा के करीब आना चाह रहे हो, इसीलिए ऐसा कह रहे हो।'' इस बार मैंने भी उसे घेरा।

''क्या कह रहे हो तुम?...इतना भी गिरा हुआ नहीं हूँ मैं।'' उसने अपना सिर झुंझलाहट में हिलाते हुये कहा।

''चाहें जो भी हो, मैं नफीसा से शादी नहीं कर पाऊँगा।'' कुछ सख्त होकर मैंने कहा।

''अच्छा एक बार घर तो आ जाओ, तुम उससे मिलो तो सही; शायद तुम्हारा पत्थर दिल कुछ पसीज जाए।...कितना बदल गये हो तुम?'' उसने लगभग याचना भरे स्वर में मुझसे कहा।

''हाँ, घर आने के बारे में मैं सोच सकता हूँ।''

''कब आओगे?...कल शाम को ही आ जाओ न।'' वो कुछ आशान्वित होता हुआ बोला।

''ठीक है, देखता हूँ।''

''भाई, मैंने तुम्हें बहुत कष्ट पहुँचाए हैं, हो सके तो मुझे माफ कर देना। और हाँ, हम लोग फिर से अपने सपने पूरे कर सकते हैं, साथ-साथ काम कर सकते हैं।'' उसने अपनी आवाज में कुछ अतिरिक्त मिठास एवं आत्मीयता घोलते हुए कहा।

''चलो सोचेंगे,...हाँ घर अवश्य आ जाऊँगा।''

अगले दिन सुबह से ही मुझे एक बेचैनी सी थी। कितने दिन बाद आज नफीसा से मिलूँगा मैं। कैसी दिखती होगी वह? उसके घर वालों का कैसे सामना करूँगा मैं? सब कुछ बदला-बदला सा रहेगा। वास्तव में मेरा भी बहुत मन था अब उसे देखने का। और एक-दो खरी-खोटी उसे सुनाने का।

उसके घर पहुँचकर मैंने दरवाजा खटखटाया।

दरवाजा खोलते हुये ज़फ़र ने खुश होकर कहा, ''मुझे उम्मीद नहीं थी कि तुम आ जाओगे।''

शायद वह मेरा ही बेसब्री से इन्तजार कर रहा था। हालाँकि वह अपनी नजरें मुझसे पूरी तरह मिला नहीं पा रहा था।

मुझे बैठाकर वो अन्दर चला गया।

आज कितने दिन बाद आया था मैं उस घर में। बार-बार दिमाग में कौंध रही थीं घर की पुरानी यादें। आँखें गीली हो गयी थीं मेरी उन यादों में खोकर।

आज मुझे उस घर में बैठकर एकदम भिन्न माहौल ही नजर आ रहा था। मुझे याद आया, जब मैं पहले आता था तो पूरे घर में एक चहल-पहल सी हो जाती थी। सभी लोगों में एक अजीब सी ऊर्जा भर जाती थी। लेकिन आज तो उस घर में चारों तरफ एक सन्नाटा ही नजर आ रहा था, जैसे उस घर में कोई मातम चल रहा हो। घर के दरबाजे, खिड़कियाँ, सोफा, बैड, टी.वी., गमलों में लगे फूल-पत्तियाँ...मुख्य दरवाजे के पास छोटा सा आँगन...सब के सब गम में डूबे हुए दिख रहे थे, सब उदास थे।

थोड़ी देर में पानी लेकर अम्मी आयीं, ''कैसे हो बेटा?'' वे नजरें नहीं मिला पा रही थीं मुझसे।

''ज...जी ठीक हूँ।...आप कैसी हैं?'' मैंने भी व्यावहारिकता निभायी।

''ठीक ही है सब बेटा!...मैं बस अभी आयी।''

मेरे कान लगातार अन्दर के दरवाजे की तरफ ही लगे हुये थे। कुछ देर बाद ज़फ़र नफीसा के साथ आया, नफीसा बहुत अनमने भाव से उसके साथ चली आ रही थी।

''देख तो नफी कौन आया है?''

वो मुझे कुछ पल तक एकटक देखती रह गयी।...कुछ देर बाद ज़फ़र अन्दर चला गया।

उन आँखों को आज बहुत दिन बाद मैंने देखा था। निराशा, हताशा एवं दु:खों के सैलाब ने उन आँखों की गहराई को और भी अधिक बढ़ा दिया था। अचानक मुझे याद आया...'महासागर...हैं न भाईजान'...एक सिहरन सी दौड़ गयी पूरे शरीर में।

उसकी हालत ने मुझे अन्दर तक झकझोर दिया था। देखा नहीं जा रहा था उसे। कितनी कमजोर एवं थकी-थकी सी लग रही थी वो। हाथों में बस दो साधारण से कंगन पहने हुए थी। एक पुराना सा हल्के रंग का सूट पहन रखा था। बाल खुले हुए कुछ बेतरतीब से लग रहे थे। आँखें कुछ चढ़ी—चढ़ी सी एवं उनिन्दी सी लग रही थीं।

"अ...आप काफी कमजोर हो गए हैं।" एक हल्की सी निगाह से मुझे देखते हुए वो धीरे से बोली। कितने दिन बाद उसकी आवाज मेरे कानों में पड़ी थी। विश्वास नहीं हो पा रहा था अपने कानों पर। आवाज से भी लग रहा था कि जैसे कोई डरा-सहमा व्यक्ति कुछ कह रहा हो।

"मैं तो ठीक ही हूँ, लेकिन तुमने अपना ये क्या हाल बना रखा है?...कितनी काली सी एवं कमजोर हो गयी हो। इस तरह क्यों नष्ट कर रही हो अपने आपको।" मैंने कुछ निराश-सा होते हुये उससे कहा।

"आपको क्या फर्क पड़ता है? आज इतने दिन बाद तो आप देखने आए हैं। सच है मेरा कोई हक नहीं है आप पर...। लेकिन क्या एक बार भी आ नहीं सकते थे आप?" उसने कुछ शिकायती लहजे में मुझसे कहा। मुझे इस अवस्था में ऐसा कहने की उससे बिल्कुल उम्मीद नहीं थी।

"वो...मेरी हिम्मत नहीं पड़ रही थी। इसीलिए...आ नहीं पाया। वरना मेरा तो बहुत मन कर रहा था।...कल ज़फ़र गया था मेरे पास, तब मेरी हिम्मत हुई आने की। मैं हर समय तुम्हारे विषय में सोचकर परेशान रहता था...।" मैंने थोड़ा झूठ का सहारा लेते हुये कहा।

लेकिन लगा वो मेरी बात को गम्भीरता से नहीं ले रही है। मैं थोड़ा सा झेंप गया। क्योंकि मुझे इस चीज का अहसास था कि महिलाओं का इंट्यूशन काफी अच्छा होता है। मुझे ये भय सताने लगा कि कहीं ये मेरे दिल के भावों को समझ तो नहीं गयी। या फिर ज़फ़र ने तो इससे कुछ कह नहीं दिया।

"सारी दुनिया मतलबी है। आप भी वैसे ही हैं...।" उसने कुछ गम्भीर अन्दाज में कहा।

"नहीं,...नहीं। तुम तो मुझे जानती ही हो। मैं तुमसे झूठ क्यों बोलूँगा?" इस बार मैं बोलते-बोलते थोड़ा हकला गया था।

''नताशा को भी ले आते।...लगता है अब उसका भी हमारे यहाँ आने का दिल नहीं करता है।'' बहुत धीमे-धीमे बोल रही थी वो।

''आ जाएगी वो भी।...वो तो पहले आ भी चुकी है।'' मैंने कुछ उलझन में आते हुये कहा।

''आपने अभी तक शादी क्यों नहीं की?...आप मेरी इतनी सी बात नहीं मान सकते हैं?'' उसने इस बार मेरे आस-पास निगाह डालते हुए कहा।

''नहीं करनी है मुझे शादी-वादी। हमारे देश में वैसे ही लड़कियाँ कम हैं। अगर मैं शादी नहीं भी करूँगा, तो किसी दूसरे लड़के का भला हो जाएगा।'' मैंने बेरुखी से कहा।

''आप हमेशा मेरी बातों को टाल क्यों देते हैं?...क्या आपने भलाई का ठेका ले रखा है? मैं मानती हूँ कि आप पर जोर नहीं डाल सकती हूँ, लेकिन एक बात तो...'' और वह कहते-कहते बीच में ही रुक गयी। मुझसे आँख मिलने पर वो झेंप गयी थी।

''अच्छा, ये बताओ तुम इतनी गम्भीरता क्यों ओढ़े रहती हो? अतीत को भूलकर वर्तमान में जीने की कोशिश क्यों नहीं करती हो?...तुम्हारे पास अभी भी एक लम्बा जीवन है, इसे यूँ ही व्यर्थ क्यों कर रही हो?''

''ठीक तो हूँ मैं।'' उसने कुछ देर रुक कर कहा।

''नहीं, तुम ठीक नहीं हो। तुम अपने को नष्ट कर रही हो।...देखो, मनुष्य जीवन बहुत कीमती है। कभी भी हार नहीं माननी चाहिए और जीवन को भरपूर तरीके से जीने का प्रयास करना चाहिए। तुमने तो अभी जीवन का एक बहुत छोटा सा हिस्सा ही जिया है।''

''इस हिस्से में ही इतना कुछ देख लिया है कि अब और देखने को बचा ही क्या है?''

''फिर वही निराशा भरी बातें। नफीसा...नफीसा, तुम सब कुछ भूलने की दिल से कोशिश तो करो।''

''बेटा, कम से कम तुम्हारी बातें सुन तो रही है। हम लोगों से तो जैसे इसे नफरत सी हो गयी है।...पहले बेटा चाय पी लो, फिर बातें करना।'' उसकी अम्मी ने अन्दर से आते हुये कहा।

''ज़फ़र कहाँ है?'' मैंने उनसे पूछा। उन्हें देखकर मैं अकेले में असामान्य हो गया था।

''हाँ भई, मैं यहाँ हूँ। मैं तो इसलिए चला गया था कि शायद शिवांग मेरे पास बैठना ही न चाहता हो।'' ज़फ़र अन्दर से ही बोला।

''बेटा, शिवांग! ज़फ़र तुमसे बहुत मोहब्बत करता है। तुम जानते नहीं हो कि

ये तुम्हारे बिना बहुत परेशान रहा है। कई बार तो तुम्हें याद करते-करते इसके आँसू भी निकल आये थे। लेकिन काफी दिनों से तुमसे मिलने की हिम्मत नहीं जुटा पा रहा था।...वो तुम लोग कुछ लिखने वाले थे न। उसके न लिखे जाने के कारण यह बहुत तड़प रहा था।

जब से नफीसा घर आयी है। तबसे इसका अपने से भी ज्यादा ख्याल रख रहा है। लेकिन नफीसा अभी तक इससे नाराज है। रुस्तम मामू से भी लड़ाई लड़ चुका है।''

जब अम्मी यह बोल रही थीं, तब ज़फ़र भी उनके पास आकर खड़ा हो गया था तथा उन्हें इशारे से रोकने की कोशिश कर रहा था। इसी बीच ज़फ़र से एकाएक मेरी नजरें मिल गयीं। वो इधर-उधर देखने लगा।

''मैं भी कल से लगातार यही सोच रहा हूँ।...मैं अब ज़फ़र से नाराज नहीं हूँ। लेकिन कुछ दिन तो लग ही जाएँगे सामान्य होने में। वैसे भी नाराज रहकर पुराना वक्त तो लौटेगा नहीं। वो सब तो खो चुका है।'' यह सुनकर कुछ उदासी भरा माहौल पैदा हो गया। मुझे लगा कि मुझे यह नहीं बोलना चाहिये था।

''अच्छा बेटा, रविवार को क्या कर रहे हो?'' अम्मी ने माहौल को बदलते हुये कहा।

''जी, ऐसा तो कुछ नहीं कर रहा हूँ।''

''नफीसा की बहुत पहले की इच्छा थी इमामबाड़ा देखने की। हम लोग देखने जाएँगे। अगर तुम भी आ सको तो आ जाना। यहीं से सब साथ चलेंगे।''

इमामबाड़ा...इस शब्द ने पुरानी यादों के कुछ पन्ने खोल दिए। वो पन्ने स्मृति में फड़फड़ाए। पन्नों के ऊपर से समय की धूल के कण कुछ साफ हुए, तो नफीसा से हुई शुरुआती मुलाकातों के चित्र उनमें तैरने लगे।...''आप अगली बार मुझे बड़ा इमामबाड़ा घुमा दीजिए न...प्लीज।''...हाँ यही कहा था उसने मुझसे।

नफीसा के प्रति एकाएक ढेर सारा प्यार उमड़ आया।...मेरी नजरें नफीसा की नजरों से मिलीं तो उसकी आँखों में भी उदासी का भाव कुछ धुँधला सा होता हुआ दिखायी दिया। शायद वो भी कुछ याद करने का प्रयास कर रही थी,... इमामबाड़ा...
''जी, मैं कोशिश करूँगा।...वादा नहीं कर सकता।''

''तो बेटा, अभी भी नाराज हो।'' उन्होंने बड़े प्रेम से कहा।

''जी नहीं, वो बात नहीं है।...ठीक है, मैं आ जाऊँगा।''

उनके घर से निकलकर मैं पहले से कुछ अच्छा महसूस कर रहा था। मैं उन लोगों से इतने अच्छे व्यवहार की उम्मीद नहीं कर रहा था।

इमामबाड़ा...इस शब्द ने कई घंटों तक मेरा पीछा नहीं छोड़ा।

नफीसा से मिलकर पुरानी यादें फिर से हिचकोले मारने लगीं। अपने आप ही

उसके प्रति मेरा मन नरम होने लगा।

'मुझे पहले ही उससे मिलना चाहिए था',...बार-बार मेरे मन में ये विचार आ रहा था।

वो क्या सोच रही होगी? आखिर कितना गहरा प्यार रहा था हम दोनों में। नहीं...नहीं, गलती की मैंने। मुझसे मिलने पर उसकी उदासी कुछ टूटी अवश्य थी।

रविवार को मैं सुबह ही पहुँच गया था ज़फ़र के घर। सब लोग पहले ही नाश्ता कर चुके थे। वो बस मेरा ही इन्तजार कर रहे थे।

उन्होंने काफी जिद की मुझसे कुछ खाने की, लेकिन मैंने कुछ भी खाने-पीने से मना कर दिया।

फिर सभी लोग इमामबाड़ा देखने के लिए निकल पड़े। ज़फ़र कैमरा भी साथ लाया था।

उस दिन हम लोग खूब घूमे। बीच-बीच में कई बार कनखियों से नफीसा मुझे देख लेती थी। उसने आज गहरे नीले रंग का सूट पहन रखा था। उसके ऊपर मेहरून रंग का स्वेटर भी डाल रखा था। कुछ बेहतर दिख रही थी वो आज। मैंने काली जींस के ऊपर आसमानी शर्ट तथा ईंट जैसे रंग का स्वेटर पहन रखा था। स्वास्थ्य मेरा भी पहले से गिर गया था, लेकिन फिर भी मैं ठीक दिख रहा था।

ज़फ़र ने कई फोटो भी मेरे साथ खिंचवाए। हालाँकि मेरा बहुत मन नहीं था। उसके प्रति मैं अभी भी पूर्णरूप से सहज नहीं हो पाया था।

जफ़र और मैं तो इमामबाड़ा पहले ही घूम चुके थे। हाँ, नफीसा को काफी अच्छा लग रहा था। भूल-भुलैया में फिर से घूमने में हमें जरूर आनन्द आया। गाईड अगर साथ में न हो तो भूल-भुलैया में निश्चित रूप से फँसने का भय बना रहता है। उस समय इतनी बुद्धिमानी के साथ भूल-भुलैया को बनवाना निश्चित ही प्रशंसनीय बात है।

चलते वक्त मैंने ज़फ़र से कहा कि नफीसा को कहीं न कहीं व्यस्त करना ही सही रहेगा। जैसे ये कहीं किसी स्कूल में बच्चों को पढ़ाने जा सकती है।...या फिर कोई और हल्का-फुल्का काम भी कर सकती है। लेकिन जो भी काम ये करे, उसमें लोगों या बच्चों से इसका इंटरेक्सन अवश्य हो।

कुछ दिन बाद ज़फ़र फिर से घर आया तो साथ में नाश्ता भी घर से लेकर आया। कहने लगा कि अम्मी ने जबरदस्ती भिजवाया है।

उसने बताया कि "कपूरथला के पास नफीसा चार्लटन-स्कूल में बच्चों को पढ़ाने जाने लगी है। बहुत मान-मनौव्वल के बाद ही गयी है वो पढ़ाने के लिए। वह भी इस शर्त पर कि अगर मन नहीं लगा तो वह बीच में ही पढ़ाना छोड़ देगी।...लेकिन

अब लगता है कि उसका मन लगने लगा है। क्योंकि इधर वह कुछ खिली-खिली सी रहने लगी है।''

''हाँ,....ये अच्छा कार्य किया है तुम लोगों ने। छोटे बच्चे उसे दु:खों को भूलने में मदद करेंगे। निश्चित रूप से उसका मन बदलेगा।'' मैंने प्रशंसा करते हुये कहा।

काफी देर तक हम लोग बतियाते रहे। फिर वो चला गया। वह अब पहले से कुछ अधिक परिपक्व हो चला था, इस बात का अन्दाजा मैं लगा चुका था।

अगली बार जब मैं नफीसा के घर गया तो काफी देर तक मैं उससे बातें करता रहा। वो अभी भी बहुत सीमित जवाब ही दे रही थी। उसके नपे तुले व्यवहार का मैं आदी नहीं था। हाँ, जब मैंने उससे स्कूल के बच्चों की हरकतों के बारे में पूछा, तो अवश्य उसके चेहरे पर कुछ चमक आ गयी थी। स्वास्थ्य में भी उसके कुछ सुधार आ रहा था। चिन्ता की गहरी लकीरें अब उसके चेहरे पर हल्की पड़ने लगी थीं।

...नफीसा से स्कूल में मिलूँ कि न मिलूँ? वो मुझे वक्त देगी या नहीं? वह अपने कड़वे अतीत को भूल सकेगी या नहीं? मैं फिर से इस तरह के द्वन्द में फँसा हुआ था।

मुझे अब पुरानी यादें सताने लगी थीं। उसका वही पुराना मासूम-सा चेहरा रह-रह कर याद आने लगा था।

उधर नताशा जब भी मिलती थी, तब नफीसा को अपनाने के लिए ही कहती रहती थी। मुझे भी अहसास होने लगा था कि जो कुछ भी हुआ था उसमें उसका कोई दोष नहीं था। ये भी सच था कि अगर मैंने उसका हाथ नहीं थामा, तो वह कभी भी सामान्य नहीं हो पायेगी।...ये भी हो सकता है कि वो अपने आपको समाप्त ही कर ले। और उसके बिना शायद मैं भी रूखा-रूखा ही रहूँगा।

फरवरी का माह चल रहा था। आज मैंने छुट्टी ले ली थी। यूँ ही मैं कुछ अनमना-सा होकर घर से निकल पड़ा। बाहर निकलकर टैम्पो पकड़ा तथा बिना कहीं रुके सीधे कपूरथला पहुँच गया।

पिछले कुछ सालों में कपूरथला की पूरी रंगत ही बदल गयी थी। शाम के समय तो बहुत चहल-पहल रहती ही थी, लेकिन दोपहर को भी अब काफी लोग खरीदारी करते हुये दिख जाते थे।

कुछ देर तक यूँ ही मैं मुख्य सड़क पर टहलता रहा।

यूँ तो लखनऊ में काफी कम ठंड पड़ती थी और फरवरी माह में तो वैसे भी कम ठंड हो जाती थी। लेकिन आज सुबह से ही काफी कोहरा छाया हुआ था। सूरज

तो कभी-कभी ही हल्का-सा दिखायी पड़ता था, वो भी धुँधला सा ही।

टहलते-टहलते मेरी उंगलियाँ तथा कान काफी ठंडे हो गये थे। वैसे मैंने फुल स्वेटर के ऊपर हॉफ जैकेट पहन रखी थी और जींस भी पहन रखी थी। लेकिन फिर भी शरीर में खास गर्माहट नहीं आ रही थी। मन कर रहा था कि अभी वापस घर चलूँ और बिस्तर में घुस जाऊँ।

इसी तरह की उलझन में मैंने एक किताब भी खरीद ली, जिसमें निराशा से उबरने के तरीके दिये हुए थे। थोड़े बहुत पन्ने पलटे तो लगा कि किताब ठीक है।

अब मुझमें कुछ हिम्मत आयी, क्योंकि किताब देने के बहाने से अब मैं नफीसा के पास जा सकता था।

स्कूल के सामने पहुँचा तो इंटरवल का समय भाँपकर मैंने चौकीदार से नफीसा के पास अपने आने की खबर भिजवा दी। लेकिन अपना नाम नहीं बताया। बस यही कहलवा दिया कि कोई व्यक्ति जरूरी कार्य से मिलने के लिए बाहर खड़ा है।

थोड़ी देर बाद नफीसा चली आ रही थी। गहरे हरे रंग के सूट के ऊपर गुलाबी रंग का फुल स्वेटर डाले हुये थी। पहले से कुछ ठीक दिख रही थी। उसका रंग भी अब कुछ साफ लग रहा था।

मुझे देखकर उसकी चाल में कुछ अतिरिक्त गति आ गयी थी। पास आकर चेहरे के भावों को नियन्त्रित करते हुए वह बोली-

"अ-आप,...और यहाँ...कैसे?" उसके चेहरे पर आश्चर्य के साथ-साथ हल्की प्रसन्नता का भाव भी था।

"क्यों भई, मैं तुमसे मिलने नहीं आ सकता?" पीछे से बच्चों की किलकारियों की आवाजें आ रही थीं।

"नहीं, वो बात नहीं है। आज इतने दिनों के बाद आप अचानक आ गए तो विश्वास नहीं हो रहा है मुझे।" उसने बहुत धीमे से कहा।

"कुछ समय दे पाओगी मुझे?" उसका मूड कुछ ठीक देखकर मैंने उससे कह ही दिया। "यहाँ पर बात करना थोड़ा ठीक नहीं लगेगा।"

"कैसा?...कब?...अचानक?" वो आश्चर्य के साथ बोली।

"अभी, केवल आधा घंटा।...इन्कार मत करना प्लीज।" मैं आशा भरी नजरों से उसे देखने लगा।

"अभी...ई। ऐसी क्या जल्दी है आपको? आप भी ना...।"

"तुम तो जानती ही हो, मैं थोड़ा मूडी हूँ।" मूडी शब्द चुनकर वो थोड़ा चौंकी, जैसे कुछ याद करने की कोशिश कर रही हो।

"आज छुट्टी ले ली है मैंने। तुमसे मिलने की कई दिन से हिम्मत नहीं जुटा पा

रहा था। आज भी निश्चित नहीं था। बस स्कूल के आगे से गुजर रहा था कि तुम्हें बुलवा लिया।'' वो आँखें नीची किये हुए सुन रही थी। रंग उसका अभी भी खिला नहीं था, लेकिन स्वेटर ने उसके रंग को थोड़ा उभार जरूर दिया था।

''नफीसा,...प्लीज। बस पास ही चलेंगे।...क्या तुम्हें पूछना होगा किसी से?''

कुछ देर चुप रहने के बाद वो बोली, ''अच्छा मैं बात करती हूँ।'' वो अन्दर चली गयी और लगभग पाँच मिनट बाद वापस आयी।

मेरी तरफ देखते हुये बोली, ''चलिए, कहाँ चलना है? लेकिन जल्द ही वापस आना होगा।''

''बहुत जल्दी आ जायेंगे।'' मैंने उसे आश्वासन दिया।

फिर एक ऑटो कर लिया मैंने। निशातगंज पुल से थोड़ा पहले एक रेस्टोरेन्ट में पहुँच गए हम।

बैरा को आर्डर दे दिया—''दो काफी ले आओ।...कुछ और लोगी?''

''नहीं, आप ले लीजिए।'' अब वो पहले से कुछ सहज हुई।

कुछ देर हम यूँ ही चुप बैठे रहे। वह ठीक मेरे सामने बैठी थी। वो अपने दोनों पंजों को आपस में फँसाये हुये थी। पंजे उसने अपनी गोद में रखे हुए थे।

एक बड़ा सा बैग लिए हुए थी। एक हल्की सी अँगूठी के सिवा उसके शरीर पर कोई भी फैशनेबुल चीज नहीं थी।

चेहरे पर उदासी का भाव अभी भी पसरा हुआ था। जो पहले से कुछ हल्का तो अवश्य हुआ था, लेकिन समाप्त नहीं हुआ था। बायीं तरफ एक 'एक्वेरियम' था, जिसमें रंग-बिरंगी मछलियाँ हरकतें कर रही थीं। वह बार-बार उसी तरफ देख रही थी। कभी-कभी काफी गम्भीर सी भी हो जाती थी।

''क्या सोच रही हो?'' आखिर मैंने ही उसे टोका।

''ऐं,...सोच रही हूँ कि मनुष्य से इतर अन्य जीवों का जीवन तो हमेशा ही दांव पर लगा रहता है। बड़ी मछली छोटी को खा जाती है।...कब किसके जीवन की बन आए, कुछ भी निश्चित नहीं है।''

''फिर भी इनके अंग-अंग में जीवन बसता है। कभी भी ये आने वाले खतरे के बारे में चिंतित नहीं रहते हैं।'' मैंने उसकी बात को ही आगे बढ़ाया।

''इनमें इतनी बुद्धि ही कहाँ होती है?'' कुछ रुक कर वह पुनः बोली, ''मनुष्य में इतना बोध है, और इसीलिए उसका जीवन तनावों से घिरा रहता है। समाज, संस्कृति, सभ्यता...सब कुछ है मनुष्य के पास। लेकिन फिर भी दुखों में कोई कमी नहीं है।''

''दुःख-सुख का तो साथ है ही। हाँ, ये अवश्य है कि कभी-कभी दुःख

इतना गहरा हो जाता है कि बस सारे रास्ते बन्द से हो जाते हैं। समाज, संस्कृति, सभ्यता, धर्म---सुख का कारण हैं, तो दुख का भी ये कई बार कारण बन जाते हैं।''

''कुछ लोगों के हिस्से में इतने दु:ख क्यों आते हैं?'' कहते-कहते उसकी आँखें गीली हो गयीं। उसने मुझसे छिपाने के लिए एकाएक नजरें दूसरी तरफ फेर लीं।

मेरा मन द्रवित हो गया, ''तुम सच कह रही हो।'' मेरा मन हुआ कि उसके हाथ अपने हाथ में लेकर उसे कुछ सांत्वना दूँ। लेकिन मेरी हिम्मत नहीं पड़ी।

''किसी-किसी का जीवन आखिर इतना डिस्टर्ब क्यों हो जाता है कि वह फिर संभलने की सोच भी नहीं सकता है। जबकि अनेक अपराधी, गुण्डे, माफिया या भ्रष्ट आदमी एकदम बढ़िया जिन्दगी गुजारते रहते हैं। फिर आखिर खुदा का न्याय कहाँ है? आखिर अच्छे लोगों को ही सजा क्यों मिलती है?'' उसने भीगे मन से अपने भाव प्रकट किए।

''इसका स्पष्ट उत्तर देना लगभग असम्भव है...तुम अगर इसका निदान धर्म में खोजना चाहती हो, तो नफी इसकी सबसे अच्छी व्याख्या पुनर्जन्म के सिद्धान्त को मानकर ही की जा सकती है।...वही लोगों को सहारा एवं भरोसा भी दिलाता है कि सब कुछ न्यायपूर्ण है। आप अगला जन्म इस जन्म के सही कर्मों से अच्छा बना सकते हैं और इस जीवन में अचानक उमड़ आए दु:खों का कारण भी आप पूर्वजन्मों में तलाश सकते हैं इस सिद्धान्त के सहारे। क्योंकि इसके अनुसार ऐसा उसके पूर्वजन्मों के कर्मों के कारण हुआ होगा? हालाँकि इस सिद्धान्त की भी अनेक आलोचनाएँ हुई हैं और अन्य अनेक की भी जा सकती हैं। लेकिन सच कहूँ तो कई बार यह विचार आम आदमी को बिखरने से बचा लेता है। वैसे इसके भी कुछ नकारात्मक पहलू हैं।''

''लेकिन इस्लाम में तो ऐसी कोई व्याख्या नहीं है?'' उसने कुछ उत्सुकतापूर्वक पूछा।

''मेरी राय में इस्लाम में मनुष्य से कुछ अधिक ही उम्मीद कर ली गयी है। वह यह कि मनुष्य इसी ओर केवल इसी एक जीवन में ही खुदा का प्यारा बन सकता है, जन्नत प्राप्त कर सकता है। हालाँकि ये अच्छी बात है कि मनुष्य ऐसा एक जीवन में ही कर पाए। लेकिन व्यवहार में ऐसे अनेक उदाहरण मिल जाएँगे, जैसे—वेश्याएँ; उनके जीवन में इतनी कुंठाएँ, इतनी बेइज्जतियाँ, इतनी निराशा रहती हैं या फिर हिजड़े; जो कभी न खत्म होने वाली हीनभावना से हमेशा ही कुण्ठित रहते हैं।...इस तरह के सामाजिक धड़े चाहकर भी सामान्य जीवन नहीं जी सकते हैं।

तब ये सच्चे दिल से खुदा की इबादत कैसे कर पाएँगे? या अगर दशमलव

एक प्रतिशत सच्चे दिल से इबादत कर भी लेंगे, तब भी वे पूर्णतः सामान्य जीवन नहीं जी पाएँगे। ये दूसरों जैसा आत्मविश्वास शायद ही कभी पा सकेंगे। वे कोशिश भी करेंगे तो प्रायः लोग उन्हें वो सम्मान नहीं दे पाएँगे।...हालाँकि, इस मामले में पश्चिमी मुल्कों के समाज में पूर्वी मुल्कों के समाज से स्थिति बेहतर है, खासकर ईसाईयत में। और भी ऐसे अनेक उदाहरण दिए जा सकते हैं।...इस तरह की कुंठाओं को भी सही संबल पुनर्जन्म के सिद्धान्त में ही मिल पाता है।''

''आप तो पहले से भी अधिक गम्भीर बातें करने लगे हैं। आप पूर्वजन्म को मानते हैं?'' उसने कुछ प्रशंसा भरे भाव से मुझे देखते हुये कहा।

''पारलौकिक चीजों में मेरी आस्था अभी भी नहीं है। मैं तो बस आस्थावान व्यक्ति के तार्किक नजरिए से बात कर रहा था।'' मैंने अपना पक्ष स्पष्ट किया।

''अच्छा ये बताइए कि आपने मुझे यहाँ क्यों बुलाया है?'' वो शायद बहस की बजाय अब मुद्दे पर आना चाह रही थी।

लेकिन अभी मैं रुकना नहीं चाह रहा था। ''अन्य जीवों की बात चल रही थी। अब देखो न मनुष्य के इतर सेक्स का इतना बंधन नहीं हैं। धर्म, जाति जैसी संकीर्णताएँ भी नहीं हैं।''

''क्योंकि उनका समाज नहीं है?'' उसने झट से जवाब दिया।

''ये बात पूर्णरूप से सच नहीं है, क्योंकि वे भी अपने बच्चों का आत्मनिर्भर होने तक काफी ख्याल रखते हैं। विशेष स्थितियों को छोड़कर अपनी प्रजाति के किसी जीव की हत्या भी नहीं करते हैं। प्रजातीय भाईचारा उनमें भी है। अपनी प्रजाति को पीढ़ी दर पीढ़ी आगे बढ़ाने का जीवट उनमें भी कम नहीं है।''

''आप बातों में उलझा लेते हैं। अच्छा जल्दी बताइए कि आप क्या कह रहे थे?'' उसने मेरे मन को भाँपते हुये कहा।

''तो मैं कह रहा था कि हमें भी सेक्स के बंधन ढीले करने होंगे।'' यह सुनकर उसने मेरी तरफ कुछ शंकापूर्ण तरीके से देखा।

''एकदम पश्चिमी समाज की तरह अगर न भी करें ढीले, तो कम से कम विवाह-विच्छेद होने पर दूसरी, तीसरी शादी की सहमति तो बना ही सकते हैं।

...वैसे इस मामले में इस्लाम काफी प्रगतिशील है। लेकिन इस्लाम में तलाक देने की प्रक्रिया हमेशा महिलाओं पर अत्यधिक दबाव बनाए रखती है।

हमारे यहाँ सभी धर्मों को इन सभी मुद्दों पर काम करना होगा। हमें समय से कदमताल मिलाते हुए लचीलापन अपनाना होगा। समय एवं इतिहास गवाह है कि लचीलापन ही धर्म एवं संस्कृति का सबसे अच्छा साथी रहा है।...और हाँ नफी हमें भी...हमें भी अब लचीलापन दिखाना होगा।'' कहकर मैंने निगाहें उसके चेहरे पर टिका दीं।

"...क्या मतलब?" तब तक कॉफी आ चुकी थी। मैंने उससे कॉफी पीने के लिए कहा। वो धीरे-धीरे चुस्की लेने लगी।

"मतलब ये कि मैं तुमसे शादी करना चाहता हूँ।...अपनी नफीसा को फिर से अपने पास देखना चाहता हूँ।"

"आप तो मुझसे मिलने भी इतने दिन बाद आए।....फिर अभी तो मैं इन सब चीजों पर सोचने की स्थिति में भी नहीं हूँ।...आप मेरी स्थिति को समझने की कोशिश तो कीजिए।...आप भी न। "

"मैं तुम्हारे लिए कोई नया नहीं हूँ, इससे पहले कि और देर हो जाए और तुम्हारी शादी किसी दूसरे से करने की बात चलने लगे; मैं तुम्हें अपना बना लेना चाहता हूँ। तुम सब समझ सकती हो।...मैं तुमसे थोड़ा नाराज था, इसीलिए मिलने नहीं आया था। लेकिन जैसे ही मुझे सही बात पता चली, मैं तुमसे मिलने के लिए बेचैन हो उठा। हाँ, शादी के लिए जरूर मैं अपने आपको कुछ समय बाद तैयार कर पाया। जिसका मुझे काफी अफसोस है।" उससे मैं कुछ चीजें छुपा ले गया था।

वह चुप रही। उसका चुप रहना मुझे बेचैन कर रहा था।

"तुम कुछ बोलो न।...तुम अगर हाँ कहो तो मैं तुम्हारी अम्मी और ज़फ़र से बात चलाऊँ। मुझे विश्वास है कि वे मना नहीं करेंगे।"

"मुझे कुछ समय तो दीजिए सोचने के लिए। आप तो सबकुछ एकदम से चाह रहे हैं।"

"एक हफ्ते बाद मैं आऊँ? तब तक शायद कोई निर्णय ले सको।...अच्छा बाबा जैसा तुम कहोगी, वैसा ही मानूँगा। और जब कहोगी तभी मिलने आऊँगा।" उसका मन भाँपने के लिए मैंने कहा।

"ठीक है,...आ जाइएगा पन्द्रह दिन बाद।...अब चलना चाहिए। मुझे देर हो रही है।" और वह उठने लगी। मैं भी खड़ा हो गया।

फिर मैंने उसे वह किताब दे दी, जो खरीदी थी। उसने कुछ आश्चर्य दिखाते हुए उसे ले लिया।

"ठीक है।" वह अकेली ही चली गयी।

ज़फ़र के प्रति मेरा नजरिया अब बेहतर हो गया था। पिछली बार जब हम मिले थे, तो हमने किताब लिखने के बारे में भी कुछ चर्चा की थी। कम से कम उस किताब की विषय-वस्तु तो अब हमें लिख ही लेनी चाहिए, ऐसा हम दोनों का ही विचार था।

ठीक पन्द्रह दिन बाद मैं फिर से नफीसा के स्कूल पर इंटरवल के समय पहुँच गया। वह सन्देशा सुनते ही चली आयी। आज वह हल्के आसमानी रंग का सूट पहने हुए

थी। यह वही सूट था, जो मैंने उसे गिफ्ट किया था। उसके ऊपर वह कत्थई रंग का जैकेटनुमा स्वेटर खुले हुए बटनों के साथ पहने हुए थी। चेहरा भी कुछ चेतन लग रहा था। उसके होठ भी कुछ-कुछ ऐसी हँसी लिए हुए थे, जैसे मुझसे कुछ कहना चाह रहे हों।

''जी...।'' उसने बहुत धीमे से कहा।

''मेरे साथ उसी जगह चलोगी?''

''अच्छा आती हूँ।'' और ठीक पाँच मिनट बाद वह बैग को बाएँ हाथ में लटकाए हुए चली आ रही थी।......

रेस्टोरेंट में बैठते ही मैंने दो कॉफी का आर्डर दे दिया। ''तो फिर मैडम ने क्या सोचा हमारे बारे में?'' आज भी हम लोग पिछली बार वाली मेज पर ही बैठे थे। वो आज भी ठीक मेरे सामने थी।

''किस मामले में?'' वो अनजान सा बनते हुये बोली।

''अरे भूल भी गयीं।...मजाक मत करो, बताओ न।'' मैंने उलाहना देते हुए कहा।

''आपको ऐसी क्या जल्दी है? अभी मुझे इन बच्चों के साथ वक्त गुजारने में बहुत अच्छा लग रहा है। कितने निर्दोष एवं मासूम हैं ये सब। कोई भी फरेब नहीं जानते हैं।'' वो जैसे बच्चों के भोलेपन में कुछ पल के लिए खो सी गयी।

''बचपन तो सरल होता ही है। इनकी सरलता ने निश्चित ही तुम्हें निराशा से निकलने में मदद की है। मैं हमेशा इन बच्चों का कर्जदार रहूँगा। शादी के बाद तुम सही समय पर फिर से बच्चों को पढ़ा सकती हो। मुझे कोई ऐतराज नहीं होगा। लेकिन अब शादी के समय को टालने की कोशिश मत करो। मैं जानता हूँ कि मैं तुम पर ज्यादा दबाव बना रहा हूँ, कुछ जल्दबाजी भी कर रहा हूँ...लेकिन प्लीज अब मेरी बात भी मान लो न।'' मैंने बहुत विनम्र लहजे में उससे कहा।

वो मेरी बातें ध्यान से सुनने के बाद कुछ रुक कर बोली ''कहीं आप मुझ पर दया तो नहीं करना चाह रहे हैं?''

''तुम मुझसे किस बात में कम हो, जो मैं तुम पर दया करूँगा। तुम तो जानती ही हो कि मैं तुम्हारे बिना अधूरा हूँ। जब से तुम अलग हुई हो, किसी काम में उत्साह ही नहीं रह गया है। हमेशा लगता है कि जैसे कहीं बहुत गहरे में तुम मुझसे जुड़ी हुई हो।...नफी, हाँ कर दो न।'' मैंने उसके बायें हाथ को हल्का सहलाते हुए कहा।

''ठीक है बाबा,...मैं तैयार हूँ। लेकिन इसके लिए अम्मी, अब्बू भी तैयार हो जाएँ तो अच्छा रहेगा। मैं अब ज्यादा तनाव सहने की स्थिति में नहीं हूँ।''

उसने आखिर हाँ कर ही दी। मैंने अपनी खुशी को किसी तरह छुपाते हुये

कहा—“देखो, मैं कोशिश करूँगा। लेकिन अगर वे एक प्रतिशत तैयार नहीं हुए, तब भी हमें आगे बढ़ना होगा।”

“जी, ठीक है। लेकिन मुझे अभी पूरी तरह सामान्य होने में थोड़ा वक्त लगेगा।...मैंने सिर्फ आपके लिए इतनी जल्दी फैसला लिया है। ऊपर से नताशा भी रोजाना दबाव बना रही थी।” उसने इतनी जल्दी निर्णय लेने पर सफाई पेश करते हुए कहा।

“...अच्छा चलो, अब तुम्हें मैं छोड़ देता हूँ।”

“नहीं, मैं चली जाऊँगी।” वह अपना बैग उठाकर जाने के लिए तैयार होने लगी।

“मैं तुम्हारी अम्मी से बात करूँगा।”

और वो हाथ हिलाती हुई चली गयी।

दो दिन बाद मुझे ज़फ़र मिला। काफी हिचकिचाहट के बाद मैंने उससे कहा, “मुझे तुमसे कुछ कहना है।”

“क्या? कहो..., हिचकिचाहट काहे की।” उसने कुछ-कुछ समझते हुये कहा।

“मैं नफीसा से शादी करना चाहता हूँ।” मैंने उससे नजरें चुराते हुए कहा।

“हूँ। तो इसमें हिचकिचाने की क्या बात है? मेरे लिए इससे ज्यादा खुशी की बात कोई और हो ही नहीं सकती है।”

कुछ पल रुककर वह फिर बोला, “तुम जिस दिन उसके आसपास होते हो, उस दिन उसमें जीवन के प्रति उत्साह अपने आप बढ़ जाता है। मैंने इस विषय पर अम्मी से भी बात की है। वास्तव में वे स्वयं दबे मन से ऐसा ही चाहती हैं। समस्या बस अब्बू की है। उन्हें तुम्हें विश्वास में लेना होगा। मैं दिल से चाहता हूँ कि तुम दोनों की जल्द से जल्द शादी हो जाए।”

“ज़फ़र, सच बताऊँ तो अब मैं तुम्हारे प्रति पहले जैसा लगाव महसूस करने लगा हूँ।”

“मैं भी अब बहुत हल्का महसूस करता हूँ। नफीसा की शादी होते ही मुझे कष्ट होने लगा था। और उस कष्ट की पीड़ा ने आज तक मुझे बेचैन कर रखा है।”

“मैं जानता हूँ, तुम बहुत अच्छे हो। कभी-कभी असमंजस की स्थिति अचानक हम सब पर हावी हो जाती है। हम जब तक संभलते हैं, तब तक वो अपना काम कर चुकी होती है।”

“तो फिर इसी शनिवार को आ जाओ तुम। अब्बू से आराम से बात कर लेना। उस दिन शाम को वे घर पर ही रहेंगे।”

"ठीक है, लेकिन तब तक मैं तुम्हारी अम्मी से मिल लेता हूँ एक बार अलग से।"

"ठीक है, तो फिर कल शाम को ही आ जाओ।"

"ठीक है।" जाते समय वह मुझसे गले मिला।

संयोगवश धीरे-धीरे काफी प्रतिभावान एवं बौद्धिक लोग मुझसे जुड़ गये थे, जिसमें कुछ समाजवादी, कुछ ब्राह्मणवादी, कुछ हिन्दूवादी तो कुछ तथाकथित धर्मनिरपेक्षवादी भी शामिल थे। सभी का स्वागत था एक स्वस्थ बहस में। सभी को अपने विचार रखने की पूर्ण स्वतन्त्रता थी। साथ ही ज़फ़र का सर्किल भी काफी बढ़ गया था। वह भी काफी ईमानदारी दिखाता था विचारों के आदान-प्रदान में। बहस के बिना हम दोनों लम्बे समय तक रह ही नहीं सकते थे।

आज नरेन्द्र आने वाला था मेरे घर। उसे एक तरह से कट्टर हिन्दू कहा जा सकता है। गोर वर्ण, गोल चेहरा, लम्बा कद; चेहरे पर चमक तथा ओज लिए हुए वह हमेशा ही आत्मविश्वास से लबरेज दिखायी पड़ता था। उम्र लगभग मेरे ही बराबर थी। आते ही मुझे प्रणाम करता था। बहुत लम्बी-लम्बी बहसें हो जाती थीं हम दोनों के बीच। अक्सर बिना परिणाम के ही बहस समाप्त करनी पड़ती थी। विचार चाहे जैसे भी हों, लेकिन हम दोनों एक दूसरे का सम्मान करते थे।

कोई भी विचारधारा ऐसे ही नहीं खड़ी हो जाती है, उसके पीछे एक लम्बा इतिहास रहता है; यह हम दोनों अच्छी तरह से समझते थे। लेकिन नरेन्द्र थोड़ा हठी अवश्य था और कभी-कभी जरूरत से ज्यादा उत्तेजित भी हो जाता था।

"आइये नरेन्द्र जी।" मैंने दरवाजा खोलकर उसे अन्दर लेते हुये कहा।

"प्रणाम शिवांग-भाई।"

"क्या बात है नरेन्द्र? आज काफी प्रसन्न दिख रहे हो।" मैंने उसके चेहरे पर खुशी के भाव पढ़ते हुये कहा।

"हाँ, भाई धीरे-धीरे मेहनत रंग ला रही है, हिन्दू लोग अब जागृत हो रहे हैं। ईसाई, मुसलमान सब अपने धर्म के प्रति कितने अधिक संवेदनशील हैं; ये किसी से छुपा नहीं है। 'क्रूसेड' एवं 'जेहाद' का एक लम्बा इतिहास रहा है, लेकिन हिन्दू उदारवाद की गाड़ी पर सवार होकर हमेशा से अपनी जड़ें स्वयं ही खोदता आ रहा है। उदारवाद बुरा नहीं है, लेकिन अति हर चीज की बुरी होती है; चाहे वह अहिंसा हो, भाईचारा हो या उदारवाद। इनकी अतिरेकता ने हमारी संस्कृति के सामने बहुत सारी समस्याएँ हमेशा से पैदा की हैं, आज इसीलिए दूसरे धर्मों के लोग हिन्दुओं को भीरू समझते हैं।

...अब लोग राम के नाम पर जागृत हो रहे हैं, उनका धार्मिक स्वाभिमान जाग

रहा है।'' ऊर्जा से ओतप्रोत होकर वह बोल रहा था।

''लेकिन कुछ लोग तो ये भी कहते हैं कि राम का अस्तित्व ही नहीं है।'' मैंने जैसे उसकी दुखती रग पर हाथ रख दिया।

''सिर्फ ऐसा हिन्दू धर्म के बारे में ही बोला जा सकता है, यहाँ पर राम को गाली देने वाला भी सामान्य जीवन जी सकता है।...नास्तिक लोग ही राम के अस्तित्व पर प्रश्नचिन्ह लगाते हैं। लेकिन राम इस संस्कृति के वाहक हैं, वे अभी भी उतने ही प्रासंगिक हैं।''

''हिन्दू धर्म में अन्य भगवान, देवता भी तो हैं, जैसे—कृष्ण, शिव...आदि; उनको उतना महत्व क्यों नहीं मिल पाता है? कुछ लोगों का कहना है कि भगवान राम को तो तुलसीदास जी ने ही इतना महत्त्वपूर्ण बना दिया है, उससे पूर्व उनका हमारी संस्कृति में ज्यादा महत्व नहीं था। पहले तो वैष्णव और शैव सम्प्रदाय ही काफी महत्त्वपूर्ण हुआ करते थे, इन्हीं में अक्सर आपसी संघर्ष भी कई बार देखने को मिलता था।

मुस्लिम शासकों के आने के बाद सूफी एवं निर्गुण भक्ति आन्दोलन ने जो निचले तबकों में आत्मविश्वास की भावना जगायी थी, उसे सगुण भक्ति (और उसमें भी राम भक्ति धारा) ने अप्रत्यक्ष रूप से दफन कर दिया। क्योंकि निचला तबका वर्ण-व्यवस्था के प्रति गहरा असन्तोष प्रकट करने लगा था। ऐसे में रामायण के माध्यम से वर्ण-व्यवस्था को फिर से स्थापित कर दिया गया।

लोगों का यह भी कहना है कि भगवान कृष्ण का चरित्र भगवान राम पर भारी पड़ता है, तथा उनमें परम्परागत विचारों एवं व्यवस्था के प्रति विद्रोह भी झलकता है। इसीलिए एक साजिश के तहत भगवान कृष्ण के चरित्र को उतना महत्व नहीं दिया गया, जितना कि दिया जाना चाहिये था। भगवान कृष्ण के चरित्र को अगर हम देखें तो पायेंगे कि वे रासलीला भी करते थे, माखन चोर भी थे, नदी पर गोपियों के कपड़े भी चुरा लेते थे तथा जब बात युद्ध की आती थी तो बहुत व्यावहारिक कूटनीति का सहारा भी लेते थे; चाहे वह भीष्म की मृत्यु हो या द्रोण की हो या फिर कर्ण की। भगवान कृष्ण किसी भी तरह युद्ध को अपने पक्ष में करने का प्रयत्न करते थे। एक तरह से वे व्यावहारवाद के पूर्ण समर्थक थे। और बुराई पर किसी भी स्थिति में तथा किसी भी तरीके से विजय प्राप्त करना चाहते थे। जबकि भगवान राम आदर्शवाद के समर्थक थे।

ऐसे में भगवान कृष्ण का चरित्र आधुनिक जीवन प्रणाली में बहुत हद तक फिट बैठता है। साथ ही उनका चरित्र बहुआयामी भी था। तब भगवान कृष्ण को ही हम सर्वश्रेष्ठ पूज्य ईश्वर के रूप में स्थापित क्यों नहीं करते हैं? इसी तरह भगवान शिवजी का अस्तित्व भी बहुत प्राचीन रहा है, हड़प्पा काल से ही उनके महत्व का

पता चलता है।''

''उनको भी महत्व मिलेगा और मिल भी रहा है, वो भी उतने ही लोकप्रिय हैं। ...हमारे यहाँ किसी की भी और किसी भी तरह की पूजा की छूट है। योग, ध्यान सभी का अपना-अपना महत्व है। धार्मिक दृष्टि से पूर्णरूप से लोकतंत्र है हमारे यहाँ। हिन्दू धर्म में सामाजिक स्तर पर जरूर कुछ समस्याएँ रही हैं। उन्हें भी अब काफी हद तक दूर कर लिया गया है।...आज योग एवं आयुर्वेद के माध्यम से हम पश्चिमी देशों को भी बहुत कुछ दे रहे हैं।...हम तो बस किसी तरह हिन्दू-समुदाय को जागृत करना चाहते हैं।'' उसने सफाई पेश करते हुये कहा।

''लोग कहते हैं, कि हिन्दुत्ववादियों में अधिकांश सवर्ण ही हैं, दलितों एवं पिछड़ों को पूर्णत: अनदेखा ही किया गया है। कुछ लोग तो ये भी कहते हैं कि यह दलितों एवं पिछड़ों को फिर से हाशिये पर लाने की एक नयी ब्राह्मणवादी चाल है।''

''ऐसा दिखता अवश्य है, लेकिन अब हम संगठन का विस्तार हर वर्ग तक कर रहे हैं। आप स्वयं महसूस कर रहे होंगे कि हिन्दू आज जितना कभी जागृत नहीं रहा है। '' इस बार नरेन्द्र कुछ बेचैन होते हुये बोला।

''लेकिन इस सबसे दूसरे समुदाय तो स्वयं को अलग-थलग महसूस करते ही हैं। देश में अलगाववाद को बढ़ावा भी मिलता है।''

''शिवांग जी, जिन्हें अलगाव महसूस करना है; वे तो करेंगे ही। ऐसे लोग स्वयं तो पहले से ही मजहबी रूप से जरूरत से ज्यादा जागृत हैं, साथ ही राजनीतिक रूप से भी बहुत जागृत हैं।...शेष मुद्दों के प्रति ये लोग न तो जागृत हैं और न ही होना चाहते हैं। ऐसे लोगों की परवाह किसे है? और ऐसे लोगों ने क्या कभी किसी उदार व्यक्ति की परवाह की है? या फिर इन्होंने कभी किसी दूसरे धर्म के व्यक्ति का दिल से विकास चाहा है? ऐसे लोग हिन्दू लोगों की जागरूकता से जलते हैं।

असल में हिन्दू बिखरे हुये हैं, पूर्ण जागृत नहीं हैं; इसीलिए यहाँ अलगाववाद जड़ें जमाये हुये है और ऐसे लोग हिन्दुओं का दबाव महसूस नहीं कर पाते हैं। किसी अल्पविकसित मुस्लिम या ईसाई बाहुल्य देश में आप जाइये और देखिये कि वहाँ पर दूसरे धर्मों के लोग अपने आपको कैसे हर समय दबा-दबा सा महसूस करते हैं, कैसे उनके मानवाधिकारों को बुरी तरह रौंद दिया जाता है। हद तो तब हो जाती है, जब इस तरह के पाखण्डी व्यवहार पर ये लोग चर्चा तक करना नागवार समझते हैं। इसी से इन लोगों की वास्तविकता सामने आ जाती है।''

''लेकिन हमारे यहाँ तो सभी धर्मों के लोग उदार प्रवृत्ति के हैं। ऐसे में आप लोगों का कार्य उन धर्मों में असुरक्षा तो पैदा करेगा ही। साथ ही दूसरों की कमियों से आप अपनी कमियों को तो नहीं छिपा पायेंगे। आज जो समाज जितना उदार

मूल्यों को अपनाता है, वो उतना ही विकास के पायदानों पर चढ़ता है। हड़प्पा संस्कृति इस उपमहाद्वीप की सबसे बड़ी शान रही है, और उस संस्कृति की बहुत बड़ी पहचान उदार मूल्यों को अपनाना ही रही है। हड़प्पा सभ्यता में सबसे कम अगर कुछ मिला है, तो वह हिंसात्मक गतिविधियों में शामिल होने वाले हथियार ही हैं।''

''ईसाई विश्व में सर्वाधिक हैं, फिर भी ये लोग पूरी ताकत से ईसाईयत को बढ़ावा दे रहे हैं। भय और लालच से धर्म परिवर्तन करवा रहे हैं। हम लोगों के प्रयास से भारत में अब इन लोगों पर कुछ अंकुश लगा है। ये सच है कि यहाँ का मुस्लिम समुदाय दूसरे मुल्कों के मुस्लिमों से उदार है, लेकिन इन लोगों में भी इस्लामिक भाई-चारा इतना अधिक है कि किसी अन्य धर्म में ऐसा देखने को नहीं मिलता है। इस्लामिक भाईचारा बार-बार राष्ट्रवाद की सीमा को लांघ जाता है।

कितने मुसलमान हैं जो हिन्दू तीर्थ-स्थानों या मन्दिरों में दर्शन के लिए जाते हैं। सच तो ये है कि वे जाने के बारे में सोचते भी नहीं हैं, उल्टे उनसे घृणा करते हैं। जबकि हिन्दू लोग अजमेर शरीफ, देवाशरीफ जैसी अनेक जगहों पर मत्था टेकने एवं चादर चढ़ाने जाते हैं और वह भी पूर्ण श्रद्धा के साथ। वहाँ वे लोग दुआएँ माँगते हैं तथा उनमें पूर्ण आस्था रखते हैं। अगर ये लोग कुछ हिन्दू ऋषि-मुनियों या देवताओं के सम्पर्क में चले जाएँगे, तो क्या ये अपने धर्म से च्युत हो जायेंगे। कम से कम भगवान शिव के मन्दिर में तो ये लोग जा ही सकते हैं, क्योंकि भगवान शिव का अस्तित्व हड़प्पा काल से ही रहा है। और हड़प्पा सभ्यता पाकिस्तान और अफगानिस्तान तक फैली हुई थी। तो कम से कम इस उपमहाद्वीप के मुस्लिम लोग उनके मन्दिर में तो जा ही सकते हैं। अभी आपने स्वयं भी भगवान शिव की बात की थी।'' नरेन्द्र ने विश्वासपूर्वक कहा।

''किसी धर्म के लोगों में अगर आपसी भाईचारा है तो इससे किसी को कोई समस्या नहीं होनी चाहिए। एकतरफा कमी किसी धर्म की भी नहीं होती। अगर कोई धर्म किसी धर्म के साथ सामन्जस्य नहीं बैठा पाता है तो यह केवल उस धर्म का ही दोष नहीं, वरन् दूसरा धर्म भी दोषी है। गरीबी, अशिक्षा भी बहुत बड़ी दोषी हैं। सूफियों की एक लम्बी परम्परा रही है इस्लाम धर्म में भी, जो कि अपनी निष्कपट एवं सरल जीवन-प्रणाली के लिए जाने जाते हैं। प्रायः वे कोई धार्मिक भेदभाव भी नहीं करते हैं।...मदर टेरेसा जैसी सन्त ईसाई धर्म की ही थीं। यह भी हमें ध्यान में रखना चाहिए।

वैसे भी निष्पक्ष रूप से देखा जाए तो सभी धर्मों की सोच में परिवर्तन आ रहा है, सभी लोग आज आधुनिक विचारों से प्रभावित हो रहे हैं। धीरे-धीरे सभी लोगों की सोच और अधिक परिवर्तित होगी।...आज अनेक मुस्लिम लोग योगाभ्यास

करते हैं। खैर योगाभ्यास तो किसी धर्म-विशेष से जुड़ा भी नहीं है, लेकिन बहुत से मुस्लिम तो गायत्री-मन्त्र का जाप भी करते हैं। ईसाई तो किसी भी अच्छी चीज को अपनाने के लिए हमेशा तैयार रहते ही हैं, बस उन्हें वो लाभप्रद लगे।''

''गायत्री मन्त्र का जाप तो स्वस्थ रहने के लिए कुछ बड़े लोग मजबूरी में करते हैं।'' उसने फिर से मेरी बात काटते हुये कहा।

''अरे भई, कोई न कोई वजह तो रहेगी ही न।''

''अच्छा मित्र, यह बहस तो बहुत लम्बी हो चली है, और कुछ नया हो तो बताइये।''

''बस शिवांग जी अभी तो कुछ भी नया नहीं है। मैंने तो बस राष्ट्र के लिए खुद को समर्पित कर दिया है।'' वह शायद बहस को विराम देने का मेरा इशारा समझ गया था। अपने संगठन के बारे में कुछ बातें बताकर वह चला गया।

खाना बनाने वाली ने जल्दी ही खाना लगा दिया। कभी-कभी वह कुछ ज्यादा ही अच्छा खाना बना देती थी।

अगले दिन शाम को ठीक सात बजे मैं ज़फ़र के घर पहुँच गया।

ज़फ़र की अम्मी पानी लेकर आयीं, ''कैसे हो बेटा?'' इस बार बेटा शब्द में कुछ ज्यादा ही मिठास थी।

''मैं तो ठीक हूँ, लेकिन आप काफी कमजोर होती जा रही हैं। आपको देखकर तो नफीसा और भी ज्यादा परेशान रहती होगी।'' मैंने उनके मन को कुछ परखना चाहा।

''अरे बेटा, अगर बच्चे ठीक न रहें तो माँ-बाप कैसे सुखी रह सकते हैं?''

''आपको नफीसा के बारे में फिर से सोचना चाहिए,...उसका इतना लम्बा जीवन जो पड़ा है।'' मैंने कह तो दिया, लेकिन मैं स्वयं ही झेंप गया अपनी स्पष्टवादिता पर।

''क्या सोचें बेटा? वो दूसरे विवाह के लिए तैयार ही नहीं होती; मरने की ही बात करती रहती है।...हाँ, जबसे बच्चों को पढ़ाने लगी है, तब से थोड़ा बेहतर जरूर हुई है। लेकिन अभी भी बहुत कम बोलती है घर में।'' उन्होंने दुःखी होते हुये कहा।

''काफी दिनों से मैं आपसे कुछ माँगना चाहता हूँ, लेकिन हिम्मत नहीं जुटा पा रहा हूँ।...कहाँ से शुरू करूँ, समझ में नहीं आ रहा है।''

''माँगना क्या है बेटा,...तेरा घर है,...तू बस कह दे।'' और वो मेरा चेहरा कुछ सन्देहात्मक एवं जिज्ञासात्मक नजरों से ताकने लगीं। मैं उनकी नजरों से कुछ परेशान सा हो गया।

"मुझे लगता है,....नफीसा मेरे साथ रहेगी तो फिर से सामान्य हो जायेगी।" उन्हें चुप देखकर मैं फिर से बोलने लगा।

"आप अपनी नफीसा मुझे दे दीजिए, मैं शादी करना चाहता हूँ उससे।" कहते हुए मैंने उनके दोनों हाथ पकड़ लिये तथा उनके सामने कुछ झुकते हुए फिर से कहा, "आप मना मत कीजिएगा।...पिछले कुछ समय से मैंने बहुत कष्ट सहे हैं। मैं उसके बिना खुश नहीं रह पाऊँगा,...और शायद वह भी मेरे बिना खुश नहीं रह पायेगी।" मैं उनकी तरफ आशा भरी नजरों से देखने लगा।

"मैं जानती हूँ बेटा, लेकिन समाज, धर्म...ये बड़ी टेढ़ी चीजें हैं। हमें इन लोगों के बीच ही रहना है।" और वे एक तरफ लम्बी साँस लेते हुए बैठ गयीं। ऐसा लग रहा था कि जैसे वह एकाएक कुछ थक गयी हों।

"वो सब मैं और ज़फ़र सँभाल लेंगे। हम लोग जब एक परिवार की तरह रहेंगे, तो हमें किसी की भी जरूरत नहीं पड़ेगी।...आप बस हाँ कह दीजिए।"

"मेरे हाँ कहने से कुछ नहीं होने वाला बेटा। ज़फ़र के अब्बू से बात करनी होगी।...तुम बैठ जाओ बेटा।"

"ठीक है, मैं उनसे भी बात कर लूँगा।...लेकिन मैं आपका और ज़फ़र का साथ अवश्य चाहता हूँ।" और फिर मैं उनसे थोड़ी दूरी पर बैठ गया।

"ठीक है बेटा। मैं तुम लोगों से बाहर थोड़े ही हूँ।...अरे, ज़फ़र कुछ खिला-पिला तो दे शिवांग को।" और वो ज़फ़र को पुकारते हुये अन्दर चली गयीं। शायद ज़फ़र ने अम्मी से इस मुद्दे पर पहले ही बात कर ली थी।

उसके बाद मैं और ज़फ़र काफी देर तक बतियाते रहे। नफीसा बस चाय देने के लिए ही एक बार आयी। वो पता नहीं आज क्यों मुझसे इतना शरमा रही थी। ज़फ़र ने उससे बैठने के लिए भी कहा, लेकिन वह बहाना बनाते हुये अन्दर चली गयी।

मैंने घड़ी देखी तो काफी समय हो चुका था। अचानक मुझे याद आया कि काम वाली घर पर मेरा इन्तजार कर रही होगी।

"अच्छा अब मैं चलता हूँ।"

विदा लेकर मैं घर से बहुत तेजी से निकल गया।

घर पहुँचा तो सचमुच काम वाली मेरा इन्तजार कर रही थी।

अगले दिन शाम को मेरे घर पर एक लम्बी मीटिंग होने वाली थी। मेरे दोस्त इकट्ठे बैठने वाले थे, ज़फ़र को भी आना था। हालाँकि मेरा उतना मन नहीं था, क्योंकि नफी के अब्बू को मनाने का सिरदर्द अभी भी था। लेकिन अब मैं लोगों को आने से रोकना भी नहीं चाहता था।

लगभग सात बजे तक ज़फ़र, फुरकान, नरेन्द्र, पीयूष, मनोहर, रहमान; सभी पहुँच चुके थे। खाना बनाने वाली भी आ चुकी थी। गर्मागर्म पकौड़ी व चाय बनाकर उसने लगा भी दी थीं। हालाँकि थोड़ी गर्मी हो चली थी पकौड़ियों के हिसाब से।

पकौड़ी एवं चाय ने माहौल कुछ ऊर्जायुक्त कर दिया। मुझे और ज़फ़र दोनों को ही पकौड़ियाँ बहुत पसन्द थीं, आज उसने चटनी भी बहुत अच्छी बनायी थी। धीरे-धीरे सभी लोग बहस के वातावरण में आ गये।

नरेन्द्र कुछ बोलना चाह रहा था, लेकिन मैंने उसे रोकते हुये कहा, ''हम सभी दोस्त हैं तथा अपना पक्ष रखने का सभी को समान हक़ है। मैं चाहूँगा कि सभी अपने दिल की बात बिना हिचकिचाए सामने रखें। ये न सोचें कि सामने वाला बुरा मान जायेगा। हम सब बौद्धिक व्यक्ति हैं, हमें एक-दूसरे के विचारों को सम्मान देना होगा तथा उन्हें गम्भीरता से भी लेना होगा। सहमति की हमें अधिक अपेक्षा नहीं रखनी चाहिए। स्वीकार्यता के लिए किसी पर कोई दबाव नहीं होना चाहिए।...हाँ, तो आप नरेन्द्र जी कुछ कहना चाह रहे थे।''

''शिवांग जी, मेरी तो कई बार आपसे काफी बातें हो ही चुकी हैं। मैं तो बस यही चाहता हूँ कि हमारे देश में राष्ट्रीयता पनपे, हमारी अनमोल सांस्कृतिक विरासत बची रहे। और ये तभी होगा जब हिन्दू धर्म में भी अन्य धर्मों के सापेक्ष जागरुकता आयेगी।...अन्य धर्मों को राष्ट्र से प्रेम करना सीखना होगा और उन्हें स्वयं प्रयास करके आर्थिक, सांस्कृतिक एवं सामाजिक चेतना की मुख्य धारा में सम्मिलित होना होगा। अन्यथा देश का एक दिन पतन होना निश्चित है।'' कहते हुए वह अपनी कुर्सी पर कुछ पीछे की तरफ हो गया।

''सरकार ने आजादी के बाद हमारे लिए किया ही क्या है?'' रहमान एकाएक बोल पड़ा।

''मित्र, सरकार की तरफ ताकते रहने मात्र से ही कुछ नहीं होगा। पहले इस्लाम को अपने अन्दर सुधार करना होगा। उसे उदारवादी एवं सकारात्मक नजरिया अपनाना होगा। उसे जेहाद से लगाव समाप्त करना होगा; आधुनिक जीवन पद्धति को अपनाना होगा।''

''कैसा सुधार नरेन्द्र जी? दीन के लिए तो जेहाद लड़ा ही जाता है, हाँ कुछ लोग अवश्य उसका बेवजह फायदा उठा लेते हैं। और हिन्दुस्तान में तो कश्मीर को छोड़कर अन्य कहीं पर ऐसी बात आप कह भी नहीं सकते हैं। इस्लाम दूसरे धर्मों से किसी भी मामले में कम नहीं है। इस्लाम दूसरे धर्मों के लोगों की पूरी तरह कद्र करता है।'' रहमान फिर बोला।

''हिन्दू, बौद्ध, जैन, सिख आदि धर्मों में जेहाद या क्रूसेड जैसी विचारधारा

नहीं है, तो क्या ये धर्म उन्नति नहीं कर रहे हैं? सच तो ये है कि आज केवल यही धर्म पूर्णत: प्रासंगिक हैं। और अन्य सभी धर्मों में सुधार की आवश्यकता है।'' नरेन्द्र ने अब पूर्ण स्पष्ट रूख अपनाते हुए कहा।

''कैसे आप ऐसा कह सकते हैं? इस्लाम सबसे बाद में आया प्रमुख धर्म है। असल में तो वह सर्वश्रेष्ठ धर्म है, बस कुछ लोग उसे बदनाम कर रहे हैं। सातवीं से बारहवीं शताब्दी तक तो इस्लाम का कोई मुकाबला ही नहीं था। आज जो भी लोग इस्लाम को बदनाम कर रहे हैं या उसके खिलाफ साजिश कर रहे हैं। देखना! खुदा उनको एक रोज जरूर सजा देगा। जहन्नुम की आग में जलेंगे ये लोग।'' रहमान कुछ उत्तेजित होता हुआ बोला।

''यही तो बात है। आने वाले समय का इन्तजार क्यों कर रहे हो? आज में देखो, अपने को वर्तमान के हिसाब से ढालो। अपने को सामाजिक, आर्थिक रूप से लचीला, प्रतिस्पर्धी एवं मजबूत बनाओ; तब फिर आपसे कोई भी नहीं टकराएगा।...और सर्वश्रेष्ठ धर्म होने का अहसास भी नितान्त गलत अवधारण पर आधारित है, कई समस्याओं की यह जड़ भी है।

आज शारीरिक या सामूहिक ताकत का जमाना नहीं रह गया है। आज धार्मिकता या सामूहिकता से किसी देश, समाज या व्यक्ति को परेशान तो किया जा सकता है; लेकिन ऐसा करने से अपने समाज में भी अनेक विकृतियाँ पैदा हो जाती हैं। जिसका अन्तत: पूरी मानव जाति पर ही कुप्रभाव पड़ता है।...जब इस्लाम आया, तब नि:सन्देह उस समय अन्य धर्मों की स्थिति नाजुक थी। लेकिन आज ऐसा नहीं है। इस्लाम को छोड़कर अन्य सभी धर्मों ने न्यूनाधिक मात्रा में परिवेश एवं देशकाल के अनुसार सुधारात्मक प्रवृत्ति को अवश्य अपनाया है।'' नरेन्द्र ने रहमान से चल रही बातचीत को गरमा दिया।

''कुरान का कोई मुकाबला नहीं है, लेकिन आज का आदमी वैसा नहीं रह गया है। वो खुदा के बताये रास्ते पर नहीं चल रहा है, उसकी उसे सजा तो मिलेगी ही। अन्तिम-दिन उसे जहन्नुम की आग में जलना ही होगा।...इस्लाम आज भी ईसाई धर्म के बाद सबसे ताकतवर धर्म है। इराक़, ईरान, अफगानिस्तान या कहीं भी ईसाई अपने मकसद में कामयाब नहीं हो पायेंगे।'' रहमान ने बात पूरी की।

''नरेन्द्र भाई, ऐसा नहीं है कि इस्लाम ने सुधारों को कभी नहीं अपनाया है। तुर्की का हम सभी के सामने ज्वलंत उदाहरण है। इराक में भी युद्ध से पहले सुधारों की प्रक्रिया आगे बढ़ रही थी। मध्य-पूर्व के कई देशों में आधुनिक परिवेश पनप रहा है। वहाँ पर तो बदलाव की क्रान्ति ही चल पड़ी है। लोग वहाँ पर जनता की सरकार चाह रहे हैं। यहाँ तक कि हमारे देश में भी पढ़ा-लिखा मुस्लिम वर्ग आधुनिक परिवेश को अपना रहा है। मूल समस्या सही शिक्षा-व्यवस्था एवं परिवेश को

विस्तार देने की है।'' ज़फ़र ने अपनी बात पूरी की भी नहीं थी कि नरेन्द्र बीच में ही बोल पड़ा।

''आधुनिक शिक्षा-व्यवस्था के प्रति ललक भी तो होनी चाहिए। जब जीवन में धर्म एवं धर्म के लोग ही केन्द्र में होंगे, तब आपकी कार्यक्षमता एवं गुणात्मकता तो प्रभावित होगी ही। प्रतिस्पर्द्धा के इस युग में आप स्वयं ही पिछड़ जाओगे और फिर सरकार पर तोहमत लगाओगे कि सरकार हमसे सौतेला व्यवहार कर रही है। बाद में यही अलगाववाद एवं हिंसा की वजह बन जाता है। पूरी दुनिया में जहाँ भी मुसलमान अल्पसंख्यक हैं, वहाँ असन्तुष्ट हैं। वे वहीं पर सन्तुष्ट रहते हैं, जहाँ उन्हें राजनीतिक सत्ता मिलती है। अन्यथा असन्तोष उनकी गतिविधियों में दिख ही जाता है। जहाँ बहुसंख्यक हैं, वहाँ भी असन्तोष एवं संघर्ष के अन्य कारण खोज लेते हैं।...इन्हीं कारणों की वजह से हमारे देश का विभाजन हुआ।...लेकिन पाकिस्तान एवं बंगलादेश की बिगड़ी हुई स्थिति को आज कौन नहीं जानता है।...वहाँ दिन-प्रतिदिन कबाईली तत्वों को बढावा मिल रहा है।...अल्पसंख्यकों के लिए समस्याएँ बढ़ती जा रही हैं।...तब ऐसे में विकास तो ठप पड़ ही जाएगा।...अन्ततः समाज में असन्तोष गुणात्मक रूप में बढ़ने लगेगा।''

''नरेन्द्र भाई, हिन्दू-धर्म भी उतना अच्छा नहीं है।'' फुरकान ने टोका।

''हिन्दू भी तभी सन्तुष्ट रहते हैं, जब उनकी जाति विशेष का भला होता है। वे भी अपनी ही जाति विशेष को राजनीतिक, आर्थिक एवं सामाजिक रूप से आगे देखना चाहते हैं। कहीं जाओ सर्वप्रथम जाति को ही केन्द्र बनाया जाता है। दलितों-पिछड़ों को ब्राह्मणों ने इतने सालों से गुलामों की तरह रखा है। वैसे तो अनेक सुधारक हिन्दू धर्म में दिखते हैं, लेकिन सच्चे मन से परिवर्तन शायद ही कोई चाहता है। इनमें से जातिवाद के खिलाफ ईमानदारी से कोई भी मोर्चा नहीं खोलता है। कम से कम इस्लाम में अपने लोगों को तो प्यार करते हैं। 'सर्वे भवन्तु सुखिनः......' मानवता, अन्तर्राष्ट्रीयता की बात हिन्दू करते हैं; लेकिन उनकी जातीय-निरंकुशता उनके दोगले व्यवहार को ही रेखांकित करती है। केवल कमजोर इच्छाशक्ति के व्यक्ति ही अपने लोगों का शोषण करते हैं।'' रहमान अतिउत्साह से बोला।

नरेन्द्र जैसे भड़क उठा! ''हिन्दू कभी कमजोर नहीं रहा, वह उदारवादी मूल्यों के साथ चलने वाला रहा है। जातिवाद, नस्लवाद तो इस्लाम में भी हैं। अरब के लोग भारतीयों, बंगलादेशियों आदि के साथ दोयम दर्जे का व्यवहार नहीं करते हैं क्या? यहाँ तक कि पाकिस्तान में यहाँ के मुस्लिमों को मुहाजिर कहा जाता है तथा उनके साथ भेदभाव किया जाता है। इस्लाम में तो महिला भी मात्र 'वस्तु' बनकर रह गयी है; चार-चार शादी कर लीजिए और फिर एकतरफा तलाक दे दीजिए।

रहमान साहब महिलाओं की आधी आबादी होती है, तब आधी मुस्लिम

आबादी हाशिये पर है। पुरुष-प्रधानता इस्लाम में ही सर्वाधिक है।'' नरेन्द्र ने अपनी बात कहते-कहते नजरें रहमान के चेहरे पर गड़ा दीं, जैसे कहना चाह रहा हो कि अब है कोई जवाब। लेकिन रहमान मियाँ भी कहाँ चुप रहने वाले थे।

''नरेन्द्र भाई, सती-प्रथा जैसी अमानवीय परम्पराएँ हिन्दू धर्म में ही रही हैं। लाखों विधवाओं का अमानवीय इतिहास रहा है आपके धर्म में। अभी भी हिन्दुओं में दूसरा विवाह होने में बहुत समस्या आती है। जबकि हमारे यहाँ वैसी समस्या नहीं है। महिलाएँ भी कुरान को पुरुषों जितना ही पाक समझती हैं। ''

अब बारी पीयूष की थी, ''सती-प्रथा अतीत की बात थी, उसके पीछे भी दर्शन था; उसी तरह जैसे वर्ण-व्यवस्था एवं जाति-प्रथा के पीछे दर्शन था। इन सबसे समाज में एक लय बनी रहती थी, वो अन्तर तो आज भी किसी न किसी तरह से हैं ही। उच्च-वर्ग के अधिकांश व्यक्ति निम्न-वर्ग के व्यक्तियों को हेय तथा हीन समझते हैं। सच तो यह है कि उन्हें वे मनुष्य समझते ही नहीं हैं। दुनिया में श्रेष्ठता तथा हीनता की भावना तो हमेशा बनी रहेगी।''

''लेकिन दुनिया को 'समानता' का वैचारिक मूल्य तो इस्लाम ने ही दिया है। मुहम्मद साहब ने काले-गोरों में भेद न करने को कहा था।'' फुरकान ने भी अपना पक्ष रखा।

पीयूष ने कुछ उत्तेजित सा होते हुये कहा कि ''वो समानता का विचार केवल इस्लाम के अनुयायियों के लिए ही था...अन्य लोग तो काफिर ही थे।''

''लेकिन समानता का विचार था बड़ा क्रान्तिकारी। इसी विचार की ऊर्जा ने ही इस्लाम को देखते ही देखते उत्तरी अफ्रीका, एशिया एवं यूरोप में स्पेन तक विस्तार देने में महत्त्वपूर्ण भूमिका निभायी थी।'' मैंने भी चर्चा में अपनी उपस्थिति दर्ज करवायी।

''...वास्तव में अरब की बद्‌दू जनजाति से निकला इस्लाम धर्म देखते ही देखते एक क्रान्ति के रूप में तब्दील हो गया। विज्ञान, तकनीकि, कला, वास्तुकला, हर क्षेत्र में इस्लाम के अनुयायियों ने सातवीं से बारहवीं शताब्दी के बीच अविस्मरणीय कार्य किया था। उनके योगदान से पश्चिम एवं पूर्व ने काफी कुछ सीखा है। बाद में इस्लामिक क्रान्ति ने अपनी धार खो दी और आज तो हर अनपढ़, बेवकूफ भी इस्लाम की व्याख्या करने लगता है।'' ज़फ़र ने अपना पक्ष बहुत शान्ति से रखा।

''हिन्दू धर्म ने भी विश्व को बहुत कुछ दिया है और आज भी सम्पूर्ण विश्व को हम योग एवं आयुर्वेद से रोगमुक्त कर रहे हैं। पूरी दुनिया को शान्ति का सन्देश हम ही हमेशा से देते आ रहे हैं। हमें वर्तमान पर ही अधिक फोकस करना होगा।'' पीयूष जैसे फिर उत्तेजित सा हो उठा।

''दरअसल कुरान मूल रूप में अरबी में लिखी गयी थी। इसलिए उसको

सही रूप में समझ पाना कभी भी आसान नहीं रहा है। इसीलिए लोग मनमाफिक उसकी व्याख्या करते रहे हैं। उदाहरण के लिए चार शादियों की बात विशेष परिस्थितियों के तहत ही की गयी थी। इसी तरह तलाक देने की प्रक्रिया भी काफी सुलझी हुई थी। एकदम से तीन बार तलाक कह देना गैरइस्लामी है। लेकिन कुछ लोग गलत व्याख्याओं के आधार पर इनका नाजायज फायदा उठा लेते हैं।'' फुरकान ने काफी सुलझे हुए तरीके से अपनी बात रखी।

''...उस समय काफी युद्ध होते थे, कई महामारियाँ भी अचानक आ धमकती थीं। जिससे काफी महिलाएँ विधवा एवं बेसहारा हो जाती थीं; पैगम्बर मुहम्मद साहब ने इसी तरह की महिलाओं को सुरक्षा, इज्जत तथा न्याय देने के लिए चार शादियों की इजाजत दी थी। दूसरी तरफ इससे ऐसे अरबों पर भी लगाम लगती थी, जो उस समय असीमित संख्या में शादियाँ किया करते थे। कुरान में इसका स्पष्ट उल्लेख है—'और यदि तुम्हें यकीन हो कि यतीमों के मामले में न्याय कर सकोगे तो स्त्रियों में से जो तुम्हारे लिए जायज हों दो-दो, तीन-तीन और चार-चार तक विवाह कर लो। और यदि तुम्हें भय हो कि उनके साथ समता का व्यवहार न कर सकोगे तो फिर एक ही पर बस करो या वह दासी जो तुम्हारे कब्जे में हो उसी पर बस करो। इसमें तुम्हारे ज्यादती से बचे रहने की अधिक संभावना है।' इस आदेश में यतीम की बात की गयी है। साथ ही आदेश में समानता का व्यवहार न कर पाने की स्थिति में एक ही स्त्रा पर बस करने के लिए भी कहा गया है। और व्यावहारिक सच्चाई के साथ-साथ कुरान भी ये दावा करती है कि—'चाहे तुम कितना ही चाहो, तुम स्त्रियों के बीच पूर्ण रूप से न्याय नहीं कर सकते।' इससे स्पष्ट हो जाता है कि किसी भी मुसलमान को चार शादियों का अधिकार नहीं है। वह केवल विशेष परिस्थिति एवं काल के लिए ही अनुमति है। लेकिन इसी आदेश की गलत व्याख्या करके आज कुछ लोग इसे धार्मिक अधिकार ही समझने लगे हैं।'' ज़फ़र ने भी फुरकान की बात का समर्थन किया।

''ज़फ़र भाई आज ये महिलाओं के शोषण का एक प्रमुख हथियार बन गया है। आज वैसी परिस्थितियाँ नहीं रह गयी हैं। प्रश्न यह है कि आज के सन्दर्भ में ऐसी चीजों में तेजी से बदलाव क्यों नहीं लाया जा रहा है?'' नरेन्द्र ने फिर से उनकी बातों पर विराम लगाने का प्रयास किया।

मैंने देखा कि रहमान एवं फुरकान भी कुछ बोलना चाह रहा थे; लेकिन समय अब इसकी इजाजत नहीं दे रहा था। कुछ विवाद बढ़ने का भी डर था।

इसलिए मैंने सभी को धन्यवाद देते हुये कहा कि, ''हम लोग आज काफी सभ्य एवं शालीन तरीके से पेश आये। काफी तीखी बातें भी हुईं, लेकिन फिर भी हमने मर्यादा नहीं तोड़ी। यही बौद्धिक व्यक्तियों की निशानी है। यही बौद्धिक

संस्कार हमें देश-दुनिया में विस्तृत करने हैं, व्यक्ति को सही रूप में व्यक्ति बनाना है। जो मनुष्य आज हाशिये पर चला गया है, उसे केन्द्र में लाना है।''

''इन्सान का सबसे बड़ा शत्रु धर्म ही है, इसको शमशान-घाट पहुँचाए बिना मनुष्य की गरिमा को स्थापित नहीं किया जा सकता है।'' ऐसा कहकर मनोहर ने भी अपनी पीड़ा का बखान कर ही दिया। वो पक्का मार्क्सवादी था तथा भारत के तथाकथित मार्क्सवादियों का मुखर विरोधी था, जो मार्क्सवाद के नाम पर राजनीति की रोटियाँ सेकते हैं तथा उनके अन्तर्मन में कहीं न कहीं पुरातनपंथी विचारधारा ही दबी हुई है; जो रह-रहकर जोर मारती रहती है। वह इन छद्म मार्क्सवादियों से घृणा करता था।

''मनोहर भाई इस देश में धर्म को हाशिये पर लाना या उसको प्रतिबंधित करना लगभग असंभव है।'' फुरकान बीच में बोला।

''असंभव कुछ भी नहीं है, हमें बस कुछ जुनूनी लोगों की आवश्यकता है। जो मार्क्सवादी विचारों को हिन्दुस्तान के अनुसार व्यवहार में ला सकें, जैसा कि रूस या चीन में हुआ है। कोई सोच भी नहीं सकता था कि रूस जहाँ पर औद्योगिक विकास उतना अधिक नहीं था, जितना कि पश्चिमी यूरोप के देशों में था; में सर्वहारा-वर्ग द्वारा क्रान्ति का बिगुल फूँका जा सकेगा। लेकिन लेनिन जैसे जुनूनी लोगों ने इसे संभव बना दिया और देखते ही देखते रूस ने विश्वशक्ति का रूप धारण कर लिया। वहीं हमारा पड़ोसी देश चीन तो कृषि-प्रधान देश था। कई विदेशी ताकतें वहाँ शोषण कर रही थीं, लेकिन माओत्से-तुंग जैसे क्रान्तिकारियों ने किसानों को ही 'क्रान्तिदूत' बना दिया तथा सर्वहारा-वर्ग की सरकार की स्थापना की।

लेकिन हमारे यहाँ एम.एन. राय जैसे मार्क्सवादी थे, जो कुछ नहीं कर पाए। वे बुर्जुआवादी सोच से कभी भी पूर्णरूपेण उबर ही नहीं पाऐ। इसीलिए माओ ने उन्हें मूर्ख कहा था। ऐसे दिग्भ्रमित लोगों ने मार्क्सवाद की संभावनाओं को ही समाप्त कर दिया। आज भी हम लोग उसकी सजा भुगत रहे हैं।'' कहते हुए मनोहर ने एक लम्बी साँस छोड़ी।

सभी लोग बड़े ध्यान से मनोहर की बातें सुनने लगे थे। हाँ, नरेन्द्र और रहमान कुछ जरूर बोलना चाह रहे थे।

लेकिन मैंने बहस समाप्त करते हुए सबको अलविदा कहा और फिर से मिलने की तारीख निश्चित की।

उसके अगले दिन मैं नताशा की सलाह पर गाँव के लिए रवाना हो गया। नफीसा से शादी के मुद्दे पर अब मैं विस्तार से मम्मी-पापा से बात करना चाहता था। हालाँकि नफ़ीसा की शादी होने के बाद मेरे व्यवहार में जो परिवर्तन आया था, उससे वे लोग

मेरी मनोदशा को काफी हद तक समझ गए थे। मम्मी ने तो कई बार समझाने की कोशिश भी की थी। शादी के ढेरों प्रस्ताव भी आ रहे थे। पापा तो कई बार मेरे उदासीन रवैये पर भड़के भी थे—'एक बार लड़की वालों ने मुँह फेर लिया तो फिर जिन्दगी भर अच्छी लड़की मिल नहीं पाएगी...कहीं साधु बनने का तो इरादा नहीं है।'

मम्मी भी समझाती थीं कि 'देखो बेटा, दोस्ती की बात अलग है, लेकिन शादी तो अपनी जाति-बिरादरी में ही ठीक रहती है और जब नफीसा से सुन्दर लड़की तुम्हें मिल रही है, तो फिर शादी क्यों नहीं कर लेते?' इस मुद्दे पर अब मैं बहस से बचता था तथा इस तरह की बात चलने पर मैं गाँव में घूमने निकल जाता था।

गाँव के लोग भी शादी की ही बात करते थे, अब तो नौकरी लग गयी...दावत खिला दो। उन्हें लगता था कि ये लोग ज्यादा दहेज़ के चक्कर में शादी को टाल रहे हैं। लेकिन वे शादी की कल्पना से खुश इसलिए भी होते थे, क्योंकि उस दिन वे जी खोलकर खाना तथा मिठाई खा सकेंगे।

मैंने ऐसी कई शादियाँ देखी थीं, जहाँ पर अच्छी दावत मिलने की संभावना होती थी। गाँव के कई लोग एक दिन पहले से ही या तो कम खाना खाने लगते थे या खाते ही नहीं थे और फिर वहाँ एक-एक आदमी तीन-तीन आदमियों का खाना खा जाता था। बेचारे लड़की वाले का पूरा इन्तजाम ही गड़बड़ा जाता था। अगर रसगुल्ले पर पिल पड़े तो बीस-तीस की कोई गिनती ही नहीं और अगर मिठाई पर तो, उसकी खैर नहीं। कई लोग तो इतना अधिक खा लेते थे कि घर आने पर कई-कई दिन तक पेट चलता था।

इसी तरह एक मन्त्री जी के यहाँ शादी थी। बेचारे मन्त्री ने बढ़िया इन्तजाम करवाया। पहले ही अनुमान से ज्यादा लोगों का इन्तजाम करवाया। उसे पता था कि जो भी सुनेगा वो चला आयेगा खाने के लिए। लेकिन फिर भी उसका इन्तजाम अधूरा ही रह गया।

व्यवस्था बिगड़ती देख अन्तत: बेचारे को लाठी-चार्ज करवाना पड़ा लोगों पर, अन्यथा उसकी इज्जत को वे पूरा पलीदा ही लगा देते। लेकिन लाठी-चार्ज से उसकी छवि और खराब हो गयी।

बहुत बुराई की लोगों ने उसकी—'बताओ इसको हमने मन्त्री बनाया,...हम तो इसके यहाँ लड़की को आशीर्वाद देने आए थे। देखने आये थे कि कैसा इन्तजाम है; इसने तो लाठी-चार्ज ही करवा दिया। अरे, हम लोगों ने ही तो मन्त्री बनाया है, अगली बार देखेंगे ये कैसे विधायक बनता है? मन्त्री बनना तो दूर की बात है।'

बेचारा मन्त्री अगला चुनाव आने पर बहुत घबराया।

गाँव पहुँचते ही गोपी चाचा मिल गये, बोले—''शादी की नाइन्टी-फोर कब कर रहे हो?'' मेरी उदासी उन्हें देखकर एक पल को टूट गयी। मैं हँसी को रोक नहीं पाया।

पता नहीं गाँव की आबोहवा में ऐसा क्या था? कितना भी तनावग्रस्त होने पर तनाव अपने आप रफूचक्कर हो जाता था। शाम होते ही नीरव शान्ति छाने लगती थी, अपने आप ही मैं बहुत जल्दी गहरी नींद में चला जाता था। सुबह चिड़ियों का कलरव प्रकृति की निकटता का अहसास करा देता था। हाँ, बस इंजन की आवाज सुबह-सुबह जरूर कुछ खराब लगती थी। कई लोग पशुओं के लिए सुबह-सुबह ही चारा काटने लगते थे, जिससे इंजनों का शोर पूरे गाँव में गूँजने लगता था; लेकिन वह कुछ देर बाद थम भी जाता था। चूँकि बहुत जल्दी ही लोग काम के लिए खेतों की तरफ निकल पड़ते थे।

इस समय गन्ने के मौसम का अन्तिम समय चल रहा था। ऐसे समय मैं भी सुबह ही सुबह गन्ना खाने के लिए निकल जाता था। हल्की सी दातून करने के बाद मीठे गन्ने का स्वाद पूरे शरीर में आनन्द भर देता था। गन्ना खाने के बाद वहीं ट्यूबवेल पर मैं अक्सर नहा भी लेता था।

रात में खाना खाने के बाद मम्मी-पापा ने शादी की बात छेड़ दी, ''अब सारे रिश्तेदार टोकते हैं;...तुम जिससे कहोगे हमें वही रिश्ता मंजूर है।''

''इसीलिए तो आया हूँ,...मैं भी अब शादी चाहता हूँ।''

मम्मी एकाएक आशंकित हो उठीं! ''किससे?...क्या कोई लड़की पसन्द है?'' पापा के चेहरे पर भी कुछ ऐसे ही भाव थे।

''हाँ, पसन्द है।'' मैंने स्पष्ट कह दिया।

''क...कौन है वह!'' मम्मी की उत्सुकता और बढ़ गयी।

''आप जानती हैं उसे!'' मम्मी एवं पापा ने कुछ घूरते हुये मुझे देखा।

''कुछ नाम पता तो होगा उसका!'' इस बार पापा बोल पड़े।

''नफीसा!...मैं उसके बिना नहीं रह पाऊँगा। उसे भी मेरी जरूरत है। हम दोनों को ही एक दूसरे का साथ चाहिए।'' मैंने निगाह नीची करते हुये कह ही दिया।

''यह लड़का किसी की मानता ही नहीं; अरे प्यार-मोहब्बत, दोस्ती तक तो ठीक है; लेकिन शादी, वो भी एक मुस्लिम लड़की से! तू तो जानता है कि मुस्लिम लोग अरबी रीति-रिवाज अपनाते हैं। वो कैसे खुश रह पायेगी तेरे पास। साल भर में सारा प्यार रफूचक्कर हो जायेगा। कभी भी तुझे पूर्णरूप से अपना न सकेगी। रिश्तेदार नाता तोड़ लेंगे तुझसे और तेरे बच्चों से शादी कौन करेगा? तेरी बहन से शादी कौन करेगा?'' पापा ने झल्लाते हुये एक साथ कई सवाल दाग दिये?

''नताशा की शादी ज़फ़र से होगी!'' मैंने उनकी परवाह न करते हुये कहा।

''तेरा दिमाग खराब हो गया है।'' पापा ने और भी तेजी से चिल्लाते हुये कहा।

''वो दोनों एक दूसरे को चाहते हैं।...और यही सबसे बड़ी चीज है।'' मैंने फिर से कहा।

''पूरे खानदान की इज्जत मिट्टी में मिला देगा तू। इससे तो तुझे हम पढ़ाते ही नहीं। गाँव में रहता तो ये विलायती बातें न सीखता। तू तो हमारे बुढ़ापे का चैन छीन लेगा।'' अबकी मम्मी ने खिसियाते हुये कहा।

''हम लोग पढ़-लिखकर भी अगर दकियानूसी बने रहेंगे, तो फिर प्यार-मोहब्बत एवं वफादारी के नये रास्ते कैसे खुलेंगे? मैं दिन-रात सामाजिक परिवर्तन के ख्वाब देखता हूँ। अगर मैं स्वयं ही ऐसा न कर सकूँगा, तो अपनी ही नजरों में गिर जाऊँगा।''

''तुम्हें क्या जरूरत है दुनिया को सुधारने की? अपनी किस्मत को चमका लो इतना बहुत है, ज्यादा ऊटपटाँग काम करोगे तो कहीं कोई तुम्हारा जानी दुश्मन न बन जाये।'' पापा ने चेतावनी सी देते हुये कहा।

''शुभ-शुभ बोलिये,'' मम्मी ने पापा को टोका।

''मैंने अपनी स्थिति को देखकर ही निर्णय लिया है। मैं वादा-खिलाफी नहीं कर सकता...जो होगा देखा जाएगा। समाज धीरे-धीरे उदार हो रहा है। बड़े-बड़े शहरों में तो अब अन्तर्धार्मिक एवं अन्तर्जातीय विवाह आम होते जा रहे हैं। अब तो 'लिव-इन' रिलेशनशिप भी चल रही है।'' मेरे जवाब में इस बार कुछ प्रतिक्रिया का भाव आ गया था।

''तुम उस समाज का हिस्सा नहीं हो। तुम्हें अपने समाज के लोगों को ही जवाब देना हेगा। कोई अनहोनी घटना भी हो सकती है। दूसरी बात,...ज़फ़र के घर वाले ही तैयार नहीं होंगे। ज़फ़र के अब्बू को मैं अच्छी तरह से जानता हूँ। वे ऐसा सुनते ही भड़क जायेंगे। तुम्हारा उस घर से हमेशा के लिए रिश्ता ही खत्म हो जायेगा।''

''आप भी तो वैसी ही बात कर रहे हैं। वैसे तो आप समाजवादी होने की बात करते हैं और सोच पाले हुए हैं एक पुरातनपंथी हिन्दू की।''

पापा कुछ अवाक् से रह गये। कुछ हकलाते हुये से बोले, ''सिद्धान्तों को मैं अपने घर पर ही क्यों लागू करूँ? जबकि पता है कि इससे घर पर विपत्ति टूट सकती है।...तुम खुद तो बिगड़े ही, नताशा को भी बिगाड़ दिया। आखिर छोटे भाई-बहन बड़ों से ही तो सीखते हैं।''...और फिर बड़बड़ाते हुये गुस्से में वे सोने के लिए चले गये।

कुछ देर मैं और मम्मी यूँ ही चुप बैठे रहे। फिर मम्मी मेरे पास आयीं और मेरा सिर सहलाते हुये बोलीं—"बेटा! पापा बड़े हैं, वे तुम्हारा ही भला चाहते हैं। तुम्हें उनकी बातों को मानना चाहिए। बड़ों की बातें छोटों के लिए छुपे हुए खजाने की तरह होती हैं।"

"मम्मी, ये मेरा निजी मामला है, मैं नफीसा के बिना नहीं रह पाऊँगा।...और वो भी मेरे बिना एक जिन्दा लाश बन कर रह जायेगी। हम दोनों को ही एक दूसरे के साथ की जरूरत है।" मैंने लगभग याचना भरे स्वर में कहा।

मम्मी ने एक गहरी साँस लेते हुए कहा, "अच्छा बाबा, मैं तेरे पापा से बात करूँगी। तू तो जानता ही है कि वो तुझे कितना चाहते हैं? दिखाते नहीं है, लेकिन उन्हें तेरी चिन्ता में आज रात नींद नहीं आयेगी। वो तेरे भले के लिए ही कह रहे हैं।...अब मैं क्या करूँ? मुझे भी तो डर लगता है। लेकिन तेरे लिए मैं उनसे बात करूँगी।...अब सो जा।"

मुझे विश्वास था कि पापा अन्ततः मान जायेंगे। लेकिन नताशा की चिन्ता मुझे भी थी।

अगले दिन मम्मी-पापा आपस में बातचीत करते रहे।

शाम को मम्मी मेरे पास आकर बैठीं, तो मैंने पूछा—"क्या पापा मान गये?"

"माने तो नहीं, लेकिन अब पहले जैसा विरोध भी नहीं कर रहे हैं। ये जरूर कह रहे हैं कि नताशा की शादी किसी भी कीमत पर वे ज़फ़र से नहीं करेंगे।

मैंने जानबूझकर नताशा की शादी का मुद्दा नहीं उठाया। वे लोग एक साथ दो सदमें बरदाश्त नहीं कर पाते।

विदा लेते समय मम्मी की आँखों में भय के साथ-साथ आँसू भी थे। उन्होंने काफी देर तक समझाते हुए मुझे विदा किया। पापा ने तो मुझसे बात तक नहीं की।

अगले दिन ज़फ़र को जब मैंने अपनी पीड़ा बताई, तो उसने दिलासा दी कि सब कुछ ठीक हो जायेगा। उसके अनुसार नफीसा ने बहुत दुख उठाये हैं; अब उसके साथ और गलत नहीं होगा। अब उसके अच्छे समय की बारी है।

शनिवार की शाम लगभग छः बजे मैं ज़फ़र के घर पहुँच गया। बहुत अजीब सा लग रहा था, बहुत झेंप रहा था मैं।

आज पानी लेकर नफीसा ही आयी, वो भी कुछ बेचैन सी लग रही थी। मुझे आदाब किया तथा अन्दर चली गयी।

फिर ज़फ़र मेरे पास आकर बैठ गया।

"ज़फ़र तुमने जिक्र किया है अब्बू से इस बारे में?"

"हाँ आज ही किया है। बहुत समझाने की कोशिश की अम्मी ने, लेकिन

बिल्कुल नहीं माने। तुमसे मिलने के लिए भी बहुत मुश्किल से तैयार हुए हैं। तुम पर नाराज होकर कह रहे थे कि तुमने उनके विश्वास को तोड़कर रख दिया है। लेकिन अब कुछ सामान्य लग रहे हैं।'' कहते हुए उसका चेहरा उदासी में कुछ लटक गया।

काफी देर बाद ज़फ़र के अब्बू आए। आते ही मुझ पर नजरें टिका दीं। ''शिवांग, तुमको मैंने हमेशा अपने बेटे जैसा समझा, तुम्हें घर में आने की पूरी छूट भी दी और तुमने ऐसा किया! तुमने मेरी तथा अपने पापा की दोस्ती को ठेस पहुँचायी है। तुमने ऐसा सोच भी कैसे लिया?'' उन्होंने कुछ सख्त होते हुये कहा। मुझे उनके द्वारा इस तरह के लहजे में बात शुरू करने की उम्मीद नहीं थी।

कुछ देर चुप रहने के बाद मैं बोला—''आप नफ़ीसा के अब्बू हैं, आप तो उसका भला ही चाहेंगे। अगर मैं मुसलमान होता, तो आप उलटे मेरे पास नफीसा का रिश्ता लेकर आते और इस समय तो मेरे अहसानमन्द भी होते।...हालाँकि, मैं नफीसा को अभी भी अपने से कम नहीं मानता हूँ।...तो क्या केवल हिन्दू होने से मैं नफीसा के लायक नहीं हूँ? क्या धर्म मानवता से बड़ा है? धर्म मनुष्य के उद्धार के लिए बने हैं, मनुष्य को दुःख पहुँचाने के लिए नहीं। अगर ईश्वर है भी तो सबका ईश्वर एक ही होगा।

...मैं तो स्वयं शादी के बाद भी चाहूँगा कि नफीसा सारे इस्लामिक रीतिरिवाज अपनाए रखे। अगर वो चाहेगी तो मैं उसे हज़ यात्रा भी करवाकर लाऊँगा। मैं उसके साथ सारे इस्लामिक त्योहार मनाऊँगा, उसे कभी भी हिन्दू बनने के लिए प्रेरित नहीं करूँगा। वो मेरे साथ निश्चित ही खुश रहेगी, मेरे साथ रहकर वो जीवन से फिर से प्यार करने लगेगी।'' मैंने देखा कि वे और भी अधिक परेशान होते जा रहे थे।

''तुम उसकी चिन्ता मत करो! वो अपने आप ठीक हो जाएगी। उसकी दूसरी शादी भी अच्छी जगह हो ही जाएगी। मैं उसे जहन्नुम के रास्ते पर नहीं जाने दूँगा।'' उन्होंने और भी सख्ती से कहा।

लेकिन मैंने हिम्मत नहीं हारी, ''तो क्या आपकी निगाह में नफीसा जीवित नहीं है, उसकी कोई इच्छा नहीं है, उसे अपना जीवन अपने तरीके से जीने का बिल्कुल भी अधिकार नहीं है; कहाँ लिखा है ऐसा? और अगर लिखा भी है, तो उस पर फिर से विचार करने की जरूरत है।''

''अब्बू! आप किस तरह की बातें कर रहे हैं? आप उसके साथ इस तरह का व्यवहार नहीं कर सकते, शादी करना कोई गुनाह नहीं है। फिर नफीसा भी तो उसे पसन्द करती है। नफीसा क्या कोई भेड़-बकरी है? कि जब चाहो जिस खूंटे से उसे बाँध दो। आपकी बेटी है वो! एक इंसान है वो! उसकी अपनी जिन्दगी है। वो सही करे या गलत, उसकी जिम्मेदार भी तो वही रहेगी।...ठीक है, अगर गलत करने पर जहन्नुम मिलता है, तो उसे ही तो मिलेगा। आप क्यों बीच में आ रहे हैं? मिलने दो

उसे जहन्नुम। आप क्यों उससे गुलामों की तरह बर्ताव कर रहे हैं?'' ज़फ़र ने बीच में आते हुये गुस्से में कहा।

''जब तेरे औलाद होगी तब तुझे पता चलेगा।''

''वो मेरी बहन भी है।...बेटी जरूर है आपकी, लेकिन संपत्ति नहीं—जिसे जब चाहें, जिसके हाथों बेच दें।...आप बेकार में माहौल खराब कर रहे हैं।''

''माहौल तो खराब हो चुका है। तुम गुस्ताखी पे गुस्ताखी किए जा रहे हो।''

ज़फ़र मेरे पास आया और दरवाजे की तरफ मुझे ले जाते हुए बहुत धीमे से बोला, ''इस समय तुम यहाँ से चले जाओ, वरना बात और बढ़ जाएगी। कल मैं तुम्हारे यहाँ आ जाऊँगा।''

मुझे इतने विरोध का आभास नहीं था, क्योंकि परिस्थितियाँ पहले से काफी बदली हुई थीं। मैं धीरे से वहाँ से खिसक लिया।

कितना अमानवीय समाज है हमारा आज भी? कितनी दूरियाँ हैं दिलों में? धर्म, जाति जैसी धारणाओं के सामने मनुष्य कितना बौना है? सारा प्यारा, सारे रिश्ते एकाएक महत्वहीन हो जाते हैं। शादी, सेक्स जैसी प्राथमिक चीजों के इर्द-गिर्द ही हम अभी भी अपने जीवन की अधिकतम ऊर्जा नष्ट कर देते हैं।

अगले दिन शाम तक मेरा लगभग पक्का इरादा बन चुका था कि अब हमें चुपके से ही शादी करनी होगी, वरना फिर से नफीसा किसी और की हो जाएगी।

''आओ, ज़फ़र! मैं तुम्हारा ही इन्तजार कर रहा था।''

''क्या लोगे?'' मैंने ज़फ़र को बैठने का इशारा करते हुये कहा।

''बस थोड़ा पानी।'' उसने एक तरफ बैठते हुए कहा।

''तुम तो मुझसे भी ज्यादा तनावग्रस्त लग रहे हो। क्या कोई बात हुई है?''

''हाँ! अब्बू से जोरदार झगड़ा हुआ है। वह किसी भी हालत में तुमसे शादी करने के लिए तैयार नहीं हैं। नफीसा फिर से गहरे सदमें में पहुँच गयी है। कल से उसने कुछ भी नहीं खाया है। अम्मी तो तैयार हैं, लेकिन वे भी बिना अब्बू की मर्जी के शादी नहीं चाहती हैं।'' उसने बड़ी तीव्रता से अपनी बात पूरी की।

''तब! क्या रास्ता है?'' मैंने उसका मन लेना चाहा।

''तुम दोनों कोर्ट-मैरिज कर लो और एक या दो माह के लिए कहीं बाहर छुट्टी पर चले जाओ। जब स्थिति थोड़ी नियन्त्रण में हो जाए, तब वापस चले आना।'' शायद वह सब कुछ सोच समझकर आया था।

''यही मैं भी सोच रहा था, लेकिन इससे तुम लोगों की बेइज्जती भी तो होगी? लोग तमाम तरह की बातें बनाएँगे, जिससे तुम्हारे अब्बू के मन में और भी खटास बढ़ जाएगी।''

"ऐसा नहीं है, अब्बू ऊपर से जरूर सख्त हैं; लेकिन अन्दर से नरम हैं। तुम्हारे पास नफीसा जब खुशी-खुशी रहेगी, तब वे धीरे-धीरे पिंघल जाएँगे।" उसने माहौल को हल्का करते हुये कहा।

आखिरकार बुधवार का दिन तय हुआ। नफीसा को घर से लाना ज़फ़र के जिम्मे था, क्योंकि उसका अब स्कूल जाना बन्द हो गया था। नफीसा को अपने साथ कुछ नहीं लाना था। अम्मी या किसी अन्य को कुछ भी नहीं बताना था।

फिर कोर्ट-मैरिज होने के बाद हमें कार से नैनीताल चले जाना था। वहाँ कुछ दिन रुककर फिर कहीं दूसरी जगह चले जाना था। उसके बाद समय गुजारने के लिए घूमते रहना था।

मैंने और ज़फ़र ने अगले दिन से ही छुट्टियाँ ले ली थीं, हम लोग ड्यूटी के समय में ही सारी तैयारियाँ करना चाह रहे थे; जिससे किसी को कोई शक न हो।

अगले दो दिन में हमने पूरा इन्तजाम किया तथा शादी का समय निश्चित किया। कपड़े तथा अन्य आवश्यक सामान खरीदे तथा उन्हें पैक करके रख दिया। अपने कपड़ों का तो मैंने उतना ध्यान नहीं रखा, लेकिन नफीसा के लिए मैंने काफी अच्छे कपड़े खरीद लिए। कई महँगी साड़ियों के अलावा मैंने उसके लिए इस्लामी परम्परा के भी कई कपड़े खरीद लिए। हल्की-फुल्की ज्वैलरी भी मैंने खरीद ली थी।

ज़फ़र के एक दोस्त जमील की कार का भी इन्तजाम हो गया था। नैनीताल में ज़फ़र का कोई दोस्त था, वहीं जाने की हमारी योजना थी।

चार

बुधवार को ठीक ग्यारह बजे ज़फ़र नफीसा को लेकर कचहरी पहुँच गया, वहाँ पहले से ही मेरे एक रिश्तेदार वकील एवं कुछ दोस्त मौजूद थे। उनको ही कोर्ट–मैरिज की प्रक्रिया पूरी करवानी थी।

कोर्ट–मैरिज का समय ऐसा था कि जफ़र एवं नफीसा दोनों की आँखें ही भर आयीं। मेरा गला भी रुँध सा गया। रुँधे गले से ही जफ़र ने हम लोगों को विदा किया।

"जमील गाड़ी ठीक से चलाना,...खुदा हाफिज!" दूर तक जफ़र हमें देखता रहा।

काफी देर तक हम दोनों ही मौन तथा खोए–खोए से बैठे रहे।

लखनऊ से काफी दूर निकलने के बाद ही हम लोगों की चिन्ताएँ कुछ कम हुई थीं। लेकिन एक अनहोनी का भय अभी भी बना हुआ था। कभी–कभी तो जमील पर ही शक होने लगता था कि कहीं यही भेदिया न बन जाए। लेकिन मैं अपने को समझाता था कि यह तो जफ़र का घनिष्ठ मित्र है और मैं भी तो कई बार उससे मिला हूँ। लेकिन फिर भी मैं उसकी आँखों में सीधे देखने से बचता था। हाँ, मैं अपना व्यवहार कुछ सख्त अवश्य बनाए हुए था।

जफ़र के अनुसार उसने जमील से सिर्फ इतना कहा था कि इन दोनों को बरेली तक छोड़ आना, अगर आगे के लिए कहें तो फिर वहाँ तक भी चले जाना।

रास्ते में जब भी पुलिस चौकी वगैरहा आती थी, तो मेरे चेहरे पर एक तनाव सा उभर आता था। हालाँकि मैरिज–सर्टिफिकेट था हमारे पास, लेकिन मैं गन्तव्य स्थान पर पहुँचने से पहले कम से कम लोगों के सम्पर्क में आना चाहता था।

नफीसा मुझसे थोड़ी दूर ही बैठी हुई थी, ताकि जमील को कुछ अटपटा सा न लगे। एकदम साधारण कपड़ों में थी वह। कोई कह ही नहीं सकता था कि उसकी आज ही शादी हुई है। वह लगभग खोयी हुई सी सफर कर रही थी।

बीच–बीच में मैं उसका हाथ पकड़कर दबा देता था, जिससे कि उसकी

वैचारिक उलझन कुछ कम हो जाए। जब जमील कोई गाड़ी ओवरटेक करता था, तब मैं उसके सिर पर धीरे से हाथ फिरा देता था या उसके कन्धे को हिला देता था। इससे उसका मन कुछ हल्का तो हो जाता था। लेकिन उदासी एवं चिन्ता उसके चेहरे पर छायी हुई थी।

अप्रैल का महीना था। गाड़ी में ए.सी. चल रहा था, इसलिए बाहर की हवा की गर्माहट अन्दर नहीं आ रही थी। धूप काफी तेज निकली हुई थी। लेकिन किसानों को तो अपना कार्य करना ही था। जगह-जगह कटे गेहूँ खेतों में बिखरे हुए पड़े थे। कई जगह भूसे के ढेर भी पड़े हुए थे। कुछ लोग बैलगाड़ी या भैंसागाड़ी से गेहूँ को इधर-उधर कर रहे थे। कुछ लोग ट्रैक्टर का भी इस्तेमाल कर रहे थे।

आगे पहुँचने पर इक्का-दुक्का खेतों में बीज के लिए गन्ना भी खड़ा हुआ मिला। कुछ खेतों में नयी-नयी ईंख की कोंपलें भी फूट रही थीं। अर्थात् इतनी गर्मी में भी किसानी जीवन अनवरत् जारी था। जगह-जगह किसान काम करते हुए दिखायी दे रहे थे।

आधे सफर के बाद मैंने नफीसा से कुछ देर रुकने के लिए पूछा तो उसने हाँ में गर्दन हिलायी।

कम भीड़ वाले एक ढाबे पर मैंने कार रोकने के लिए जमील से कहा, ''यहीं किनारे रोक लो''।

''जी, भाईजान।''

''मुझे भाईजान मत कहो। तुम तो ज़फ़र के दोस्त हो न।'' मैंने उसे टोका।

''जी, हम लोग दोस्त जरूर हैं, लेकिन मैं उनसे छोटा हूँ। मैं उन्हें भी ज़फ़र भाई ही कहता हूँ। उन्होंने मुझसे कहा भी है कि आपका मुझे पूरा ख्याल रखना है तथा पूरी इज्जत भी देनी है।''

''पता नहीं ज़फ़र को यही मिला था क्या? मेरा दिल इस पर विश्वास नहीं कर रहा है,'' मैं धीरे से बुदबुदाया।

''जी, कुछ कहा।''

''न...नहीं...बस यहीं रोक लो। हम लोग वहाँ बैठेंगे। तुम्हें कुछ खाना है या फिर टहलोगे?''

''जी, मैं उस तरफ दुकान पर चाय पी लूँगा।''

''ठीक है! कुछ और खाना हो तो यहाँ पर ही आ जाना।'' हम दोनों इस तरह से बैठ गए ताकि लोगों की निगाहें हमें पूरी तरह से न देख पाएँ।

''क्या लेंगे साहब?'' बैरे ने पूछा।

''बताओ, नफीसा! क्या लोगी?'' कुछ पल रुक कर मैंने फिर कहा, ''खाने में क्या है?''

''सब है साहब।'' कहते हुए वह चला गया।

''मुझे भूख नहीं है। आप ही कुछ ले लीजिए।'' उसने इधर-उधर निगाह दौड़ाते हुये कहा।

''तो मैं भी कुछ नहीं खाऊँगा! देखो, आज से हम लोगों की नयी जिन्दगी की शुरुआत हो रही है। आखिर तुम इतना परेशान क्यों हो रही हो? हम लोग एक शानदार जिन्दगी जीने जा रहे हैं, ये मेरा विश्वास है।'' और फिर मैंने उसके दोनों हाथों को पकड़कर थोड़ा हिलाया।

''पता नहीं मेरा दिल इतना क्यों घबरा रहा है?...अम्मी-अब्बू की बहुत याद आ रही है।''

''याद तो आयेगी ही....और याद आनी भी चाहिए। वैसे वे भी तुम्हारे लिए उतने ही परेशान होंगे। लेकिन तुम फिक्र मत करो, जफ़र तथा मीर हैं न दोनों; उन्हें सँभाल लेंगे। कुछ दिन बाद मैं कोशिश करूँगा कि तम्हारी अम्मी से तुम्हारी फोन पर बात हो जाए।...अच्छा अब कुछ तो खा लो, बरेली पहुँचते-पहुँचते बहुत थक जाओगी और शाम तो अभी से ढल गयी है।''

''जो आप खायेंगे, वही मैं भी खा लूँगी;...आप आर्डर दे दीजिये।'' उसने अपनी गर्दन नीचे झुकाते हुए कहा।

मैंने वेटर को बुलाया और आर्डर दे दिया। ''ये शादी के बाद हम लोगों का पहला खाना होगा...थोड़ा हँस भी दो।'' मैंने उसकी एक उंगली पकड़ कर हल्के से हिलायी।

वो हल्के से मुस्कुरायी, ''मुझे तो अभी भी विश्वास नहीं हो रहा है कि हम लोगों ने शादी कर ली है,...ऐं,...आप मेरे शौहर हैं।'' उसने अपने मुँह पर हाथ रखते हुये कहा।

''कहते हैं कि शादी जहाँ होनी होती है, वहीं होती है। यानी ऊपर वाले की मर्जी से ही होती है, तब फिर हमारी शादी का इतना विरोध क्यों हो रहा है?'' उसने फिर से कहा।

''हर व्यक्ति के साथ कुछ न कुछ तो ऐसा होता ही है, जिससे वह परेशान होकर अलौकिक शक्ति की शरण में जाने के लिए बाध्य हो जाये। मुझे लगता है इन्हीं वजहों से शादी के बारे में भी नियति की बात की जाती है। जहाँ तक विरोध की बात है, वो तो स्वाभाविक रूप में होना ही था।''

''लेकिन मैं तो खुदा को मानती हूँ और यह भी मानती हूँ कि शादी वही निश्चित करता है।'' उसने मेरी आँखों में देखते हुये कहा।

''तो फिर विरोध का कारण भी तुम्हें खुदा की व्यवस्था में ही खोजना चाहिए। और हाँ तब तुम्हें निराशा में टूटना भी नहीं चाहिए, अच्छे वक्त का इन्तजार

करना चाहिए।''

''हाँ, ये बात तो आपकी सच है। मैं भी बेकार में इतना परेशान हो जाती हूँ। वैसे भी जब बहुत अच्छा होना होता है, तो उससे पहले दु:ख भी उतने ही बड़े आते हैं। जैसे दिन से पहले हमेशा रात आती है, और अन्धकार के बाद ही हमेशा प्रकाश आता है।'' उसने अपने मुँह पर हाथ रखते हुये कहा, ''अरे आज तो मैं भी आपकी तरह बातें कर रही हूँ।''

''तब फिर तुम्हारी बातों से ही यह निकला कि अब जल्दी ही सारे विरोध समाप्त हो जायेंगे।''

''अच्छा एक बात बताइये कि आप ऊपर वाले को बिल्कुल भी नहीं मानते हैं?'' उसने मेरे चेहरे पर नजरें टिकाते हुये कहा।

''दु:खी एवं पीड़ित मनुष्यों के लिए मानने का मन करता है।...ऐसे लोग कई बार ऊपर वाले पर विश्वास करने के कारण बिखरने से बच जाते हैं। लोग ही क्या हम दोनों ने ही कितने दुख देख लिये हैं, इतने कम समय में। मैं भी कई बार बिखरते-बिखरते बचा हूँ। कई बार प्रकृति के आगोश का भी सहारा लिया है।

तुम्हारा दुख तो इतना विशाल था कि अगर तुम्हें खुदा में विश्वास न होता तो शायद तुम भी अपने आपको बिखरने से बचा न पातीं।...तुम्हारे दु:ख मेरे दु:खों से कई गुना ज्यादा थे। तुम्हारे पास तो विकल्प बचे ही नहीं थे। कितना भयावह है यह अहसास कि तुम्हें इतनी दूर बगैर तुम्हारी इच्छा की परवाह किए एक अजनबी शिकारी के हाथों में सौंप दिया गया था।...फिर सब कुछ अपने हाथ में है भी तो नहीं। वो जो अपने हाथ में नहीं है, उसी की वजह से सभी का कभी न कभी पारलौकिक चीजों की तरफ ध्यान जाने लगता है। ये ग्रह, उपग्रह, नक्षत्र... गैलेक्सी... अखिल ब्रह्मांड सब के सब इतने व्यवस्थित तरीके से कार्य कर रहे हैं कि मनुष्य की बुद्धि स्वयं ही रहस्य की तरफ अग्रसर होने लगती है।

...लेकिन समस्या यह है कि हमारी सीमाएँ होने का यही अर्थ कैसे हो सकता है कि कोई असीमित सत्ता भी है? जो अनादि और अनन्त भी है। ऐसी सत्ता का अस्तित्व होने पर मुझे कभी भी विश्वास नहीं होता है।...इसीलिए मैं अभी भी इन चीजों को नहीं मानता हूँ। वास्तव में मेरे दिल में इस तरह के भाव उठते ही नहीं हैं।...लेकिन अगर ऊपर वाला है भी, तो वो तुम्हें अपनी प्यारी बेटी मानता होगा।''

''मैं तो नहीं ही हूँ उसकी प्यारी बेटी।'' उसने मुँह बिचकाते हुये कहा।

''क्यों, भई?'' मैंने बड़े प्यार से उससे कहा।

''इतने दु:ख जो मिले हैं।'' उसने मुझसे निगाह बचाते हुये कहा।

''अभी तुम दु:ख और सुख के साथ की बात स्वयं ही कर रही थीं। अब फिर से निराश होने लगीं। अरे, अगर वह है भी तो उसके भी तो कुछ निश्चित नियम

होते होंगे; हो सकता है उन नियमों के अनुरूप ही तुम्हें अभी दुःख मिले हों और अब सुख ही सुख मिलें।''

''खुदा करे ऐसा ही हो और अच्छा समय जल्द आ जाय।''

''चलो अच्छा, अब खाना शुरू करें।'' फिर पहला कौर मैंने उसे खिलाया, वो कुछ सकपकायी। फिर उसने इधर-उधर देखकर एक कौर मेरे मुँह में रख दिया। फिर शरमाते हुये वह धीरे से हँस दी। हालाँकि उस हँसी में तनाव की हल्की रेखा छिपी हुई थी। शायद वह मेरे लिए ही हँसने का कुछ अतिरिक्त प्रयास कर रही थी।

''यही तो अच्छे पल हैं, इन्हें यूँ ही जाया मत करो।'' मैंने खाते हुये कहा। ''उफ! कैमरा तो कार में ही छूट गया। कितनी अच्छी लग रही हो इस समय।''

''जमील पता नहीं कैसा व्यक्ति है? क्या तुम जानती हो उसे?'' मैंने पूछा।

''हाँ, घर पर तो आते रहते हैं; लेकिन बोलते कम हैं। जफ़र भाई इनसे कई काम लेते रहते हैं।'' उसने मुँह में टुकड़ा दबाये हुये ही जवाब दिया।

''हूँ...कुछ भूख मिटी तुम्हारी? या कुछ और मंगवाया जाय?''

''जी हाँ, पेट भर गया है। काफी दिन बाद मैंने इतना खाया है।''

''मुझे तो ढाबे पर खाना बहुत अच्छा लगता है।''

''मैंने तो आज तीसरी बार ही ढाबे पर खाना खाया है। लेकिन आज खाना अच्छा लगा।''

''अब चलें।'' अब मैं ज्यादा समय नष्ट नहीं करना चाहता था।

''जी, हाँ।''

जमील हमारा कार में पहले से ही इन्तजार कर रहा था। ''चलो भाई जमील! अब कहीं मत रूकना, सीधे बरेली ले चलो।''

मेरे दिमाग में कुछ विचार लगातार घुमड़ रहे थे। जमील का ही मैं लगातार विश्लेषण कर रहा था।...शायद जमील के दिमाग में कई सवाल कौंध रहे होंगे, लेकिन वो पूछने की हिम्मत नहीं कर रहा है, जैसे—नफीसा इनके साथ क्यों है? इतना सामान क्यों है साथ में? आखिर इतने चुप क्यों हैं ये लोग? सिर्फ दोनों ही क्यों हैं? घर से क्यों नहीं बैठे? ट्रेन से क्यों नहीं आये? बरेली में क्या कोई काम है?

...शायद वो अब तक समझ भी गया होगा कि मामला शादी का है। उसकी तरफ से मैं सुकून महसूस नहीं कर रहा था। वैसे जफ़र ने कुछ सोच समझकर ही इसे भेजा हेगा।

''हूँ।''...नफीसा कुछ सुस्त लग रही थी, शायद खाना खाने के बाद उसे कुछ सुस्ती आ रही थी।

मैंने उसे थोड़ा झकझोरा, ''सो रही हो क्या? बस जल्दी ही पहुँच जायेंगे।

बमुश्किल एक या सवा घंटे का ही रास्ता बचा है। जमील कार बहुत अच्छी ड्राइव कर रहा है।''

''नहीं, मैं सोऊँगी नहीं। बस यूँ ही थोड़ा आराम कर रही थी।'' उसने आँखें मिचमिचाते हुये कहा।

रात के लगभग आठ बजे हम लोग बरेली पहुँचे। स्टेशन के पास एक होटल पर पहुँचकर मैने कार रुकवायी,...''जमील बस यहीं रोक लो।''

''जी, भाई जान।'' उसने कार किनारे लगाते हुये खड़ी कर दी।

''बस यहीं पर सामान उतरवा दो, हम लोग रात में अपने एक सम्बन्धी के यहाँ रुकेंगे। यहीं पर उनकी कार कुछ समय में आ जायेगी।...तुम रुकोगे कि अभी जाओगे?''

''ज...जी मैं तो अभी चला जाऊँगा।...लेकिन आप लोगों को मैं ही छोड़ देता तो मुझे तसल्ली हो जाती।'' उसने कुछ हकलाते हुये कहा।

''न,...नहीं...तुम चले जाओ। मैं चाहता हूँ कि तुम उनके आने से पहले ही चले जाओ। वरना उन्होंने अगर तुम्हें देख लिया तो वे तुम्हें भी कल तक जाने नहीं देंगे।''

''जी, ठीक है।'' वह सामान उतारने के बाद चला गया।

हमने एक ऑटो किया तथा ट्रेवल एजेन्सी के पास पहुँचे।

वहाँ से हमने पीलीभीत तक के लिए एक कार किराए पर ले ली, उसमें सामान रखा और निकल पड़े रात में ही।

''इतनी रात में चलना ठीक होगा।'' नफीसा कुछ हिचकिचाते हुये बोली, ''कुछ डर सा लग रहा है।''

''देखो, मुझे जमील पर विश्वास नहीं है। हमें आज बरेली में नहीं रुकना चाहिए।...डरो नहीं, काफी ट्रैफिक रहता है सड़क पर।''

शहर की किचपिच से निकलकर कार अब शहर से बाहर आ चुकी थी। अब जाकर मुझे जमील के भूत से छुटकारा मिला था।

ड्राइवर एक अधेड़ उम्र का व्यक्ति था। हमारी खुसर-फुसर पर लगातार कान लगाए हुए था। आज मुझे हर व्यक्ति पर शक हो रहा था।

''अरे ड्राइवर साहब, कोई गाना वगैरहा चला दीजिए।...अगर मूड हो तो... ।'' मैंने उससे कहा।

''जी,....आप क्या सुनेंगे?'' वो खुश होकर बोला।

''पुराने गाने या गजल चला दो।'' मैंने खिड़की से बाहर झाँकते हुये कहा।

''जी, किसकी गजल सुनेंगे...?'' उसने पीछे मुड़कर मेरी तरफ मुखातिब होते हुये पूछा।

''जगजीत सिंह, गुलाम अली...किसी की भी चला दो।'' मैंने उस पर निगाह न डालते हुये कहा।

''जी, जगजीत सिंह की चला दूँ?''

''ठीक है...।'' मैंने देखा नफीसा भी खिड़की से बाहर ही झाँक रही थी। मैंने उसका दायाँ हाथ अपने हाथ में ले लिया।

हवा में इस समय कुछ ठंडक सी थी, जो रात के अन्धेरे में मन को ताजा कर रही थी।

गजलों ने उदासी एवं परेशानी को कुछ कम किया। नफीसा लगातार शीशे से बाहर ही देख रही थी। ऐसा लग रहा था, जैसे उसका दिमाग वहाँ नहीं है, विचारों एवं चिन्ता में उसका मन डूबा हुआ सा लग रहा था। मैंने उसे हिलाया, तो वह सकपकायी, जैसे नींद से जाग गयी हो।

''कहाँ खोयी हो? बस पहुँचने ही वाले हैं।'' मुझे लगा कि वह अभी तक मेरे हाथ के स्पर्श को महसूस नहीं कर रही है।

''कहीं नहीं,...आपके दोस्त इस समय सो तो नहीं गए होंगे। घर तो देखा है न आपने उनका।'' उसने पूछा।

''नहीं, बस पता मालूम है। लेकिन वो जाग रहा होगा, क्योंकि मेरा सन्देश उस तक पहुँच गया है। वैसे भी बहुत दिन बाद मिलेगा, इसलिए जाग ही रहा होगा।''

पीलीभीत पहुँचकर दोस्त का पता स्वयं ड्राइवर ने ही खोज निकाला। मकान नं. में थोड़ा हेर-फेर मैंने कर दिया था। कुछ मकान पहले ही सामान उतरवा लिया था मैंने। फिर ड्राइवर को वहीं से विदा कर दिया।

पंकज सैनी, मकान के बाहर एक छोटा सा बोर्ड दरवाजे पर टंगा था।

मैंने धीरे से दरवाजा खटखटाया। पंकज ने स्वयं ही दरवाजा खोला, ''चलो आ तो गए। मैं तो सोच रहा था कि शायद अब सुबह ही आओगे।'' उसने जम्हाई लेते हुये कहा।

''यार, देर हो गयी, माफी चाहता हूँ। ये हैं मेरी बेगम नफीसा।'' नफीसा को देखकर लग रहा था कि वो बेहद थक चुकी है। वो बड़ी मुश्किल से अपने होठों पर कुछ बनावटी हँसी ला पायी।

नाम सुनकर वह कुछ चौंका, उसे सिर्फ हनीमून की बात ही बतायी थी मैंने। सामान घर के अन्दर आ चुका था। उसकी अभी शादी नहीं हुई थी। दो कमरों का फ्लैट उसने किराए पर ले रखा था। वहीं इंटर कालेज में वह भौतिक विज्ञान का लेक्चरर था। एक कमरे में डबल बैड था, तो दूसरे कमरे में एक तखत, छोटी सी मेज तथा उसके इर्द-गिर्द कुछ प्लास्टिक की कुर्सियाँ रखी हुई थीं।

''तुम लोग यहाँ बैडरूम में रूको, मैं वहाँ तखत पर सो जाऊँगा।'' लेकिन मैं

भी उसके पीछे–पीछे दूसरे कमरे में चला गया।

"क्या ट्यूशन भी पढ़ाते हो?" मैंने उससे पूछा।

"हाँ यार, सो तो पढ़ाना ही पढ़ता है। वरना ठीक से खर्च कैसे चलेगा?"

"काफी सामान है, कपड़े भी काफी ज्यादा हैं।...क्या लम्बे समय के लिए आये हो?" उसने कुछ संदिग्ध नजरों से देखते हुये कहा।

"क्या इस घर में तुम्हारे सिवा कोई और नहीं रहता है?" मैंने बात बदलते हुए कहा।

"नहीं,...पीछे एक बड़ा सा हॉल है, जो सामान से भरा है तथा ऊपर वाली मंजिल पर ताला पड़ा रहता है। वो तभी खुलती है जब मकान मालिक यहाँ आते हैं। वो दिल्ली में नौकरी करते हैं।" उसने स्पष्ट किया।

मैं सोचने लगा, तब तो एक–दो दिन हम लोग यहाँ रुक सकते हैं।

"क्या सोच रहे हो?" उसने मुझे टोका।

"कुछ नहीं।"

"लव–मैरिज है क्या?"

"हाँ यार..., वो मुस्लिम है।" और संक्षेप में मैंने उसे सारी कहानी बता दी।

"यार ये धर्म का मामला है, ये सब इतना आसान नहीं रहेगा। तुम्हें बहुत चौकन्ना रहना होगा, पुलिस केस भी बन सकता है। हमारा समाज ऐसे मामलों को पचा नहीं पाता है।"

"तुम्हें कोई परेशानी तो नहीं है?...हम सुबह ही निकल जायेंगे।" मैंने उसका मन लेना चाहा।

"नहीं यार, तू क्या मुझे इतना डरपोक समझता है? तुम लोग जब तक चाहो यहाँ पर रुको, मैं तो वैसे भी दिन में पढ़ाने चला ही जाता हूँ,...आराम से रहो। खाना बनाने वाली आती ही है।"

फिर वह नफीसा के पास आते हुए बोला, "भाभी जी इसे अपना घर ही समझना।...खाना मैंने आप लोगों का बनवा लिया था।...आओ शिवांग खाना लगाते हैं, भाभी को क्या परेशान करोगे।" और वह रसोई में घुस गया।

"नहीं भैय्या! मैं लगा दूँगी।" नफीसा ने उसे टोका।

"अरे आप थकी होंगी। आप आराम कीजिए। और यहाँ किसी भी तरह की झेंप की जरूरत नहीं है। जिस चीज की भी जरूरत हो, उसे आप स्वयं ही ले लीजिएगा।"

खाना खाने के बाद पंकज कुछ देर बात करने के बाद सोने के लिए चला गया। हम भी सोने की तैयारी करने लगे।

बारह बज चुके थे। नफीसा अब कुछ रिलेक्स हो गयी थी, चेहरे पर भी अब

उतनी थकान नहीं थी।

मैंने लाईट बन्द की और लेटते ही उसे प्यार से बाँहों में भर लिया, "मेरे विचार से कुछ दिन यहीं रहें तो कैसा रहेगा? नैनीताल फोन करके बता देंगे कि तीन चार दिन बाद हम आ जाएँगे।"

"जैसा आप चाहें।" उसने मेरी बाँहों में अपने आपको ढीला छोड़ते हुये कहा।

आज बहुत लम्बे अंतराल के बाद वो मेरी बाँहों में आयी थी। अब भी नफीसा का मन कुछ उखड़ा-उखड़ा सा ही रहा। वह बार-बार घर की याद आने की बात ही करती रही। सो सुहागरात को तो टाल ही दिया मैंने, बस उसके मन को हल्का करने का प्रयास ही करता रहा।

सुबह नाश्ता करते समय पंकज स्वयं ही बोला, "भाभी जी जब तक आप चाहें आराम से रहिए। ऊपर से एक मुफ्त का सुरक्षा गार्ड आपको मिला हुआ है ही। तब वैसे भी यहाँ पर आपको कोई समस्या नहीं आयेगी।...हाँ, बस आपको मेरी शादी का इन्तजाम करवाना पड़ेगा।"

उसके हल्के-फुल्के अन्दाज से नफीसा का चेहरा कुछ खिल उठा, लेकिन वह बोली कुछ नहीं।

"क्यों भाभी, आपने क्या न बोलने की कसम खा रखी है? या हमारे छोटे से घर में आपको अच्छा नहीं लग रहा है? अरे भई, इन्जीनियर साहब की मेम-साहब को यहाँ का स्टैण्डर्ड कुछ कम तो नहीं लग रहा है?"

"नहीं भैय्या, वो बात नहीं है। कल के सफर की थकान है अभी। हम लोग तो गाँव से जुड़े हुए हैं, आप ऐसी बात कैसे कर सकते हैं? फिर आप तो इनके दोस्त हैं।" नफीसा ने आखिर पंकज से कुछ बात की।

"तब फिर मेरी शादी का क्या रहा?...आप अपनी किसी सहेली से शादी करवा दीजिए न प्लीज।" उसने कुछ मस्ती की।

"अरे भैय्या आप भी,...आप तो स्वयं स्मार्ट हैं। मेरी क्या जरूरत है आपको?"

माहौल कुछ हल्का हुआ, तो मैंने पंकज से कह दिया कि हम लोग तीन-चार दिन यहीं रुकना चाहते हैं।

उसके जाने के कुछ देर बाद ही ज़फ़र का फोन आया। मैं फोन लेकर घर के बाहर आ गया, ताकि नफीसा हमारी बात सुन न सके।

ज़फ़र ने बताया कि रूस्तम मामू ने अब्बू को भड़का रखा है। अब्बू तो पुलिस में रिपोर्ट ही लिखाने जा रहे थे, उन्हें बड़ी मुश्किल से रोका गया। अम्मी पूरी तरह ज़फ़र के साथ थीं। फिर मैंने नफीसा की ज़फ़र, अम्मी एवं मीर से बात भी करवा

दी। बात करने से नफीसा को काफी तसल्ली मिली। पापा का भी फोन आया। वे बता रहे थे कि वो दोपहर बाद की ट्रेन से नताशा को घर ले जा रहे हैं।...यह सुनकर मेरी चिन्ता कम हो गयी। मैंने उन्हें बताया कि हम लोग ठीक हैं, इस समय पीलीभीत में हैं। फिर किसी पहाड़ी स्थान पर चले जाएँगे। मैं कल अपना मो. नं. भी बदल दूँगा।

...उस रात मैंने बिस्तर को फूलों से काफी अच्छे से सजाया था। हालाँकि, नफीसा ने बार-बार मुझे टोका था कि, "इसकी क्या जरूरत है?"

लाईट और टी.वी. बन्द करके हम लोग जल्दी ही बिस्तर पर लेट गए। मैंने उससे साफ-साफ कह दिया, "हाँ, इसे तुम जल्दबाजी कह सकती हो; लेकिन आने वाले कल के लिए अब मैं तुमसे दूर नहीं रह सकता।"

वो मना करती रही,...लेकिन मैं नहीं माना।

पहले मैंने उसे पुरानी यादों में उतारा, फिर अपने स्पर्श से प्यार का अहसास कराया...धीरे-धीरे वो भी सामान्य होने लगी। मेरा स्पर्श बढ़ता गया, तो वह भी सब कुछ भूलने लगी।

सुबह काफी देर से हम लोग सोकर उठे, उसकी आँखों में अब अधिकार-रूपी प्रेम का भाव था।

उस दिन नफीसा ने कुछ कपड़े भी धुले तथा खाना भी स्वयं ही बनाया। वह खूब अच्छे से तैयार भी हुई। मेरे मना करने पर भी उसने साड़ी पहनी। मैंने भी सोचा कि इससे शायद कामवाली को भी शक नहीं होगा।

इतना होने के बावजूद भी कामवाली ने उसे टोक ही दिया, "आप सिन्दूर क्यों नहीं लगाती हैं?"

मैंने बहुत सोच समझकर कामवाली को शाम से कुछ दिन के लिए काम पर न आने के लिए कह दिया। बता दिया कि सभी लोग कुछ दिन के लिए बाहर जा रहे हैं।

साड़ी में नफीसा काफी खूबसूरत लग रही थी। बदन की खूबसूरती जैसे उभर आयी थी।

शाम को पापा का फोन आया। उन्हें मैंने नया नम्बर दे दिया तथा कुछ अतिरिक्त रूप से सावधान रहने के लिए भी कहा।

फिर ज़फ़र का भी फोन आया। वह बताने लगा, "रुस्तम मामू नाराज होकर चले गए हैं। अब्बू अब पहले से कुछ शान्त दिख रहे हैं। अम्मी लगातार उनको समझा ही रही हैं।"

"तुम मुझे जानकारी देते रहना तथा अब मुझे नये नम्बर पर ही कॉल

करना,...ठीक है।'' मैंने धीरे से कहा, क्योंकि नफीसा भी पास में ही थी।

''ठीक है...।''

जफ़र ने मुझे बताया कि यूसुफ गाँव में माहौल बिगाड़ने का काम कर रहा है, उसका भी कुछ करना होगा।

अगले दिन मैंने पापा को यूसुफ से सावधान रहने के लिए कहा तथा यूसुफ पर किसी अन्य तरीके से कुछ दबाव बनाने के लिए कहा। उन्होंने मुझे बताया कि कुछ युवक काफी भड़काने वाली बातें कर रहे हैं। शायद इसके पीछे भी शातिर यूसुफ का ही हाथ था।

वास्तव में यूसुफ एक कुंठित मनोवृत्ति वाला व्यक्ति था, वह हम लोगों के साथ ही पढ़ता था। लेकिन दसवीं के आगे वह पढ़ नहीं पाया। वह शुरू से ही हम लोगों से ईर्ष्या करता था। उसे हम पर श्रेष्ठता स्थापित करने का यह अच्छा अवसर मिल गया था। वह धार्मिक होने का ढोंग करता था। लेकिन था वह एक नम्बर का अपराधी मनोवृत्ति वाला व्यक्ति। काफी बड़ा परिवार भी था उसका, जिससे उसकी हिम्मत बढ़ती थी।

मुझे एवं जफ़र को पक्का विश्वास था कि वह गाँव में महौल बिगाड़ने की पूरी कोशिश करेगा।

अगले दिन पता चला कि यूसुफ ने ऐसा महौल बना दिया है कि गाँव का हर मुस्लिम इस प्रकरण से बेइज्जती महसूस कर रहा है।

जफ़र अब किसी भी तरह इस मामले का पटाक्षेप चाहता था। उसका मानना था कि अगर रुस्तम मामू ठीक हो जाएँ, तब धीरे-धीरे माहौल ठीक हो जायेगा।

एक हफ्ते के तनावों के बाद आखिरकार जफ़र की मेहनत रंग लायी। अब्बू भी अब पूरी तरह शान्त हो चुके थे। अब रूस्तम मामू को अब्बू उल्टा समझाने लगे थे। वो नफीसा को खोना नहीं चाहते थे। फिरोज मामू ने भी रूस्तम मामू को काफी डाँटा था। इससे रूस्तम मामू लाचार होकर शान्त होने लगे थे। फिरोज मामू ने गाँव का माहौल सही करने की जिम्मेदारी भी उठा ली थी।

लगभग पन्द्रह दिन पंकज के घर पर हम लोगों को हो गए थे। गाँव का तनाव भी अब छंट गया था। अब नैनीताल जाने का सही समय आ गया था।

सुबह लगभग आठ बजे हम लोग नैनीताल के लिए रवाना हो गए। पंकज भी हमारे साथ था।

जैसे ही पहाड़ी इलाका शुरू हुआ, वैसे ही सफर नयी रंगत लेने लगा था। नफीसा तो पहाड़ी इलाके में पहली बार ही आयी थी, इसलिए उसका मन चहुंक रहा था। आज उसने महरून रंग का सूट पहन रखा था, जो बिल्कुल फिट था। शरीर भी

अब अपनी पुरानी रंगत में लौट रहा था...काफी देर से मैं उसी को निहार रहा था।...वह तिरछी नजरों से मुझे बार-बार देख लेती थी।

पंकज आगे ड्राइवर की बगल वाली सीट पर बैठा था। वह भी जैसे छुट्टी का खूब आनन्द ले रहा था।

इस बार मैंने उसका हाथ दबाकर एक छोटे से झरने की तरफ इशारा किया।

"अरे वाह! कितना अच्छा लग रहा है, कितना साफ पानी है इसका?" वह कुछ तेज आवाज में बोल पड़ी। शायद इतने करीब से उसने पहली बार झरना देखा था। लेकिन जब उसने मेरे अलावा दूसरे लोगों की उपस्थिति को महसूस किया तो वह कुछ झेंप गयी। उसका चेहरा शर्म से कुछ लाल हो गया, उसकी नजरें जैसे कह रही हों, 'इस तरह आप क्यों मुझे देखे जा रहे हैं?'

पंकज भी बीच-बीच में हम लोगों से बातचीत में मशगूल हो जाता था। उसे साथ लाने से माहौल कुछ रोमांचक हो गया था।...सच तो यह था कि पंकज के घर पर रहने से वक्त उतना मुश्किल कभी लगा ही नहीं। पुराने साथी कभी-कभी इतना कुछ कर देते हैं कि उनका कर्ज जीवन भर भी हम उतार नहीं पाते हैं।

नैनीताल पहुँचने पर हमने अपना ठिकाना जल्दी ही खोज लिया।

"हैलो! मैं शिवांग हूँ और...ये हैं नफीसा,...और ये हैं मेरे घनिष्ट मित्र पंकज सैनी।"

"और मैं हूँ रवि बिष्ट।" रवि ने पंकज की तरफ हाथ बढ़ाते हुए कहा।

रवि छोटे कद का होते हुए भी गठीले बदन का था,...जैसा कि आमतौर पर पहाड़ पर रहने वाले व्यक्ति होते हैं। वह नीली जीन्स एवं सफेद हॉफ शर्ट पहने हुए था।

ज़फ़र ने बताया था कि उसके साथ लखनऊ में इंटर तक वह पढ़ा था। फिर वापस उत्तरांचल लौट गया था। वहीं नैनीताल में एक डिग्री कालेज में इस समय वह भूगोल का लेक्चरर हो गया था। और वहीं अपने किसी सम्बन्धी के मकान में रह रहा था, क्योंकि वे लोग गाजियाबाद में रहकर अपना व्यवसाय कर रहे थे। इसलिए खाली मकान का भरपूर लाभ उसे मिल रहा था।

"तो फिर इतने दिन कहाँ गुजार दिए, मैं तो उसी दिन से ही तुम लोगों का बेसब्री से इन्तजार कर रहा था।...मैं अकेला यहाँ कई बार बोर हो जाता हूँ। इसीलिए और भी उतावला होकर मैं आप लोगों का इन्तजार कर रहा था, कि इसी बहाने तुम लोगों के साथ घूमना-फिरना भी हो जायेगा।" रवि ने हल्की मुस्कुराहट के साथ कहा।

"ज़फ़र ने आपके बारे में काफी कुछ बताया था।" मैंने कहा।

"न...न, आप नहीं, तुम कहिए...हम सब दोस्त हैं।" उसने मुझे फौरन टोक

दिया।

"ज़फ़र ने मुझसे कहा था, रवि काफी जिन्दादिल एवं मजाकिया इंसान है,...लेकिन लगता है मि. रवि तो उससे भी अधिक ही हैं।"

"ह...ह...ह...ह.......।" एक जोरदार ठहाका मारा रवि ने।

"अच्छा पहले आप लोग कुछ फ्रैश हो जाओ, फिर आराम से बातें करेंगे।...कल मैं छुट्टी ले लूँगा; तब साथ में खूब मजे करेंगे।"

अगले तीन दिन में हम लोगों ने सारे 'ताल' घूम लिए, खूब मौजमस्ती भी की। रवि की स्पष्टता एवं जिंदादिली ने सबका दिल जीत लिया था। वह सभी से काफी घुल मिल गया था।

उसके व्यक्तित्व में एक अजीब सा सम्मोहन था। उसका कद बमुश्किल पाँच फुट था, लेकिन उसमें कद को लेकर कोई भी हीन-भावना नहीं थी। उल्टे उसमें आत्मविश्वास कूट-कूट कर भरा हुआ था। सबको हँसाने की उसमें गजब की क्षमता थी।

वह बता रहा था, "ज़फ़र व साथी लड़के उसके कद को लेकर कोई न कोई कमेन्ट मारते रहते थे, लेकिन उसने कभी भी किसी का बुरा नहीं माना और न ही दिल में कोई खंटास पाली। लेकिन जब भी कोई गेम होता था, तो वह ही अगुआ रहता था। खासकर फुटबाल एवं बैडमिंटन में तो वह सबको हरा देता था। धीरे-धीरे सब लोगों से उसका आत्मीय सम्बन्ध स्थापित हो गया था। हाँ, ज़फ़र से उसका सम्बन्ध कुछ विशेष था;...भले ही वे लोग न मिलें, लेकिन प्रेम अभी भी वैसा ही है।"

तीन दिन बाद पंकज तो वापस चला गया। लेकिन हम लोग उसके बाद भी वहीं रुके रहे।

इतने दिनों में नफीसा की त्वचा पर काफी लावण्य झलकने लगा था। नैनीताल की आबो-हवा ने उसके अंग-अंग में स्फूर्ति एवं ताजगी भर दी थी। मेरे अन्दर की सोई हुई ऊर्जा भी जैसे जाग रही थी। हम लोगों का प्रेम अब तनावों से इतर गहराईयों में गोते लगा रहा था। अकेलापन तो जैसे अब कोसों दूर छूट चुका था।

हम उत्तरांचल की सुन्दरता को और देखना चाहते थे, कुछ और जगह घूमना चाहते थे। अभी कुछ और समय तक हम लोग वापस नहीं जाना चाहते थे।

इसलिए अट्ठारह दिन नैनीताल में बिताने के बाद हम लोग लगभग एक माह तक उत्तरांचल में घूमते रहे। हाँ, अल्मोड़ा में सबसे अधिक समय बिताया।

वापस लौटते समय हम लोग एक रात फिर से रवि के यहाँ रुके। वह हमें देखते ही खिल उठा। उसका व्यवहार ऐसा था कि जैसे वह मेरा कोई बचपन का

मित्र रहा हो या फिर भाई हो। कितना हल्के में लेता था जीवन को वो।

अगले दिन चलते वक्त रवि ने नफीसा को एक बहुत ही प्यारा सूट दिया तथा नफीसा से कहा, ''वह उस पर ज़फ़र जितना ही विश्वास कर सकती है, वह उसके लिए सगी बहन की तरह ही है।'' उसने हमसे लखनऊ आने का वादा भी किया। विदा होते समय रवि की आँखें नम हो गयीं, हम दोनों का मन भी भीग गया। नफीसा तो जैसे रोने ही वाली थी।

शाम तक हम पीलीभीत पहुँच गये।

पंकज देखते ही बोला, ''अरे भाभी जी, आप पहचान में ही नहीं आ रही हैं। शिवांग वाकई किस्मत वाला है।'' नफीसा शरमाते हुए बोली ''भाई-साहब लखनऊ आइए, आपको अपनी किसी सहेली से मिलवा दूँगी।''

पंकज छूटते ही बोला, ''लेकिन वो आप जैसी सुंदर होनी चाहिए, फिर चाहें वो कोई भी हो।''

नफीसा बोली, ''भैय्या, आप सारे दोस्त एक जैसे ही हैं क्या?''

अगले दिन पंकज के यहाँ से विदा होते समय नफीसा ने पंकज को भी लखनऊ आने का निमन्त्रण दिया। पंकज ने जब कोई भी गिफ्ट न देने पर अफसोस जताया तो नफीसा ने कहा, ''चलिए शादी के बाद दे दीजियेगा।''

पंकज ने कहा, ''यदि जरूरी हो तो वह लखनऊ तक साथ चल सकता है।'' लेकिन हम लोगों ने उसे मना कर दिया।

बरेली होते हुए लखनऊ पहुँचने का सफर काफी थकान भरा रहा। रात के लगभग आठ बज चुके थे। ज़फ़र ने पहले से ही पहुँचकर घर की सफाई करवा दी थी और वह घर पर हमारा इन्तजार कर रहा था।

घर में पहुँचते ही नफीसा ज़फ़र के कन्धे पर सिर रखकर रोने लगी।

ज़फ़र ने कहा, ''अरे पगली, तू खुश तो है न। बाकी सब तो अब ठीक हो चुका है।''

सामान घर में रखवाकर कुछ समय बाद ही ज़फ़र चला गया। हमारे थके होने के कारण सफर के बारे में उसने बहुत कम ही बातचीत की। हाँ, रवि के बारे में उसने अवश्य पूछा।

रात में नफीसा ने कहा, ''मन कर रहा है कि कुछ दिन के लिए और कहीं चले जायें, यहाँ पर कुछ अच्छा नहीं लग रहा है।''

मैंने उसे समझाया कि भय की कोई बात नहीं है। यहाँ पर काफी दोस्त हैं, सब हिम्मत ही बढ़ायेंगे।

थकान होने के बावजूद उस रात हमें नींद नहीं आ रही थी।

"नफीसा तुम्हें याद है इंजीनियरिंग कालेज वाले दिनों में तुम कितना शरमाती थीं,...और उस दिन तुम कितनी खूबसूरत लग रही थीं, जब हम लोग 'फेट' में शामिल हुए थे।...वो भी क्या पल थे?...क्या अहसास था? हर पल मैं तुम्हारे ही ख्यालों में खोया रहता था।" मैंने एक लम्बी साँस छोड़ी।

"हर दिन तुमसे मिलने का, तुमसे बात करने का मन करता रहता था।"

"जी, मुझे एक-एक लम्हा याद है, लेकिन बीच वाला शादी का वाकया भी मुझे अक्सर याद आता रहता है;...उसे तो सोचकर ही मै कांप जाती हूँ।"

"तुम उसे भूल क्यों नहीं जाती हो? समझ लो कि वह एक बुरा सपना था।"

"इतना आसान नही है उस सबको भूलना। उस वक्त मुझे महिला होने की मजबूरी साफ नजर आती थी। जानवरों की तरह किसी भी खूंटे से बाँध दिया जाना कहाँ की मानवता है? वह शादी एक हादसा ही तो थी मेरे लिए।...फिर अगर दूसरा हादसा यानि मेरे शौहर की मृत्यु न हुई होती, तो क्या होता?...मैं जिंदगी भर उसी शौहर से निभाती रहती। तो क्या कभी आपसे शादी हो पाती?...शायद नहीं।...शायद मैं घुट-घुट कर मर ही जाती। और आप भी तब शायद मुझे कभी माफ नहीं कर पाते।"

"क्या होता? क्या न होता? वो सब छोड़ो।...अब तो सब ठीक है न, बस ये ही याद रखो।"

"अब तो ठीक है, लेकिन कल पता नहीं क्या हो जाय? मुझे तसल्ली नहीं होती।...मुझे आज कह लेने दीजिए, बहुत दिनां से मेरे मन में एक टीस थी।"

"अच्छा कहो!"

"जानते हैं, इन हादसों से भी अधिक ठेस मुझे कब पहुँची?"

"कब...?" मैं कुछ शंकालु होकर उसे देखने लगा।

"जब शौहर गुजरने के बाद भी आप मेरी खबर तक लेने नहीं आये। तब मेरे लिए सारी दुनिया ही बेकार लगने लगी थी। सारी दुनिया मुझे मतलबी लगने लगी थी।...मैं हर रोज सोचती थी कि ऐसी हालत में तो व्यक्ति दुश्मन से भी मिलने पहुँच जाता है और आपके साथ तो मैंने कितने खूबसूरत पल गुजारे थे। तब भी आप नहीं आए। क्या एक दोस्त के नाते आपको आना नहीं चाहिए था? मेरे मन में उस समय आत्महत्या के विचार स्पष्टत: आने लगे थे। जीवन से मोह एकदम समाप्त हो गया था।" कहते हुए उसने एक गहरी लम्बी साँस ली। शायद उसकी आँखें भर आयी थीं।

"हाँ, वह मेरी गलती थी।...तुम नहीं जानती हो, मुझे अपने उस बर्ताव पर आज भी बहुत पछतावा होता है। लेकिन हर आदमी में कुछ कमियाँ होती हैं, मैं भी उस समय कुछ कमजोरियों से पराजित हो गया था। मैंने तुम्हें ही पूर्णत: उस सबके

लिए जिम्मेदार मान लिया था, जबकि ऐसा मानना मेरी ज्यादती थी।...अच्छा बाबा छोड़ो, अब अतीत की काली यादों को भूल जाओ। हम सब इंसान हैं, कभी-कभी पुराने संस्कार या कमजोरियाँ हम पर हावी हो जाती हैं।'' मैंने कुछ इस तरह से कहा कि असली चीज लगभग छिप सी गयी। मुझे एकाएक आत्मग्लानि होने लगी।

''मुझे लगता था कि आप भी वही पुरानी सोच...।''

मैंने उसके होठों पर उंगली रखते हुये कहा, ''नफी...ऐसा ख्याल भी मन में मत लाना। तुम्हें नहीं लगता कि तुम्हारे बिना मैं अधूरा हूँ।'' वह फिर से कुछ बोलना चाहती थी, लेकिन मैंने उसके मुँह पर पूरी हथेली रखते हुए कहा-

''अच्छा बाबा, अब छोड़ो भी, भूल हो गयी।''

उसने अपने मुँह से मेरी हथेली हटाते हुये कहा, ''मैंने आज सब कह दिया तो मेरा मन हल्का हो गया, वरना मन में एक टीस हमेशा के लिए बनी रहती।''

लेकिन उसके कहने से मेरा मन भारी हो गया। मुझे अपने आप पर शर्म आने लगी। मुझे अपनी सम्पूर्ण बौद्धिकता अचानक कटघरे में खड़ी हुई नजर आयी। रात भर मैं बेचैनी में करवटें बदलता रहा।

सुबह नफीसा जल्दी उठ गयी। घर को ठीक करने तथा नहाने के बाद उसने मुझे जगाया ''जल्दी उठ जाइए और नाश्ते का सामान ले आइये।''

पास से ही मैं नाश्ते का सामान ले आया। ड्यूटी पर तो अभी दो दिन बाद ही मैंने जाने का मन बनाया था।

नफीसा को घर बहुत पसन्द आया था। वह काफी खुश थी। मुझे भी एच.ए.एल. परिसर में आकर काफी सुकून महसूस हो रहा था। अपना घर तो अपना ही होता है।

एच.ए.एल. में मित्रों को जैसे ही पता चला तो कई जगह से डिनर पर आने का बुलावा मिला। वैसे एच.ए.एल. में लोगों से रणनीति के तहत मैं थोड़ा कम ही घुलता-मिलता था। मुझे घर पर एकान्त चाहिए था।

ज़फ़र तो बहुत सारे गिफ्ट लेकर आया। कह रहा था कि अम्मी ने भिजवाये हैं। उसने बताया कि उसके किराए पर लिए हुए इन्दिरानगर के फ्लैट पर अम्मी हम दोनों का इन्तजार कर रही हैं।

मैंने नफीसा पर किसी तरह का बंधन नहीं थोपा था। मैंने उससे कह दिया था कि वह इस्लामिक संस्कृति के अनुसार ही रहे। उसका मन अगर सूट पहनने का करे तो वह सूट ही पहने। अगर उसका बुर्का पहनने का भी मन करे तो भी उसका स्वागत है। शहर में तो सब कुछ चल सकता है। सिन्दूर लगाने से उसे मैंने ही मना किया था। यहाँ तक कि मैं उसे नमाज पढ़ने के लिए भी प्रेरित करता रहता था, ताकि

वह अपने धर्म के अनुसार रह सके।

उसे नमाज पढ़ते हुए देखकर मुझे बहुत अच्छा लगता था; मुझे उसके पूरी तरह स्वतन्त्र जीवन जीने का अहसास होता था।

वास्तव में खुदा की इबादत के इस तरीके ने मुझे आकर्षित किया था। इसमें खुदा की इबादत के साथ-साथ शरीर का व्यायाम भी हो जाता है। ध्यान से देखने पर नमाज योग का एक तरीका ही तो प्रतीत होता है। मैंने उससे नमाज सिखाने के लिए कहा तो वह हँस कर टाल गयी थी।

हम तीनों लोग जल्द ही जफ़र के फ्लैट पर पहुँच गए।

दरवाजा जफ़र की अम्मी ने ही खोला।...नफीसा उनके सामने कुछ सकुचा रही थी। अम्मी ने नफीसा को बाँहों में भर लिया और दोनों लोग सिसकने लगीं। "बेटी, रोती क्यों है?...अब तो सब ठीक है।"

"अम्मी, मीर और अब्बू कैसे हैं?"

"तू अब्बू की चिन्ता मत कर, उनका गुस्सा अब काफी हद का काफूर हो गया है। देखना, एक दिन वे तुझसे मिलने तेरे घर जरूर आयेंगे।" सुनकर नफीसा को कुछ सन्तोष हुआ।

"और मीर?"

"तेरे को बहुत याद करता है।...कुछ दिन बाद मिलवा दूँगी।"

"आज क्यों नहीं लायीं?"

"मेरा अकेले ही मिलने का मन था।"

मैं और जफ़र बाहर घूमने के लिए निकल गए। पास के ही चौराहे पर खड़े होकर हमने अंकुरित चने के दोने लिए और बातचीत करते हुए धीरे-धीरे खाने लगे।

फ्लैट पर वापस आने पर मैंने उत्तरांचल के कुछ अनुभव उनसे बाँटे, पंकज एवं रवि के बारे में भी बताया। नफीसा भी मेरा साथ दे रही थी।

चलते वक्त अम्मी बहुत भावुक हो गयीं। मुझे गले लगाते हुए बोलीं, "बेटा मेरी नफीसा को खुश रखना, वो बहुत अच्छी है। वैसे तुम्हारे साथ खुश तो है।...आगे अल्लाह की मर्जी?"

काफी ज्वैलरी दी थी उन्होंने नफीसा को। और मुझे भी काफी कपड़े एवं सामान दिया था। नफीसा ने मुझे बताया कि उसने जब अम्मी से मेरे बारे में विस्तार से बताया तो अम्मी ने भीगे गले से कहा कि 'बेटी तुझे खरा सोना मिला है, अपने लोगों ने तो धोखा देकर जीवन ही खराब कर दिया था। ये है कि इतना कुछ होने के बाद भी तुझे वैसी ही इज्जत दे रहा है।'

दो दिन बाद मैं ड्यूटी पर जाने लगा। नफीसा ने काम-वाली से खाना बनवाना बन्द

कर दिया था। वह स्वयं ही खाना बनाने लगी थी।

उसकी बनी हुई चीजें लाजवाब होती थीं। मैं तो नॉन-वेज कभी-कभी ही खाता था, लेकिन नफीसा को मैंने कह दिया था कि उसकी जब भी इच्छा हो बता दिया करे; मैं उसे ला दूँगा। मुझे पता था कि उसे 'टुण्डे का कबाब' बहुत पसन्द है, उसका ध्यान मैं रखता था।

गाँव में मम्मी-पापा भी अब राहत में थे, हालाँकि वे अभी भी सतर्क रहने के लिए कहते रहते थे। नफीसा को वे अब पसन्द करने लगे थे।

सबकुछ व्यवस्थित होने पर वैचारिक कीड़ा फिर से जोर मारने लगा था। पुराने लोगों से मिलने का भी बहुत मन कर रहा था। हम ही नहीं नरेन्द्र, मनोहर, पीयूष, रहमान, फुरकान सभी इकट्ठा होना चाहते थे। ज़फ़र ने इधर किताब लेखन की बात भी की थी।

पन्द्रह दिन के बाद हम लोग ज़फ़र के फ्लैट पर शाम सात बजे मिले। सभी लोगों ने मुझे शादी के लिए बधाई दी। चाय-नाश्ते का इन्तजाम बाहर से ही था। सभी लोगों के एक साथ जमावड़े से काफी अच्छा लगने लगा। चाय की चुस्कियों के साथ-साथ चर्चा शुरू हो गयी।

''देश में इतना विभाजन पहली बार देखने को मिल रहा है-जाति, उपजाति, धर्म, सम्प्रदाय, क्षेत्र, अमीरी-गरीबी, गाँव-कस्बा-शहर; का विभाजन एक साथ सामने आ रहा है।'' बात मैंने ही शुरू की।

''विभाजन तो हमेशा से ही रहा है, लेकिन जितनी स्पष्टता से अब दिख रहा है, पहले ऐसा कभी नहीं दिखा था...और यह अच्छी बात है। चीजें दबी हुई या अविकसित कभी भी ठीक नहीं होतीं, समाधान के लिए उनका सतह पर आना आवश्यक है। अब इस विभाजन का उपचार करना हमारी तथा आने वाली पीढ़ियों की जिम्मेदारी होगी।'' ज़फ़र ने बात आगे बढ़ायी।

''विभाजन पैदा कर रहे हैं कुछ दकियानूसी लोग। हमने पहली बार हिन्दू-धर्म में जागृति पैदा की है। हिन्दू-संस्कृति की रक्षा के लिए ऐसा करना आवश्यक भी है। लेकिन कुछ छद्म धर्मनिरपेक्षतावादी इसे साम्प्रदायिकता करार देते हैं। मदरसों में धर्म के विशुद्ध पुरातनपंथी स्वरूप को पढ़ाया जाता है, तो उसकी कोई भी आलोचना नहीं करता। मदरसों को आधुनिक स्वरूप देने की बात कितने मुस्लिम करते हैं? दुनिया में कितने मुस्लिम हैं, जो सर्वधर्म-समभाव की बात करते हैं? कितने मुस्लिम हैं, जो दूसरे धर्मों को भी ईश्वर तक पहुँचने का सही रास्ता मानते हैं? कितने मुस्लिम समाज-सुधारक हैं, जो दूसरे धर्म या सम्प्रदाय के लोगों के हितों के लिए लड़ाई लड़ रहे हैं? बड़े कैनवास पर तो शायद कोई भी नहीं। तब

मुस्लिमों में सर्वधर्म-समभाव पनप ही नहीं सकता है। अलगाववाद का भाव स्वाभाविक रूप में आ ही जाता है।

अधिकांश मुस्लिम देशों में अल्पसंख्यको को दोयम दर्जे का नागरिक समझा जाता है, वे प्राय: वहाँ पर डरे-सहमे से रहते हैं। यही नहीं मुस्लिम अल्पसंख्यक होने पर भी बहुसंख्यकों पर हावी होने का प्रयास करते हैं। कभी यह नहीं सोचते हैं कि समाज-सुधारों द्वारा 'बुद्धि' में परिवर्तन लाकर ही सकारात्मक मजबूती प्राप्त की जा सकती है।

कुछ हद तक यही हाल ईसाइयों का भी है। दुनिया में यह सबसे बड़ा धर्म है, लेकिन अभी भी विस्तारवादी नीति को इसके 'आका' पूरे मनोयोग से अपनाये हुये हैं। गरीब, अशिक्षित जनता को भ्रमित करके धर्म-परिवर्तन करवा रहे हैं।

ऐसे में अपने धर्म की रक्षा करना हमारा भी कर्तव्य हो जाता है। हिन्दू धर्म कभी भी साम्प्रदायिक भाव नहीं जगाता है, वह तो सभी के उद्धार और विश्व-कल्याण की बात करता है। लेकिन आज अगर हम हिन्दू को आत्मरक्षा के लिए जागृत करना चाह रहे हैं, तो कुछ अदूरदर्शी लोगों से यह देखा नहीं जा रहा है।

ऊपर से इन छद्म धर्मनिरपेक्षतावादियों को सहारा मिल जाता है—जातिवाद या क्षेत्रवाद जैसी संकीर्ण विचारधाराओं से।'' नरेन्द्र एकाएक बोलता चला गया।

''लेकिन जातिवाद, क्षेत्रवाद एक कड़वा सच भी तो है। जो जाति पिछड़ गयी है या जो क्षेत्र पिछड़ गया है, उसको अगर कोई आवाज मिल रही है तो वह संकीर्ण विचारधारा कैसे हो सकती है? इसलिए समाज के हर धड़े का अगर विकास करना है तो पहले से पिछड़े रह गये धड़ों या क्षेत्रों को आवाज तो मिलनी ही चाहिए। तभी तो इनका विकास सम्भव हो पाएगा। जातिवादी या क्षेत्रवादी जागरुकताएँ भी आवश्यक तो हैं ही।'' ज़फ़र ने नरेन्द्र को टोका।

''ज़फ़र भाई कब तक हम लोग इन चीजों को सही ठहरायेंगे? कब तक इनसे राष्ट्रीय मुद्दे परिधि पर धकेले जाते रहेंगे?'' नरेन्द्र ने प्रश्न उठाया।

''इन चीजों से ही तो आज प्रत्येक जाति एवं कमजोर तबके में आत्मविश्वास एवं आत्मसम्मान का भाव बढ़ा है, पिछड़े क्षेत्रों पर भी हमने अधिक ध्यान दिया है।'' ज़फ़र ने कहा।

''ऐसी सोच से ही अलगाववाद भी बढ़ा है।'' नरेन्द्र ने कहा।

''हाँ, इसमें कुछ सच्चाई का अंश तो है, लेकिन इससे हमको यह आत्मविश्लेषण करने का अवसर भी तो मिला है कि आखिर इन समस्याओं की जड़ कहाँ है? भविष्य के लिए हम लोग इससे एक सबक भी तो ले सकते हैं।'' मैंने ज़फ़र का साथ दिया।

''मैं तो हमेशा से ही मानता आया हूँ कि हमारे देश में आजादी के बाद से ही

साम्यवाद आना चाहिए था। लोगों की हिम्मत ही नहीं होती कि वे जातिवाद या साम्प्रदायिकता से अपना नाता जोड़ पाते। हमें एक धर्मविहीन, जातिविहीन, वर्गविहीन समाज की नींव डालनी चाहिए थी।

चीन को देखिए, आज वो कहाँ जा रहा है? कितना पिछड़ गए हैं हम लोग चीन से? वह आज हमको बुरी तरह पराजित कर सकता है। अवसर मिलने पर हमारे क्षेत्रों को हड़प सकता है। आने वाले दशकों में यह निश्चित रूप से सम्भव भी है। हम केवल आन्तरिक वर्चस्व की लड़ाई में ही सारी ऊर्जा खो देते हैं। एशिया या विश्व पर प्रभुत्व की बात तो कभी रणनीतिक रूप से सोचते ही नहीं हैं। लेकिन चीन ने विश्व प्रभुत्व का अवसर अपने लिए पैदा कर लिया है।

यही नहीं सोवियत संघ से जुड़े रहे राष्ट्रों को देखिए! उनमें कई मुस्लिम बहुमत वाले राष्ट्र भी हैं। आज उनमें आधुनिकता की बयार है। वे विकास की तरफ अग्रसर हैं। वहाँ पर अब धर्म का पुरातन रूप विद्यमान नहीं है। राजनीतिक आजादी के बाद हमें सामाजिक व आर्थिक आजादी साम्यवाद से ही मिल सकती थी, वह अवसर हमने खो दिया है।...लेकिन अभी भी हम अवसर पैदा कर सकते हैं, इक्कीसवीं सदी के लिए साम्यवाद का नया स्वरूप प्रस्तुत कर सकते हैं। सर्वहारा-वर्ग की पीड़ा को पहचान सकते हैं, उस पीड़ा को आवाज दे सकते हैं, पहचान दे सकते हैं, शक्ति दे सकते हैं; दुनिया को बदल सकते हैं।...हाँ मित्रों सब कुछ सम्भव है!'' कहते-कहते मनोहर ओजपूर्ण मुद्रा में आ गया।

सब लोग एकाएक उसकी बातों में खोने लगे।

लेकिन नरेन्द्र बोल ही पड़ा, ''हूँ! सर्वहारा वर्ग की क्रांति! लाशों का ढेर! सबको अमीर बनाने की बजाय सबको गरीब बना देने का दर्शन;...सब जगह असफल हो गया है साम्यवाद।''

''हर सिद्धान्त, हर विचार एक समय के बाद अपनी प्रासंगिकता ऊपरी तौर पर खोने ही लगता है, लेकिन इसका अर्थ यह नहीं है कि उसका उद्‌देश्य या उपयोगिता पूर्णतः समाप्त हो जाती है। आने वाली सदियों में भी मार्क्सवाद अपना प्रभाव बनाए रखेगा। आवश्यकता इस बात की है कि मार्क्सवाद में समयानुसार परिवर्तन किया जाए। आज भी विश्व के प्रायः प्रत्येक देश में मार्क्सवाद राजनैतिक रूप से अपनी उपस्थिति दर्ज करवा ही रहा है; पश्चिम से पूर्व तक 'राज्यों' को दवाब बनाकर निरन्तर कल्याणकारी स्वरूप की तरफ अग्रसर कर रहा है।...हाँ, कार्ल मार्क्स ने पीड़ित लोगों की वेदना को जो आवाज दी थी, उस आवाज को आज उतना महत्व नहीं मिल पा रहा है।

...लेकिन इक्कीसवीं सदी में मार्क्सवाद फिर से नयी करवट लेगा, पीड़ितों की सामूहिक वेदना को नयी पहचान एवं शक्ति देगा।

आज पीड़ितों की सामूहिक पहचान करना एवं उन्हें एक प्लेटफार्म पर लाना उतना आसान नहीं रहा है, लेकिन सभी रास्ते अभी बन्द नहीं हुए हैं; फिर से समय बदलेगा, पीड़ित-वर्ग फिर से क्रान्ति कर सकेगा।'' एकाएक मनोहर भावुक सा हो उठा।

''भारत में बहुत अधिक विविधता है, यहाँ की संस्कृति भी अलग है। यहाँ के लोग भी हमेशा से अहिंसावादी एवं उदारवादी रहे हैं।...यहाँ पर हिंसक-क्रांति असम्भव है।'' ज़फ़र ने संक्षेप में अपनी बात कही।

''मेरी समझ से तो अपने देश में अभी भी लोकतंत्र एवं पूंजीवाद ही सबसे उपयुक्त हैं, बस इनके स्वरूप एवं मूल्यों को लेकर मैं सन्तुष्ट नहीं हूँ। और इनका स्वरूप तभी सही रूप में उभरेगा जब सच्चे दिल से हम अपने समाज को जातिनिरपेक्ष एवं धर्मनिरपेक्ष बनाएँगे, उसे निचले स्तर तक कांईयापन, पाखण्ड एवं अलोकतांत्रिकता से मुक्त कर देंगे। क्योंकि चाहे कोई भी क्षेत्र हो, अगर उसमें सही सोच एवं मनोवृत्ति वाला मनुष्य नहीं पहुँचेगा तो उसमें दोष पैदा हो ही जाएगा। अगर आपके पास मानव-संसाधन अच्छा होगा तो सब कुछ अपने आप बदलने लगेगा। और तब हम सच्चे लोकतंत्र एवं मानवतावाद की तरफ स्वयं ही बढ़ने लगेंगे। चीन, जापान या किसी अन्य विकसित देश से आप तुलना करेंगे तो सबसे बड़ा अन्तर मानव संसाधन के स्तर पर ही पाएँगे।'' मैंने चर्चा को दूसरा रुख देने का प्रयास किया।

''समस्या की जड़ तो यही है कि मानव-संसाधन का विकास कैसे हो? बिना भय या अनुशासन के ऐसा कर पाना असंभव है। केवल मार्क्सवाद ही इसको संभव बना सकता है।'' मनोहर ने अपना पक्ष फिर से रखा।

नरेन्द्र को आज कुछ जल्दी थी और मुझे भी नफीसा की चिन्ता हो रही थी, इसलिए बहस को विराम देते हुए हम लोगों ने पन्द्रह दिन बाद फिर से मिलने का समय निश्चित किया तथा अन्य लोगों को भी निमन्त्रण देने की बात कही। समाज, धर्म एवं राजनीति पर एक व्यापक चर्चा का कार्यक्रम बनाया, जिसमें सभी लोग अपने-अपने विचारों को रख सकेंगे, जिससे कि कुछ अलग बात निकल कर आए।

घर पहुँचने पर पाया कि नफीसा टी0वी0 पर न्यूज देख रही थी।

''तुम परेशान तो नहीं हुई?''

''जी नहीं!'' मैंने देखा कि उसके बाल खुले हुये थे और वह गाऊन पहने हुए थी।

''काफी दिन बाद हम लोग इकट्ठा हुए थे, वक्त का जैसे पता ही नहीं चला; वैसे यहाँ पर कोई डर वाली बात नहीं है। बस दरवाजा खोलते वक्त सावधानी रखा करो और दरवाजे के छेद से झाँक कर अवश्य देख लिया करो।''

''आप क्या मुझे इतनी डरपोक समझते हैं?''

''नहीं, भई! तुम तो शेर हो। फिर भी सावधानी रखना कोई कमजोरी नहीं है।''

उसने हाँ में हाँ मिलाते हुए कहा, ''खाना लगा दूँ?''

''तुमने खा लिया?'' फिर मैंने सोचा, ऐसा कैसे हो सकता है?

''जी, आपके बिना मैं कैसे खा लेती?'' फिर उसने मेरे सीने पर सिर रखते हुए कहा, ''वैसे तो कोई बात नहीं है, लेकिन फिर भी आप अभी अकेले थोड़ा सम्भल कर बाहर जाया कीजिए, मुझे डर लगता है।''

मैंने कहा, ''मैं सतर्क होकर ही बाहर जाता हूँ।''

''चलो, अच्छा अब खाना खा लेते हैं। काफी अच्छी चर्चा रही—लगता है हम लोग अच्छी दिशा में जा रहे हैं। जल्दी ही मैं और ज़फ़र एक किताब भी लिखना शुरू करेंगे।''

खाना खाने के बाद हम लोग बिस्तर पर पसर गए। काफी देर तक हम लोग बतियाते रहे। मैंने हल्की आवाज में टी.वी. चला दिया।

नफीसा ने कहा —''अपना घर, शिवी!...ये अपना घर है न। कितना खुशनुमा अहसास है ये? पता नहीं लोग क्यों जन्नत-जहन्नुम की बातें करते रहते हैं, इस तरह के लोग न तो यहाँ खुश रह पाते हैं और न वहाँ ही खुश रह पाते होंगे।''

''तुम सही कह रही हो नफीसा—ये जीवन दिल खोलकर जीने के लिए है, न कि केवल जन्नत-जहन्नुम आदि के बारे में सोचने के लिए।...भई! मैं ये तो नहीं कहूँगा कि लोग इन चीजों के बारे में बिल्कुल ही न सोचें, लेकिन इनकी वजह से एक शानदार जीवन जीने से मुँह भी न चुराएँ।

मेरे विचार से तो अगर ऊपर वाला होगा भी, तो वह नेक काम करने वाले को ही सर्वाधिक प्यार करता होगा। तुम तो नेक रास्ते पर ही चल रही हो, तब तुम्हे खुश रहना चाहिए, और अगर जन्नत-जहन्नुम का अस्तित्व है भी, तो जन्नत में भी तुम्हारा पहले से ही आरक्षण हो जाएगा। और मेरे ख्याल से जन्नत और स्वर्ग अगर होंगे भी तो उनमें कोई दीवार नहीं होगी। भला, मरने के बाद ऐसा अतार्किक भेद क्यों होगा?

...साथ ही एक और चीज है कि सभी धर्मों में दो तरह के पारलौकिक जीवन की कल्पना की है—जन्नत-जहन्नुम, स्वर्ग-नरक...आदि। अगर इस तरह का पारलौकिक जीवन है भी, तो इतने मोटे विभाजन उचित नहीं कहे जा सकते हैं, क्योंकि कर्म के आधार पर व्यक्तियों को केवल दो श्रेणियों में विभाजित करके उन्हें पुरस्कृत करना या दण्डित करना कहीं से तार्किक नहीं कहा जा सकता। हर व्यक्ति दूसरे व्यक्ति से हर मामले में कुछ न कुछ भिन्न जीवन अवश्य जीता है।

तब उन्हें केवल दो श्रेणियों में विभाजित करके स्वर्ग या जन्नत तथा नरक या

जहन्नुम में भेजने की बात करना निश्चित रूप से अतार्किक एवं अन्यायपूर्ण दिखता है। जैसे कम बुरा करने वाले एवं कुछ अधिक बुरा करने वाले के दंडों में गुणात्मक अन्तर की बात अवश्य होनी चाहिए। अर्थात् जहन्नुम या नरक में भी व्यक्तियों को मिलने वाले दंडों में महीन भिन्नताएँ होनी चाहिए। किसी भी धर्मग्रन्थ में पाप-पुण्य के इस तरह के महीन अन्तरों के आधार पर मिलने वाले फल पर स्पष्ट ध्यान नहीं दिया गया है।

...हाँ, जहाँ तक मेरी बात है, तो मैं तो इतना लालच पालता ही नहीं कि मरने के बाद के जीवन के बारे में भी अच्छी-अच्छी कल्पनायें करता रहूँ। अरे, जो जीवन दिख रहा है, उसी के बारे में सोचने एवं करने के लिए पर्याप्त समय नहीं है हमारे पास। इतने व्यापक ब्रह्मांड में पारलौकिक चीजों को अकाट्य सत्य के रूप में स्वीकार करना मेरी समझ से तो बाहर है।...हो सकता है ब्रह्माण्ड भी अनेक हों।...जहाँ असीम एवं अनन्त विस्तार की बात हो, वहाँ कुछ भी सम्भव है। ब्रह्माण्ड के अतिरिक्त कुछ ऐसा भी सम्भव है, जिसकी हमारे लिए कल्पना भी असम्भव है।

जब अधिकांश धर्म आये थे, तो उस समय विज्ञान का उतना विकास नहीं हुआ था। अत: उस समय किसी ने सोचा भी नहीं होगा कि इक्कीसवीं शताब्दी में मानवीय मस्तिष्क इतना विकसित हो जायेगा कि एक दिन वह चाँद पर बसने के लिए अपनी योजनाओं को मूर्त रूप दे सकेगा। अब तो मंगल पर भी बस्ती बसाने की योजनायें बनने लगी हैं।

क्या उस समय चाँद के बारे में जो धार्मिक कल्पना थी, वह आज के यथार्थ के करीब भी संभव है? क्या किसी धर्म-गुरू ने कभी इतनी व्यापक जानकारी हम लोगों को दी थी या फिर जो ब्रह्मांड के रहस्य अभी तक अज्ञात हैं, उनके बारे में उन्होंने कभी कुछ बताया।...या फिर ब्रह्मांड के प्राकृतिक नियमों के बारे में वैज्ञानिक रूप से कुछ कहा?...किसी ने भी ऐसा नहीं कहा।

कम्प्यूटर युग आने वाले दिनों में ऐसे-ऐसे बदलाव लायेगा, जिनकी आज हम कल्पना भी नहीं कर सकते हैं। और धर्मों को अपना अस्तित्व बचाने के लिए अपने स्वरूप में निश्चित रूप से बहुत व्यापक परिवर्तन करने पड़ेंगे।

...धर्म का एक बड़ा आधार भय रहा है। जिससे कि आम आदमी, जो कि उस समय अशिक्षित तथा असभ्य था; उसे सभ्य समाज का अंग बनाया जा सके और उसे एकता के सूत्र में बाँधा जा सके। इसलिए प्राय: सभी धर्मगुरुओं ने भय को धर्म स्थापित करने के लिए एक साधन के रूप में इस्तेमाल किया। लेकिन आज बहुत बड़ा परिवर्तन आ चुका है। आज भय की वजाय तर्क की आवश्यकता है।...और तर्क भी बहुत व्यापक अवधारणा एवं दूरदृष्टि पर आधारित होना चाहिए।

...इस जीवन में कोई भी भेद नहीं होना चाहिए। ये कृत्रिम भेद तो हम लोगों

के कारनामे हैं। इन भेदों से पता नहीं कितने लोग अपने नाम का परचम लहरा रहे हैं, अनेक अकर्मण्य लोग धार्मिक भावनाएँ भड़काकर अपना उल्लू सीधा कर लेते हैं; कुछ तो रातों-रात विश्व-प्रसिद्ध भी हो जाते हैं। ये लोग आपसी भेदों को और भी बढ़ाने का प्रयास करते रहते हैं।

...ये अन्तर, ये भेद पीढ़ी दर पीढ़ी संस्कार का रूप ले चुके हैं। व्यक्ति कब और कैसे इनसे प्रभावित हो जाता है? उसे पता ही नहीं चलता।

...वक्त आ गया है इन जन्मजात, धर्मगत, जातिगत, नस्लगत, क्षेत्रगत आदि संस्कारों से मुक्त होने का,...तभी दुनिया में नयी सृजनात्मक ऊर्जा का संचार होगा।''

मुझे ऐसा लगा कि मैं कुछ ज्यादा ही भाषण दे रहा हूँ। बहस का प्रभाव अब तक गया नहीं था। एक तो काफी देर तक घर से बाहर था और अब फिर से लम्बी वैचारिक जुगाली। बोझिल वातावरण हो चला था। नफीसा की आँखों में अब ज्यादा नींद तैरने लगी थी।

''अच्छा, पहले ये तो बताओ कि तुम नियम से नमाज पढ़ती भी हो कि नहीं। अगर नहीं पढ़ती हो तो पढ़ा करो, वरना तुम्हारे घर वाले मुझे दोष देंगे।''

''क्यों, आप तो मानते नहीं इबादत को?'' कहते हुये उसने टी.वी. का चैनल बदल दिया। अब शायद वह नींद से बचना चाह रही थी।

''मेरे विचारों से तुम्हें हमेशा अपने को स्वतन्त्र बनाए रखना चाहिए। वैसे मैंने भी कई बार योगा किया है। बस मैं आध्यात्मिक संकेतों को नमन नहीं कर पाता हूँ; लेकिन इन पर चिन्तन अवश्य करता रहता हूँ। काफी अध्ययन भी किया है मैंने इबादत आदि को लेकर। व्यक्ति प्रार्थना या इबादत के समय अहंकार रहित अवश्य होने लगता है, जिससे मानसिक शक्ति का विकास अवश्य होता है।''

''अच्छा, आप लोग किस मुद्दे पर किताब लिखना चाह रहे हैं...?'' उसने फिर से टी.वी. का चैनल बदला।

''अभी पूर्णरूप से उसका खाका तो नहीं खींचा है, लेकिन निश्चित रूप से उसमें सामाजिक, धार्मिक एवं राजनीतिक विषय ही सम्मिलित होंगे। हाँ, हम मुद्दों को अलग तरीके से उठाने का प्रयास अवश्य करेंगे। चाहें हमारा कितना ही विरोध क्यों न हो?''

''आप लोग संवेदनशील मुद्दों को भी उठाएँगे क्या?''

''अवश्य उठाएँगे। हमें विश्वास है कि लोग हमारी बातों की कद्र करेंगे। किसी को तो गम्भीर शुरुआत करनी ही होगी।''

''मुझे विश्वास है कि आप जो भी करेंगे, उसका अन्त ठीक ही रहेगा। लेकिन फिर भी सम्भल कर ही लिखिएगा।''

"हाँ-हाँ, तुम चिन्ता न करो, सब कुछ ठीक ही रहेगा।" कहते हुए मैंने टी.वी. बन्द कर दिया।

इधर हम लोग कुछ दिनों तक ये सलाह लेते रहे कि किताब छपेगी कैसे? हिन्दी में लेखन का उतना महत्व भी नहीं है; न पैसे के हिसाब से, और न पाठक संख्या के हिसाब से।

'बुकर' पुरस्कार जैसे पुरस्कार को तो हिन्दी में भूल ही जाइए। जबकि ऐसे पुरस्कार लेखक को आर्थिक तंगी से तो निकालने का काम करते ही हैं, साथ ही उसे एकाएक देश-दुनिया में मशहूर भी बना देते हैं। जिससे लेखक को प्रोत्साहन तथा आत्मविश्वास; दोनों ही प्राप्त होते हैं।

मैंने इस मुद्दे पर कई साहित्यकारों से बात की, उनमें से यथार्थवादी विचारों वालों ने मुझसे सहमति जतायी। जीवन किसी का भी हो, पैसा आज अपनी महत्ता रखने ही लगा है। हर व्यक्ति का एक स्तर के बाद आर्थिक संघर्ष समाप्त होना ही चाहिए, या कम से कम न्यूनतम तो हो ही जाना चाहिए।

सरकार का हर साल पता नहीं कितना पैसा भ्रष्टाचार से भरी हुई योजनाओं में समाप्त हो जाता है, करोड़ों रुपया एन.जी.ओ. के नाम पर भ्रष्टाचार की भेंट चढ़ जाता है। लेकिन मात्र पन्द्रह-बीस करोड़ रुपया साहित्य और दर्शन को प्रोत्साहित करने के लिए पुरस्कार राशि के रूप में खर्च नहीं किया जा सकता है। अनेक ऐसे उद्योगपति हैं, जो अकेले ही कई करोड़ रुपए खर्च कर सकते हैं साहित्य आदि के लिए पुरुस्कारों पर। लेकिन कोई भी आगे नहीं आ रहा है।...तब इस दिशा में एक अच्छी पहल की निश्चित रूप से जरूरत है।

सभी जानते हैं कि साहित्य और दर्शन ही देश और सभ्यता को विकास के अनजाने पथों पर बहुत मजबूती के साथ आगे बढ़ाते हैं। अगर सरकार इस बारे में सकारात्मकता के साथ सोचे, तो निश्चित रूप से साहित्य और दर्शन में और अच्छी प्रतिभाएँ सामने आ सकेंगी। और तब पाठक संख्या भी स्वयं ही बढ़ जायेगी तथा इन क्षेत्रों में हमारी वैश्विक पहचान भी बन सकेगी।

आज तो हालत यह है कि किसी के भी माता-पिता शायद ही अपने बच्चों को हिन्दी भाषा में साहित्य या दर्शन के लेखन के क्षेत्र में जाने के लिए प्रेरित करते हों। इन्हीं वजहों से साहित्य और दर्शन का विकास काफी हद तक ठप पड़ गया है।

लेकिन हम लोगों ने हिन्दी में ही लिखने की ठानी थी। बाद में उसका अनुवाद अँग्रेजी में अवश्य करवाना था। हमारी दिल से इच्छा थी कि हमारी किताब देश-दुनिया को एक ऐसा सन्देश दे, जिससे लम्बे समय तक लोगों को प्रेरणा मिलती रहे।

सभी लोग शाम को निश्चित समय पर इकट्ठा हो गये। कुछ बिन्दुओं पर, मेरी और ज़फ़र की सहमति थी...इनमें से अधिकांश बिन्दु बहस के दौरान ही प्राप्त हुए थे। उनमें से कुछ को ज़फ़र कागज पर लिख भी लाया था।

उसने सभी के सामने उन बिन्दुओं में से कुछ को पढ़ने से पहले सभी की सहमति माँगते हुए कहा, "सभी लोग पहले मुझे ध्यान से सुनने की कोशिश करें, फिर आराम से अपनी बात कहें।...सभी के विचार सुने जाएँगे। मेरे इन बिन्दुओं में हम सभी के चिन्तन को समेटा गया है।"

ज़फ़र ने बोलना शुरू किया, "हड़प्पा सभ्यता हम लोगों की शान थी। हमारी संस्कृति की सभी श्रेष्ठ विशेषताएँ प्राय: हड़प्पा संस्कृति में मिल ही जाती हैं।...लेकिन फिर एक लम्बा संक्रमणकाल आया और हम लोग कुछ पिछड़ गए।

...महाजनपद काल में संस्कृति ने फिर से हुँकार मारी—अनगिनत धार्मिक सम्प्रदायों ने जनता की ऊर्जा को जागृत कर दिया,...समाज के नए समीकरण उभरे, परिणाम-स्वरूप नन्दवंश ने व्यापक साम्राज्य का निर्माण कर दिखाया।...मौर्य काल में भी साम्राज्य की विशालता बढ़ती गयी। मौर्योत्तर काल में भी उन्नति होती रही। फिर अन्धकार काल की लम्बी अवधि की शुरुआत हो गयी।

...युद्धों में लगातार पराजय तथा शोषण से ग्रस्त होकर हमारी संस्कृति भारत तक ही सिमटती चली गयी। जबकि एक समय यह रूस तक फैली हुई थी। पुनर्जन्म, कर्मसिद्धान्त, भाग्यवाद एवं अति-अहिंसावाद जैसे विचारों का दुरुपयोग होने लगा। जिससे हमारी संस्कृति पूर्णत: दोहरे चरित्र वाली हो गयी।...कमोवेश इस्लाम को मानने वालों में भी काफी रूढ़ियाँ पनप आयीं।

...समस्या यह रही कि हमारे यहाँ यूरोप जैसे मूल परिवर्तनकारी आन्दोलन नहीं चले। फ्रांसीसी क्रान्ति या अमेरिकी क्रान्ति जैसी कोई व्यापक क्रान्ति नहीं हो पायी। जब भी किसी मूल परिवर्तनकारी चेतना की सुगबुगाहट हुई, उसे समन्वयवाद एवं आदर्शवाद ने या तो दिशाहीन कर दिया या फिर उसको ऊर्जाविहीन कर दिया।

यूरोपीय उपनिवेशवाद ने पूरी दुनिया को आधुनिक वैचारिक करवट दी, जिसने अन्तत: उपनिवेशवाद की जड़ें तो खोखली की हीं; साथ में दुनिया भर के शोषितों को भी नींद से जागृत करना शुरू कर दिया। भारत में शोषितों का पहली बार भाग्यवाद से मोहभंग होना शुरू हुआ। उन्हें यह महसूस होना शुरू हुआ कि हम भी अपने भाग्य को जागृत कर सकते हैं। उन्हें पहली बार कुछ हद तक ये महसूस होने लगा कि उनके शोषण का मूल कारण शोषणमूलक सामाजिक व्यवस्था है या फिर अन्य धार्मिक कुरीतियाँ हैं।

1857 के विद्रोह ने जहाँ एक तरफ राजनैतिक आजादी के द्वार खोले, वहीं दूसरी तरफ सामाजिक बदलाव को भी एक नयी दिशा प्रदान की। 1857 के विद्रोह

के बाद अँग्रेजों का उच्च जातियों से मोहभंग शुरू हुआ तथा उन्होंने निम्न जातियों को सेना में लेना शुरू कर दिया।

...बस धीरे-धीरे कुछ निम्न जातियों में आत्मविश्वास का संचार होने लगा। साथ में अन्य सुधारों ने भी जन-मानस को काफी जागृत किया। उनमें विद्रोहात्मक तेवर उभरने लगे। फलस्वरूप उनके समकक्ष अन्य जातियों में भी नयी चेतना के बीज पड़ने शुरू हो गए। लेकिन उन्हीं सुधारों का प्रभाव अधिक पड़ा, जो कुछ हद तक पूर्ण-परिवर्तनवादी स्वरूप लिए हुए थे।

इसके अतिरिक्त पाश्चात्य शिक्षा एवं विचारों के प्रभाव से साहित्य, दर्शन, विज्ञान, समाज एवं राजनीति आदि के क्षेत्र में अनेक युगपुरुषों का प्रादुर्भाव हुआ, जिनके विचारों एवं कर्मों के प्रभाव ने समाज में तर्क, विवेक, न्याय, स्वतन्त्रता, समानता एवं उदारता का एक ऐसा वातावरण पैदा किया, जिसने समाज की चेतना को एक नयी दिशा दी। राष्ट्रवाद की बढ़ती चेतना ने भी उच्च तबके के मन में निम्न तबके के प्रति कुंडली मारे बैठे अलगाव एवं श्रेष्ठता के भाव को कम किया।

आजादी के बाद हमें राजनैतिक एवं सामाजिक स्तर पर जो बदलाव देखने को मिले हैं। उसकी पृष्ठभूमि पहले ही बन चुकी थी। आज पिछड़ी एवं दलित जातियाँ अपना-अपना राजनैतिक वर्चस्व तलाश रही हैं। लेकिन वर्षों के शोषण ने इन्हें मानसिक रूप से असन्तुलित बना दिया है। सत्ता इन्हें मिलती भी है, तो ये उसे उचित ढंग से सँभाल नहीं पाते हैं। ईर्ष्या-द्वेष की प्रवृत्ति इनमें सर्वाधिक देखने को मिलती है।...फिलहाल पिछड़ों में सर्वाधिक फूट देखने को मिल रही है। लेकिन भविष्य में दलितों में भी फूट पड़ ही जाएगी। समकक्ष जातियों में ऐसी प्रतिस्पर्द्धा का होना स्वाभाविक भी है। इसी कारण ये जातियाँ अभी राष्ट्रीय स्तर पर मजबूत नेतृत्व देने में असमर्थ दिख रही हैं। राष्ट्रीय स्तर पर नेतृत्व उभरता भी है तो परस्पर ईर्ष्या उस अवसर को समाप्त कर देती है। सारी कुंठाएँ एकाएक धरातल पर उभरने लगती हैं और व्यक्तिग मान-सम्मान एवं लोभ से बड़े बदलाव की नींव खोखली हो जाती है।

इन सभी शोषित जातियों एवं उपजातियों के लोगों को अपनी-अपनी जातियों या वर्गों की 'आइडेन्टिटीज' चाहिए। इन्हें अपनी जातियों में कुछ ऐसे और 'प्रतीक' चाहिएँ, जो समाज में अपने को उच्च स्तर पर स्थापित कर सकें तथा अपनी व्यापक छाप छोड़ सकें। तभी ये लोग उनमें अपना 'अक्स' खोज पाएँगे और सदियों की कुंठा से निजात पा सकेंगे। साथ ही ये प्रतीक ऊपरी तबके के छद्म अहं को भी काफी हद तक खंडित करेंगे।...ऐसा हो भी रहा है।

जब यह प्रतीक बहुत मजबूत लोकप्रियता हासिल कर लेंगे तथा निचली जातियों को समाज में उचित स्थान मिलने लगेगा, तब ऊपरी तबके के लोग भी इन

प्रतीकों में अपना अक्स खोजने का प्रयास करेंगे; पहले दबे मन से, फिर अगली पीढ़ी में खुले मन से।

तब जातिगत प्रतीकों की खोज कुछ कम होने लगेगी, जातिगत कुंठाएँ भी न्यूनतम हो जाएँगी। तब राष्ट्रीय कुंठाएँ अपना जोर मारना शुरू करेंगी।...जब राष्ट्रीय कुंठाएँ सभी जातियों में जागृत हो जाएँगी, तब हम सच्चे राष्ट्रीय-प्रतीकों को सच्चे मन से खोज पाएँगे। यही राष्ट्रीय-प्रतीक हमारी सोयी हुई सारी ऊर्जा को जागृत कर सकेंगे।

भारतीय इतिहास में पहली बार दलितों-पिछड़ों की सोई हुई ऊर्जा जागेगी। जब यह ऊर्जा पूर्णतः जागृत हो जाएगी और समेकित भी होने लगेगी, तब समेकित राष्ट्रीय ऊर्जा का प्रादुर्भाव होगा। यह समेकित राष्ट्रीय ऊर्जा ही हमें अधिकतर कुंठाओं से निजात दिलाते हुए योग्यतम नेतृत्व की तरफ अग्रसर कर देगी।...तब हम आने वाले समय में विश्व को नेतृत्व दे सकेंगे ।

अभी हमारा देश संक्रमण-काल से गुजर रहा है। लेकिन इस संक्रमण-काल में भी दलितों-पिछड़ों की सोई हुई ऊर्जा जागृत हो रही है। दलितों-पिछड़ों में अभी मन ही मन में उच्च-वर्ग एवं देश की सांस्कृतिक विशिष्टता के प्रति एक गहरा आक्रोश है। उनके मन में हर उस चीज से बदला लेने की इच्छा है, जिसे तत्कालीन शोषक तबका प्यार करता था तथा अपना आदर्श मानता था।

...लेकिन उन्हें बहुत सी सच्चाईयों की तह में जाना होगा। उदाहरण के लिए हमारी संस्कृति की बहुत सी चीजें हड़प्पा सभ्यता या उससे पहले से ही चली आ रही थीं। जैसे धर्म के क्षेत्र में भगवान शिव की पूजा तभी से होती रही है। मातृदेवी की पूजा को आप विभिन्न देवियों की पूजा के रूप में विकसित होते हुए देख सकते हैं। वृक्ष-पूजा, नाग-पूजा, पशु-पूजा, लिंग-पूजा, योग एवं धार्मिक समारोहों में सामूहिक स्नानों के प्रचलन की परम्परा भी हड़प्पा सभ्यता से ही चली आ रही है। स्वास्तिक एवं स्तम्भ आदि प्रतीकों को पवित्र मानना तथा ताबीजों को धारण करना भी हड़प्पा काल से ही से प्रचलित रहा है। धार्मिक उदारता एवं अहिंसक प्रवृत्ति जैसी विशिष्टताएँ भी हड़प्पा सभ्यता में ही विद्यमान थीं। ये भी सच है कि ऋग्वेद की रचना में भी सभी वर्गों के पुरोहितों का समान रूप से हाथ था। वास्तव में ये सब यहाँ की मिट्टी एवं आबोहवा की देन रही है। जो भी यहाँ बाहर से आया उस पर यहाँ की आबोहवा ने धीरे-धीरे अपना प्रभाव जमा लिया।

इसके अलावा कला तथा अन्य क्षेत्रों में भी हमने हड़प्पा काल से बहुत कुछ सीखा है। वैसे भी हड़प्पा सभ्यता की निरन्तरता उसके नगरीय स्वरूप के पतन के बाद भी बनी रही थी। ऐसे में यदि आर्य बाहर से भी आये तो उन्होंने इस सभ्यता के अन्य बहुत से तत्वों को भी सीखा होगा। जिन पर शोध होना अभी बाकी है। तब

निम्न वर्ग के लोगों को ऐसे तथ्यों को सदैव ध्यान में रखते हुए अपनी भावना को कुछ सकारात्मक स्वरूप देने का प्रयास करना चाहिए। सांस्कृतिक विशिष्टताओं पर उनका भी समान रूप से उतना ही अधिकार है जितना कि किसी अन्य वर्ग या समुदाय का।

...वास्तव में ऐसा ही कुछ इस्लाम में भी हुआ है। मुल्लाओं ने धार्मिक-भय दिखा-दिखाकर अधिकांश मुस्लिम लोगों की ऊर्जा को सुप्तावस्था में पहुँचा दिया है। मुस्लिम वर्ग जागना चाहता है, आगे बढ़ना चाहता है, श्रेष्ठता प्राप्त करना चाहता है; लेकिन पुराने हथकंडों एवं औजारों से आधुनिक चेतना से युक्त व्यक्ति एवं समाज से प्रतिस्पर्द्धा कैसे की जा सकती है?...आपको आधुनिक या उत्तर-आधुनिक या उत्तर-उत्तर-आधुनिक चेतना से युक्त व्यक्ति से प्रतिस्पर्द्धा करनी है, तो पहले आपको उसकी चेतना के स्तर को प्राप्त करना होगा। तभी आप उसके समकक्ष बिना किसी असुरक्षा एवं हीनभावना के खड़े हो सकेंगे।

...लेकिन धर्म के ठेकेदार स्वयं तो सातवीं सदी की चेतना से ग्रसित हैं ही, वे उसी चेतना से लोगों को भी ग्रसित करते रहते हैं। हर मुद्दे पर कुरान की व्याख्या अपने मन-माफिक करते रहते हैं। यदि हर वक्त किसी समाज की चेतना में पारलौकिक जगत् ही छाया रहेगा, तो फिर इस जगत् से तार्किक एवं अपेक्षित सम्बन्ध स्थापित करना स्वयं ही कठिन हो जाएगा।...वह समाज इक्कीसवीं शताब्दी की चुनौतियाँ के सामने असहाय सा हो जायेगा।

आप इस्लामिक विद्धानों से ही पूछिए कि इस्लाम क्या है? क्या यह धर्म है? या जीवन जीने की श्रेष्ठ पद्धति है?

तो निश्चित रूप से आपको कई मत प्राप्त हो जाएँगे। जैसा कि हिन्दू धर्म के विद्वान भी दिग्भ्रमित हो जाते हैं।

इसी तरह जब सुविधाभोग की बात आती है तो महँगी कार, बाईक, मोबाइल, कैमरा, टी.वी., फ्रिज, ए.सी., कम्प्यूटर आदि सुविधाभोगी चीजों पर तो कोई प्रतिबन्ध नहीं। चाहें वह ईसाई, यहूदियों या हिन्दू किसी ने भी बनाया हो, या युद्ध से जुड़ा हुआ साजों-सामान हो या फिर चाहे परमाणु बम बनाना हो; तब धर्म एवं विज्ञान का संघर्ष बिलकुल भी आड़े नहीं आता। अगर समस्या आती भी है तो कुरान के तथ्यों की अपने अनुरूप व्याख्या कर ली जाती है।...लेकिन अनेक ऐसी चीजों पर ये अड़ंगा लगा देते हैं, जो धर्म से तो कोई सम्बन्ध नहीं रखती हैं; परन्तु मुस्लिमों की स्वतन्त्र चेतना एवं विकास के लिए अत्यावश्यक हैं।

धर्म के ठेकेदार मुस्लिम समाज में हमेशा ही भय का माहौल बनाए रखना चाहते हैं, जिससे वे आराम से उस पर धार्मिक-शासन कर सकें। इन लोगों ने मुस्लिमों को वास्तविक जीवन की मुठभेड़ों से प्रायः दूर ही रखा है। उन्हें जन्नत के

सब्जबाग ही दिखाए हैं। जबकि ये स्वयं धर्म का निहितार्थ नहीं जानते हैं।

...इसी तरह अरब देशों में इस्लाम के अभ्युदय के समय प्रायः सभी धर्म पतित अवस्था में थे। इसीलिए घुमन्तु अरबों में एकता एवं धार्मिक पवित्रता लाने के लिए अन्य धर्मों के व्यक्तियों को काफिर कहना या जेहाद की बात करना, उचित कहा जा सकता था। लेकिन आज समय परिवर्तित हो चुका है।...आज अन्य धर्मों में भी न्यूनाधिक मात्र में काफी सुधार हो चुके हैं। तब आज इस तरह की भाषा का प्रयोग करना कहीं से भी तर्कसंगत प्रतीत नहीं होता है। आज अनावश्यक धार्मिक-प्रोत्साहन या धर्म-प्रचार किसी भी धर्म के लिए उचित नहीं कहा जा सकता है। जेहाद एवं क्रूसेड जैसे शब्दों पर तो अब गम्भीरता से चिन्तन करने का समय आ गया है।

...मुस्लिम युवाओं को आगे आकर इन समस्याओं से लड़ना होगा, जूझना होगा तथा कट्टरपंथी तत्वों को नेस्तनाबूद करना होगा; जिससे कि उनकी आने वाली पीढ़ियाँ वैश्विक समुदाय को हर स्तर पर सकारात्मक प्रतिस्पर्द्धा दे सकें।

...युवाओं को भयमुक्त होकर अपने समाज की चेतना में तर्क एवं स्वविवेक की स्थापना करनी होगी। पारलौकिक चीजों में हमेशा खोए रहने या फिर इस्लाम को ही सर्वश्रेष्ठ धर्म मानते रहने की प्रवृत्ति पर उन्हें अंकुश लगाना होगा। युवाओं को अपने समाज में आधुनिक शिक्षा के विस्तार के लिए युद्ध स्तर पर कार्य करना होगा। अपने समाज के अधिकतम लोगों को इन्जीनियर, डॉक्टर, पत्रकार, लेखक, व्यवसायी आदि बनाने पर ध्यान देना होगा। इसके लिए वे राजनैतिक दबाव को भी हथियार के रूप में अपना सकते हैं। अपने समाज के धनाढ्य लोगों को इस कार्य में सहयोग देने के लिए प्रेरित कर सकते हैं। तभी इस्लाम को मानने वाले लोगों का सच्चा गौरव बढ़ सकेगा। हिन्दुओं को भी मुस्लिमों के प्रति अलगाववादी भवना को त्यागना होगा। खान-पान, संस्कृति...आदि को आधार बनाकर हिन्दुओं को स्वयं को श्रेष्ठ समझने से बचना होगा। उनको विदेशी समझने की मानसिकता से परहेज करना होगा।

आज जनसंख्या-वृद्धि का समर्थन किसी भी तरह नहीं किया जाना चाहिए। छठी-सातवीं शताब्दी में या आधुनिक काल से पूर्व तक आकस्मिक युद्धों से प्रायः सभी समाजों को जूझना पड़ता था, अचानक आयी महामारियाँ सब कुछ एक झटके में समाप्त कर देती थीं; तब उस समय अनियन्त्रित जनसंख्या-वृद्धि उचित एवं स्वाभाविक थी। लेकिन आज परिस्थितियाँ बदल चुकी हैं। आज सबसे बड़ा पाप अगर कोई है तो वह जनसंख्या-वृद्धि करना ही है, क्योंकि एक दिन हमें यह समूल नाश की तरफ ले जाएगी।

...इसी तरह जब हम टोटल-जस्टिस की बात करते हैं तो हम केवल दबे-

कुचले लोगों की ही बात करते हैं, लेकिन अब आवश्यकता है प्रकृति के सभी अंगों को इसमें शामिल करने की। इसका अर्थ यह नहीं है कि हम उन्हें भी मनुष्यों जैसी सुविधाएँ तथा अवसर उपलब्ध करवाएँ...इसका अर्थ यह है कि उन्हें ऐसा संरक्षण मिले जिससे कि हजारों साल पहले प्रकृति में जो एक लय थी, एक सन्तुलन था...वैसा ही फिर से प्राप्त हो जाए। ये सन्तुलन तथा लयबद्धता विभिन्न अनुसंधानों, चिन्तन, कठिन परिश्रम तथा त्याग से ही प्राप्त किए जा सकते हैं। अब हमें मनुष्यों एवं मानवता के प्रति रूमानी भावुकता को त्यागना होगा। इसके लिए अंतरराष्ट्रीय कानून बनाए जाएँ तथा उन्हें व्यावहारिक परिप्रेक्ष्य में कठोरता से लागू किया जाए।...अब समय आ गया है कि हम अपने क्रियाकलापों के प्रभावों का अध्ययन पृथ्वी के बाहर भी सूक्ष्मता से करना शुरू करें।

...आज सभी धर्मों के समक्ष आने वाली शताब्दियों में होने वाले बदलावों की चुनौतियाँ हैं। विज्ञान में नित नए विकास हो रहे हैं। मेडिकल चिकित्सा में 'क्लोनिंग' जैसी अवधारणा ने अनेक पौराणिक तथा काल्पनिक पात्रों के साकार होने की संभावनाओं को बढ़ा दिया है।

दूसरी तरफ बढ़ते भौतिक विकास ने भी अपने नकारात्मक प्रभाव दिखाने प्रारम्भ कर दिए हैं। पूरी दुनिया में मौसम-चक्र परिवर्तित होने लगा है।...पृथ्वी का तापमान बढ़ने के खतरे पैदा हो गए हैं। मानवता एक अनिश्चित एवं भ्रमित चौराहे पर खड़ी नजर आती है।

...आने वाले समय में एकाएक कुछ और बड़े परिवर्तन सामने आ सकते हैं।...यहाँ तक कि मानव जीवन का स्वरूप भी पूर्णरूपेण बदल सकता है। मनुष्य का सम्पूर्ण अस्तित्व भी समाप्त हो सकता है। शायद आने वाली विकराल चुनौतियाँ सभी व्यक्तियों को एक मंच पर आने के लिए मजबूर भी कर सकती हैं, तब धार्मिक एवं अन्य भेद स्वयं ही गौड़ हो सकते हैं।

...और भी अनेक संभावनाएँ बन सकती हैं। मनुष्य की ये कल्पनाएँ प्रायः सच भी साबित हो ही जाती हैं।

तब इतनी अस्थिरतापूर्ण स्थिति में आखिर किसी भी तरह की जड़ता के लिए स्थान ही कहाँ है? धार्मिक जड़ता को बनाए रखकर अपने समाज को पीछे धकेलने का कार्य करना आज सबसे बड़ा पाप है।

सभी धर्मों को प्रकृति से प्रत्यक्ष सम्बन्ध स्थापित करना होगा, अन्यथा प्रकृति मनुष्य को ऐसा दंड देगी कि मनुष्य त्रहि-त्रहि कर उठेगा... ।'' ज़फ़र ने एक लम्बी साँस लेते हुए अपनी बात पूरी की।

कुछ देर तक एक सन्नाटा सा रहा। लेकिन अब कुछ चेहरों पर प्रश्न भी उभर रहे थे तथा कुछ अपना असन्तोष भी व्यक्त करना चाह रहे थे।

''आपके इस तरह से विचार देने से कुछ नहीं होगा, हमें क्रान्ति करनी ही होगी।...सर्वहारा-वर्ग की फिर से पहचान करनी ही होगी।...लेकिन जातिगत समाज का यही सबसे मुश्किल कार्य है। यहाँ पर जाति की पहचान से ही वर्गीय-अन्तर्विरोध स्पष्ट होते हैं और प्रत्येक जाति में भी नए-नए वर्गीय-अन्तर्विरोध उभर रहे हैं। इसके अतिरिक्त व्यवसाय के आधार पर भी वर्गीय-अन्तर्विरोध हैं। इन सभी अन्तर्विरोधों की जटिलता की पड़ताल करके ही सर्वहारा-वर्ग को पहचाना जा सकता है।...पुराने शोषित वर्ग की अलग चेतना है और नए शोषित वर्ग की अलग चेतना है। ऐसे में उन्हें एक ही मंच पर लाकर संघर्ष छेड़ना निश्चित ही दुरूह कार्य है।...लेकिन यही तो हमारे लिए चुनौती है।...इक्कीसवीं शताब्दी में मार्क्सवाद के लिए इसी तरह की चुनौतियाँ तो हैं।...वास्तविक बदलाव हम लोग ही ला सकते हैं।'' मनोहर ने चुनौतीपूर्ण अन्दाज में कहा।

''समस्या ये है जफ़र भाई कि आप कितनी जातियों एवं कितने लोगों की कुंठाएँ समाप्त कर पाएँगे। और फिर धार्मिक एवं अन्य कुंठाएँ भी तो हैं। ऐसा कब तक चलेगा? ये कुंठाएँ अपने दूर होने के क्रम में अनेक तरह के शोषण को जन्म देंगी।...फिर किसी दूसरे के शोषण को जन्म देंगी। फिर किसी दूसरे तबके में कुंठाएँ पैदा हो जाएँगी या बढ़ जाएँगी। तब फिर उनकी कुंठाएँ कैसे दूर होंगी? इस तरह तो समाज हमेशा ही बँटा रहेगा।'' पीयूष ने भी कुछ असन्तोष दिखाया।

''आपने मुस्लिम धर्म में तो काफी कमियाँ निकाल दी हैं और उसका अलग से विश्लेषण भी किया है। लेकिन हिन्दू या अन्य धर्म की उतनी कमियाँ नहीं निकाली हैं। क्या हिन्दू हमेशा परलोक के विचारों में नहीं खोए रहते हैं? हिन्दू धर्म के प्राचार्य भी तो अन्य धर्मों के लोगों को हेय समझते हैं। अभी भी बहुत से हिन्दू मुस्लिमों के खान-पान एवं पहनावे को लेकर फिकरे कसते हैं।...जैसे मुस्लिम गन्दे रहते हैं,...ये प्रायः सभी हिन्दू मानते हैं।'' रहमान ने भावावेश में अपनी बात पूरी की।

''हाँ, ये बात कुछ हद तक सच है कि हिन्दुओं ने भी मुस्लिमों के अस्तित्व को कभी सच्चे मन से स्वीकार नहीं किया है। एक कृत्रिम दूरी हमेशा उनसे बनाये रखी है। जहाँ तक कमियों की बात है, तो जाति-व्यवस्था से सम्बन्धित बुराई हिन्दुओं में ही सर्वाधिक है। मुस्लिमों में यह उतनी गम्भीर समस्या नहीं है।...हालाँकि मेरी इच्छा है कि मुस्लिमों में भी हिन्दुओं की तरह आर्थिक एवं सामाजिक स्थिति के आधार पर जातीय-समूह बनें। और फिर वे अपने वर्गीय-हितों की पूर्ति के लिए संघर्ष करें। इससे उनका धर्म के प्रति अत्यधिक मोह भी समाप्त होगा और उनका प्राथमिकता के आधार पर विकास भी संभव हो सकेगा।'' मैंने रहमान की तरफ देखते हुए अपनी बात पूरी की।

"आप मुस्लिमों में विभाजन की बात कर रहे हैं?" रहमान ने कहा।

"नहीं-नहीं, किसी तरह के कृत्रिम विभाजन की बात नहीं हो रही है। विभाजन तो है ही वहाँ भी। मुस्लिम-समाज में भी उच्च जातियों एवं उच्च वर्ग ने ही सदैव लाभ उठाया है। कमजोर जातियों का प्रतिनिधित्व हर क्षेत्र में वहाँ भी बहुत कम है। अर्थात् जातीय एवं वर्गीय शोषण वहाँ भी है।...लेकिन धर्म को संवेदनशील बनाए रखकर गरीबी, अशिक्षा जैसी प्राथमिक जरूरतें प्राय: गौड़ ही बनी रही हैं।...मेरा भी विचार है कि वहाँ भी कमजोर एवं पिछड़ी जातियों को अपनी प्राथमिक आवश्यकताओं के लिए अलग से संघर्ष करना चाहिए। अपना हक माँगने में कोई बुराई नहीं है।" ज़फ़र ने मुझे दुविधा से निकाला।

"आप कुछ हद तक ठीक कह रहे हैं ज़फ़र भाई। उससे कम से कम सर्वहारा-वर्ग अपने हितों को पहचानेगा तो सही। ऐसे ही हमें सर्वहारा-चेतना को पहचानना होगा तथा फिर उसे एक मंच पर लाना होगा। सर्वहारा-वर्ग में चेतना आ जाएगी तो धर्म की जकड़न स्वयं ही समाप्त हो जाएगी।" मनोहर ने मेरी बातों में अपना पक्ष खोजते हुए कहा।

"मेरे मित्रों! ये संक्रमण काल है,...और भी कई बदलाव साथ-साथ चलते रहेंगे। लेकिन हाँ शोषणमूलक चेतना को हमें ऊर्जाहीन बनाना ही होगा।" ज़फ़र ने कहा।..."मनोहर भाई के विचार भी लाजवाब थे। उनकी चाहत में कोई खोट नहीं है।" ज़फ़र ने जैसे बहस को विराम देना चाहा।

कुछ हल्की-फुल्की बातें करने के बाद सभी लोग विदा हो गये।

पिछले कई माह से मैं, ज़फ़र, मनोहर, नरेन्द्र, फुरकान, रहमान, पीयूष..., प्राय: पन्द्रह दिन में ज़फ़र के फ्लैट पर चर्चा कर ही लेते थे। ज़फ़र तो अपने फ्लैट को इबादतखाना ही कहने लगा था। उसके अनुसार अकबर के इबादतखाने से यह अलग इस तरह था कि इसमें चर्चा के विषय अत्यन्त व्यापक होते थे।

काफी झड़पें भी होती थीं आपस में। कई बार तो ऐसा लगता था कि कहीं झगड़ा ही न हो जाए; लेकिन चीजें अन्ततः सुलझ ही जाती थीं।

इतने सारे लोग अपना-अपना चिन्तन खुले दिल से बाँटते थे, तब आनन्द भी आना स्वाभाविक ही था।

नफीसा का परिवार भी अब जल्दी-जल्दी आने लगा था। उसके अब्बू भी अब सामान्य हो गए थे, हालाँकि नफीसा से मिलने अभी तक नहीं आये थे।

सिनेमा देखने के दिन नफीसा बहुत प्रसन्न होती थी,...बड़ी बेसब्री से मेरा इन्तजार करती रहती थी। एकदम बच्ची की तरह उसका स्वभाव हो जाता था। उसे कामेडी फिल्में अधिक पसन्द थीं, जबकि मैं सार्थक सिनेमा से बेहद प्रभावित होता था।

उस दिन हम बाहर खाना खाते थे। हमें देर रात हजरतगंज में पैदल टहलना बेहद पसन्द था। लोगों की भीड़ कम होने से मन हल्का हो जाता था।

अभी भी अतिरिक्त सावधानी बरतने की कई लोगों से हिदायतें मिलती रहती थीं। ऐसी हिदायतों को हम सुनने के आदी हो गये थे। मुझे लगने लगा था कि अब किसे पड़ी है बखेड़ा खड़ा करने की। लेकिन फिर भी नफीसा का मन पूरी तरह आशंकाओं से निर्मूल नहीं हुआ था।

पाँच

अक्टूबर माह का अंत चल रहा था। सर्दियाँ दस्तक देने लगी थीं। इधर के वर्षों में तो सर्दी कुछ देर से भी आने लगी थी तथा कुछ जल्दी ही विदा भी होने लगी थी। हाँ, सर्दी की तीव्रता कई बार पहले से अधिक बढ़ जाती थी।

जैसे ही सर्दी की आहट मिलने लगती थी, नफीसा मौसम की प्रशंसा करने लगती थी।...ये सर्दी तो वैसे भी बहुत खास थी हमारे लिए। नफीसा दीवाली का काफी दिनों से इन्तजार कर रही थी। अभी से उसने गर्म सूट सिलवाने शुरू कर दिए थे। उसने कहा था कि इस बार मेरे सारे गर्म कपड़े वह ही खरीदेगी।

दीवाली पर खूब धूमधाम मची। ज़फ़र का पूरा परिवार एच.ए.एल. आया हुआ था। लेकिन उसके अब्बू नहीं आये थे। मीर तो अक्सर ही हमारे यहाँ आता रहता था। उसे नफीसा बहुत चाहती थी तथा उसका खास ख्याल भी रखती थी।

नफीसा को पटाखों की आवाज थोड़ी खराब लगती थी, लेकिन फिर भी वो उनका आनन्द लेती थी। हाँ, मेरे घर से कोई नहीं आ पाया; इसका अफसोस मुझे था।

त्योहारों पर सभी लोग रोजमर्रा के तनावों से बाहर आकर कुछ प्रफुल्लित हो जाते हैं। कुछ अलग ऊर्जा का अहसास होता है। सम्बन्धों को भी नयी ऊर्जा मिलती है। लोग न चाहते हुए भी त्योहार की चेतना से वशीभूत हो जाते हैं। त्योहारों पर सार्वजनिक अवकाश मिलता है, तो सभी को सारे त्योहारों का खुले दिल से आनन्द लेना चाहिए।

दीवाली पर होने वाले बेतहाशा प्रदूषण से अवश्य कई दिन तक बेचैनी बनी रहती है। कई दिन तक धुएँ के गुब्बार की सतह शहरों में स्पष्ट नजर आती है। इसलिए अब धुआँ-रहित पटाखों के उपयोग की अत्यधिक आवश्यकता है।

धुआँ एवं सर्दी लगने से नफीसा की तबियत खराब हो गयी थी, ऐसे में कई दिन तक उसकी अम्मी हमारे यहाँ ही रुकी रही थीं।

ठीक होते ही मैं उसे सहारागंज घुमाने ले गया, जहाँ पर उसने मेरे तथा अपने

लिए गर्म कपड़े खरीदे। कुछ कपड़े उसने अपने परिवार के लिए भी खरीदे।

अक्सर शाम को मैं भूतनाथ चौराहे पर किसी न किसी कार्य से चला जाता था। नफीसा भी साथ हो लेती थी, लेकिन आज उसका जाने का मन नहीं था। पता नहीं क्यों मुझे भी जाने के लिए मना कर रही थी।

भूतनाथ चौराहे से थोड़ा आगे बाईक खड़ी करके जैसे ही मैंने दुकान की तरफ चेहरा घुमाया, वैसे ही एक जोरदार थप्पड़ मेरे गाल पर पड़ा; मैं सन्न रह गया। मेरा दिमाग पूरी तरह घूम गया।

तब तक कुछ और युवक मुझ पर पिल पड़े। कुछ ही देर में मैं उनके पैरों में था; ''साले! तुझे बहुत इश्क का रोग लगा है...चाकू घोंप दो साले को,...मार दो जान से।''

अचानक हुए इस हमले में मैं एकदम घबरा गया था। मेरी हालत ऐसी थी कि जैसे शिकार की शिकारी के कब्जे में आने पर होती है। आज तक किसी ने मेरा गिरेहबान तक नहीं पकड़ा था, यहाँ तक कि बड़ा होने पर किसी से कभी कोई गाली-गलौच भी नहीं हुई थी...और आज अचानक मार पड़ने लगी...वो भी पता नहीं किस सीमा तक जानी थी।

लात-घूंसों की बरसात से मैं चिल्ला उठा था, ''बचाओ! बचाओ!''...लेकिन कोई भी मेरे पास नहीं आ रहा था।

क्यों आए कोई मुझे बचाने, आजकल संवेदनशीलता है ही कहाँ? व्यक्ति में जो थोड़ी बहुत होती भी है, उसे भी अनवरत् चलने वाले संघर्ष तथा कड़वे अनुभव उससे प्राय: छीन लेते हैं। इतना धैर्य तथा जोखिम उठाने की क्षमता अब बिरले ही मिलती है।

हाँ, लेकिन जब व्यक्ति स्वयं फँसता है तो उसे सद्‌गुणों की अवश्य याद आती है। दूसरों की सहायता की अपेक्षा होने पर वह अपने व्यक्तित्व को भूलकर बस सहायता चाहता है। यदि वह उसे समय रहते नहीं मिलती है, तो उसे सारी दुनिया नारकीय एवं पत्थरों की बनी हुई प्रतीत होने लगती है। बस उसमें विपत्ति के समय ही ऐसा चमत्कार होता है। विपत्ति गुजर जाने के बाद प्राय: वह फिर से वैसा ही हो जाता है...अपने तक सीमित, दूसरों के बारे में न सोचने वाला...।

हाँ आप मुझे ऐसा नहीं कह सकते हैं। मैं सन्त तो नहीं था, लेकिन समय के परिप्रेक्ष्य में काफी हद तक ठीक था। अगर कोई बहुत जोखिम वाली स्थिति अचानक उत्पन्न हो जाती, तो मैं क्या करता? ऐसा मैंने भी कभी नहीं सोचा था।

एक लड़के ने गिरेहबान पकड़ कर मुझे उठाया और बोला, ''तेरी हिम्मत कैसे हुई ऐसा सोचने की भी?...मारो साले को,...सारी हड्डियाँ तोड़ डालो।''

मैं चारों तरफ से घिरा हुआ था, बेतहाशा मुझे पीटा जा रहा था, लेकिन मैंने हिम्मत नहीं हारी।...पूरा दम लगाया, जोर का झटका दिया और किसी तरह घेरा तोड़ते हुए मैं भागा।

पकड़ो उसे...भागने न पाए...गोली मार दो...!

...आखिर एक छुपने की थोड़ी जगह मुझे मिल गयी। काफी अन्धेरा था वहाँ पर।...मैं दीवार से ऐसे चिपक गया कि जैसे मैं दीवार तोड़कर उसमें घुस जाऊँगा।...कुछ समय इन्तजार करने के बाद वहाँ से हटकर मैं मुख्य सड़क पर आया तो कुछ जान में जान आयी।...यहाँ पर ट्रैफिक अधिक था।

...वो रहा...वो रहा...एकाएक मेरे कानों में आवाजें आने लगीं।

पीछे से आते हुए कदमों की आवाजें अब पहले से निकट आती जा रही थीं।

तभी अचानक पीछे से कोई चीज मेरे सिर पर आ लगी और फिर मुझे कुछ लात–घूंसों के सिवाय कुछ भी याद नहीं रहा।

मेरी आँखें अस्पताल में खुलीं। ज़फ़र, नफीसा, उसकी अम्मी, नरेन्द्र, रहमान, फुरकान, मनोहर, पीयूष; सभी लोग अस्पताल आए हुए थे।

''मैं !...यहाँ कैसे...?'' मैंने आश्चर्य से सबकी तरफ निगाह घुमाते हुये कहा। मुझे एकाएक कुछ भी याद नहीं आ रहा था।

ज़फ़र ने बताया कि ''हमें तो पुलिस ने खबर दी, तब हम लोग अस्पताल में आए।...पता चला कि कुछ लोग तुम्हें पीट रहे थे, पुलिस को देखकर वे भागे। तब पुलिस ने ही तुम्हें अस्पताल पहुँचाया...।''

''सब ठीक हो जाएगा। सिर का जख्म भरने में कुछ समय जरूर लगेगा, लेकिन कहीं भी कोई गहरी चोट नहीं है।...तुम बस अभी आराम करो।'' ज़फ़र ने सान्त्वना देते हुए कहा।

''कैसे हुआ ये सब शिवांग भाई?'' नरेन्द्र ने गम्भीर होते हुए पूछा।

ज़फ़र ने उसे टोकते हुए कहा, ''उन्हें इस समय हम लोग आराम करने दें,...यही बेहतर होगा।''

''कुछ लड़के थे, एकाएक मुझे मारने लगे।...मैं किसी तरह उनके चंगुल से निकल कर भागा; लेकिन तभी कोई चीज मेरे सिर से आ टकरायी,...उसके बाद मुझे कुछ भी याद नहीं रहा।'' मैंने बहुत संक्षेप में अपनी कहानी बतायी।

''आपकी तो किसी से दुश्मनी भी नहीं है,...फिर भी?'' मनोहर ने पूछा।

''मनोहर भाई, हमें उनसे कल ही कुछ और पूछना चाहिए,...डॉक्टर ने उन्हें आराम करने को कहा है।'' ज़फ़र ने मेरा मन भाँपते हुए समझाया।

नफीसा किसी तरह आँसू रोके हुए थी, ज़फ़र की अम्मी भी रुआँसी थीं। जब

कुछ देर बाद सभी मित्रगण चले गए, तब नफीसा अचानक फूट-फूटकर रोने लगी। ज़फ़र की अम्मी उसे सँभाल रही थीं। ज़फ़र की आँखें भी गीली थीं।

"कौन थे वे लोग?...किसी को पहचाना?" ज़फ़र ने मेरे चेहरे के पास अपना चेहरा लाते हुए धीरे से पूछा।

"नहीं यार! मैं तो किसी को भी नहीं पहचानता, बस जान बच गयी।...एक बार तो मुझे भी लगा कि मार ही डालेंगे! बहुत लात-घूंसे मारे हैं, पूरे शरीर पर मार लगायी है।...कोई फ्रेक्चर तो नहीं है?" मैंने कुछ तेज आवाज में ही कहा, मुझे इसमें कुछ छिपाने जैसा नहीं लगा।

"डॉक्टर तो मना कर रहे हैं। हाँ, शरीर का दर्द तो धीरे-धीरे ही जाएगा।...तुम्हारे हिसाब से कौन हो सकते हैं ये लोग?"

लेकिन ज़फ़र जब ऐसा पूछ रहा था तो उसके दिमाग में कुछ चल रहा था, जैसे वो लगभग सही अनुमान लगा चुका हो।

"अरे, यार! शायद मेरी शादी से नाराज थे वे लोग।" मैं एकाएक बोल गया; लेकिन फिर पछताया कि इतना नहीं बताना चाहिए था।

मैंने देखा कि नफीसा का चेहरा घबराहट से पीला पड़ गया है।

"पुलिस उन्हें खोज रही है, वे बच नहीं पायेंगे। एक लड़का तो उसी समय पकड़ भी लिया गया है।" अम्मी ने कहा।

"अम्मी! ये लोग क्यों मेरी बहन को बर्बाद करने पर तुले हुये हैं?" ज़फ़र गुस्से में बोला।

तीन दिन बाद अस्पताल से मुझे डिस्चार्ज कर दिया गया।

जफ़र एवं उसकी अम्मी दोनों रात में घर पर ही रुक गये।

पूरी रात नफीसा जागती रही।...सुबह उसकी अम्मी ने उसे जबरदस्ती बिस्तर पर लिटाया।

नमाज वाला कमरा अम्मी को बहुत पसन्द था। कमरे की साफ-सफाई को देखकर वह बहुत प्रसन्न होती थीं। उस कमरे में हिन्दू-रीति की कोई भी चीज नहीं थी, वह कमरा पूरी तरह इस्लामिक ही लगता था।...नीचे उसमें कालीन भी बिछा था। अम्मी बड़े इत्मीनान से नमाज अता करती थीं। वे दोपहर बाद चली गयीं।

जफ़र बीच-बीच में पुलिस जांच की खबर लेता रहा।...काफी लोग देखने आ रहे थे।

नफीसा मेरे लिए हल्दी मिला हुआ दूध लेकर आयी। मैंने थोड़ा ऊपर उठकर दूध पिया, वह मुझे सहारा दे रही थी। उसकी आँखें नींद से लाल हो रही थीं।

मैंने दूध पीने के बाद लेटते हुए कहा, "तुम इतनी परेशान क्यों हो रही हो? अरे सोच लो मेरी बाईक से दुर्घटना हो गयी,...रोज होती हैं ऐसी दुर्घटनाएँ तो।"

वह नाराज होकर जाने लगी, तो मैंने उसका हाथ पकड़ा, ''क्या बात है? रूठ क्यों गयीं?''

''आप भी हमेशा उल्टी-सीधी बातें करते रहते हैं।''

''अच्छा, बैठ ज़ाओ। जो हो चुका, वह हो चुका। अब परेशान होकर कुछ बदल तो नहीं जाएगा।''

''आगे क्या भरोसा है?...ये लोग फिर से हमला कर सकते हैं? ये तो घर पर भी आ सकते हैं? हम दोनों अकेले ही तो रहते हैं।''

''हाँ, भई! हो तो कुछ भी सकता है। लेकिन अब हम लोग उन लोगों का पक्का इन्तजाम किए बिना छोड़ेंगे नहीं।...मुझे पूरा विश्वास है कि अब आगे से वे ऐसा कुछ भी दुहरा नहीं पाएँगे।''

''ऊपर वाले का शुक्र है कि आप बच गये। वरना उन्होंने तो कोई कसर नहीं छोड़ी थी।'' उसने मेरे हाथ को अपने हाथ में लेते हुये कहा।

मैंने अपनी आँखें बन्द कर लीं।...एकाएक मुझे बहुत अधिक गुस्सा आ गया, मुट्ठी भिंच गयी—इतनी बेइज्जती! लात-घूंसे, गालियाँ,...मन कर रहा था कि अगर वे लड़के मिल जाएँ तो सबको गोली से उड़ा दूँ।

''क्या हुआ?...आप गुस्से में क्यों हैं?'' उसने मुझे टोका।

''कुछ...कुछ नहीं, वैसे ही मूड खराब सा हो गया है।'' अपने को सामान्य करते हुए तथा बहाना बनाते हुए मैंने कहा, ''कुछ दर्द-सा उठा है कमर में।''

उसने मेरी कमर पर हाथ रखते हुए पूछा, ''क्या मालिश कर दूँ?'' मैंने उससे मना कर दिया।

शाम को जफ़र ने बताया कि ''सभी लड़कों को जमील ने भड़काकर भेजा था।''

''वही जमील न, जो हमें बरेली तक छोड़कर आया था?'' मैंने कुछ याद करते हुए पूछा।

''हाँ...हाँ वही!...बड़ा अजीब लगा मुझे तो?'' जफ़र ने सिर झटकते हुये कहा।

''लेकिन मुझे कुछ भी अजीब-सा नहीं लगा। मुझे तो वह उसी दिन घुन्ना आदमी लग रहा था। पता नहीं क्यों तुमने उस पर इतना विश्वास किया?'' मैंने कुछ शिकायत भरे लहजे में कहा।

''अरे, यार! ये क्या पता था कि वो इतना बड़ा धूर्त व मक्कार निकलेगा। सारे अहसानों का ये बदला दिया है उसने?'' जफ़र ने अविश्वास में फिर से सिर हिलाया।

''पुलिस क्या कर रही है?'' मैंने जफ़र से पूछा।

"जमील तो मिला नहीं है, और वे लड़के भी अभी गायब हैं। एक दो दिन में शायद पकड़े जाएँ।...तुम उसकी चिन्ता मत करो, पुलिस सही काम कर रही है।"

अगले दिन शाम को नरेन्द्र, पीयूष, फुरकान, मनोहर एवं रहमान भी मिलने आए।

"शिवांग भाई! लखनऊ में हम लोग किसी से भी कम नहीं हैं। पूरा संगठन है हम लोगों का। आप भले ही हमारी विचारधारा के नहीं हैं, लेकिन आप देशभक्त इन्सान अवश्य हैं। आप...आप बस उनका नाम, पता या पहचान बता दीजिए; आपके बारे में कभी सोचेंगे भी नहीं।" नरेन्द्र ने मेरी तरफ सहानुभूति से देखते हुए कहा।

"मुझे पता चला है कि मामला शादी के विरोध से जुड़ा हुआ है।...हूँ! तभी तो मैं कहता हूँ कि मार्क्सवाद ही ऐसे धर्म के पाखंडियों को सबक सिखा सकता है।...कैसा जंगलीपन है समाज में?" मनोहर ने ऐसे कहा कि जैसे ऐसी चीजों के समाधान बस उसके पास ही हैं।

"गुस्सा तो मुझे भी बहुत आ रहा है, लेकिन हम लोग अब दूसरी राह पर चल पड़े हैं। हमें आम आदमी की तरह प्रतिक्रयावादी नहीं होना चाहिए। हमें बहुत-कुछ बर्दाश्त करने की आदत डालनी होगी। बात केवल शादी के मुद्दे तक ही सीमित नहीं रखनी है, हमें सभी धर्मों तथा वर्गों के सभी मुद्दों को लेकर चलना होगा। हमें देशव्यापी आन्दोलन चलाना होगा, देश को जागरुक करना होगा। उसे नयी ऊर्जा प्रदान करनी होगी।...हमें व्यक्तिगत मान-सम्मान से ऊपर उठकर सोचना होगा।" मैंने नरेन्द्र की तरफ देख कर कहा।

"नरेन्द्र भाई, ये सच्चे मुसलमान नहीं हो सकते हैं।...हमें तो शिवांग भाई की शादी से खुशी ही हुई है। इससे ज़फ़र भाई और शिवांग भाई रिश्तेदार भी हो गये हैं।...सच पूछो तो अब शिवांग भाई का घर पहले से और भी ज्यादा अपना लगने लगा है।" फुरकान ने कहा।

"अगर सारी मुस्लिम लड़कियों की शादी हिन्दू या अन्य धर्म के लड़कों से हो जाय और सभी मुस्लिम लड़कों की शादी हिन्दू या अन्य धर्म की लड़कियों से हो जाय,...और फिर यही प्रक्रिया दूसरे धर्मों के साथ भी होने लगे।...कहने का अर्थ यह है कि सभी व्यक्ति अनिवार्य रूप से अन्तर्धार्मिक शादियाँ कर लें...या अन्तर्धार्मिक विवाह की अनिवार्यता न भी हो और लोग सहज रूप में ही अन्तर्धार्मिक विवाहों को स्वीकार करने लगें तथा हर परिवार में कई धर्मों को मानने वाले लोग हो जाएँ, तो फिर समाज में धर्म के प्रति नया नजरिया उभरेगा। हर व्यक्ति सभी धर्मों के प्रति संवेदनशील हो जाएगा। धार्मिक अलगाववाद तो स्वत: ही समाप्त हो जायेगा। धार्मिक कट्टरता स्वयं ही नेस्तनाबूद हो जायेगी।

...अरे, ऐसा अगर पचास प्रतिशत लोग ही करने लगें तो समाज एक अलग

ही स्वरूप प्राप्त कर लेगा।...वास्तव में तभी सच्ची मानवता पनपेगी और मनुष्य की चेतना को नयी ऊँचाई मिल सकेगी।'' मैंने बोलने की इच्छा न होने के बावजूद भी अपनी बात कह ही दी।

''अगर क्रान्ति करनी ही है, तब फिर साम्यवादी क्रांति ही कुछ परिणाम ला सकती है; अन्यथा अन्य कोई विचारधारा रास्ते में ही अपनी ऊर्जा खो बैठेगी। इस तरह की कल्पनाओं से यथार्थ के धरातल पर कोई भी परिवर्तन नहीं हो पायेगा।'' मनोहर ने अपना निर्णय सा सुनाया।

''फिलहाल तो आप इन्हें हल्दी का दूध पीने दीजिए मनोहर भैय्या!'' नफीसा ने कुछ झुंझलाते हुए टोका।

नफीसा को मेरे सारे दोस्तों में मनोहर ही सर्वाधिक पसन्द था। वो उसे सच्चा इंसान मानती थी। वो हमेशा खादी का कुर्ता तथा जीन्स पहनता था। हमेशा ही शान्त तथा भावशून्य सा दिखता था। बाल हमेशा कुछ लम्बे रखता था तथा उन्हें पीछे की तरफ काढ़ता था। कुछ-कुछ दार्शनिक जैसा अन्दाज उसकी चाल-ढाल एवं हाव-भाव में नजर आता था। उसके खूबसूरत तथा कुछ लम्बे चेहरे पर हल्की-हल्की दाढ़ी-मूछें खूब फबती थीं।

हाँ, कुछ दिन पहले मैंने जब नफीसा को ये बताया था कि वो एक खूबसूरत वेश्या के कोठे पर जाता है तथा वहाँ पर घंटों बिताता है। तब वह सख्त नाराज हो गयी थी, तथा उसने मनोहर को घर पर न आने देने की सलाह तक दे डाली थी।

यह सच्चाई जानने पर कि वो वेश्या से इसलिए प्यार करता है कि वो उसे भी सर्वहारा-वर्ग की ही समझता है; जिसका शोषण पैसे वाले लोग करते हैं। तब कहीं नफीसा शान्त हुई थी।

फिर भी वह कुछ दिन तक अशान्त ही रही थी। उसके अनुसार कॉलोनी वाले क्या सोचेंगे? जब उन्हें मनोहर भैय्या के बारे में पता चलेगा।

मैंने उसे समझाया कि पहले से ही डरने से क्या लाभ है? जब ऐसा होगा तब देखा जायेगा। जब मैंने उसे यह बताया कि मनोहर अकेला है, उसके माँ-बाप बचपन में ही गुजर गये थे। उसके चाचा ने ही उसे पाला पोसा है।...हालाँकि पैसे का अभाव उसके जीवन में कभी भी नहीं रहा है, लेकिन उसने अत्यन्त ही संघर्षपूर्ण जीवन बिताया है। वो अपनी शर्तों पर जीवन जीना पसन्द करता है, इसीलिए समाज की चिन्ता भी अधिक नहीं करता है।...तब तो नफीसा और भी अधिक मानने लगी थी मनोहर को।

अगले दिन पता चला कि ज़फ़र जमील के घर गया था। जमील तो नहीं मिला, लेकिन उसके अब्बू-अम्मी उसे मिल गये थे; उन्हें वो अच्छे से समझा आया था तथा

चेतावनी भी दे आया था कि अगर उसने अपने आपको पुलिस के हवाले नहीं किया और वह उसके हाथ आ गया, तो वह गुस्से पर नियन्त्रण नहीं रख पायेगा...और भी बहुत कुछ सुना आया था वह।

...एक दो दिन बाद जब पुलिस ने सारे लड़कों को गिरफ्तार कर लिया, तब हम लोगों को कुछ तसल्ली मिली थी।

...जफ़र जमील को खूब खरी-खोटी सुनाकर आया, वह बस मुँह लटकाये सिर्फ सुनता रहा।

एक दिन मनोहर घर पर आया हुआ था। नफीसा की उसके बारे में उत्सुकता बढ़ गयी थी। वह अब उससे खुलकर बातें करने लगी थी। बातों ही बातों में मनोहर से उसने पूछा—"भैय्या उसका नाम क्या है?"

"किसका?" मनोहर ने अनजान सा बनते हुए कहा।

"जिसको आप चाहते हैं।" नफीसा ने चाय का प्याला मनोहर को देते हुए कहा।

"नीलम...नीलम नाम है उसका।...ऐसे ही एक बार वेश्याओं की स्थिति समझने के लिए कोठे पर गया हुआ था, तभी उससे मुलाकात हुई थी।" एक लम्बी साँस छोड़ते हुए मनोहर बिना किसी संकोच के बोला। उसकी आँखों में कुछ चमक सी आ गयी थी।

"आप बेहद प्यार करते हैं उससे?" नफीसा ने बैठते हुए कहा।

"हाँ, बेहद!...उसके पास सब-कुछ भूल-सा जाता हूँ। उसकी आँखें बहुत सुन्दर हैं—बड़ी-बड़ी सी...आपसे भी बड़ी। दुबली-पतली सी हिरनी जैसी है वो। डरी-डरी, सहमी-सहमी सी रहती है।...इतना दर्द व पीड़ा उसकी आँखों में है कि जैसे सारा सर्वहारा-वर्ग उसकी आँखों से अपनी वेदना को व्यक्त करना चाह रहा हो।" कहते हुए एक लम्बी साँस उसने छोड़ी।

"कल ही तो गया था उसके पास।...इधर वो मुझे कुछ ज्यादा ही चाहने लगी है। कभी-कभी डर लगता है मुझे इतनी चाहत से, क्योंकि मैं शादी के बंधन में बंधना नहीं चाहता हूँ और अधिक चाहत उसी तरफ ले जाती है।...लेकिन हाँ, मैं कितना भी परेशान या थका हुआ रहूँ, उसकी आँखों में देखकर सबकुछ भूल सा जाता हूँ।...समय जैसे ठहर सा जाता है।...उसकी आँखें मुझे गरीबों की पीड़ा से और भी अधिक जोड़ देती हैं।

अपने जीवन में कितने दुःख उठाए हैं उसने। उसका जीवन दुःखों एवं कष्टों की एक महागाथा है। कदम-कदम पर उसने कष्टों को सहा है।...बचपन से उसे कभी दो पल का भी सच्चा प्यार नहीं मिला। घर वालों का साथ तो बहुत छोटी सी उम्र में ही उसका छूट गया था।...तब से दुःखों का दुष्चक्र ही उसकी किस्मत बन

गया है।...मुझ पर भी उसने बहुत दिनों के बाद ही विश्वास करना शुरू किया था।...वो शायद भूल ही चुकी थी कि वो भी एक इन्सान है,...या उसमें भी भावनाएँ या इच्छाएँ हैं।...मानवीय पहलू उसके व्यक्तित्व में कहीं गहरे दब से गये थे। एक वस्तु बनकर रह गयी थी वो...शायद वस्तुएँ भी उससे अच्छी रही होंगी।

...अब भी कई बार वह अपने पुराने स्वरूप में लौटने लगती है।...लेकिन अब वो पहले जैसी नहीं रही है।'' मनोहर खोया हुआ सा बोले जा रहा था।

''कई बार तो हम घंटों एक दूसरे की आँखों में बस यूँ ही झाँकते रहते हैं। ऐसा लगता है, जैसे वो मेरी सबसे अधिक अपनी है;...जो अभी तक बिछुड़ी हुई थी और अब मुझे वापस मिल गयी है। जब भी मैं उससे अलग होता हूँ, तो ऐसा लगता है कि जैसे उसके पास ही कुछ छूट-सा गया है।...उसकी वजह से कई लोगों ने तो मुझे घर पर भी बुलाना बन्द कर दिया है, लेकिन मुझे उसकी चिन्ता नहीं है। ये दुनिया उसके लिए कितनी निर्दयी है।...देखता हूँ! आप कब तक आने देती हैं अपने घर पर।'' कहते हुए वो भावुक हो गया था।

''नहीं, भैय्या! ये आपका ही घर है।...जब मन हो, आ जाया कीजिए। हमें लोगों की परवाह नहीं है...और आपके लिए तो बिल्कुल भी नहीं।'' कहते-कहते नफीसा का गला रुंध-सा गया। मुँह छिपाते हुए उसने आँखें पोंछ लीं। मेरी भी आँखें गीली हो गयी थीं।

''आप ही बताइये भाभी जी! क्या वेश्याएँ इंसान नहीं होती हैं? उन लोगों की सारी इच्छाएँ, भावनाएँ, अपेक्षाएँ दबा दी जाती हैं। समाज बहिष्कृत हैं वे लोग। तभी तो उनका व्यवहार बेहद रूखा हो जाता है। मानसिक रूप से बीमार होती हैं सारी वेश्याएँ।...जीविका के लिए कितना-कुछ गिरवी रखना पड़ता है उनको।

...नीलम भी पहले रूखी-रूखी सी थी, लेकिन अब वो लगभग सामान्य होने लगी है।...अब उसमें भावनाओं का ज्वार उठता है।...वैसे मैं भी उसे ज्यादा क्या दे सकता हूँ? मैं तो अपना जीवन पहले ही समाज-सेवा को अर्पित कर चुका हूँ।'' कहते हुए उसने एक लम्बी साँस छोड़ी।

''आप बहुत कुछ दे चुके हैं उसको।...और भी बहुत कुछ दे सकते हैं।''

''कैसे?'' उसने उत्सुकतापूर्वक पूछा।

''उसे अपने संरक्षण में बाहर कहीं काम दिलवा सकते हैं?...कम से कम वो खुली हवा में साँस तो ले पाएगी। उसके लिए तो यही बहुत बड़ी चीज होगी।''

''हाँ! ऐसा ही कुछ मैं सोच रहा था।'' मनोहर कुछ निश्चिन्त सा होते हुए बोला।

उससे बात करने के बाद नफीसा उससे और भी अधिक प्रभावित हो गयी।

उसके जाने के बाद कहने लगी, ''मनोहर भैय्या सबसे अलग हैं। अपनी

विचारधारा एवं अपने कामों से बेहद लगाव है उनको। अपने बारे में तो बिल्कुल सोचते ही नही हैं। उन्हें तो कोई भी लड़की प्यार कर सकती है...और ये एक ऐसी स्त्री को प्यार और पनाह दे रहे हैं, जिसका कोई भी नहीं है; जो सबसे अधिक दबी, कुचली एवं सतायी हुई है।''

''तुम्हें पता है! वो ऊपर वाले एवं धर्म को बिल्कुल नहीं मानता है।'' मैंने कहा।

''आप मुझे बिल्कुल भोंदू समझते हैं क्या? इतना तो मैं भी जानती ही हूँ कि कम्युनिस्ट धर्म को अफीम मानते हैं; उनकी नजर में यही जगत् सच है, बाकी सब ढोंग है।'' उसने हाथों को ऊपर-नीचे चलाते हुये अपनी बात कही।

''तुम भी हमारे साथ बहस में सम्मिलित क्यों नहीं होती हो?''

''नहीं, नहीं...मुझसे नहीं होगा ये सब।''

''आगे से तुम भी मेरे साथ चलना। धीरे-धीरे तुम्हें स्वयं ही अच्छा लगने लगेगा। महिला-पक्ष को तुम हम सभी से बेहतर समझ सकती हो।'' वह ना-नुकुर करने लगी।

अगले दिन सुबह अचानक पापा आ गए। बिना किसी पूर्व सूचना के आने की किसी को उम्मीद नहीं थी।

मेरी हालत देखकर वे सन्न रह गए, बोले, ''हमें तो तुमने कुछ बताया भी नहीं, वो तो तुम्हारी मम्मी को किसी अनहोनी का अहसास सा हो रहा था; इसीलिए उसने मुझे जबरदस्ती भेज दिया।''

मैंने उन्हें सफाई देने की कोशिश की, लेकिन वे सन्तुष्ट नहीं हुए।

कुछ देर की झेंप के बाद नफीसा को उन्होंने आवाज लगायी, ''नफीसा बेटा!...जरा इधर तो आओ।''

''जी, पापा! आयी।'' और वो सिर पर दुपट्टा रखे हुये तेजी से चली आ रही थी।

''नफीसा बेटा, तूने भी नहीं बताया घर पर?...और तू घर पर हम लोगों से जल्दी-जल्दी बात क्यों नहीं करती है।'' पापा की आवाज में निश्छल अपनेपन का भाव झलक रहा था।

''जी! वो कुछ दिन बाद बताने के लिए सोच रहे थे।...इन्होंने ही मना किया था।'' उसने मेरी तरफ इशारा करते हुए कहा।

मैं तो पहले से ही पापा से नजरें नहीं मिला पा रहा था। उसने मेरे लिए और मुश्किल खड़ी कर दी।

''अब कैसी हालत है?...किसने किया है ये सब?...कुछ पता चला?'' वे

मुझे घूरते हुए बोले।

मैंने उन्हें गोलमोल करके सारी कहानी बता दी।

दो-तीन दिन पापा रहे, उनके मन में किसी भी तरह की कटुता दिखायी नहीं दी। नफीसा को वे बेहद प्यार से बुलाते थे। काफी सामान भी लाए थे नफीसा के लिए। काफी जेवर भी था उसमें।...उन्हें बस एक ही मलाल था कि शादी धूमधाम से नहीं हो पायी। हमारी व्यवस्थित गृहस्थी देखकर वे काफी सन्तुष्ट हो गए थे। बस उन्होंने सतर्क रहने की सलाह दी थी। हम लोगों ने उनसे जल्दी मम्मी को भी भेजने के लिए कहा था।

स्वस्थ होने के बाद मैं काफी सतर्क रहने लगा। बाईक पर भी कम ही निकलता था। अक्सर किसी न किसी के साथ ही घर से निकलता था।

जफ़र के इबादतखाने में चर्चा-परिचर्चा फिर से शुरू हो गयी। अब अक्सर मैं नफीसा को भी साथ ले जाता था। वह मेरी अपेक्षाओं पर खरी उतरी थी। उसने महिला-वेदना को काफी अच्छी अभिव्यक्ति दी थी। मुझे उसमें इतनी क्षमता छुपी होने की उम्मीद नहीं थी।

इधर दो दलित युवक सुमित एवं सूरजभान भी हम लोगों से जुड़ गये थे। कई माह की चर्चा-परिचर्चा से कुछ और बिन्दुओं पर मैं और जफ़र सहमत थे-

जैसे—'सभी को विकास में समान भागीदारी मिले। अन्तर्जातीय एवं अन्तर्धार्मिक विवाहों को बढ़ावा मिले तथा उन्हें पुरस्कृत किया जाए। महिलाओं को संरक्षण तो मिले। लेकिन आधुनिकता की दरकार को देखते हुए तलाक के नियमों को भी ढ़ीला किया जाए; ताकि शादी अगर गलत व्यक्ति से हो गयी है, तो उसे इसी जीवन में गलती ठीक करने का अवसर आसानी से मिल सके।

खाना-पीना, पहनना, शिक्षा, विवाह, तलाक, परिवार-नियोजन तथा जनसंख्या-वृद्धि जैसे अनेक मुद्दों, जिनका धर्म से कोई प्रत्यक्ष सम्बंध नहीं है; को चिन्हित करते हुए धर्म की परिधि से बाहर किया जाए या उन्हें परिवर्तनीय बनाया जाए।

धर्म का तो सीधा सा कार्य है कि व्यक्ति पारलौकिक-सत्ता से कैसे सम्बन्ध स्थापित करे? बस धर्मों में अन्तर यही है कि उस पारमार्थिक सत्ता से किस साधन से सम्बन्ध स्थापित किया जाये? कैसे उससे निकटता प्राप्त की जाये?

धर्म के ठेकेदार अपने-अपने धर्मों के रास्तों को सर्वश्रेष्ठ ठहराते हैं, लेकिन वास्तव में ऐसा नहीं है। ये तो व्यक्ति के स्वभाव पर निर्भर होना चाहिए कि उसके लिए कौन सा रास्ता अधिक उचित रहेगा। वास्तव में जन्म से ही धर्म का निर्धारण कर देना बहुत बड़ी समस्या है। आज धर्म को ग्रहण करने की स्वतन्त्रता अधिकांश व्यक्तियों से छिन चुकी है। जन्म से ही व्यक्ति हिन्दू, मुस्लिम, बौद्ध, ईसाई, जैन,

सिख, यहूदी या पारसी आदि हो जाता है। ये बच्चों के साथ घोर अन्याय है। बच्चों के पैदा होते ही उन पर एक निश्चित धर्म लाद दिया जाता है। बड़ा होते-होते उनमें से अधिकांश बच्चे धार्मिक-रोबोट में तब्दील हो जाते हैं। वे अपने धर्म को ही सच्चा धर्म मानते हैं तथा दूसरे धर्मों के प्रति वैसा सम्मान प्रायः नहीं रख पाते हैं।

ईश्वर तक पहुँचने का रास्ता चुनने में लड़ाई के लिए स्थान ही कहाँ है? ये तो ठीक उसी तरह से है, जैसे आपको गन्तव्य स्थान तक पहुँचाने के लिए कई रंग की बसें तैयार खड़ी हैं; लेकिन आप लड़ाई लड़ रहे हैं कि हरे रंग की बस सबसे अच्छी है, या लाल रंग की सबसे अच्छी है, आदि-आदि।...जो यह लड़ाई लड़ते रहेंगे, वे वहीं छूट जायेंगे। और जो बिना लड़े ही अपनी पसन्दीदा बस में बैठ जायेंगे, वे गन्तव्य स्थान तक पहुँच जायेंगे।

अब किसी को नमाज खुदा से जोड़ती है, तो उसे नमाज पढ़ने दो और किसी को भगवान कृष्ण, राम या शिव की आराधना ईश्वर से जोड़ती है तो उसे आराधना करने दो,...या किसी को प्रभु यीशु या महात्मा बुद्ध या महावीर जैन के दिखाये रास्ते पसन्द हैं; तो इसमें लड़ाई के लिए स्थान ही कहाँ है?

...धार्मिक आन्दोलनों से आज का व्यक्ति कुछ भी नहीं पा सकता है। हाँ, वह अपना बहुमूल्य वक्त अवश्य खो देगा, साथ ही दूसरों का भी चैन छीन लेगा।

विकास की दौड़ में ऐसा व्यक्ति या समाज पीछे तो छूट ही जायेगा, अंततः उसमें कुंठाएँ भी पैदा हो जायेंगी और उसमें अन्य विकृतियाँ; जैसे-आतंकवाद या अलगाववाद की भावना भी पैदा होने लगेगी। सभी धर्मों को अपने मूल स्वरूप को पहचानना होगा, उदारता को अपनाना होगा; तभी ये धर्म व्यक्ति का वास्तव में उद्धार कर पायेंगे।

पाप-पुण्य की परिभाषाएँ भी समय के साथ परिवर्तित होनी चाहिएँ। आज मानवीय जीवन के लिए क्या अहितकारी एवं अशुभ है? क्या शुभ है? इस पर सभी धर्मों को समयानुकूल आत्ममंथन करने की आवश्यकता है।

...ध्यान रहे कि समय कभी भी धोखा दे सकता है। कभी भी कोई वैश्विक-समस्या वैश्विक-विकास को अवरुद्ध कर सकती है, इसलिए सब कुछ बहुत तीव्रता से करना होगा।

युवाओं को आगे आना होगा।...उन्हें साबित करना होगा कि वे सम्पूर्ण वैश्विक चेतना में खलबली मचा सकते हैं।'

दूसरे लोगों की भी राय ली गयी तो अधिकतर ने हमसे सहमति दिखाई।

नताशा भी अब वापस लखनऊ आ गयी थी, वह मेरे पास ही रहने लगी थी। उसके साथ मम्मी भी आ गयी थीं, वह लगभग एक माह रहीं। नफीसा ने उनकी बहुत खातिर की थी। एक माह में ही उनके चेहरे पर स्वास्थ्य की चमक आ गयी

थी। वजन भी बढ़ गया था। काफी प्रसन्न होकर घर लौटी थीं।

जफ़र के अब्बू भी अब नफीसा से बोलने लगे थे। मेरे साथ झगड़ा होने के बाद उनका व्यवहार काफी नरम हो गया था। बाद में मेरे मनाने पर वे एक बार घर भी आए थे। घर आने के बाद उनके व्यवहार में और अन्तर आ गया था। नफीसा इससे बहुत खुश हुई थी। नफीसा का भी अब अपने घर आना-जाना हो गया था।

धर्म ही नहीं, हर मुद्दे पर नये-नये विचार लाने का प्रयास हम लोग कर रहे थे। हम अब एकदम सही दिशा में जा रहे थे।

कई माह की हमारी कठिन मेहनत आखिर रंग लायी।...हमारी किताब लिखी जा चुकी थी। लेकिन उसको टाईटिल देने में हमें कई दिन लग गए। आखिर नफीसा का दिया हुआ टाईटिल ही सबको पसन्द आया—'वक्त के पार'।

...इसी खुशी में उस दिन मैंने घर पर पार्टी दी। सभी साथियों को हमने बुलाया था। किताब के प्रारम्भ में ही सभी दोस्तों का नाम सहित हमने आभार भी जताया था।

...आज सारा खाना नफीसा एवं नताशा ने ही मिलकर बनाया था, दोनों ने बहुत मेहनत की थी। नफीसा ने अपने मनोहर भैय्या का खास ख्याल रखा था।

नरेन्द्र भी काफी घुल-मिलकर बातें कर रहा था। फुरकान, रहमान, पीयूष, सुमित एवं सूरजभान; सभी चहक रहे थे, तथा सभी नफीसा भाभी से खूब बतिया रहे थे।

"मित्रों, इस किताब को पूर्ण करवाने में सभी के विचारों का महत्व है,...हम दोनों आप सभी के आभारी हैं।" कहते हुये मैंने सभी के चेहरों पर एक सरसरी निगाह डाली।

"किताब के लिए एक प्रकाशक भी मिल गया है,...जल्द ही किताब बाजार में आ जायेगी। मैं आशा करता हूँ कि सभी लोग किताब को लोकप्रिय बनाने में सहयोग देंगे। इसी के साथ-साथ हम नए लक्ष्य का भी ध्यान रखेंगे।"

"क्या है वो लक्ष्य?" सुमित ने पूछा।

"आन्दोलन'...'महापरिवर्तन'...'नवक्रान्ति' को वैचारिक चिंगारी देना।"

एक-एक करके सभी ने इसका समर्थन किया। पूरा वातावरण ऊर्जा से भर गया।

नफीसा की आँखों में खुशी के आँसू भर आए, वह लगभग खुशी से रोने ही वाली थी; मुँह छिपाते हुए घर के अन्दर चली गयी।

हमारी शादी हुए एक साल से ऊपर हो चुका था।...लेकिन इस दौरान हम सभी लोग

इतने व्यस्त रहे कि समय गुजरने का कुछ पता ही नहीं चला।

...गाँव के लोगों, खेतो-खलिहानों, भूड़...झील...इन सबकी मुझे बहुत याद आती रहती थी।...गाँव वाले अभी हमारे रिश्ते को पचा नहीं पाएँगे,...यही सोचकर मैं गाँव अभी नहीं गया था। ऊपर से अभी नताशा व ज़फ़र का पेंच फँसा ही हुआ था। लम्बे विचार-विमर्श के बाद हम लोगों ने ज़फ़र एवं नताशा की शादी भी जल्द ही करवाने का निश्चय कर लिया था। नफीसा की इच्छा थी कि इन लोगों की शादी हो जाए तो हम लोग भी कहीं फिर से घूमने जाएँ।

मैंने पापा-मम्मी से बात की, तो वे तैयार नहीं हुए। उनके मन में अभी भी अनेक शंकाएँ थीं—जैसे...उसके परिवार में शायद नताशा सहज जीवन न जी पाए,...आदि-आदि।

मुख्य समस्या तो यह थी कि लोग क्या कहेंगे?...कि दोनों ने अदला-बदली में शादियाँ की हैं। उनके अनुसार बहुत उल्टे रिश्ते हो जायेंगे, कितनी अजीब रिश्तेदारी हो जायेगी। एक ही घर में दोनों रिश्तेदारियाँ हो जायेंगी और वह घर भी दूसरे धर्म का।...लोग हुक्का-पानी बन्द कर देंगे।

मैंने उन्हें समझाया, ''रिश्ते उल्टे कैसे हो जायेंगे?...नताशा से खून का रिश्ता तो है नहीं।'' ऐसा बोलते हुए मुझे काफी कष्ट हुआ, क्योंकि अब इस तरह के विचार मन में आते ही नहीं थे।

उनके सामने अनेक उदाहरण प्रस्तुत करने पड़े। ज़फ़र से भी बात करवायी,...उसे भी उन्हें अनेक आश्वासन देने पड़े।

...आखिरकार बच्चों की जिद के आगे उन्हें झुकना ही पड़ा।

...ज़फ़र के घरवालों को भी ऐसा सुनकर बड़ा अजीब लगा, वह भी एक अच्छी रिश्तेदारी चाहते थे। काफी दहेज वाले रिश्ते भी उनके पास आ रहे थे।

लेकिन अन्ततः उसके घर वालों को भी मानना ही पड़ा।

दोनों की पहले कोर्ट-मैरिज हुई तथा उसी दिन शाम को शादी का फंक्शन भी रखा गया।

इस बार शादी में दोनों तरफ के परिवार शामिल हुये। हाँ, रिश्तेदार किसी के भी शामिल नहीं हुए।

उस दिन सभी ने अच्छे कपड़े पहने हुए थे, सभी खुश थे।...हाँ कहीं न कहीं कोई कमी अवश्य थी; जिसे सभी महसूस कर रहे थे।...इस तरह की शादियों का जो सामाजिक दबाव रहता है, वो पूर्णरूपेण न सही तो फिर भी उसकी आबोहवा अवश्य थी।

नफीसा शादी का मन ही मन बहुत इन्तजार कर रही थी। काफी दिनों से उसने मुझे परेशान कर रखा था। रोज कुछ न कुछ खरीद कर ले आती थी। मेरे लिए भी सूट वही खरीद कर लायी थी। पहले ही उसने अपने लिए एक खूबसूरत लंहगा बनवा लिया था। कई बार उसे पहनकर मुझे दिखा भी चुकी थी।

सारे दोस्त आज नफीसा और उसके कपड़ों की ही बड़ाई कर रहे थे। शायद अपनी शादी में किसी फंक्शन के न होने की टीस उसके मन में अभी भी थी। इसीलिए वह कुछ ज्यादा ही मनोयोग से फंक्शन का आनन्द ले रही थी।

ज़फ़र एवं नताशा हनीमून के लिए नैनीताल जाते समय मेरी बहुत सी यादों को अपने साथ ले गए।...वे यादें जो पंकज व रवि से जुड़ी थीं तथा जीवन की आपाधापी में कहीं दब सी गयी थीं...अब अचानक सतह पर उभर आयी थीं...और बेचैन कर रही थीं।...खासकर रवि की यादों के चित्र तो बार-बार बन और बिगड़ रहे थे।

अगले एक माह तक हमने खूब मस्ती की। एक हफ्ते के लिए मसूरी भी घूम आए। हम लोगों को काफी मजा आया तथा फ्रैश हो गए। साथ ही नफीसा ने सामाजिक कार्यों में पहले से अधिक रूचि लेना प्रारम्भ कर दिया था। इससे रोजमर्रा की एकरसता से उसे कुछ मुक्ति मिल गयी थी।

महिलाओं की समस्याओं को लेकर वह काफी जागरुक हो रही थी। कई महिला संगठनों से काफी सक्रियता से जुड़ गयी थी।

वह मुझसे भी महिला संगठनों की गोष्ठियों में चलने के लिए कहती रहती थी, लेकिन मैं हर बार टाल देता था।

छुट्टी का दिन था। सुबह-सुबह मौसम काफी अच्छा था। अखबार पढ़ते समय अचानक नफीसा ने कहा कि मैं अपने दोस्तों से आपको गोष्ठी में लाने का वादा करके आयी हूँ। आज आप थोड़ी देर के लिए ही सही, लेकिन चलिएगा जरूर। देखना आपको बहुत अच्छा लगेगा। मूड करे तो दो शब्द मंच से बोल भी दीजिएगा। मैं थोड़ी ना-नुकुर के बाद मान गया।

हम समय पर गोष्ठी में पहुँच गये।...पूरा हॉल खचाखच भरा हुआ था।

'पाश्चात्य समाज और महिला',...संगोष्ठी का विषय था।

सभी लोग रटे-रटाये भाषण बोल रहे थे। बस एक महिला ही कुछ अलग बोली, उसका निचोड़ यह था—अधिकतर इतिहास, साहित्य, दर्शन आदि पुरुषों द्वारा रचित है। जिससे महिला की प्रायः अनदेखी ही हुई है।...यही नहीं सभी धार्मिक पुस्तकें भी पुरुषों द्वारा ही रचित हैं; इसीलिए सभी धर्मों में महिला पक्ष की

घोर उपेक्षा हुई है।...अब वक्त आ गया है कि ज्ञान के सभी स्रोतों को तर्कसंगत बनाया जाय।...इसके लिए महिलाओं को अपनी जान की बाजी भी लगानी पड़े, तो लगा देनी चाहिए।

नफीसा से मैंने भी बोलने की इच्छा जतायी।

नफीसा ने कुछ प्रतिष्ठित महिलाओं से मेरा परिचय करवाया—"ये हैं मेरे पति,...मिस्टर शिवांग,...इन्जीनियर हैं...और जल्द ही इनकी एक किताब भी बाजार में आने वाली है;...कुछ शब्द बोलना चाहते हैं।"

मेरी आशा के विपरीत मुझे वहाँ काफी सम्मान मिला और एक महिला ने तो अपनी बगल वाली सीट खाली करवाकर मुझे बैठा ही लिया।

फिर कुछ विचार-विमर्श हुआ तथा कुछ संकोच के बाद मुझे बोलने का अवसर मिल गया।

"माननीय 'मुख्य अतिथि जी', 'अध्यक्षा जी'...तथा अन्य सभी को मेरा प्रणाम—...महिला की आवाज, आधी दुनिया की आवाज है। उसकी पीड़ा आधी दुनिया की पीड़ा है; और शेष आधी दुनिया को वह माँ, बहन, पत्नी, बेटी आदि रूपों में भावनात्मक स्पर्श देती है। लेकिन आज भी महिला कुछ ही देशों में पूर्ण आजादी के निकट पहुँची है। शेष देशों में, या तो वह आजादी के लिए कराह रही है, या फिर आजादी के लिए कराह भी नहीं पा रही है।

पाश्चात्य देशों में ही महिला पूर्ण आजादी एवं सशक्तीकरण के निकट पहुँची है, लेकिन ऐसा वहाँ एकाएक नहीं हुआ है; वहाँ के समाज ने ऐसा करने से पहले कई बार प्रसव-पीड़ा को झेला है। दूसरे समाज अभी उस प्रसव-पीड़ा से पूरी तरह से नहीं गुजर पाए हैं। दूसरे समाजों की चेतना में वैसी जागृति अभी नहीं आ पायी है,...उनकी चेतना में वैसे विद्रोही तेवर अभी नहीं उभर पाए हैं। इनमें से कुछ समाज धर्म से भयभीत हैं, तो कुछ समाज अभी पुरातनपंथी चेतना से पिण्ड नहीं छुड़ा पाए हैं।

ये भी सच है कि जैसे ही हम विकास के उस स्तर तक पहुँचने लगेंगे, जहाँ पाश्चात्य जगत् आज खड़ा है; हमारे समाज का स्वरूप भी बहुत हद तक वैसा ही होने लगेगा। जैसा कि उच्च-वर्ग में देखने को मिलता भी है।

...अगर हमारे यहाँ उच्च-वर्ग में पाश्चात्य जगत् की तुलना में तलाक कम मिलते हैं, तो इसका बहुत बड़ा कारण हमारे यहाँ उच्च-वर्ग की महिलाओं में तुलनात्मक रूप में आत्मविश्वास की कुछ कमी का होना है तथा कुछ हद तक सांस्कृतिक सहनशीलता का अधिक होना है,...अपनी सांस्कृतिक विरासत के संस्कारों से कुछ हद तक जुड़े रहना है। आप यह भी कह सकते हैं कि इन्हीं वजहों से हमारी संस्कृति कभी भी पाश्चात्य जगत् की कार्बन-कॉपी नहीं हो सकती है।"

''हमें पाश्चात्य-समाज की एकतरफा आलोचना नहीं करनी चाहिए। वहाँ की महिलाएँ आज अंतरिक्ष की सैर कर रही हैं। हो सकता है कि कल चाँद पर भी कोई महिला कदम रखे? उस चाँद पर जिसे हिन्दू तथा इस्लाम जैसे धर्मों में आज भी पवित्र माना जाता है, जिसे देखकर हिन्दू महिलाएँ करवाचौथ का व्रत तोड़ती हैं तथा मुस्लिम लोग उसे ईद जैसे त्योहार से जोड़ते हैं। उस चाँद पर पाश्चात्य जगत्...या फिर अन्य कोई देश अपनी महिला को खड़ा कर देगा।

इसके बावजूद हम लोग अभी भी अन्धविश्वासों की गठरी को ढो रहे हैं।...हमें महिला की आवाज को आजाद आवाज में परिवर्तित करना होगा। महिला को विद्रोही चेतना के तेवर सिखाने होंगे।...अपने को सेक्स, शरीर, वर्जना जैसी प्राथमिक चीजों से ऊपर उठाना होगा।

महिला संगठनों को सर्वाधिक निचले स्तर से लेकर ऊपरी स्तर तक की महिला के दर्द को समझना होगा। उन्हें मैला ढ़ोने वाली, आदिवासी या अन्तिम हाशिये पर पहुँची अन्य महिलाओं के दर्द को भी बाँटना होगा,...तभी महिलाओं को सही संगठन मिलेगा, समाज का उदार एवं संवेदनशील स्वरूप उभरेगा।''

''सभी को धन्यवाद!'' तालियों की गड़गड़ाहट से पूरा हॉल गूँज उठा था। नफीसा गदगद थी। अधिकांश लोग बधाइयाँ दे रहे थे।...

ज़फ़र एवं नताशा वापस आ गए। नताशा ने नफीसा को बताया कि रवि भैय्या हम दोनों को पूछ रहे थे। लखनऊ आने के लिए भी कह रहे थे।

मैं और जफर फिर से किताब के कार्य पर जुट गये। कुछ समय बाद हम लोगों की किताब छपकर तैयार हो गयी। हमारी किताब मूलतः वैचारिक थी, तब उसकी बिक्री के लिए प्रकाशक एवं हमें कड़ी मेहनत करनी थी। प्रकाशक तो इसकी शुरुआत कर भी चुका था।

मैंने और ज़फ़र ने एक योजना के तहत किताब को लोकप्रिय बनाने की ठानी। हमने एक बढ़िया से 'पम्फलेट' का प्रारूप बनवाया, फिर लाखों की संख्या में पम्फलेट छपवाए। पम्फलेट में एकदम सरल भाषा में किताब की विशेषताएँ गिनायीं तथा सभी से किसी भी तरह एक बार किताब पढ़ने की गुजारिश की गयी। पम्फलेट का टाईटिल था—'देश को जगाने के लिए'।

ज़फ़र ने दिल्ली में जाकर विभिन्न अखबारों में पम्फलेट स्वयं डलवाए। मैंने लखनऊ में ये कार्य स्वयं किया। अगले चार-पाँच माह तक ये कार्य हमें करना था, माह में दो-तीन बार पम्फलेट डलवाने थे।

...एक बार मीडिया की निगाह में चढ़ जाएँ, बस फिर तो बात बन जाए। इससे अधिक प्रचार करने की हमारी आर्थिक क्षमता भी नहीं थी।

हमारे सभी मित्र—रहमान, फुरकान, पीयूष, सुमित, सूरजभान आदि भी अपने तरीके से प्रचार कर रहे थे।

हाँ, नरेन्द्र एवं मनोहर इस कार्य में सम्मिलित नहीं हुए थे। मनोहर अपनी विशुद्ध साम्यवादी विचारधारा से अलग नहीं हो पाया था। और नरेन्द्र सांस्कृतिक-राष्ट्रवाद का हिमायती बना हुआ था। वैसे वे हमारा विरोध भी नहीं करते थे। लेकिन इन दोनों से मिलना-जुलना अब बहुत ही कम हो गया था।

पक्की खबर थी कि ये दोनों सांगठनिक स्तर पर जुटे हुए थे। दोनों ही धुन के पक्के थे।

पंकज सैनी की शादी के लिए हम दोनों बहुत ही उत्सुक थे। लेकिन नफीसा एवं नताशा हमारे अमरोहा जाने के खिलाफ थीं। नताशा तो कई बार बहुत परेशान भी हो गयी थी, लेकिन पंकज के अहसानों को देखते हुए दोनों ही अन्ततः मान गयीं।

दोपहर बाद हम लोग अमरोहा के लिए रवाना हुए। चलते समय अपनी किताब की कुछ प्रतियाँ भी साथ ले लीं। किताब की बिक्री धीरे-धीरे बढ़ रही थी।

लखनऊ स्टेशन के बुक-स्टॉल पर ऐसे ही हम लोगों ने चैक किया, तो वहाँ हमारी किताब नदारद थी। हमने एक प्रति उस स्टॉल वाले को देते हुए कहा कि वह पहले उसे थोड़ा पढ़ ले, फिर किसी तरह उसे ऐसी जगह लगा दे; जहाँ से उस पर आने वाले पाठकों की निगाह आसानी से पड़ जाए।

मुरादाबाद स्टेशन पर अवश्य एक बुक-स्टॉल पर हमारी किताब एक कोने में दबी हुई सी दिखायी दी, हमने उससे तर्क-वितर्क किया तथा कहा कि "इस किताब की कीमत को समझो भाई। तुम्हें पता नहीं है कि कितनी मेहनत छिपी है इसके लेखन के पीछे?"

"अरे साहब! सभी किताबें तो मेहनत से ही लिखी जाती हैं।" उसने हमारी तरफ ध्यान न देते हुए कहा।

फिर हम लोगों ने उस किताब को भी कुछ दिखने जैसी स्थिति में लगवा दिया।

रात के आठ बजे हम लोग शादी में सम्मिलित हुए।

पंकज बहुत व्यस्त था, लेकिन हमें देखते ही गले से चिपट गया। "अरे भाई! भाभी तथा नताशा कहाँ हैं?"

मैंने कुछ झेंपते हुए बहाना बनाया कि "नफीसा की तबीयत ठीक नहीं है और नताशा पढ़ाई में अधिक व्यस्त है।"

पंकज ने भी बात अधिक खींची नहीं, उसे भी समस्या का अहसास था।

बहुत दिनों के बाद अपने क्षेत्र में आने पर काफी अच्छा लग रहा था। काफी चेहरे जाने-पहचाने थे, अपनी क्षेत्रीय भाषा को सुनने के लिए जैसे कान तरस गये थे।

मैं और ज़फ़र धीरे-धीरे पार्टी का मजा लेने लगे।

तभी अचानक किसी ने ज़फ़र की पीठ पर हाथ मारा। मैं भी चौंका!

यूसुफ अपने साथियों के बीच खड़ा हुआ हँस रहा था।

"अरे ज़फ़र तुम तो बिल्कुल भूल ही गए,...और तुम भी शिवांग।...यार! दुनिया चाहे जो भी कहे, लेकिन हम लोग हैं तो पुराने सहपाठी ही। साथ ही हम-उम्र भी हैं। तुम लोग कितना भी नाराज क्यों न रहो? मैं तो तुम लोगों को बेहद मुहब्बत करता हूँ।...गाँव में काफी दिन से खबर है कि तुम लोग लेखक बन गये हो। तुम लोगों ने तो कुछ बताया ही नहीं। किसी तरह तुम लोगों की किताब कुछ दिन पहले ही मुझे मिली। भई, क्या बढ़िया नाम दिया है उसे—'वक्त के पार'!...भई, मैं तो ठहरा तुम लोगों के सामने अनपढ़ और ज़ाहिल, इसलिए मैं तो उस किताब की बारीकियों को पूरी तरह समझ नहीं पाया। लेकिन, हाँ भई किताब है बहुत जानदार। अरे भई, मशहूर होने के बाद याद तो कर लिया करोगे न? या भूल ही जाओगे?"

पठानी सूट पहने हुए था यूसुफ। चेहरा पहले से कुछ गर्वीला लग रहा था। मूछें कुछ बड़ी रखे हुए था। कुछ भारी भी हो गया था, जिससे उसका व्यक्तित्व कुछ रोबदार लगने लगा था। बातचीत करने का तरीका भी पहले से कुछ बदल गया था। हम दोनों चकित थे उसके यूँ अचानक मिलने से। हमें तो उसके आने की उम्मीद भी नहीं थी।

"किसके साथ आये हो यूसुफ?" मैंने उससे पूछ ही लिया।

"क्यों भई शिवांग, मेरा आना अच्छा नहीं लगा? अरे, पंकज के एक खास दोस्त का दोस्त हूँ मैं..." उसने अपने शरीर को थोड़ा खींचते हुये कहा।

"नहीं, वह बात नहीं है, ह...हमें तो बहुत खुशी हुई है...तुम्हें यहाँ देखकर...कितने दिन हो गये हैं न हमें मिले हुए?" मैंने औपचारिकता पूरी करते हुये कहा।

"मुझसे अगर कोई गलती हुई हो या मैंने कभी तुम लोगों को दुःख पहुँचाया हो, तो भाई मैं तुम दोनों से माफी माँगता हूँ।" उसने बहुत विनम्र होते हुये कहा।

बातचीत करते-करते वो हम लोगों को एक कमरे में खींच कर ले गया।

काफी देर तक हम लोग गाँव-देहात की बातें करते रहे।

हमें सचमुच लगने लगा कि यूसुफ सुधर गया है।

बातों-बातों में उसने कई बार कहा कि उसे भी लखनऊ या दिल्ली में कोई नौकरी मिल जाए, तो बस मजा आ जाए। हम लोगों से उसने इस सन्दर्भ में सहायता करने के लिए भी कहा।

कुछ देर बाद उसका एक साथी शराब एवं बीयर की बोतलें ले आया।

शराब देखकर ज़फ़र बोला, "यूसुफ तू कब से शराब पीने लगा?...तू तो इस तरह की चीजों से बहुत ही नफरत करता था।"

"जफ़र भाई! ये ऐसी चीज है, जो सारे सदमों को एक ही झटके में पीछे छोड़ देती है। दुनिया में और रखा ही क्या है?...खाओ-पीओ और मौज करो।" उसने बायें हाथ को ऊपर उठाते हुये कहा।

"अरे भई, ये तो चार्वाक का दर्शन है; जिसमें साँसारिक-सुख को ही परम सुख माना गया है। और पता है—ये दर्शन ईश्वर, रूह, धर्म आदि सभी पारलौकिक चीजों को पाखण्ड मानता है। धर्म के ठेकेदारों को महापाखण्डी कहता है।...दुनिया के बेहतरीन दर्शनों में से एक है यह दर्शन।...तुम तो दार्शनिक हो गए हो यूसुफ।" जफ़र ने चुटकी ली।

"अरे जफ़र, तुम भी यार हमेशा पढ़ाई की ही बातें करते रहते हो? अरे, कभी तो इन किताबी बातों को भूल जाया करो। इतने दिन बाद मिले हो, कम से कम आज तो सिर्फ दोस्ती और जाम की बातें ही करो।" यूसुफ ने जफ़र को टोका।

"यूसुफ सही कह रहा है जफ़र। यार, आज बोझिल बातों को भूल ही जाओ। मन को कुछ हल्का कर लो।" मैंने यूसुफ को कुछ सहारा दिया।

"अरे, आसिफ! जाम बनाओ भई, आज हम लोग खूब पीयेंगे और खूब नाचेंगे।...आज से हम लोग नयी दोस्ती की इबारत लिखेंगे।" यूसुफ ने कुछ ऊँची आवाज में कहा।

यूसुफ ने चार जाम तैयार कर दिये। खाने की चीजों का भी पहले से ही इन्तजाम था। यूसुफ जाम देने लगा—"अरे भई, जल्दी पकड़ो।"

जफ़र और मैं दोनों मना करने लगे।

"अरे पीता तो मैं भी नहीं हूँ, लेकिन पिछले कुछ सालों से किसी खास मौके पर ले लेता हूँ। अरे, ये सब खाने-पीने की चीजें हैं। कभी-कभी लेने में कोई बुराई नहीं है।...बस मैं अगले दिन खुदा से माफी जरूर माँग लेता हूँ।" और फिर वह हँस पड़ा।

तभी मुझे बुलाने के लिए एक व्यक्ति आ गया। पंकज ने बुलवाया था।

मुझे भी वहाँ अच्छा लगने लगा था। यूसुफ का नया रूप जो देखने को मिल रहा था। यूसुफ कम से कम एक जाम पीने की जिद किए जा रहा था। लेकिन मैं शादी की संवेदनशीलता को समझ कर चला गया। जफ़र को भी साथ ले जाना चाहता था, परन्तु यूसुफ नहीं माना।

कुछ देर बाद बारात चढ़ने की तैयारी होने लगी। मैंने जफ़र को बुलवाने के लिए एक आदमी भेजा; लेकिन उसे उन लोगों ने डाँट कर भगा दिया।

जब मैं स्वयं वहाँ पहुँचा, तो देखा कि आसिफ और जफ़र काफी तेज आवाज में बहस कर रहे थे। मुझे देखकर आसिफ कुछ ठंडा पड़ा। जफ़र ने कुछ अधिक ही पी ली थी, उसका अपने शरीर पर नियन्त्रण कुछ ढीला पड़ गया था।

मैंने उससे चलने के लिए कहा, तो वह मुझे ही बैठाने लगा।

यूसुफ मेरे लिए भी जाम ले आया, लेकिन ज़फ़र की हालत देखकर मैंने मना कर दिया।

यूसुफ जिद करने लगा, तो मैंने उसे सख्ती से मना कर दिया।

यूसुफ दोस्ती की कसमें देने लगा कि ''कम से कम एक पैग दोस्ती के लिए ही पी लो।...शायद तुम मुझसे अब भी नाराज हो? इसीलिए नहीं पी रहे हो?''

लेकिन मेरा मूड बिगड़ चुका था, मैं ज़फ़र को लेकर बाहर निकल आया। ज़फ़र का ठंडे पानी से मुँह धुलवाया तथा उसे बारात की चढ़त तक ले गया।

पंकज बग्घी पर दूल्हा बना बैठा था। हम लोगों ने हाथ हिलाया तो उसने हमें पास आने के लिए कहा।

वह ज़फ़र की हालत देखकर हँसते हुए बोला, ''शिवांग इसे कितनी पिला दी है...और तूने तो लगता है बिल्कुल भी नहीं पी है।''

''अरे...यार! इसे तो सँभालना मुश्किल हो रहा है।''

ज़फ़र मेरा सहारा लेकर बग्घी पर चढ़ गया और पंकज के गले से चिपट गया। काफी देर बाद उससे अलग हुआ...फिर से उसके गले में हाथ डालकर उसकी बगल में बैठ गया—''फोटो खींचो भाई...वीडियो रिकार्डिंग भी...करो...।...शिवांग तू भी...ऊपर आ जा।'' और थोड़ा झुककर वह मुझे ऊपर खींचने लगा। आज उसने बहुत दिनों के बाद मुझे 'तू' कहकर पुकारा था...वरना मेरी शादी के बाद उसने मुझे तुम कहना शुरू कर दिया था।

मुझे भी ऊपर चढ़ना पड़ा और ज़फ़र की जिद के कारण काफी देर तक फोटो भी खिंचवानी पड़ीं। अब मुझे भी मजा आने लगा था ज़फ़र को इस तरह के मूड में देखकर।

फिर किसी तरह मैंने उसे नीचे उतारा तथा बैण्ड बजाने वालों के पास उसे ले गया। नाच-गाना शुरू हो गया। यूसुफ भी अपनी टोली के साथ आ पहुँचा।

वे लोग भी नाचने लगे। उसके एक दो साथी तो इतनी पी चुके थे कि वह नाच कम रहे थे और गिर अधिक रहे थे।

पंकज के कुछ दोस्तों ने आखिर हमें भी खींच ही लिया।

ज़फ़र इतना खुश था कि उसे इस तरह के मूड में देखे हुए मुझे कई साल हो गए थे, लेकिन फिर भी मेरा मन कर रहा था कि वो न नाचे।

दो घंटे के नाच गाने के बाद भी ज़फ़र मौज-मस्ती के मूड में ही रहा। जयमाला पर भी उसने भाभी से खूब खुलकर बात की। भाभी समझ गयी थीं,...वे भी मंद-मंद मुस्कुरा रही थीं।

खाना खाने के बाद हम लोग रात में ही चल पड़े। चलते समय भी यूसुफ हम

लोगों को विदा करना नहीं भूला।

घर पहुँचते ही नफीसा ने पूछा, "कैसी है पंकज भैय्या की बीबी?"

"ठीक है, रंग साँवला है। लेकिन नैन-नक्श ठीक हैं—लम्बाई भी ठीक ही है,...बहुत खूबसूरत तो नहीं कह सकते हैं।"

"पैसे के लालच में तो शादी नहीं की?"

"नहीं, ऐसा तो कुछ भी पता नहीं चला। ठीक है, दोनों की जोड़ी ठीक ही है। पंकज तो बहुत प्रसन्न दिखायी दे रहा था। हाँ, लड़की एम.एड. है, पढ़ने में बहुत तेज रही है।"

"तब तो अच्छा ही है, वह भी टीचर हो जायेगी।"

शाम को जफ़र को घर पर आना था, लेकिन पता चला कि उसकी तबियत कुछ ठीक नहीं है। मैं समझ गया, सब ज्यादा पीने का असर है।

मैंने नफीसा को तब सारी कहानी बतायी।

नफीसा नाराज हो गयी, "आपने जफ़र भाई को यूसुफ के साथ क्यों छोड़ दिया? वो तंग-दिल का इंसान है।...वो अचानक इतना अच्छा व्यवहार क्यों कर रहा था?...अगर आप नहीं जाते, तो पता नहीं उनको वह कितनी पिला देता? हो सकता है झगड़ा करके मारपीट भी कर लेता?...खुदा का शुक्र है कि आप उनको जल्दी ही उन शैतानों के पास से दूर ले गए?"

अगले दिन नताशा का फोन आया, तो वह कुछ डरी हुई सी थी। कह रही थी कि रात भर उसने डरावने सपने देखे हैं।

नफीसा ने मुझे घूरा!

जफ़र ने डॉक्टर से दवा तो ले ली थी, लेकिन उसकी तबियत अभी ठीक नहीं हुई थी। जफ़र और नताशा ने अभी-अभी अपने फ्लैट में शिफ्ट किया था। हालाँकि, अम्मी घर पर ही रखना चाहती थीं उन दोनों को। लेकिन जफ़र कुछ स्वतन्त्रता चाहता था।

नताशा के प्रति जफ़र के परिवार का व्यवहार बहुत अच्छा रहा था। सभी लोग उसे बेहद चाहते थे। हाँ, एक कमरे में छोटा सा मन्दिर जब उसने लगाया तो घर में थोड़ा तनाव जरूर पैदा हो गया था; लेकिन धीरे-धीरे सब सामान्य हो गया।

दो दिन बाद पता चला कि जफ़र के चेहरे पर छोटे-छोटे दाने भी निकल आये हैं। नफीसा तो रोने ही लगी।

हम लोग फौरन जफ़र के घर के लिए निकल पड़े।

घर पहुँचने तक नफीसा बहुत बेचैन रही, बाईक पर पीछे बैठे-बैठे ही वह मुझ

पर गुस्सा निकालती रही।

"क्या कहा डॉक्टर ने?...यार तू परेशान मत हो?...सब ठीक हो जायेगा।" मैंने जफ़र को दिलासा दी।

"अरे ये औरते हैं।...पता नहीं क्यों इतना परेशान हो जाती हैं?...कोई हल्का-फुल्का इन्फेक्शन हो गया होगा, ठीक हो जायेगा। सारे चेकअप हो गए हैं, एक-दो दिन में रिपोर्टें आ जायेंगी; तभी सही दवा दी जा सकेगी।" उसने कमर दीवार से टिकाकर बैठते हुए कहा। उसके चेहरे पर बीमारी की थकावट साफ झलक रही थी।

नफीसा गुस्से में सारा दोष मुझ पर ही मढ़ने लगी, "आपने ही लापरवाही की, तभी यूसुफ ने इन्हें इतनी अधिक शराब पिला दी। अधिक शराब पीने से ही तबीयत खराब हुई है।"

"शराब तो सभी लोगों ने पी थी, इंफेक्शन ही होगा?...वैसे काफी दिन से मेरी तबियत भी खराब नहीं हुई थी।" कहते हुए जफ़र कुछ चिंतित सा हो गया।

कुछ दिन बाद उसके दाने बड़े होने लगे तथा पूरे शरीर पर फैलने लगे।

तबीयत बिगड़ती देखकर उसे एक निजी अस्पताल में भर्ती करा दिया गया, सभी लोग बेहद परेशान थे।

सभी रिपोर्टों से बीमारी के बारे में कुछ भी पता नहीं चल पाया था। डॉक्टर सिर्फ अनुमान के आधार पर ही दवाईयाँ दे रहे थे।

जफ़र की अम्मी एवं नताशा तो जफ़र के साथ ही अस्पताल में रहने लगे थे। आजकल मेडिकल-क्षेत्र में इतना विकास हो चुका है कि कोई भी बीमारी पूर्णतः लाइलाज नहीं है। हाँ कुछ समय अवश्य लग सकता है। इसीलिए हम दोनों पूर्णतः आश्वस्त थे।

एक रात नफीसा मुझसे चिपक कर रोने लगी। पता नहीं क्यों उसे बेहद डर लग रहा था। कहने लगी कि "कहीं किसी ने कुछ दे तो नहीं दिया है। इसीलिए शादी में जाने के लिए नताशा ने बहुत मना किया था; उसका दिल शादी में जाने के लिए गवाही नहीं दे रहा था,...उसे किसी अनहोनी का अन्देशा हो रहा था।"

मैंने उसे हल्की सी फटकार लगाते हुए कहा कि "तुम बेवजह इतना परेशान हो रही हो?...अरे कोई स्किन-इन्फेक्शन हो गया होगा। उसका कारण जैसे ही पता चल जाएगा, वैसे ही वह ठीक हो जाएगा।" नफीसा को अब मेरी बातों पर उतना विश्वास नहीं होता था।

उस रात मैं भी काफी देर तक चिन्ता में डूबा रहा, नफीसा भी जागती

रही।...लगभग रात्रि के दो बजे मुझे नींद आयी होगी।

सुबह के लगभग चार बजे होंगे, अचानक मेरी नींद खुल गयी। मैं पसीने से तर-बतर हो रहा था। मुझे विश्वास नहीं हो रहा था कि मैं अपने बिस्तर पर हूँ।

नफीसा भी कच्ची नींद में ही थी, वह भी घबराकर उठ बैठी, "क्या हुआ? क्या हुआ?" वह पूछने लगी।

"ऐं...कुछ नहीं...कुछ नहीं, लड़ाई-झगड़े का सपना था।" मैं साफ झूठ बोल गया था।

"क्या देखा?" उसने पूछा।

"कुछ नहीं,...छोड़ो न, पूरी तरह याद भी नहीं है;...सो जाओ।" और मैं उसकी तरफ से मुँह फेरकर लेट गया।

लेकिन दिमाग से सपना विस्मृत नहीं हो पा रहा था। रह-रहकर उसकी याद आ रही थी। एकाएक मुझे जफ़र की चिन्ता सताने लगी...अजीब सपना...ओ...हो......

...हम लोग समुद्र की लहरों से खेल रहे थे। हम लोग; अर्थात् मैं, नफीसा, जफ़र और नताशा। उससे खूबसूरत जगह दुनिया में शायद ही कोई हो। लेकिन उस जगह का न तो कोई नाम था और न ही ये पता था कि वह कहाँ पर स्थित है? लेकिन था वह समुद्र का सर्वाधिक रमणीय एवं एकांतप्रिय किनारा।

काश इस जगह का कभी किसी को पता न लगे। यहाँ का आनन्द केवल और केवल हम ही उठाएँ। वह इतनी खूबसूरत जगह थी कि हम न चाहते हुए भी इतने स्वार्थी हो गए थे।

हम नहा रहे थे तथा समुद्री रेत पर छोटे-छोटे घर बनाकर उन्हें बार-बार तोड़ रहे थे। कोई ऐसा घर बनाना चाह रहे थे, जो सबसे अधिक सुन्दर हो।

नताशा ने ही ऐसा घर सबसे सुन्दर बनाया। हम लोग उसका घर तोड़ना चाहते थे। उसने घर को चारों तरफ से घेर लिया,...रोते हुए कहने लगी कि "मेरा घर मत तोड़ना।...मैं और जफ़र ऐसे ही घर में रहेंगे।"

हम लोग उसमें थोड़ी देर के लिए आए बचपने पर ठठाकर हँस पड़े।

फिर लहरों से खेलने लगे। ऐसा लग रहा था कि जैसे हमसे अधिक जीवंत और आनन्दित इस विश्व में कोई भी नहीं है। सारे तनाव एवं जिन्दगी की भागदौड़ ठहर-सी गयी थी। सारी प्रतिस्पर्द्धाएँ एवं सारे स्वप्न कहीं पीछे छूट गये थे। हम प्रकृति के होकर रह गये थे। जीवन का गूढ़ार्थ हमारे सामने प्रकट होने लगा था।

प्रकृति ने यहाँ से अधिक उदारता शायद ही कहीं दिखायी हो। सोचते हुए मैं नफीसा को लेकर समुद्र में तैरने लगा।

जफ़र और नताशा भी कुछ दूरी पर जाकर तैरने लगे।

थक जाने पर हम लोग रेत पर लेटकर आराम करने लगे, और सूरज को

छिपते हुये देखने लगे।

प्रकृति नये-नये चित्रों को उकेर रही थी। नये-नये रंगों से आसमान में नयी-नयी छटायें बिखेर रही थी।

शाम जब लगभग ढल गयी तो लगा कि ऐसे ही एक दिन जीवन की संध्या भी आ पहुँचती है। मनुष्य उस संध्या तक पहुँचने के लिए अभिशप्त है।

अचानक कुछ आकृतियाँ समुद्र से उभरती हुई दिखायी दीं। सभी चौकन्ने होकर देखने लगे। समुद्री जीव एकाएक समुद्र से बाहर आने लगे। अचानक उनके पैर उग आए थे...और वे पैरों पर चल कर हमारी तरफ बढ़ने लगे। हम लोगों की साँसें डर के मारे रुकने लगीं, नफीसा एवं नताशा की तो आवाज ही नहीं निकल पा रही थी। मैं और ज़फ़र खतरे को भाँप कर उनसे हौसला बनाये रखने को कह रहे थे। हम उनसे दूर भागने लगे।

समुद्री जीव तेजी से हमारी तरफ बढ़ने लगे तथा अचानक वे हम लोगों की भाषा में बोलने लगे—''मनुष्यों को मार डालो। इन्होंने हम लोगों का जीवन नरक बना दिया है, इन्होंने हमारी सारी शान्ति छीन ली है।''

थोड़ी दूर में ही हमारी साँसें फूलने लगीं। पैरों में जैसे ताकत महसूस ही नहीं हो रही थी। लग रहा था कि कुछ पल में ही जीवन समाप्त हो जाएगा।

समय कम था। अचानक पेड़ पर चढ़ने का विचार आया।

हम सभी ने पेड़ पर चढ़ने का प्रयास किया, लेकिन सफल नहीं हो सके।

आखिर मैं किसी तरह पेड़ पर चढ़ गया तथा नफीसा को भी खींच कर पेड़ पर चढ़ा लिया।

ज़फ़र नताशा को लेकर किसी तरह समुद्री जीवों से बचता-बचाता समुद्र की तरफ भागने लगा, कहने लगा कि ''अब समुद्र में कोई भी जीव नहीं है और अब ये जीव समुद्र में जा भी नहीं पाएँगे, क्योंकि इनके पैर उग आये हैं। ये अब तैर नहीं पायेंगे, इसलिए अगर समुद्र में जायेंगे भी तो ये डूब जायेंगे।'' हमें उसकी बहुत साफ आवाज नहीं आ रही थी।

''समुद्र के अन्दर हमारा घर है। हम आसानी से उस घर तक पहुँच जायेंगे।'' ज़फ़र ने कहा।

अचानक नताशा भी उसकी हाँ में हाँ मिलाने लगी। उन्होंने हमें पुकार कर कहा ''तुम लोग भी हमारे साथ आ जाओ,...आ जाओ,...वरना बाद में जरूर आ जाना।''

वे लोग समुद्री जीवों को चकमा देते हुए समुद्र में जाने लगे।

सूरज लगभग डूब चुका था, हमारी सारी उम्मीदें भी डूबने लगीं।

ज़फ़र बहुत आत्मविश्वास के साथ समुद्र में घुसता जा रहा था।

मैं और नफीसा दुःखी होकर उनको पुकार रहे थे ''तुम लोग पागल हो गए हो क्या?''

''जिन्दा रहना है तो तुम लोग भी हमारे साथ आ जाओ, अन्यथा ये जीव तुम्हें खा जायेंगे।'' जफ़र हम पर चीख पड़ा।

सूरज पूरी तरह डूबा तो समुद्री जीवों के पैर छोटे होने लगे, वे डरकर समुद्र की तरफ दौड़ने लगे। वे समुद्र के किनारे पर जैसे ही पहुँचे, तो उनके पैर पूरी तरह गायब हो गए। वे समुद्र में घुस गए और धीरे-धीरे समुद्र में गायब हो गए।

हम लोग बदहवास से पेड़ से उतरे तथा जफ़र और नताशा को आवाज देने लगे कि ''वापस आ जाओ, अब कोई खतरा नहीं है।''

लेकिन वे बोले ''समुद्र में तो बिल्कुल भी खतरा नहीं है, समुद्र से अधिक आनन्द तो हमने कभी महसूस ही नहीं किया है।'' अब उनकी बहुत ही हल्की आवाज आ रही थी।

हम दोनों उनके पागलपन पर तड़पकर रह गये। वे हमसे दूर होते जा रहे थे। हमारे पैरों को पता नहीं क्या होता जा रहा था कि जितना हम उन्हें आगे बढ़ाने का प्रयास कर रहे थे, वे उतना ही पीछे की तरफ फिसल रहे थे। हम हाथों से पैरों को पकड़कर आगे बढ़ाने का प्रयास कर रहे थे, लेकिन हर बार लुढ़क पड़ते थे। हम घुटनों के बल चलकर उन तक पहुँचना चाह रहे थे, लेकिन घुटने भी आगे बढ़ने का नाम नहीं ले रहे थे।

नफीसा चिल्लाने लगी, ''जफ़र भाई, प्लीज वापस आ जाओ न।...अम्मी तुम्हारे बिना जी नहीं पाएँगी।...तुम्हें क्या हो गया है?'' वह दहाड़ मार कर रोने लगी।

मैं भी चिल्ला रहा था, ''नताशा तुम भी पागल हो गयी हो क्या?...जफ़र तुम्हें मुझ पर विश्वास नहीं रहा है क्या?''

धीरे-धीरे उनका शरीर पानी में डूबता जा रहा था।

हम अनहोनी को अपने सामने मात्र घटित होते देख रहे थे। हम पूरी तरह से जड़ होते जा रहे थे। ऐसा लग रहा था जैसे हमारे शरीर में ताकत ही नहीं है।

नफीसा सिसक-सिसक कर कह रही थी, ''शिवी! उन्हें रोको न।''

वे हाथ हिला-हिलाकर कुछ कह रहे थे, लेकिन अब हम उनकी आवाज को सुन नहीं पा रहे थे। मैं हमेशा के लिए अपने मित्र और नताशा को अपने से दूर जाते हुए देख रहा था, और चाहकर भी कुछ कर पाने में असमर्थ था।

सूरज डूबने के बाद अन्धकार मुँह फाड़े सामने आने लगा। चारों तरफ सिर्फ लहरों की आवाजें ही गूँज रही थीं।

...अचानक नफीसा समुद्र की तरफ दौड़ने लगी। हमारे पैरों में जैसे ताकत

वापस आ गयी थी। हम लोग समुद्र में काफी अन्दर तक चले गये, लेकिन हर जगह सिर्फ नीरवता ही नीरवता चीत्कार रही थी। सबकुछ समाप्त हो चुका था।

नफीसा मुझसे हाथ छुड़ाकर और गहराई में जाना चाहती थी। मैं उसे खींच रहा था, ''पागल मत बनो नफीसा''।

वह कह रही थी, ''शिवी! चलो न, उनके घर में ही हम लोग भी रहेंगे। वे घर पहुँच गये होंगे। वे मर नहीं सकते, क्योंकि वे दोनों ही बहुत अच्छे व्यक्ति हैं। जफ़र भैय्या तो फरिश्ता हैं।...मुझे जाने दो प्लीज! प्लीज! हो सके तो तुम भी साथ चलो।'' उसमें ताकत बढ़ती जा रही थी, मेरा उसे रोक पाना लगभग असंभव होता जा रहा था।

तभी नताशा की आवाज आयी, ''कहाँ जा रहे हो? वहाँ बहुत खतरनाक जीव हैं। जफ़र सुरक्षित है, वह अपने घर पहुँच गया है। उसने मुझे तुम्हारे पास भेजा है, ताकि तुम लोगों को भी सही समय पर वहाँ पर मना कर ला सकूँ।''

हम लोगों ने मुड़कर देखा तो नताशा समुद्र के किनारे की रेत पर खड़ी थी।

हम लोग उसकी तरफ दौड़े, ''कहाँ है जफ़र? बताओ न नताशा? तुम अकेली क्यों आयी हो? उसे क्यों मौत के मुँह में छोड़ आयी हो?''

''तुम लोग पागल हो गये हो! अरे जफ़र का घर जन्नत सरीखा है। उसे कोई मार तो क्या, छू भी नहीं सकता है। वह तो फरिश्ता है; वह तुम लोगों को भी बुला रहा है।''

इसके बाद पसीने से लथपथ होकर मैं जाग गया था।

क्या भयानक सपना था?...मैं इस सपने के अर्थ खोजने का लगातार प्रयास कर रहा था।

मैंने धीरे से नफीसा को देखा, तो वह भी जाग रही थी—आश्चर्य से पूछने लगी, ''क्या हुआ? सोए क्यों नहीं?''

''नहीं—कुछ नहीं! तुम सो क्यों नहीं रही हो?...हमेशा चिन्ता करती रहती हो? तुम स्वस्थ रहोगी, तभी तो अम्मी-अब्बू को समझा सकोगी और जफ़र की भी हिम्मत बढ़ी रहेगी।''

''आप अचानक इस तरह की बातें क्यों कर रहे हैं? आप तो कहते हैं कि चिन्ता की कोई बात नहीं है?'' और वह मेरे पीछे से एकदम सट गयी।

''अरे, मैं तो तुम औरतों की वजह से चिन्तित हो जाता हूँ। पता नहीं क्यों जरा सी बीमारी को इतना तूल देने लगती हो? तुम लोग एक बात क्यों नहीं समझती हो, स्वस्थ-माहौल मरीज को जल्दी ठीक कर देता है।''

''अब सो जाओ।'' और मैंने आँखें बन्द कर लीं।

लेकिन नींद मेरी आँखों में बिल्कुल भी नहीं थी। जफ़र को लेकर आज मैं

पहली बार बहुत चिन्तित-सा हो उठा था।

सुबह मैं बहुत जल्दी अस्पताल पहुँच गया। आज उससे बातें करते-करते मेरे आँसू निकल आए।...मैंने चेहरा घुमाकर रुमाल से आँसूं पोंछे। एक-दो बार ऐसा हुआ, तो अम्मी ने टोका—

"क्या हुआ बेटा?"

"कुछ...कुछ नहीं, आँख में कुछ गिर गया था। तभी से पानी आ रहा है।"

"बाथरूम में पानी के कुछ झपाके ले लो, ठीक हो जायेगा।"

"जी, अम्मी।" मैं बाथरूम में जाकर पानी से मुँह धुल आया, लेकिन भावनाओं को तो नहीं धुला जा सकता था। इसलिए मैंने कुछ लम्बी-लम्बी साँसें लेकर भावनाओं को नियन्त्रित किया।

पुनः आकर मैं जफ़र के पास बैठा, तो जफ़र मेरी आँखों में एकटक देखने लगा।

"जफ़र, तू चिन्ता तो नहीं कर रहा है ठ.क होने की?" मैंने उसकी आँखों में बहुत प्यार से देखते हुए कहा।

"न...नहीं यार! बिल्कुल नहीं...मुझे चिकित्सा पद्धति पर पूर्ण विश्वास है।" और एक लम्बी साँस छोड़ते हुए वह छत की तरफ ताकने लगा।

मैं उठकर डॉक्टर के पास गया। मुझे इस बात से बहुत ठेस लगी कि वो लोग मर्ज की जड़ तक अभी भी पहुँच नहीं पाए थे।

मैंने सारी रिपोर्टें देखीं..., और फिर घर चला गया।

फुरकान एवं पीयूष से फोन पर बात की तो उन दोनों का भी यही मत था कि बिना देर किये जफ़र को एस.जी.पी.जी.आई. में भर्ती करा दिया जाय। पीयूष के एक रिश्तेदार वहाँ डॉक्टर भी थे—डॉ. अभय द्विवेदी।

अगले दिन जफ़र को पी.जी.आई. में ले जाया गया।

फिर से सारे चेकअप हुए। कुछ दवाइयाँ भी बदली गयीं।

कई दिन गुजर गए। जफ़र के सारे शरीर पर बड़े-बड़े छाले निकल आये थे। छाले फूट जाते थे, तथा फिर दूसरे निकल आते थे। उसका सारा शरीर बदरंग होने लगा था। जफ़र भी अब कई बार हताश एवं निराश होने लगता था, फिर भी उसने अपने को काफी हद तक सँभाल रखा था। नताशा तो चौबीस घंटे उसके पास ही रहती थी, बहुत सेवा करती थी। अब सभी का मन कुछ घबराने सा लगा था; क्योंकि बीमारी पकड़ में नहीं आ रही थी।

मैं भी अब ऑफिस से प्रायः छुट्टी ले लेता था। मम्मी-पापा भी जफ़र से मिलकर बहुत उदासी के साथ घर लौटे थे, जाते समय मम्मी तो बहुत रोयी थीं।

सारे दोस्त—पीयूष, फुरकान, रहमान, सुमित, सूरजभान; सब के सब अक्सर आ ही जाते थे। नरेन्द्र एवं मनोहर बस एक बार ही आए थे। शायद वे अपने कामों में दिन-प्रतिदिन अधिक व्यस्त होते जा रहे थे।

यहाँ तक कि जमील भी जेल से छूटने के बाद मिलने आया था, उससे भी जफ़र का हाल देखा नहीं गया था। अपनी गलती के लिए माफी भी माँग रहा था।

मुझे अक्सर रात में डरावने सपने आते रहते थे, समुद्र वाला सपना एक बार और आया था।

लगभग दो माह पी.जी.आई. में भर्ती हुए हो गए थे, लेकिन जफ़र की बीमारी का पता अभी तक चल नहीं पाया था। मैं डॉ. अभय द्विवेदी से विचार-विमर्श करता रहता था। वो भी जफ़र के ठीक होने पर पूर्णरूपेण आश्वस्त नहीं थे, वे भी अब ऊपर वाले की मेहरबानी चाहते थे।

अम्मी मीर को साथ में लेकर अजमेर-शरीफ की दरगाह पर भी दुआ माँग आयी थीं, देवा-शरीफ भी हो आयी थीं। उन्होंने जफ़र के ठीक होने पर उसे 'हज' भेजने की बात भी की थी।

अब्बू हर समय कुरान-शरीफ पढ़ते रहते थे, पाँचों समय की नमाज भी अता करते थे। यहाँ तक कि गाँव में मम्मी ने भी अनेक तीर्थ-स्थानों पर प्रसाद चढ़ाने की शपथ ले ली थी; सब के सब बस किसी भी तरह जफ़र को ठीक होते देखना चाहते थे।

जफ़र की त्वचा की ऊपरी पपड़ी कई बार उतर चुकी थी। उसका शरीर पूरी तरह बदसूरत हो चुका था, सिर के आधे से अधिक बाल गिर चुके थे।

मेरे पहुँचने पर उसे कुछ तसल्ली मिलती थी। उसका सामना करने से अब मैं भी घबराने लगा था। उससे मिलने के बाद अक्सर मेरे आँसू उमड़ पड़ते थे, किसी तरह मैं रोकता था अपने आँसुओं को।

इधर जफ़र स्वयं कहने लगा था "यार,...शायद बचूँगा नहीं?"

जब वो ऐसा बोलता था, तो मैं अन्दर तक हिल जाता था। उसकी आवाज की पीड़ा मुझे बेचैन कर देती थी। लगता था जैसे वह बहुत सोच-समझ कर बोल रहा हो।

आज फिर वह मुझसे बोला "वो अब बस चन्द दिनों का ही मेहमान है।"

मैंने उसका हाथ अपने हाथ में ले लिया, "तू ऐसा कैसे बोल सकता है? तू इतनी जल्दी हिम्मत हारने वाला व्यक्ति थोड़े ही है? हम तुझे दिल्ली में एम्स ले जाने की तैयारी कर रहे हैं—...अरे दो-दो साल तक लोग बिस्तर पर पड़े रहते हैं और फिर भी ठीक हो जाते हैं,...तू बस धैर्य बनाए रख।"

"यार, वो बात नहीं है।...शरीर में अन्दरूनी ताकत खत्म सी हो गयी है, अन्दर से एक आवाज आती है कि शायद यूसुफ ने शराब में कुछ पिला दिया है? जैसे कोई चीज मुझे अन्दर ही अन्दर खाए जा रही है? उसने मारने की पूरी तैयारी के साथ ही तो कुछ खिलाया होगा?...यार! उसने ऐसा कुछ खिलाया ही होगा, जो कि आदमी को लाइलाज बना बना दे।...अच्छा हुआ कि तुम्हें पंकज ने बाहर बुला लिया और तुम शराब पीने से बच गये।...उस शैतान के शिकंजे से बच गये।"

मैंने उसकी आँखों में बड़े प्यार से झाँकते हुये कहा, "मुझे तो लगता है कि ये तुम्हारा भ्रम ही है? यार आजकल नयी-नयी बीमारियाँ भी तो उभर रही हैं?...हो सकता है इसीलिए यह बीमारी भी नियन्त्रित न हो पा रही हो? मुझे अभी भी निश्चित रूप से लगता है कि तुम ठीक हो जाओगे।"

जफ़र को टूटते हुए मैं नहीं देख सकता था। उसमें जीवन के प्रति आशा जगाए रखना जरूरी था।...मुझे ही क्या, अब तो सभी को जफ़र का बचना मुश्किल लग रहा था।

जफ़र की अम्मी और मीर तो लखनऊ में ही रहे। लेकिन मैं, नताशा, नफीसा और उसके अब्बू जफ़र के साथ एम्स में शिफ्ट हो गए। एम्स से मुझे अभी भी काफी उम्मीदें थीं।

फिर से वहाँ सारे चेकअप हुए, इलाज हुआ; लेकिन नतीजा जीरो ही निकला।

जफ़र दिन-प्रतिदिन कमजोर होता जा रहा था, उसे खाने-पीने में भी बहुत समस्या होने लगी थी।

जफ़र के लगभग सभी सम्बन्धी एवं रिश्तेदार उसे देखकर चले गये थे, फिरोज मामू तो कई बार उसे देख ही गए थे। अब तो एक दिन रुस्तम मामू भी आ पहुँचे थे। मुझे वहाँ देखकर वे कुछ असहज से हो गए थे।...लेकिन थोड़ी देर बाद बाहर आकर जफ़र के अब्बू के गले से लिपटकर फूट-फूट कर रोने लगे थे,...आखिर था तो जफ़र उनका भांजा ही।

पीयूष, सूरजभान, सुमित, फुरकान, रहमान; सभी एम्स में जफ़र से मिलने निरन्तर आते रहे। पंकज और रवि भी देख गए थे। रवि तो तीन दिन रुका भी था। सभी लोग जफ़र के लिए बहुत चिन्तित थे। सभी को यूसुफ पर शक हो रहा था। सभी लोग इसी समय उसे सबक सिखाने की बात कर रहे थे।

जफ़र के अब्बू अब बहुत विनम्र हो चले थे। जवान बेटे को मौत की तरफ बढ़ता देखकर वे दिन-प्रतिदिन शारीरिक एवं मानसिक रूप से कमजोर होते जा रहे थे। वे अब किसी से भी झगड़े के खिलाफ थे। अब वे यूसुफ को पूरी तरह खुदा के हवाले छोड़ने को कहते थे। उनके अनुसार खुदा उसको एक दिन अवश्य दंड देगा।

वे किसी भी नए बखेड़े से बेहद डरने लगे थे।

कुछ दिनों से मैंने दो कमरों का फ्लैट किराए पर ले लिया था। वहाँ पर नफीसा, नताशा, मैं, अब्बू और आने-जाने वाले रिश्तेदार, दोस्त तथा सम्बन्धी समय मिलने पर आराम कर लेते थे।

प्राय: दोनों समय का खाना नफीसा ही बना रही थी, उस पर बहुत मेहनत पड़ रही थी। उसका और नताशा का रंग फीका पड़ गया था। दोनों ही कमजोर हो गयी थीं। नताशा की आँखों के चारां ओर काले घेरे आ गए थे, देखने पर बीमार जैसी लगने लगी थी।

कुछ दिन से मित्र रुके हुए थे, तब वे लोग मुझे रात में जल्दी घर भेज देते थे। रात का खाना भी उनमें से ही कोई न कोई ले जाता था।

रात में हल्का-फुल्का खाना खाने के बाद हम लोग बिस्तर पर कुछ जल्दी लेट गए थे। मैं चाहता था कि नफीसा आज कुछ अच्छी नींद ले ले। भाई को देखकर अब उसका रोना अक्सर फूट पड़ता था।

कई बार वह अकेले ही सिसकती रहती थी, उसकी सूजी हुई आँखें उसकी कहानी स्वयं ही कहती रहती थीं।

''सो गए हो क्या?'' नफीसा मुझसे ही पूछ रही थी।

''नहीं!...क्या हुआ?'' मैंने उसकी तरफ पलटते हुये कहा।

''भाई-जान तो शायद अब नहीं बचेंगे?'' कहते-कहते वह बहुत तेजी से सिसकने लगी।

''अम्मी-अब्बू का क्या होगा? अम्मी तो ज़फ़र के बिना मर ही जाएँगी। ऐ खुदा!...तू हमारे परिवार को इतने सदमें क्यों दे रहा है? इतने बुरे-बुरे लोग हैं इस दुनिया में, फिर भी वे चैन से जी रहे हैं।...और हम तो सीधे-साधे लोग हैं, फिर भी...? क्या यही तेरा इंसाफ है? अब्बू ने बेटे को पढ़ाया-लिखाया क्या इसीलिए था कि उसकी लाश कन्धों पर उठानी पड़े?...तू इतना बेरहम कैसे हो सकता है?...नताशा का क्या होगा? इतना लम्बा जीवन कैसे काटेगी वो?''

''कोशिश ही तो कर सकते हैं? तुम्हें हिम्मत से काम लेना होगा।...ज़फ़र अभी भी ठीक हो सकता है।...मुझे तो पूरी उम्मीद है।''

''अब झूठ से दिलासा नहीं मिलती, अब तो किसी को भी कोई उम्मीद नहीं है।''

उसने फिर कहना शुरू किया, ''कितने सुन्दर थे भैय्या, सारा रंग-रूप नष्ट हो गया। कितने कष्ट सह रहे हैं बेचारे। इतने पर भी बहुत कम शिकायत करते हैं। उस शैतान यूसुफ की छाया पड़ गयी।...कितने सपने देखे थे उन्होंने दुनिया को बदलने के। कितनी मेहनत से किताब लिखी थी, उसका भी सुख नहीं भोग पाए।'' वो मेरे

सीने पर सिर रखकर सिसकने लगी।

"तुम मुझे भी रुलाओगी।...तुम जानती हो उसे अब भी अपने से ज्यादा मेरी चिन्ता है। जब मैंने उसे बताया कि किताब की बिक्री धीरे-धीरे बढ़ रही है, तो वह बहुत खुश हुआ, उसका मन हुआ कि बैठ जाए। लेकिन वह बैठ नहीं पाया। जब मैंने उसका हाथ अपने हाथ में ले लिया, तो वह कुछ उत्साहित-सा होकर मेरी आखों में देखता रहा।

...फिर कुछ पल के बाद मुझे सचेत करते हुए बोला—देखो, यार! मैं तो शायद अब बचूँगा नहीं! अब मेरे सपनों को तुम्हें ही पूरा करना है। कहने लगा—किताब से कुछ लोग नाराज हो सकते हैं,...तुम पर हमला भी हो सकता है। कोई अन्य साजिश भी हो सकती है, तुम्हें बेहद सतर्कता से चलना होगा।"

"फिर कहने लगा—इससे तो यार! लोग मेरे खिलाफ फतवे जारी करते, जुलूस निकालते, और मुझे मार डालते, तब मैं शहीद तो कहलाता। तब हमारी बातों को भी लोग अधिक अपनाते।...बस अब एक ही इच्छा है कि हमारी मेहनत सफल हो जाए और लोगों की सोच में बदलाव आ जाए।...कुछ देर के लिए शायद वह अपनी बीमारी को भूल गया था।...तब मैंने भी उससे कहा—ऐसा ही होगा।...तुम कितने अच्छे हो गये हो ज़फ़र।

वह फिर से बोला—कितना कम फासला होता है हमेशा ही मौत से हमारा। वो शायद हमेशा हमारे साथ चलती रहती है। बस हम उसे देख नहीं पाते...या फिर देखना ही नहीं चाहते।...लेकिन मेरी तो छाती पर ही चढ़कर वह बैठ गयी है।...कितने निकट से मैं मुत्यु को देख पा रहा हूँ। हर पल उसकी आहट को महसूस कर रहा हूँ।...कब से वो मुझसे छिपा-छुपी का खेल खेल रही है।...कई बार उसके आगोश में मेरा खुद ही समा जाने का मन करने लगता है।...शायद वहाँ बहुत शान्ति हो...आराम हो।

मैंने उसे बहुत समझाने की कोशिश की, कि तुम मरने की बात मत किया करो—...और फिर कहते-कहते मैं भी रोने लगा।...उस दिन हम दोनों काफी देर तक सिसकते रहे थे।" उसके बाद मैं और नफीसा भी काफी देर तक सिसकते रहे।

ज़फ़र के सिर पर अब कुछ बाल ही बचे थे।...उसके शरीर का दर्द अब असहनीय होता जा रहा था, वजन भी बहुत अधिक गिर चुका था। कई बार तो वह चिल्लाने भी लगता था। विक्षिप्तों जैसा व्यवहार करने लगता था।

वह कभी-कभी ही किसी को पहचान पाता था, तुरन्त ही उसे भूलने भी लगता था। मैं पहुँचता था तो वह मुझे अक्सर पहचान लेता था, और उसकी आँखों में वही बचपन वाला प्यार तथा नमी आ जाती थी। उठने का प्रयास करने लगता था,

होठों को फड़फड़ाने लगता था, जैसे कहना चाह रहा हो कि मुझे यहाँ से ले चलो।

सभी लोग मानने लगे थे कि किसी भी समय उसके प्राण-पखेरू उड़ सकते हैं।...वास्तव में वो अब स्वयं चाहता था कि उसका अंत हो जाए। उसे लगता था कि बीमारी पकड़ में आ नहीं रही है। मरना तो है ही। सभी लोग रोज परेशान भी हो रहे हैं, उसे भी असहनीय पीड़ा हो रही है। बेहिसाब पैसा भी खर्च हो रहा है...शायद उसका समय इस दुनिया में पूरा हो चुका है।

उस दिन सभी लोग थे। लेकिन जैसे ही मैं पहुँचा, मुझे पहचानकर वो निरीह आवाज में रोते हुए बोला—"शिवी! मेरे दोस्त—'मुझे मार डालो'...'प्लीज, मुझे मार डालो'...अब मुझसे इतना दर्द सहा नहीं जाता।" और फिर उसका व्यवहार अचानक अजनबी जैसा होने लगा।

...लेकिन फिर से एक बार उम्मीदों भरा सुधार का दौर शुरू हुआ...फिर मैं गाँव के लिए निकल गया।

छह

तन्द्रा टूटी तो मैं पुरानी यादों के झरोखों से बाहर आया।...एक लम्बी अंगड़ाई लेते हुये मैं खड़ा हो गया।

शाम ढलने ही वाली थी। चारों तरफ देखने पर सब बड़ा शान्त-शान्त सा लग रहा था। ऊपर नजर उठाकर पीपल को देखा तो वह पहले से बहुत ज्यादा अपना लग रहा था। पंछियों की चीं-चीं की आवाजें बहुत साफ सुनायी दे रही थीं। मन कर रहा था कि फिर से वहीं बैठ जाऊँ।

मुझे यह विश्वास ही नहीं हो पा रहा था कि जफ़र अभी भी बीमार है।...अभी भी मैं वर्तमान से स्वयं को जोड़ नहीं पा रहा था।

...आज तीन दिन मुझे हो गए थे पीपल के वृक्ष के नीचे बैठकर पुरानी यादों में,...जफ़र की यादों में रमते हुए।...लेकिन दैवीय सत्ता में विश्वास न होने के कारण यह सब मेरे लिए बहुत उलझन भरा भी रहा।...हाँ जितना सार्थक प्रयास मैं कर सकता था, उतना मैंने किया।

सामने थोड़ी दूर पर झोपड़ीनुमा एक मन्दिर था, हमारे तथा पड़ोसी गाँव के तीन लोग वहाँ पर धूनी रमाते रहते थे।

तीनों ही पहले बिगड़ैल रहे थे। तीनों ने ही कभी कोई काम नहीं किया था। इधर तीन-चार सालों से उन्होंने आसपास के इलाके में कुछ प्रभाव भी जमा लिया था, अब तो हर समय उनके आसपास कुछ लोग बैठे ही रहते थे।

मैं जैसे ही वहाँ पहुँचा, वे बहुत खुश होते हुए बोले—"आओ भई आओ,...हम लोग तो बहुत पहले से ही जफ़र के लिए प्रार्थना कर रहे थे।...और तुम देखना जफ़र ठीक हो जाएगा। बस एक काम तुम लोग करवा देना जफ़र के ठीक होने पर—यहाँ पर एक मन्दिर बनवा देना,...तुम लोगों के लिए तो यह छोटी सी बात है।...हम लोगों की कद्र ये गाँव के लोग अभी नहीं कर रहे हैं—पछताएँगे बाद में।"

मैंने उनकी हाँ में हाँ मिला दी...उन्होंने मुझे प्रसाद खिलाया तथा कुछ 'छूमन्तर' सा करते हुए थोड़ा सा प्रसाद जफ़र के लिए भी दे दिया। वे लगातार

अपनी गतिविधियों से मुझे प्रभावित करने का प्रयास कर रहे थे।

गाँव के अधिकतर लोग दिल से चाहते थे कि जफ़र ठीक हो जाए, कई लोग तो किताब भी पढ़ चुके थे हमारी। वे लोग हमारी बहुत इज्जत करने लगे थे। जफ़र को तो वे लोग फरिश्ता ही कहने लगे थे। उनके अनुसार ऐसे लोग बहुत कम समय के लिए ही जीवित रह पाते हैं, ऊपर वाला ऐसे लोगों को बहुत कम समय के लिए ही इस दुनिया में भेजता है। और अगर जीवित रहते भी हैं तो उन्हे बहुत दुःख उठाने पड़ते हैं।

यूसुफ की इमेज गाँव में काफी खराब हो चुकी थी। मैं जब तक गाँव में रहा, वह गाँव से गायब ही रहा। गाँव के लोग उससे काफी नाराज थे।

अगले दिन मैं पापा को साथ लेकर एम्स चला गया। जफ़र की स्थिति कुछ बेहतर देखकर मैं कुछ निश्चिन्त हुआ।

मैंने नफीसा को गाँव के बारे में विस्तार से बताया, तो बड़ी मुश्किल से उसने विश्वास किया। हाँ, प्रसाद के बारे में सुनकर वह थोड़ा निराश जरूर हुई, क्योंकि जफ़र प्रसाद खाने लायक स्थिति में नहीं था।

यूँ तो जफ़र की हालत बीच-बीच में सुधर जाती थी, लेकिन इस बार सुधार अधिक था। जफ़र ने भी आज बहुत दिन बाद नताशा एवं परिवार के बारे में पूछा, उसने किताब की प्रगति के बारे में भी पूछा, सभी दोस्तों के बारे में भी पूछा...

फिर एकाएक गम्भीर होकर बोला—''यार शिवांग, कभी-कभी मुझे लगता है कि मैंने नफीसा की पहली शादी होने में जो असमंजस दिखाया था—ये दुःख उसी का फल हैं,...कितने दुःख अपनी नफीसा ने उठाए थे!''

मैंने फौरन उसे डाँटा, ''तुम ऐसा क्यों सोचते रहते हो? तुम्हें नफीसा बहुत चाहती है।...उसे गर्व है कि उसे तुम्हारे जैसा भाई मिला है।''

''सच!'' और उसने मेरे हाथ को हल्का दबाने की कोशिश करते हुए आँखें बन्द कर लीं।

दस दिन बाद तक जफ़र की स्थिति में सुधार दिखता रहा, लेकिन ग्यारहवें दिन से उसकी स्थिति अचानक बहुत बिगड़ गयी।...स्थिति इतनी बिगड़ गयी कि डॉक्टर ने कह दिया कि अब जफ़र एक या दो दिन का ही मेहमान है।

उसे साँस लेने में भी काफी तकलीफ हो रही थी, 'ऑक्सीजन-मास्क' से भी ऑक्सीजन लेते-लेते वह झटके लेने लगता था।

मैं नताशा और नफीसा के साथ उसके पास गया,...उसके कुछ ठीक होने का हम इन्तजार करने लगे...।

कुछ देर बाद उसने धीरे-धीरे आँखें खोलीं।...तीनों को पहचानने की कोशिश की—डॉक्टर ने धीरे से मास्क हटा दिया।

मैंने उसके सिर पर धीरे से हाथ फिराया।...वह धीरे से बोला, ''...नताशा! ...नफीसा...!'' और उसकी आँखों के कोर से हल्का-हल्का पानी बह निकला। मौत की आहट उसकी आँखों से साफ झाँक रही थी।

वे दोनों भी रोने लगीं।...डॉक्टर ने उन्हें चुप रहने के लिए इशारा किया।...फिर से उसे मॉस्क चढ़ा दिया गया।

कुछ देर बाद फिर से मास्क हटाया गया।...उसने मुझे सामने आने के लिए संकेत किया।

मैं सामने आ गया तथा उसके हाथों को अपने हाथों में ले लिया।

''यार,...इस्लाम तो पुनर्जन्म को मानता ही नहीं है? तब, मैं...मेरा क्या होगा?...मैंने...मैंने तो अभी आधा जीवन भी नहीं जिया है?''

और वो खांसने लगा, ''यार शिवांग!...मैं पुनर्जन्म लेना चाहता हूँ...इस खूबसूरत दुनिया में फिर से आना चाहता हूँ!...क्या...ऐ...ऐसा सम्भव है...?''

''....हाँ...हाँ क्यों नहीं?'' मुझे पुनर्जन्म पर स्वयं तो विश्वास नहीं था, लेकिन मैंने उसका मन रखने के लिए ऐसा कह दिया। सभी लोगों की आखों से झर-झर आँसू बहने लगे।

फिर उसने नफीसा की तरफ देखा तथा सबसे बाद में नताशा की आँखों में देखा। काफी देर तक नताशा की तरफ एकटक यूँ ही देखता रहा—

''नताशा मैंने पहले शिवांग एवं नफीसा को दु:ख पहुँचाया और...अब मैं तुम्हें भी गहरे दु:खों में छोड़कर जा रहा हूँ,...तुम्हें तो मैं कुछ भी नहीं दे पाया?...सारे सपने खाक हो गए?...हो सके तो मुझे माफ कर देना।'' वह बहुत मुश्किल से रुक-रुक कर बोल पा रहा था।

नताशा ने सुबकते हुए कहा, ''माफी तो मुझे माँगनी चाहिए। मुझे ही आपको अमरोहा नहीं जाने देना चाहिए था,...कई दिन से ऊपर वाला मुझे किसी अनहोनी के संकेत दे रहा था। कई दिन पहले से मुझे इसी तरह के डरावने सपने आ रहे थे,...मैं अपने आपको कभी माफ नहीं कर पाऊँगी।...इससे तो अच्छा होता कि मैं ही मर जाती, कम से कम आप अपने सपने तो पूरा कर लेते।'' और वो तेजी से सुबकने लगी। नफीसा भी रोने लगी।

''मेरे सपनों का...ख्याल रखना शिवांग...और मुझे...उसी शहर में दफनाना, जहाँ तुम लोग अधिक से अधिक...समय तक रहो। कभी-कभी मेरी कब्र पर...आया जरूर करना। कम-से-कम मेरी याद...तो तुम लोगों को...इसी बहाने आ जाया करेगी।'' उसने फिर हम लोगों को एक बार ध्यान से देखा तथा बेहोश हो गया।

डॉक्टर ने उसे जल्दी से मास्क चढ़ा दिया।

वह धीरे-धीरे साँस लेने लगा...।

...हम लोग सिसकते हुए बाहर निकल आए।

सभी लोगों को जफ़र की बिगड़ी हुई हालत की खबर कर दी गयी। मम्मी, अम्मी, मीर तथा अन्य करीबी लोगों को पहले ही बुला लिया गया था। हालाँकि उनको वास्तविकता अभी नहीं बतायी गयी थी।

उस रात फिर से मुझे गहरी नींद आते ही वही समुद्री जीवों वाला सपना फिर से आया।...आखिर क्यों आता है ये सपना?...क्या सन्देश है इस सपने का?...क्या यह जफ़र की मौत का सन्देश देना चाहता है?...ऐसी बेतुकी बात मेरे साथ ही क्यों घट रही है?...क्या मेरा छुपा हुआ डर ही रात में मेरे सामने आ जाता है?

एक दिन बाद ही सुबह चार बजे के आसपास ही जफ़र की जीवन लीला समाप्त हो गयी। जिन्दगी ने उसका साथ छोड़ दिया। जैसे ईंधन खत्म या खराब होने पर चलता वाहन रुक जाता है, वैसे ही उसके शरीर की गाड़ी भी थम गयी। अन्तर बस ये था कि वाहन में तो ईंधन फिर से भरा जा सकता है, या उसे ठीक किया जा सकता है, लेकिन जीवनरूपी गाड़ी में ऐसा संभव नहीं।...हाँ पुनर्जन्म को मानने वाले जरूर ऐसा कहेंगे कि ईश्वर फिर से नए ढाँचे में जीवनरूपी लौ को जगा देता है।

एक अच्छा इंसान दुनिया से विदा हो गया। मेरे बहुत अजीज दोस्त को अधूरे सपनों के साथ इस दुनिया को अलविदा कहना पड़ा।...सन्त बाबा के फार्मूले ने भी आखिर निराश ही किया।

...क्या वह वाकई में फरिश्ता था? अम्मी भी बार-बार रोते हुए यही कह रही थीं—"मेरा फरिश्ता चला गया...उसने कभी किसी का बुरा नहीं चाहा...वह हमेशा दुनिया को बदलने की सोचता रहा।...मेरा फरिश्ता छीन लिया दुष्टों ने।"

क्या वो सच में ही फरिश्ता था?...शायद रहा हो?...लेकिन हाँ था वह बहुत प्यारा आदमी! जो अपनी शर्तों पर जीना जानता था। वो अपने लिए मानक खुद बनाता था। जो हर वक्त बस दुनिया व दूसरों की फिक्र ही करता रहता था।

...किसी का पुत्र छिन गया,...किसी का भाई,...किसी का दामाद तो किसी का पति छिन गया;...लेकिन मेरा तो बहुत कुछ छिन गया।...कुछ टूटकर बिखर सा गया मेरे भीतर।

मैं निराशा एवं हताशा के ऐसे गहरे अन्धकूप में चला गया, जहाँ से बाहर निकलने का कोई रास्ता मुझे दिखायी नहीं दे रहा था।

आखिर आधुनिक चिकित्सा भी फेल हो गयी। अच्छाई का यही सिला मिला उसको?...यूसुफ आखिर क्यों अपनी योजना में सफल हो गया?...क्या मौत का

एक निश्चित समय, तरीका एवं प्रयोजन होता है?...क्या उसकी मौत किसी बड़े आन्दोलन का संकेत दे रही थी?

नताशा तो उस समय बेहोश ही हो गयी थी। नफीसा एवं उसकी अम्मी से भी उठा नहीं जा रहा था। मौत का सन्नाटा सभी के चेहरों पर भांय-भांय सा कर रहा था। चेहरे इतने अधिक मुरझाये हुये दिख रहे थे कि जैसे जीवन में अब जीने के लिए कुछ भी शेष बचा ही नहीं हो।

मुझे अब सपने की भयावहता का अहसास हो रहा था। सुबह लगभग चार बजे ही जफ़र चल बसा था।...मुझे विश्वास नहीं हो पा रहा था कि सपने भी इस तरह के संकेत दे सकते हैं।

गाँव में लगभग सभी लोग दुःखी थे। अधिकतर लोग जफ़र को गाँव में ही दफनाने के इच्छुक थे। क्योंकि वे लोग उसे बेहद चाहते थे।

जफ़र की अन्तिम इच्छानुसार हमने जफ़र को लखनऊ में ही दफनाने का फैसला लिया।

लखनऊ पहुँचते-पहुँचते हमें काफी रात हो गयी थी।

अगले दिन सुबह जफ़र को दफनाने की प्रक्रिया शुरू हुई। तब तक काफी लोग इकट्ठा हो गए थे।

जफ़र को जिस कब्रिस्तान में दफनाया गया, वह एच.ए.एल. से बहुत दूर नहीं था।

कितने दुःखदायी पल थे वे।...कुछ समय पहले जिस व्यक्ति में जीवन की ज्योंति थी, अब वो मिट्टी में दफन हो गया था। इतना सुन्दर शरीर मिट्टी हो गया।...सच कहें तो मिट्टी से भी बदतर।

कब्रिस्तान काफी बड़ा था, इसीलिए हमने जफ़र की कब्र के पास एक निशानी बना दी थी। अगले कुछ दिनों में उस पर हमें मज़ार बनवानी थी।

अगले दिन शाम को मैं फिर से जफ़र की कब्र पर गया, काफी देर तक मैं वहाँ बैठा रहा।

मेरे दिमाग में कई बार ऐसा आया कि जफ़र शायद कब्र में जिन्दा हो।...मन किया कि एक बार देख लूँ उसको कब्र खोदकर।...अरे हाँ, ईसामसीह भी तो फिर से जी उठे थे।...लेकिन क्या ये सच था?...पता नहीं...लेकिन ईसाई लोग तो ऐसा मानते ही हैं।....पर काश, कुछ मामलों में ऐसा हुआ करता तो कितना अच्छा होता।

कितना दर्दनाक है किसी को दफन होते देखना...और किसी अपने को देखना तो और भी भयानक है।

शव को जलते हुए देखना तो और भी अधिक दर्द-विदारक है।...गंगा किनारे

मैंने अपने एक संबंधी को जलते हुए देखा था। कई घंटों की मशक्कत के बाद भी शायद शरीर के कुछ हिस्से अधजले ही रह गए थे।...अन्ततः उनमें से कुछ हिस्से तो गंगा में ऐसे ही विसर्जित कर दिए गए थे।...ये सोचकर ही मैं सहम गया था कि अब इन हिस्सों को पानी में रहने वाले जीव-जन्तु खा जाएँगे।

लेकिन ऐसा तो कब्र में भी होता होगा।...चूहे, कीड़े या अन्य जीव तो वहाँ भी भोजन की तलाश में घूमते रहते होंगे। मन खराब हो गया ऐसा सोचकर।...ज़फ़र की याद आयी तो एक डर एवं वेदना की सिहरन सी दौड़ गयी पूरे शरीर में।

...लेकिन विचार रुके नहीं।

शव को बॉक्स में रखकर दफनाने से तो शव की और भी बुरी हालत होती होगी।

...जब तक जीवन है, तभी तक शरीर की कद्र है।...वरना मृत्यु के बाद तो उसके क्रिया-कर्म की ही सबको चिन्ता रहती है।

...तब फिर स्वर्ग-नरक, जन्नत-जहन्नुम...अन्तिम दिन की बात कैसे उठती है?...उसका आधार अगर सिर्फ रूह है या फिर से सशरीर जाग उठना है...तो और भी बड़ी मुश्किलें हैं।

यदि स्वर्ग-नरक या जन्नत-जहन्नुम की बात सच भी हो तो फिर दंड किसे मिलेगा? क्योंकि भौतिक शरीर तो रहा नहीं। और यदि रूह है भी तो बिना इन्द्रियों के उसकी पहचान संभव कैसे होगी? या फिर अभौतिक रूह को दंड या पुरस्कारों का अनुभव कैसे हो पाएगा?...मान लो यदि कोई दैवीय शरीर रहेगा भी, तो फिर दंड या पुरस्कार पाने वाला तो बदल गया। क्योंकि कर्मों का मुख्य कारण तो पूर्व का शरीर ही रहा था।...फिर दैवीय शरीर को दंड-पुरस्कारों का अनुभव भी दैवीय या कुछ भिन्न ही होगा।

या फिर यदि अन्तिम दिन सभी के सशरीर जाग उठने वाली बात सच भी हो, तो भी कई प्रश्न एकाएक उभर ही आते हैं।...मुख्य प्रश्न तो यही है कि आखिर कब्र में शरीर सुरक्षित कितने दिनों तक रह पाएगा? या फिर एक-एक कब्र से हजारों आदमी कैसे उठ खड़े होंगे?...इतने सारे शरीर एकसाथ कहाँ से प्रकट हो जाएँगे?...अगर खुदा ऐसा संभव कर भी देगा, तो भी क्या ये एकदम पुराने वाले हू-ब-हू शरीर ही होंगे?...संभवतः कुछ न कुछ परिवर्तन तो आ ही जाएगा।...और अगर किसी भी तरह का परिवर्तन आ गया तो फिर दंड या पुरुस्कार पाने वाला तो बदल जाएगा। तब फिर न्याय की बात कहाँ रह जाएगी?

कुछ धर्मों के अनुसार अगर पुनर्जन्म को हम न मानें, तो दुनिया में न्याय-अन्याय या विविधता की सम्पूर्ण व्याख्या नहीं हो पाती है। लेकिन कुछ धर्म पुनर्जन्म को नहीं मानते हैं। इसके पीछे उनका अपना नजरिया है।

स्वयं पुनर्जन्म की अवधारणा में भी कई समस्याएँ हैं। जैसे–आत्मा के स्वरूप पर दार्शनिक एकमत नहीं हैं।...ईश्वर है कि नहीं या फिर उसका स्वरूप कैसा है?...इस पर भी प्राय: अनेक मतभेद हैं।...पुनर्जन्म की प्रक्रिया कैसे संचालित होती है?...क्या यह किसी पर निर्भर है?...निर्भर है तो फिर किस तरह निर्भर है?...या फिर यह स्वतन्त्र रूप से संचालित है?...पुनर्जन्म आखिर होता किसका है?

भारतीय दार्शनिक व्याख्या में इसी तरह के अन्तर्विरोध मोक्ष या निर्वाण को लेकर भी हैं।

यदि मोक्ष या निर्वाण सत्य भी हों, तब भी इतनी खूबसूरत दुनिया से विलग होने में लाभ ही क्या है? मोक्ष, स्वर्ग या जन्नत के एकरस आनन्द में डूबे रहने में रोमान्च ही कहाँ है?

...फिर मुझे वो पल याद आया, जब ज़फ़र पुनर्जन्म की बात कर रहा था। मेरा भी अचानक बेतुका मन किया—...काश पुनर्जन्म से ही ज़फ़र वापस आ जाता।...शायद किसी दिन विज्ञान द्वारा ही पुनर्जन्म संभव हो जाए।

भविष्य में यह सम्भव हो सकता है कि मनुष्य के सारे अंग स्टेम शैल या अन्य तकनीक से एकदम स्वाभविक रूप में उगाए जा सकें और एकदम स्वाभाविक रूप में प्रत्यारोपित भी किए जा सकें।...तब मशीनों की तरह शायद मनुष्यों की भी मरम्मत की जा सके। तब मनुष्य की उम्र बेतहाशा बढ़ सकेगी। अगर चेतना, रंग-रूप एवं बाह्य आवरण का भी हू-ब-हू प्रत्यारोपण हो सके, तो शायद अमरता की बात भी सच होने लगे।...और क्लोनिंग से कहीं अधिक समुन्नत ऐसी तकनीक भी आ सकती है, जो कि पुनर्जन्म की अवस्थापना भी कर दे।...लेकिन इस सबसे प्रकृति के साथ बेवजह इतनी अधिक छेड़छाड़ हो जाएगी कि उसकी भरपाई करना शायद ही संभव हो। कुछ भी हो, हमें चुनौतियों से लड़ते हुए आगे तो बढ़ते ही रहना होगा।

समय किसी के लिए रुकता नहीं है। समय के साथ हमारा सभी का मन नकारात्मक चीजों को स्वयं ही भूलने का भरसक प्रयास करता रहता है।...हाँ, कुछ नकारात्मक घाव ऐसे होते हैं, जिनका दर्द एवं टीस प्राय: उभरती रहती है या कहो कि कभी पूरी तरह भूलती ही नहीं।

मुझे रह-रहकर एक अजीब-सी उदासी घेर लेती थी। नताशा पर ध्यान जाता था तो यह उदासी और भी अधिक बढ़ जाती थी।

ज़फ़र के अब्बू तो कुछ दिनों में ही सूखकर आधे हो गए थे। अक्सर ज़फ़र की पुरानी बातों को याद करते रहते थे। इधर मुझे बहुत चाहने लगे थे। अम्मी तो किसी से बात ही नहीं करती थीं।

नताशा एकदम खोयी-खोयी सी रहती थी। सुबह देर से उठती थी, अपने कपड़े तक समय से नहीं धुल पाती थी। घंटों बिस्तर पर पड़ी रहती थी। किसी से बात करना बिल्कुल पसन्द नहीं करती थी। बड़ी मुश्किल से पूरे दिन में एक-दो रोटी ही खाती थी।

नफीसा भी कमजोर हो गयी थी। उसकी जीवन-शैली एकदम अव्यवस्थित हो गयी थी।

अक्सर ही वह ज़फ़र की पुरानी यादों में खो जाती थी। बचपन से लेकर अब तक की ढेर सारी मीठी यादें उससे भुलाए नहीं भूलती थीं।

मम्मी-पापा को नताशा की चिन्ता खाए जा रही थी। दोनों की ही इच्छा थी कि नताशा फिर से नया जीवन शुरू करे।

लगभग दस माह हो गए थे, नताशा अभी भी लगभग मूक ही बनी रहती थी। ज़फ़र को भूल नहीं पा रही थी।...हाँ, अब पूजा-पाठ काफी अधिक करने लगी थी। वह इस समय मेरे पास ही रह रही थी।

उससे दूसरी शादी के बारे में बात करना शायद अभी जल्दबाजी ही होती। हालाँकि मैं और नफीसा दोनों ही दिल से चाह रहे थे कि नताशा का पुनः घर बस जाए, वरना इतनी लम्बी जिन्दगी में उसे दूसरे का मोहताज बनकर ही रहना पड़ेगा।

कुछ दिन बाद नफीसा ने बताया कि पीयूष एवं फुरकान दोनों ही नताशा के प्रति कुछ अतिरिक्त सहानुभूति दिखाते हैं। कभी-कभी उसकी दूसरी शादी का भी सुझाव देते हैं।...ये भी कहते हैं कि नताशा इतनी अच्छी है कि उससे तो कोई भी दूसरी शादी करने के लिए तैयार हो जाएगा। इधर वे लोग घर पर भी पहले से अधिक आने लगे थे। इसलिए हम दोनों के जेहन में उन दोनों के नाम का आना स्वभाविक ही था।

किताब की बिक्री भी धीरे-धीरे पहले से बढ़ रही थी। लोगों को जैसे-जैसे ये पता चल रहा था कि किताब के एक लेखक की अचानक दुर्घटनावश मृत्यु हो गयी है। वैसे-वैसे लोगों में किताब के प्रति आकर्षण बढ़ता जा रहा था।

मुझे धमकी भरे कई पत्र भी मिले थे। उनमें से एक-दो नफीसा के हाथ भी आ गए थे। वो सहम सी गयी थी, ''पूरी दुनिया को सुधारने का ठेका क्यों ले रखा है आपने?...अब मैं और दुःख उठाने लायक नहीं हूँ?'' बहुत समझाने-बुझाने पर ही वह मानी थी।

सभी दोस्तों की फिर से ये इच्छा भी थी कि वे लोग फिर से इकट्ठा हों और आगे की रणनीति बनायें। इसके लिए उन्हें सिर्फ मेरी हाँ का इन्तजार था।

आखिर एक दिन हम फुरकान के घर इकट्ठा हुए। सभी लोगों ने जफ़र को याद किया,...उसके सपनों को याद किया।...इबादतखाने की चर्चा भी की।

...हाँ, तो ये है नया इबादतखाना—फुरकान का घर।

"भई! बड़ा घर होने का यही लाभ है,...घर वालों को तो कोई परेशानी नहीं होगी?" मैंने फुरकान से पूछा।

"नहीं, वे सब लोग तो ऊपर वाली मंजिल पर रहते हैं। नीचे हम लोग आराम से चर्चा कर सकते हैं।" फुरकान ने अपनी सहमति देते हुए कहा।

"मित्रों,...हमें शायद मनोहर एवं नरेन्द्र का साथ तो नहीं मिलेगा। वे लोग अपने-अपने विचारों पर अडिग हैं। अब तो उन्होंने सम्पर्क भी हमसे लगभग तोड़ ही लिया है।

वैसे सुनने में आया है कि मनोहर ने तो अपना नेटवर्क काफी बढ़ा लिया है।...उसे अपना काम अपनी शर्तों पर करने दो। अच्छा व्यक्ति है, पूरी तरह समर्पित है—मार्क्सवादी विचारधारा के लिए।

हाँ नरेन्द्र के न आने का दुःख है। अगर उसके विचारों में थोड़ा परिवर्तन आ जाए—जैसे कि रहमान एवं पीयूष के विचार काफी बदल गए हैं पहले से। तब वह हमारे लिए बहुत कारगर हो सकता है।" कहते हुए मैंने एक लम्बी साँस छोड़ी।

"हम लोग काफी हैं शिवांग भाई! आगे की रणनीति आप ही बनाइए।" पीयूष बोला।

"हमने सभी लोगों के विचारों के मिश्रण से उपजी अपनी किताब के माध्यम से एक वैचारिक एवं बौद्धिक क्रान्ति का खाका खींचा है, जिसे युवा आगे चलकर राजनीतिक-सामाजिक-धार्मिक क्रान्ति में बदल सकते हैं।" कुछ रुक कर मैं फिर बोला-

"इसके लिए हमें सबसे पहले 'वक्त के पार' किताब के विचारों को लखनऊ तथा कुछ अन्य शहरों में जन-जन तक पहुँचाने का प्रयास शुरू करना होगा—एक दिन मीडिया जरूर हमारे कार्य को नोटिस करेगी।" फिर मैंने एक सरसरी नजर सभी पर डाली।

"तब मित्रों! यह शुभ कार्य आज से ही शुरू माना जाना चाहिए?"

"हाँ, ठीक कहते हो शिवांग भाई!...हम सब जान लगा देंगे।" सबसे पहले सुमित ने हामी भरी।

फिर सभी ने इस पर सहमति की मुहर लगायी।

"और हाँ, महिलाओं को भी हमें जोड़ना होगा।...नफीसा इसमें हमारा सहयोग कर सकती है।" सभी पर निगाह डालते हुये मैं फिर बोला—"अब लखनऊ में हमें अपना प्रयास शुरू कर देना चाहिए।...शुरुआत अच्छी हो गयी तो

मीडिया के माध्यम से हम सारे देश में अपने विचारों को प्रसारित कर सकेंगे। हम नवक्रान्ति को पैदा कर सकेंगे।''

शाम को मैंने नफीसा को सारी बातें बतायीं। उसे हमारे मिशन पर उतना विश्वास नहीं हुआ। मेरे कहने पर उसने अपने सर्किल की महिलाओं को मिशन से जोड़ने का वादा अवश्य किया।

फिर हमने योजनागत तरीके से अपने विचारों एवं किताब का प्रचार करना शुरू कर दिया।

सांस्कृतिक, धार्मिक एवं राजनैतिक कार्यक्रमों, सिनेमा-घरों, कॉलेजों, सेमिनारों एवं अन्य सामूहिक क्रिया-कलापों पर हमने ध्यान केन्द्रित किया तथा वहाँ पर पम्फलेटों तथा 'माउथ-पब्लिसिटी' के माध्यम से प्रचार किया। इसके अतिरिक्त जो भी अन्य तरीके प्रचार के लिए जिसे भी अच्छे लगे, उसने वैसे ही प्रचार किया।

हम सब अपने काम को जल्द से जल्द नोटिस में लाना चाहते थे।

अनवरत् मेहनत ने आखिरकार अपना रंग दिखाया। एक बेहद लोकप्रिय चैनल ने हमारे आन्दोलन को गम्भीरता से लिया।

उसने ठीक पन्द्रह दिन बाद इन्टरव्यू के लिए हमारा समय निश्चित किया। हम सभी बेहद खुश थे।

अगले पन्द्रह दिन तक हम लोग यही सोचते रहे कि आखिरकार किस तरह से अपने विचारों को जनता के सामने रखा जाए। इस अवसर का हम लोग भरपूर लाभ उठाना चाहते थे। पूरे देश का मीडिया हमें देखेगा,...हमारे विचारों को सुनेगा...फिर अपनी प्रतिक्रिया देगा; यही सोच-सोचकर हमारे मन में एक अविस्मरणीय रोमांच एवं ऊर्जा का संचार हो रहा था।...हाँ, एक बात पर सभी की सहमति थी कि बोलूँगा सिर्फ मैं ही।

वो सुबह सबसे निराली थी। पंछी जैसे कुछ अलग आवाज में ही कलरव कर रहे थे, हवा भी कुछ अलग अन्दाज में संगीतमय स्पर्श के साथ बार-बार गुदगुदा रही थी।

नफीसा ने मुझे खूब अच्छे से तैयार होने में सहयोग किया।...कुछ हिदायतें देकर स्वयं भी तैयार हो गयी। आज वो मेरे लिए...और शायद ज़फ़र के लिए भी बहुत खुश थी।

फुरकान के घर पर पीयूष, फुरकान, रहमान, सुमित, सूरजभान, नफीसा, नताशा...सभी लोग इकट्ठा थे...और शायद ज़फ़र का अहसास भी अपने पूरे वजूद के साथ उपस्थित था।...चैनल वाले समय पर पहुँच गए।

मैंने सभी लोगों का बारी-बारी से परिचय करवाया।

"...तो आप क्या सन्देश देना चाहते हैं अपनी किताब के माध्यम से?" संवाददाता श्याम वर्मा ने पूछा। श्याम साँवले रंग तथा भरे बदन का एक सुन्दर युवक था। वह अपने पेशे को जुनून की तरह लेता था। हमारी किस्मत अच्छी थी कि चैनल वालों ने हमसे सम्पर्क साधने के लिए उसे ही हमारे पास भेजा। वो हमारे विचारों से ऐसे प्रभावित हुआ कि जैसे वह भी अभी तक हमारे जैसे लोगों की तलाश में ही भटक रहा हो।

"हम...हम सभी लोगों के सामूहिक प्रयास का नतीजा है ये किताब,...सभी के विचारों की टकराहट से ये किताबी प्रक्रिया पूर्ण हुई है।...हम-लोग बस देश और समाज को बौद्धिक, सामाजिक, धार्मिक, प्राकृतिक एवं राजनीतिक क्रान्ति के लिए जगाना चाहते हैं।...चेतना को बिल्कुल नयी दिशा एवं जागृति देना चाहते हैं, जिससे कि हम दुनिया के सामने एक नयी मिसाल कायम कर सकें। एक ऐसी मिसाल जिससे समाज के सभी तबकों के कट्टर लोग तो सबक प्राप्त करें ही,...मानवीय चेतना के सृजनात्मक पहलू भी जागृत हों।" मैंने अपने आपको बहुत नियन्त्रित करते हुए कहा। मुझे लगा कि मैं ठीक-ठाक बोल रहा हूँ।

"देश के लिए क्या 'विजन' है आपकी किताब में?" श्याम ने बीच में ही टोका।

"प्राथमिकता तो अपना देश और समाज ही है, हम लोकतंत्र को नए तरीके से परिभाषित करना चाहते हैं। इसकी गुणात्मकता बढ़ाना चाहते हैं। ऐसा करने के लिए हमें समाज में व्याप्त रूढ़ियों को समाप्त करना होगा। राजनीति, धर्म, समाज, संस्कृति, शासन, प्रशासन, मीडिया...आदि सभी क्षेत्रों से सामन्तवाद को बाहर का रास्ता दिखाना होगा। फिर चाहे वो पुरातनपंथी सामन्तवाद हो या साम्राज्यवादी।

सर्वप्रथम सभी धर्मों के वास्तविक मन्तव्य को स्पष्ट करना होगा। धर्म सर्वप्रथम इसलिए, चूँकि हमारा समाज अभी भी धर्म से कहीं न कहीं अधिक घिरा हुआ है। हजारों साल से अधिसंख्य लोग धर्म के 'मर्म' को जाने बिना ही उसके पिछलग्गू बनते आए हैं।

क्या खाना है, क्या पीना है, क्या पहनना है, किससे सम्बन्ध बनाना है, कैसी शिक्षा प्राप्त करनी है, कहाँ शिक्षा प्राप्त करनी है, कौन सा पेशा अपनाना है, किससे शादी करनी है, कितनी शादियाँ करनी हैं, कितने बच्चे पैदा करने हैं, क्यों परिवार-नियोजन अपनाना है या किस तरह अपनाना है, महिलाओं को क्यों सशक्त एवं स्वाबलम्बी बनाना है, महिलाओं पर कितना नियन्त्रण रखना है?...; ऐसे और भी अनेक मुद्दे हैं, जिनका धर्म से कोई भी प्रत्यक्ष सम्बन्ध नहीं है। लेकिन आम-जनता बहकावे में आकर इन मुद्दों को धर्म से जोड़ती है तथा पूर्ण-रूप से दिग्भ्रमित हो जाती है।

...धर्म तो बहुत ही सरल है।...धर्म का कार्य खुदा या भगवान से व्यक्ति का प्रत्यक्ष सम्बन्ध स्थापित करना है। इसके लिए महत्त्वपूर्ण है—व्यक्ति का निर्मल मन,...जो खुदा की इबादत के समय उसके अतिरिक्त कुछ न सोचे।...अत्यधिक अंकुश लगाने या अन्धविश्वासों का पिटारा ढोने से मन कभी भी निर्मल नहीं हो पाता है। मन में स्वयं ही नकारात्मक विचार पनपने लगते हैं। सरल, स्वतन्त्र एवं तार्किक चेतना से ही मन निर्मल होता है।

...वैसे भी ये व्यक्ति पर ही छोड़ देना चाहिए कि उसे अपना मन कैसे निर्मल रखना है? या फिर उसे इस निर्मल मन में किस धर्म की यात्रा कैसे प्रारम्भ करनी है?...आज के समय में इतनी स्वतन्त्रता एवं वैयक्तिकता अति आवश्यक है।

...मुल्लाओं, पुजारियों एवं पादरियों आदि को अपनी सीमाओं में रहकर सामाजिक, सांस्कृतिक एवं राजनीतिक मुद्दों को धर्मों से विलग रखना चाहिए। उन्हें बस व्यक्ति को इस बात के लिए प्रेरित करना चाहिए कि व्यक्ति ईश्वर या खुदा को याद करता रहे,...उसकी इबादत करता रहे।...केवल प्रेरित ही करना चाहिए, व्यक्ति के जीवन को नियन्त्रित करने के सारे हथकंडे छोड़ देने चाहिए।...उन्हें जनता को दिग्भ्रमित करने से बाज आना चाहिए, अन्यथा आने वाले समय में सबसे बड़े पापी वे ही होंगे।

इसके लिए धर्म के इन सभी ठेकेदारों को आधुनिक परिवेश एवं आवश्यकताओं के अनुसार ढल जाना चाहिए। उन्हें निश्चित रूप से वैज्ञानिक-मनोवृत्ति से युक्त होना चाहिए, तभी वे अपने-अपने धर्मों के प्रति सही रूप में कुछ कर पायेंगे। तब उनमें मानव-मात्र के प्रति सच्ची आध्यात्मिक-चेतना का उदय होगा।...ऐसे सभी लोगों को मिल-बैठकर भविष्यगामी चुनौतियों के सापेक्ष धर्म को सदैव परिमार्जित करते रहना चाहिए। तभी उनके कर्म मनुष्यों के लिए अनुकरणीय होंगे।

वैश्विक सन्दर्भ को देखते हुए ये अति आवश्यक है कि प्रत्येक धर्म प्रकृति से साक्षात् सम्बन्ध स्थापित करे। अगर धार्मिक-ग्रन्थों में प्रकृति के अतिउपभोग सम्बन्धी बातें हैं या प्रकृति को मानव से नीचे का दर्जा दिया गया है या उसे जीवन एवं चेतना से रहित दिखाया गया है; तब निश्चित रूप से धार्मिक ग्रन्थों में संशोधन की आवश्यकता है। क्योंकि यदि प्रकृति स्थिर रहेगी, सन्तुलित रहेगी; तभी मानव-जीवन सन्तुलित रहेगा।...संभवत: आज धर्मों के प्रवर्तक भी यदि होते, तो वह भी निश्चित रूप से यही कहते।

धार्मिक-ग्रन्थों से पुरुष-प्रधान अथवा जाति एवं नस्ल सूचक भावों एवं शब्दों या अन्य भेदभावपूर्ण चीजों को बिना किसी विलम्ब के हटा देना चाहिए। भाग्यवाद पर कर्मवाद को प्रमुखता दी जानी चाहिए।

यूरोप में ऐसा ही किया गया था। जैसे ही वहाँ 'Work is Workship' की बात

पर बल दिया गया, वहाँ पर परिवर्तन की बयार आ गयी। लोगों की चेतना से धार्मिक अन्धविश्वास बाहर आने लगे। लोग तरक्की के मार्ग पर तेजी से बढ़ने लगे। हड़प्पा सभ्यता की तरक्की का प्रमुख कारण धार्मिक उदारता एवं खुलापन ही था। इसी तरह 6 ईसा पूर्व में हुए अनेक धर्म सुधार आन्दोलनों ने अन्ततः मौर्य साम्राज्य जैसे विशाल साम्राज्य की नींव रखी। भारत विश्व का प्रमुख राष्ट्र बन बैठा। सिकन्दर भी नन्दों की सेना से डर कर वापस लौट गया। गतिशीलता एँव परिवर्तन में ही तरक्की के राज छिपे हुए हैं। कर्म का महत्व तो सार्वभौमिक है ही।

व्यक्ति-मात्र को श्रेष्ठ कर्मों से इसी जीवन पर ध्यान केन्द्रित करना चाहिए।...परलोक के चिन्तन में अधिक समय नष्ट करने से कोई लाभ नहीं। फिर चाहें आप आध्यात्मिक रूप से उत्कृष्ट जीवन जीना चाहें या भौतिक रूप से या फिर दोनों रूप से।...इसी जीवन को चेतना के केन्द्र में बनाए रखना होगा।

हमें प्रकृति पर भी उतना ही ध्यान देना होगा।...कर्म की अतिरेकता या भौतिकता की अन्धी चाह में प्रकृति को भूलना या अनदेखा नहीं करना है। उसे अपना साथी बनाना है।...वास्तव में अब तो प्राकृतिक समृद्धि भी अति आवश्यक है जीवन में।

...पाप-पुण्य की परिभाषाओं में भी अब व्यापक परिवर्तन होने चाहिए, क्योंकि पिछली कई शताब्दियों में जीवन की जटिलता बहुत बढ़ गयी है।

उदाहरण के लिए सभी धर्मों को प्रकृति को लाभ पहुँचाने वाले कार्यों को पुण्य तथा उसे अनावश्यक रूप से नुकसान पहुँचाने वाले कार्यों को पाप की संज्ञा दे देनी चाहिए।

ईसाई धर्म ने ऐसी शुरुआत कर भी दी है।...यह उसका बहुत ही प्रगतिशील कदम है। दूसरे धर्मों को भी ऐसी ही व्यापक सोच के साथ सामने आना चाहिए।...दुःख की बात ये है कि ऐसे मामलो में कोई भी धर्म परस्पर प्रतिस्पर्धा नहीं करता है। जबकि धर्मों में नकारात्मक चीजों को लेकर परस्पर प्रतिस्पर्धा की होड़ सी लगी रहती है। धार्मिक श्रेष्ठता की अनावश्यक प्रतिस्पर्धा से परहेज करना चाहिए।

जनसंख्या-वृद्धि पर भी अलग से विचार करना अति आवश्यक है।...सभी धर्मों को उदार रवैया अपनाते हुये जनसंख्या-वृद्धि को पाप की श्रेणी में सम्मिलित कर लेना चाहिए।

मानव-प्रजाति जहाँ विध्वंसक रूप से बढ़ती जा रही है, वहीं अन्य कई प्रजातियाँ या तो विलुप्त हो चुकी हैं या फिर विलुप्ति की कगार पर हैं। इससे प्राकृतिक-असन्तुलन को बेतहाशा बढ़ावा मिल रहा है। व्यक्तियों के बढ़ने से प्रकृति का उपभोग भी अनवरत् रूप से बढ़ता ही जा रहा है।...और जितने भी व्यक्ति बढ़ते जाएँगे, उतना ही प्रकृति का अन्धाधुँध दोहन बढ़ता जाएगा।

यदि हम सभी देशों के पूर्ण विकसित होने की कल्पना करें, तो स्थिति और

भी भयानक नजर आने लगेगी। जनसंख्या-वृद्धि प्रकृति के लिए तो अत्यन्त घातक तथा चिन्ताजनक है ही, स्वयं मानव जीवन को भी यह एक दिन लील सकती है। जनसंख्या-वृद्धि को नियन्त्रित करना सभी का सामूहिक उद्देश्य होना चाहिए। सभी पिछड़े देशों को जनसंख्या-वृद्धि को नियन्त्रित करने के लिए चीन जैसे नियन्त्रणात्मक उपाय भी करने पड़ें, तो भी कोई समस्या नहीं होनी चाहिए।

विकसित देश गरीब देशों को सहायता देते समय जनसंख्या-नियन्त्रण की भी शर्तें रखें।...उन्हें जनसंख्या-टैक्स लगाने की सलाह दें। तथाकथित गरीब देश अगर ऐसे उपाय नहीं करता है, तो उसकी आर्थिक सहायता में कटौती कर दें तथा भविष्य में और ढील देने पर उस पर आर्थिक नियन्त्रण भी लगाएँ।

हमें प्रकृति को सम्पोषित करने वाले सभी प्रयास युद्धस्तर पर करते रहने चाहिए।...तभी हम लोग ग्लोबल वार्मिंग, ओजोन-क्षरण एवं प्रकृति के अन्य दंडों से मानव-जाति को सुरक्षित रख सकेंगे।

अन्यथा ये पृथ्वी जल्द ही मानव-शून्य हो जायेगी। तब मनुष्य के न रहने पर धर्म स्वयं ही निरर्थक हो जायेंगे।...ध्यातव्य रहे कि धर्म मनुष्य के लिए है, न कि मनुष्य धर्म के लिए।

दूरदृष्टि से देखें तो हम पायेंगे कि सभी मनुष्यों,...यहाँ तक कि सभी जीवों या कहें कि सम्पूर्ण प्रकृति का जीवन कहीं न कहीं अनिवार्य रूप से परस्पर जुड़ा हुआ है।...प्रकृति ही क्या सम्पूर्ण ब्रह्मांड ही कहीं न कहीं आपस में गुंथा हुआ है।

...पृथ्वी लगभग एक लाख किमी. प्रति घंटा की गति से सूर्य का चक्कर लगा रही है, उसका एक निश्चित पथ है। वह अपनी धुरी पर भी घूम रही है...इसी तरह के नियम अन्य ग्रहों, सौरमंडल, गैलेक्सियों एवं ब्रह्मांड पर भी लागू हैं।

एक तरफ सबकुछ नियमबद्ध एवं अबाधित रूप से चल रहा है। वहीं दूसरी तरफ परिवर्तन की सत्ता भी विद्यमान है। सामूहिक एकत्व के अन्तर्गत परिवर्तन पूर्णतः संचालित है। ब्रह्मांड एवं उसके बाहर सबकुछ निरन्तर परिवर्तनशील है। सूरज का आकार कुछ न कुछ घट ही रहा है।...तब कभी न कभी सूरज भी पृथ्वी पर प्रकाश नहीं दे पाएगा। तब तक कुछ अन्य कारकों में भी काफी परिवर्तन आ जाएगा, तब गुरुत्वाकर्षण का शक्ति-सन्तुलन भी परिवर्तित हो जाएगा। तब पृथ्वी से सूर्य की दूरी एवं गति दोनों ही परिवर्तित होने लगेंगी। पृथ्वी अन्ततः सूरज का इस तरह से चक्कर नहीं लगा पाएगी।...वैसे उससे काफी पहले ही पृथ्वी पर जीवन का स्वरूप या तो नष्ट हो जाएगा या फिर काफी हद तक परिवर्तित हो जाएगा।

...और हो सकता है बहुत सारे परिवर्तन आ भी चुके हों अरबों वर्षों के पृथ्वी के इतिहास में...हाँ ये परिवर्तन हैं बहुत ही धीमे।

एक तरह से हम पृथ्वी-रूपी खुले विमान में हर तरफ से लटके हुए हैं...सब

कुछ...समुद्र, नदियों, झरनों, तालाबों, कुओं...सभी का पानी,...पहाड़, ज्वालामुखी, ग्लेशियर, ध्रुव, पठार, रेगिस्तान, वन,...जीव, जन्तु, पंछी,...मनुष्य...सारी प्रकृति,...सब कुछ लटका हुआ है...हाँ, व्यवहार में कुछ भी लटका हुआ नहीं है...एक अविश्वसनीय स्थिरता एवं शान्ति के साथ चलने वाली इस यात्रा का कभी अहसास तक नहीं होता।

...पृथ्वी पर सारी मौसमी, वायुमंडलीय, भूमंडलीय घटनाएँ निरन्तर अबाध गति से चलती रहती हैं...और पृथ्वी रूपी यह खूबसूरत विमान एक अनन्त यात्रा पर अबाध गति से चलायमान है।...पृथ्वी की इस यात्रा में कभी भी कोई अड़चन आ जाए तो सब कुछ, चाहें वह मानव निर्मित हो या प्रकृति निर्मित...अपना स्वरूप बदल लेगा या कहो नष्ट हो जाएगा।...इतने विशाल ब्रह्मांड में एक अद्‌भुत तारतम्यता है।

भला इतने व्यापक ब्रह्मांड में मनुष्य की पहचान ही क्या है?...क्या वजूद है उसका?...लेकिन फिर भी मनुष्य जरूरत से ज्यादा अहं पालता है। किसी न किसी बहाने अपने ही जीवन को कष्टमय बनाता रहता है।...यही नहीं धर्म को भी अपने अहं के विस्तार का एक माध्यम बना लेता है।

हमें जरूरत है ब्रह्मांड के शाश्वत परिवर्तन के स्वरूप को समझने की।

हमें सदैव समयानुसार सभी चीजों के परिवर्तन पर विचार करते रहना चाहिए। फिर चाहें वह धर्म हो या अन्य कोई क्षेत्र।...उसमें भय पालने से काम नहीं सधेगा।...हर तरह की जड़ता से मोह त्यागना ही हमारे स्वभाव में सम्मिलित होना चाहिए।...यह हमेशा याद रखना चाहिए—सब-कुछ...मनुष्य ही नहीं, सब-कुछ...परस्पर सम्बद्ध है तथा अनिवार्य रूप से परिवर्तनीय है।

जहाँ तक ईर्ष्या, द्वेष, हिंसा, विरोध जैसी चीजों की बात है तो ये तो हमेशा रहेंगी ही, और विकास के लिए ये उपयोगी भी हैं। हाँ, इनके मूल कारण तथा स्वरूप न्यूनाधिक मात्र में अवश्य परिवर्तित होते रहेंगे।

सभी व्यक्ति अपने-अपने सांस्कृतिक संस्कारों को भले ही अपनाये रखें, लेकिन बदलते परिवेश एवं समय के अनुसार भी चलें।...ये सोचना कि आधुनिकता को अपनाना ईसाईयत की नकल करना है—हर तरह से अनुचित है। ईसाईयत ने भी अन्धकार-काल में इस्लामिक दार्शनिकों एवं चिन्तकों से बहुत कुछ सीखा है, जैसे—अबेरोस, अलक़ाज़ी, अबीसीना, अलहसन, अलगज़ाली आदि से।

इस्लाम के उदय की प्रारम्भिक पाँच शताब्दियों में विभिन्न स्वतन्त्र विचारक एवं वैज्ञानिक-सोच के दार्शनिक हुए, लेकिन बाद में धीरे-धीरे इस्लाम में इस तरह की प्रतिभाओं का अभाव दिखने लगा।...इनके विचारों का यूरोप पर भी काफी प्रभाव पड़ा है।

इसी तरह भारतीय एवं चीनी-सभ्यता से भी यूरोप ने काफी कुछ सीखा है।...भारतीय योग, दर्शन एवं आयुर्वेद से तो आज लगभग सम्पूर्ण विश्व ही बहुत

लाभ उठा रहा है,...ऐसा करने में भी पाश्चात्य जगत् सबसे ऊपर है। तब हमें भी उनसे आधुनिक चीजों को खुले मन से ग्रहण करना चाहिए।'' मैंने एक सरसरी नजर सभी पर डाली तथा फिर से बोलना शुरू किया—

''भारत में जाति एक कटु सच्चाई है। इधर जातीय-जागरण एवं सशक्तीकरण की प्रक्रिया अवश्य चल रही है, जिससे ऊँच-नीच की भावना निश्चित रूप से घट रही है। हाँ आपसी ईर्ष्या, द्वेष अवश्य बढ़ रहे हैं।

...राजनीतिक सत्ता की चाहत निचले तबकों में बहुत अधिक पैदा हो गयी है, जिससे आने वाले समय में और भी परिवर्तन देखने को मिलेंगे।

एक दिन अवश्य आयेगा, जब निम्न जातियों में हीनता की भावना एवं उच्च जातियों में श्रेष्ठता की भावना स्वयं ही काफी हद तक दूर हो जायेगी। तब जाति-विखंडन का दौर और तेज हो जाएगा। अन्तर्जातीय एवं अन्तर्धार्मिक विवाह इस प्रक्रिया को और भी तीव्र करेंगे। जातीय-मोह धीरे-धीरे घटेगा।...धीरे-धीरे कबीलाई जटिलताओं से हमारा समाज मुक्त होगा।

इस परिवर्तन को और तीव्रता देने के लिए यह भी आवश्यक है कि उच्च जातियाँ दलितों, पिछड़ों एवं कमजोर वर्गों को राजनीतिक सत्ता सौंप दें तथा सत्ता प्रतिष्ठानों में उनके प्रतिनिधित्व को उचित अनुपात में बढ़ाने के सकारात्मक प्रयासों को बढ़ावा दें। उच्च जातियों ने हजारों साल तक समाज पर पूर्ण पकड़ बनाए रखी है। अब देश एवं समाज के हित में उन्हें राजनीति के शीर्ष से स्वयं ही हट जाना चाहिए। इससे दलितों, पिछड़ों एवं कमजोर वर्गों की हजारों साल की सत्ता की भूख भी शान्त हो सकेगी तथा उन वर्गों के लोगों में पनपे आत्मविश्वास को स्थिरता एवं परिपक्वता भी प्राप्त हो सकेगी। साथ ही इससे उच्च जातियों के प्रति दलितों, पिछड़ों एवं कमजोर वर्गों में जो आक्रोश है, वह भी शान्त हो सकेगा।...इसके अगले क्रम में राजनीतिक नेतृत्व को सभी की सहमति से टोटल-जस्टिस को लागू कर देना चाहिए।...लेकिन इस टोटल-जस्टिस में प्रकृति भी शामिल होनी चाहिए।...समाज अगर इसे सहन कर गया तो आने वाले वर्षों में समाज की सारी ऊर्जा जाग उठेगी।...लोग कबीलाई अहं की चेतना से मुक्त हो जाएँगे।...देश अपने भाग्य की नयी गाथा लिखेगा।

...लेकिन निचले तबके के राजनैतिक नेतृत्व को भी कुंठाओं एवं हीनभवनाओं से मुक्त होकर देश एवं आम आदमी के हित को ही ध्यान में रखकर शासन चलाना होगा।...उसे नकारात्मक हीनभावना से उबरना होगा।

उच्च जातियाँ तो अपने अहं को अन्य क्षेत्रों में भी सन्तुष्टि प्रदान कर सकती हैं।...उच्च जातियों के उन व्यक्तियों को ही राजनीति के शीर्ष पर आने का प्रयास करना चाहिए, जो अनुभव एवं चेतना के उस स्तर को प्राप्त कर चुके हों, जहाँ पर

दलितों, पिछड़ों, अल्पसंख्यकों एवं कमजोर वर्गों की पीड़ा उन्हें अपनी पीड़ा नजर आए।''

मैंने फिर से सब पर एक नजर डालते हुए कहा, ''प्रश्न उठता है कि हम इस समय और क्या कर सकते हैं? मीडिया क्या कर सकती है?

....मीडिया इस सच को जनता तक तीव्रता से पहुँचा सकती है, जिससे भविष्य का ये बदलाव अभी से ही और अधिक तीव्रता को प्राप्त कर ले। ये बदलाव जितनी तेजी से आयेगा, कबीलाई-जड़ताओं से हमारे समाज को उतनी ही तीव्रता से मुक्ति मिलेगी।

इस परिवर्तन में परम्परागत अधिकार तो अवश्य छिनेंगे, बहुत से लोगों को असहनीय पीड़ा भी होगी।...लेकिन यह परिवर्तन ही हमारे बीमार समाज को स्वस्थ करेगा। यह ऐसे काम करेगा जैसे एक बीमार आदमी के लिए इंजेक्शन या ऑपरेशन काम करता है।...और पीड़ा तो इंजेक्शन और ऑपरेशन के दौरान भी होती है।...तो मेरे भाईयों ऐसी पीड़ा को कुछ सालों तक सहने के लिए तैयार हो जाइए।...क्योंकि तभी हमारा देश व समाज समय के साथ कदमताल मिला सकेगा। तभी हमारे समाज में व्यापक ऊर्जा जागृत होगी,...लोगों में सच्ची राष्ट्रभक्ति जागेगी, लोगों में स्वाभाविक भाईचारा बढ़ेगा और हम लोग विश्व को एक नयी राह दिखा सकेंगे या फिर विश्व से सच्ची राह सीख सकेंगे। तभी सच्चा लोकतंत्र उभर सकेगा। तब उसमें परम्परागत या कबीलाई 'हित-समूह' न होकर आधुनिक या उत्तर आधुनिक 'हित-समूह' उभरेंगे, जो नये-भारत की नींव डालेंगे।...तब आप वास्तव में अपने राष्ट्र पर गर्व कर सकेंगे।...एक नितान्त ही नयी चेतना एवं ऊर्जा का प्रस्फुटन होगा।'' मैंने नफीसा के चेहरे को देखा तो वह आँखें फैलाये हुए मुग्ध होकर मेरी बातों को सुन रही थी।

''मित्रों! हम लोग किसी के खिलाफ नहीं हैं।...हो सकता है बहुत से लोग हमसे नाराज हों, हमें धमकी दें या हमें मारने की भी कोशिश करें। लेकिन ऐसा निहायत ही कुण्ठित लोग करेंगे। लोगों को हम अपनी राय मानने के लिए मजबूर नहीं कर रहे हैं। हम तो बस अपने विचार फैला रहे हैं। और इक्कसवीं शताब्दी में अगर कोई समाज इतनी स्वतन्त्रता भी नहीं देता है, तो वह समाज निहायत ही कुण्ठित एवं पिछड़ा समाज कहा जायेगा।...मैं ऐसा इसलिए कह रहा हूँ जिससे कि आप लोग हमारे विचारों पर सकारात्मक होकर सोचें।'' मुझे यह अन्दाजा हो रहा था कि मैंने निश्चित ही कुछ संवेदनशील पहलुओं को छू लिया है।

''इस तरह के विचारों को सभी गरीब देशों में प्रचारित करने की आवश्यकता है, क्योंकि इन देशों के समाज पर भी प्रायः धर्म या कबीलाई जड़ताओं का निरंकुश जाल फैला हुआ है। वहाँ के श्रेष्ठजनों को अपने समाज को जगाना चाहिए, क्योंकि

देश और विश्व के पास जागने के अतिरिक्त अब कोई चारा नहीं है। जो इस जागरण की प्रक्रिया में पिछड़ जायेगा, वह शायद हमेशा के लिए पिछड़ जायेगा। या फिर डार्विन के मतानुसार उसका अस्तित्व भी समाप्त हो सकता है।

देश और विश्व के युवाओं को विभिन्न संगठनों के माध्यम से 'नव-क्रान्ति' का बिगुल फूँकना चाहिए, जिससे बौद्धिक, प्राकृतिक एवं आध्यात्मिक क्रान्ति फूट पड़े। इससे जागृत ऊर्जा राष्ट्रीय एवं वैश्विक समस्याओं का स्वयं ही निदान भी खोज निकालेगी।

तब विश्वस्तर पर भी हीनता एवं श्रेष्ठता की भावना का निराकरण संभव हो सकेगा।...नस्लीय एवं क्षेत्रीय अलगाववाद पर भी विराम लग सकेगा।"

"आप ही क्यों नहीं इस नव-क्रान्ति को जन्म दे रहे हैं?" श्याम ने मुझे टोका।

"हम लोगों ने वैचारिक स्तर पर काफी पहले ही इसे जन्म दे दिया है। संगठनात्मक स्तर पर युवाओं को आगे आना होगा।...मीडिया को आगे आना होगा।...हम लोग नवक्रान्ति को वैचारिक ऊर्जा सदैव देते रहेंगे।" मुझे महसूस हो रहा था कि मैं जितना चाहता था, शायद कुछ उससे भी अधिक ही बोल गया था। अब मैं अपनी वाणी को स्वयं ही विराम देना चाह रहा था।

"और कुछ कहना चाहते हैं?" श्याम ने मेरी चुप्पी तोड़ी।

"...नहीं, बस...एक ही दु:ख है, आज हमारे बीच ज़फ़र नहीं है। इस संघर्ष में हमने ज़फ़र को खो दिया है।...जो मैं बोल रहा था, वास्तव में ये उसके ही विचार थे...सपने थे। आज उससे किये गए वादों से मैं कुछ हद तक मुक्ति महसूस कर रहा हूँ।...सभी लोगों से प्रार्थना है कि कम से कम एक बार हमारी किताब अवश्य पढ़ें।...सभी को बहुत-बहुत धन्यवाद।"

मैं अपने भाषण से सन्तुष्ट था। सभी साथी तथा नफीसा मेरी अभिव्यक्ति की दाद दे रहे थे।

अगले दिन नफीसा फोन पर किसी न किसी से यह बतयाती रही कि आज ऐसा प्रसारण होने वाला है। इतना खुश मैंने उसे ज़फ़र की मौत के बाद आज पहली बार देखा था।

इन्टरव्यू का प्रसारित होना हम सभी के लिए गर्व की बात थी। यह हम सभी के लिए बहुत बड़ा अवसर था।...सारे देश में इसका प्रसारण होगा...बहुत सारे लोग इसे देखेंगे।...यह सोचकर ही नफीसा की तो कई बार आवाज भी हकला गयी थी।

...हम सभी पूरे दिन बेचैन एवं उद्विग्न रहे। वक्त काटे नहीं कट रहा था।

शाम का समय था। सारे दोस्त, नफीसा एवं नताशा; सभी मेरे घर पर ही थे। बड़ी मुश्किल से सब लोग उस कमरे में बैठ पाए। सभी लोग टकटकी लगाए

टी.वी. से चिपक हुये थे। हालाँकि इंटरव्यू के प्रसारण में अभी लगभग आधा घंटा शेष था।

चैनल पर लगातार ब्रेकिंग-न्यूज में ये शब्द लिखे हुए आ रहे थे—'थोड़ी ही देर में देखिए नवक्रान्ति का उद्‌घोष'। बीच-बीच में सुन्दर कन्याएँ विभिन्न उत्पादों का प्रचार करती हुई नजर आ रही थीं। इस समय ये सब कुछ बहुत बोरिंग लग रहा था।

...आखिर इन्टरव्यू प्रसारित होने का समय आ ही गया।

जैसे ही श्याम वर्मा का चेहरा नजर आया, वैसे ही सभी की आँखे गर्व एवं खुशी से चमक उठीं।

"...अब मैं आपको कुछ ऐसे लोगों और उनके विचारों से परिचित करा रहा हूँ, जो सिर्फ और सिर्फ दूसरों के लिए ही कुछ करना चाह रहें हैं...जो जीवन की सच्चाईयों से खुले एवं स्पष्ट रूप से टकराना चाह रहे हैं।...तो आइए स्वागत कीजिए ऐसे हिम्मती एवं जुझारू लोगों का...नवक्रान्ति के दूतों का।"

मैंने देखा कि स्क्रीन पर सभी लोग काफी स्मार्ट दिख रहे थे। मैं क्रीम कलर के सूट में था तथा नफीसा उस दिन हरे रंग की साड़ी में मेरी बगल में ही बैठी हुई थी। सभी मित्रगण भी इर्द-गिर्द ही बैठे हुए थे। सभी लोग मेरी तरफ ही ताक रहे थे।

"...तो आप क्या सन्देश देना चाहते हैं..." श्याम वर्मा ने इंटरव्यू शुरू कर दिया।

सभी लोग साँसे रोके हुए इन्टरव्यू को देख रहे थे। शुरू-शुरू में थोड़ा नर्वस दिखने के बाद मैंने लय पकड़ ली थी।

टी.वी. देखते समय बीच-बीच में नफीसा मेरे चेहरे को देख लेती थी।

इन्टरव्यू समाप्त होने पर सभी लोग एक-दूसरे को बधाईयाँ दे रहे थे। नफीसा कह रही थी, "शिवी, आप तो एकदम देव-पुरुष की भाँति बोल रहे थे।"

"हाँ, सच में उस समय ऐसा लग रहा था, जैसे कोई अतिरिक्त शक्ति मुझे संबल प्रदान कर रही हो...और हाँ ज़फ़र का चेहरा भी बार-बार मुझे शक्ति प्रदान कर रहा था।" मुझे लगा कि इस समय मुझे ज़फ़र का नाम नहीं लेना चाहिए था।

एकाएक नफीसा कुछ रुआँसी होकर बोली, "काश! ज़फ़र भैय्या भी होते।...काश!" कैसे होता वह वहाँ,...जो चला गया वह तो हमेशा के लिए खो जाता है।

"वह अभी भी हमारे साथ ही है,...अक्सर वह मेरे सपनों में आता रहता है।" मैंने पल भर के लिए आयी उदासी को तोड़ने के लिए कहा।

लगातार बधाईयों के सन्देश प्राप्त हो रहे थे। नताशा भी आज काफी अच्छा महसूस कर रही थी। उसकी चाल-ढाल एवं बोलने का ढंग आज काफी सामान्य

लग रहा था। शायद आज वह जफ़र के लिए बहुत खुश थी। शायद उसे लग रहा था कि ऐसा भी नहीं है कि जफ़र ने सब कुछ खोया ही हो,...उसने बड़े सपने दिखाना सिखाया भी है...अर्थात् उसने बहुत कुछ पाया भी है।

हम लोगों का सन्देश मीडिया के व्यापक फलक पर अपने पाँव पसार चुका था।...देश के कुछ प्रमुख व्यक्तियों की मिली-जुली प्रतिक्रियाएँ भी उसी समय ली जा रही थीं।

अधिकतर लोग हमारे विचारों के आधार पर होने वाले परिवर्तन को नकार ही रहे थे। लेकिन हमें इस बात की खुशी थी कि लोग हमारे विचारों पर कम-से-कम प्रतिक्रिया तो व्यक्त कर रहे थे।

धीरे-धीरे ये विचार अपना प्रभाव भी अवश्य दिखाएँगे,...एकाएक तो कुछ भी नहीं होता है। एक दिन युवा अवश्य ही जागरुक होंगे और देश को संकीर्णताओं के भंवरजाल से जल्द से जल्द निकालने का प्रयास करेंगे।

मैं अक्सर जफ़र की कब्र पर जाता रहता था। हमने उसकी कब्र पर मज़ार भी कुछ दिन पहले बनवा दी थी। आज फिर मैं लगभग दस बजे उसकी मज़ार पर पहुँच गया। आज मेरी आँखें फिर से गीली हो गयी थीं, आज बहुत याद आ रही थी मुझे उसकी—"मित्र! तू अभी भी मेरे साथ है, आज हमने तेरे सपनों को साकार करने की कोशिश की है।" मैं धीरे से बुदबुदाया।

काफी देर तक उस नीरव-शान्ति में मैं बैठा रहा।

वहाँ से उठते समय मैं काफी हल्का महसूस कर रहा था।

घर आने पर नफीसा ने पूछा कि "कहाँ चले गये थे?" जब मैंने उसे बताया तो वह बहुत खुश हुई।

कुछ माह के बाद हम लोगों के विचारों के समर्थक बढ़ गए थे। हमारे विचारों को लेकर जगह-जगह बहसें छिड़ गयी थीं। कालेज एवं शहरों के सेमिनारों में इन मुद्दों पर चर्चा चलने लगी थी। अखबारों में हमारी किताब के चर्चे होने लगे थे। हम नयी ऊर्जा के साथ नवक्रान्ति के वैचारिक विस्तार के लिए हर स्तर पर जुट गये।

नताशा का स्वभाव भी अब पहले से सामान्य होता जा रहा था। सभी लोग इस परिवर्तन से खुश थे।

एक दिन नफीसा ने मुझसे कहा, "पीयूष और फुरकान दोनों ही नताशा से शादी करने के इच्छुक हैं, इधर नताशा भी दोनों से बतियाने लगी है।"

"अच्छा है वह जिसे भी पसन्द कर लेगी, हम उससे उसकी शादी कर देंगे।" मैंने संक्षिप्त सा उत्तर दिया।

"वैसे उसका मन पीयूष की तरफ ज्यादा दिखता है, क्योंकि पीयूष और

उसकी पसन्द व नापसन्द काफी मिलती हैं। साथ ही पीयूष सामान्य परिवार का भी है, जबकि फुरकान बड़े घर का लड़का है। इसलिए भी शायद नताशा पीयूष को अधिक पसन्द करती है,...लेकिन शादी के लिए अभी भी वह तैयार नहीं है।'' उसने कुछ अफसोस करते हुए कहा।

''चलो, ये तुम्हारा कार्य है कि कैसे उसको पीयूष से शादी के लिए तैयार करना है। इस शादी का विरोध शायद ही कोई करेगा।'' मैंने कुछ चिन्तामुक्त होते हुए कहा।

नरेन्द्र एवं मनोहर भी अपने-अपने तरीकों से समाज सेवा कर रहे थे। मनोहर ने तो नवक्रान्ति के उद्‌घोष के लिए बधाई सन्देश भी भिजवाया था। जिसमें उसने यह भी कहा था कि, ''उसके लिए नीलम बहुत लकी साबित हो रही है। वह महिलाओं को बढ़िया तरीके से उत्साहित भी कर लेती है। साथ ही कठोर परिश्रम में तो उसका कोई सानी है ही नहीं।'' हालाँकि नरेन्द्र एवं मनोहर दोनों का ही वास्तविक पता हमें मालूम नहीं था। ऐसा लगता था कि जैसे किसी खोह या गुफा में छिप कर समाज सेवा कर रहे हों।

कुछ समय बाद एक रात फिर से मुझे सपना आया। सुबह लगभग चार बजे फिर से मेरी आँखें खुलीं। मैंने नफीसा को भी जगा दिया तथा उसे भी सपना सुनाया।

उसी समुद्र के किनारे पर मैं, नफीसा एवं नताशा गए हुए थे। हम रेत पर आराम कर रहे थे। सूरज ढलने लगा था। तभी एकाएक काली परछाई सी हमें आती हुई दिखायी दी। हम उसे सहमें हुए से बस देखते रहे।

जैसे ही वह पास में आने लगी, वैसे ही नफीसा एवं नताशा घबरा कर चिल्लाने लगीं। उसके पीछे समुद्र में अनेक समुद्री जीवों के सिर झाँक रहे थे।

अचानक किसी के हँसने की आवाज आयी। सभी एकाएक चौंके।

''अरे! ये तो जफ़र की हँसी है।'' मैंने हँसी को पहचानते हुए कहा।

''हाँ-हाँ मैं जफ़र ही हूँ।'' और फिर से हँसने की आवाज आयी।

''तुम मुझे पहचान नहीं पा रहे हो। कोई बात नहीं। मैं तो बस यूँ ही तुम लोगों को देखने चला आया था।...तुम लोग मुझे मरा हुआ समझते हो?...ऐसा नहीं है। मैं हमेशा जीवित रहूँगा। मरने का डर तो मनुष्यों को होता है,...मैं तो अब अमर हूँ।'' फिर से तेज हँसने की आवाज आने लगी।

''जफ़र! यार तू है,...देख यार! तुझे उस दिन बहुत समझाया था। लेकिन तू नहीं माना और समुद्र के अन्दर चला गया, इसी से तू पहचान में नहीं आ रहा है— चल घर चलते हैं, तू ठीक हो जायेगा।''

''...ह...ह...ह...! तुम्हारे साथ चलूँ? उस निष्कृट दुनिया में? तुम दोस्त हो, इसीलिए बता रहा हूँ। हम लोग बहुत खुश होते हैं, जब मनुष्य लड़ते हैं, मरते हैं या

उनका कोई भी नुकसान होता है। समुद्र में तो एक उल्लास सा पैदा हो जाता है उस समय।'' वो परछाई पहले से अब कुछ पास आ गयी थी।

''हम लोगों का जीवन सरल है, निष्कपट है, लेकिन मनुष्य...ह...ह...ह, बहुत नीच है, उसे जल्द ही सजा मिलेगी।...अच्छा विदा।''

तभी वह परछाई फिर से समुद्र की तरफ जाने लगी। हम तीनों चिल्लाए, उसे रोकने की कोशिश की, लेकिन वह धीरे-धीरे समुद्र में ओझिल हो गयी। समुद्री जीव भी उसी के साथ गायब हो गये।

तभी अचानक मेरी आँखें खुल गयी थीं।

नफीसा ने मेरे हाथ पर हाथ रखकर कहा—''सो जाइए, ये तो कोई बुरा सपना नहीं था।'' फिर मैं बहुत देर तक सोचते-सोचते आखिर सो गया।

एक दिन सुबह-सुबह मैं और नफीसा चाय की चुस्कियाँ ले रहे थे। तभी पंकज का फोन आया। उसने खबर दी कि यूसुफ की दिल्ली में किसी ने हत्या कर दी है?

मुझे अपने कानों पर विश्वास नहीं हो रहा था। मेरे द्वारा शंका व्यक्त करने पर उसने बताया कि युसूफ के किसी खास दोस्त ने उसे खबर दी है और खबर एकदम सही है। उसकी आवाज में आयी बेचैनी तथा उतार-चढाव से लग रहा था कि वह भी इस खबर से खुश था।

पता नहीं किसने किया होगा ये सब?...बार-बार ये शब्द मेरे दिमाग में गूँज रहे थे।

शायद! किसी नवक्रान्ति के दूत ने ही ऐसा किया होगा!...लेकिन क्यों?

उस दिन मैं, नफीसा, नताशा तथा सारे दोस्त काफी प्रसन्न थे। फुरकान और पीयूष तो इसी बहाने घर भी आ गये थे।

आखिर यूसुफ को उसके किए की सजा जो मिल गयी थी।...हालाँकि मुझे अभी भी पूर्ण विश्वास नहीं हो पा रहा था।

''शैतान को आखिर खुदा ने सजा दे ही दी।'' नफीसा दो-तीन बार ऐसा कह चुकी थी।

शाम होने तक सभी को पूर्ण विश्वास हो गया कि यूसुफ मारा गया। क्योंकि तब तक पापा ने भी इसकी पुष्टि कर दी थी।

मेरे दिल में एक अलग ही तरह की अनुभूति हिचकोले मार रही थी।...बहुत दिनों से प्रतिहिंसा का जो भाव मेरे मन में कुंडली मारे बैठा हुआ था, आज उसे सांत्वना मिल रही थी।

नताशा का मूड भी आज हल्का होकर खिल गया था। खिलता भी क्यों नहीं,...आखिर उसके दुखों के कारण यूसुफ को उसके किए की सजा जो मिल गयी

थी। शायद अब वह निराशा से पूरी तरह बाहर निकलने का कोई न कोई रास्ता खोज ही लेगी। शायद उसके दिल में फिर से जीवन की लहरियाँ उठने लगेंगी।

कुछ समय से कई शहरों में हमारी किताब का विरोध होने लगा था, कुछ धार्मिक संगठन इसका विरोध कर रहे थे। इस किताब को वे धर्म-विरोधी बता रहे थे। वे लोग इस पर पूर्ण प्रतिबन्ध की माँग कर रहे थे।

हम सभी को इस तरह के विरोध से गहरा दुःख हो रहा था। हम जानते थे कि ये लोग मूर्ख हैं, धर्म का वास्तविक अर्थ नहीं जानते हैं। साथ ही उन्हें अपना वजूद कम होने का डर भी सता रहा है; क्योंकि एक सभ्य-समाज में ऐसे लोगों को कोई भी इज्जत नहीं देगा। इसलिए ये लोग समाज को पुरातनपंथी रूप में ही बनाये रखना चाहते हैं।

हालाँकि मीडिया हमारा साथ दे रहा था, लेकिन वह विरोध प्रदर्शनों का कवरेज भी कर रहा था। जिससे हमें विरोध बढ़ने की आशंका सता रही थी। इसी बीच कुछ धर्म-गुरुओं ने किताब का विरोध न करने की सलाह भी दी थी।

काफी दिनों तक किताब का विरोध होता रहा। प्रशासन ने कई बार मेरी सुरक्षा के बारे में भी मुझसे पूछताछ की। प्रशासन शायद मुझे सुरक्षा देने के मूड में था। लेकिन मैंने सुरक्षा लिए जाने से साफ मना कर दिया।

इन विरोध प्रदर्शनों का सकारात्मक परिणाम यह रहा कि हमारे विचारों का प्रसार और भी तीव्र हो गया।

मम्मी-पापा, नफीसा, यहाँ तक कि ज़फ़र के अब्बू भी मेरी तरफ से चिन्तित हुए। सभी ने सतर्कता एवं होशियारी से रहने की सलाह दी। लेकिन मुझे नहीं लगा कि इसमें कोई गम्भीर खतरे वाली बात है।

धीरे-धीरे विरोध अपनी ऊर्जा खोने लगा। जीवन फिर से पुरानी राह पर लौटने लगा।...लेकिन अब हम सभी लोकप्रिय हो गए थे। इसलिए अब हम लोग कुछ हद तक पहले वाली आजादी से नहीं रह पाते थे।...आखिर लोकप्रियता ने अपनी सीमाएँ खींचना शुरू कर दी थीं।

अनेक बधाई-सन्देश मिलते रहते थे। हाँ, धमकी भरे पत्रों की संख्या अब लगभग नगण्य हो गयी थी।

कई माह तक मैंने नफीसा तथा परिवार को खूब समय दिया।

इस दौरान नफीसा के कहने पर हम लोग एक बार फिर से नैनीताल घूम आए।

पंकज के यहाँ तो इस बार नहीं जा पाए, हाँ रवि के यहाँ जरूर गए। खूब खातिर की उसने हमारी। हमारी लोकप्रियता से वह बिल्कुल भी दबाव में नहीं आया। एकदम सामान्य व्यवहार कर रहा था वह। हाँ, इस बार जफ़र को वह ज्यादा याद कर रहा था।

सात

...पिछले कुछ माह से बिल्कुल एक नया शिगूफा आ गया था। कई हत्याएँ हो चुकी थीं तथा हर हत्या के साथ पर्चे भी वितरित किए जा रहे थे। इसमें किसी क्रान्तिकारी संगठन के शामिल होने की बात की जा रही थी।

वैसे मीडिया में ऐसे किसी गुप्त संगठन की चर्चा जोरों पर थी। कई बार मनोहर का नाम भी उछला था।...एक दो बार नरेन्द्र का नाम भी उछला। लेकिन कभी भी मुझे विश्वास नहीं हुआ। क्योंकि मुझे विश्वास था कि अगर वे लोग ऐसा कुछ करते, तो हममें से किसी न किसी से कुछ न कुछ अवश्य ही बताते।...या कम से कम कुछ संकेत तो अवश्य ही देते। आखिर इतना लम्बा साथ रहा था हम लोगों का।

इससे लोगों का ध्यान हमारी तरफ से पूरी तरह से हटने लगा था।

हम सभी मित्रों को इसे लेकर बड़ी बेचैनी हो रही थी।

आखिर एक दिन हम सभी लोग इस मुद्दे पर चर्चा करने के लिए इकट्ठा हुए।

''हाँ, तो फुरकान क्या मसला है ये?...तुम्हें शायद पूरी जानकारी है?'' मैंने ही शुरू किया।

''देखिए, शिवांग भाई! ये जो भी लोग हैं, बड़े सिद्धान्तवादी हैं। साथ ही उनकी विचारधारा भी एकदम स्पष्ट है तथा वे समाज में अपने मूल्यों को फैलाना चाहते हैं और इसके लिए वे भय उत्पन्न कर रहे हैं। जिससे कि लोग सुधर जाएँ और उनके सिद्धान्तों को मानें तथा उन पर चलें। और फिर अन्ततः देश को भी उनके सिद्धान्तों को मानने पर मजबूर होना पड़े।'' फुरकान ने एक ही साँस में अपनी बात पूरी की।

''क्या हैं उनके सिद्धान्त?'' मैंने उत्सुक होते हुए थोड़ा आगे को झुकते हुए पूछा। अब मुझे भी लगने लगा था कि शायद मनोहर...और शायद नरेन्द्र भी इसमें शामिल हो सकते हैं।

''मुझे यह जानकारी मिली है कि ये लोग हत्या करने के बाद उसको सही ठहराने के लिए पर्चे छोड़ जाते हैं, जिस पर हैडिंग होता है—'नव मार्क्सवादी संगठन'। जिससे ये अपने विचार भी प्रसारित करते हैं...

...हमें इन्तजार नहीं करना है, बस जल्दी से 'नव मार्क्सवाद' के विचारों को स्थापित करना है। उसके लिए यदि क्रान्ति भी करनी पड़ेगी, तो करेंगे। लेकिन हम सर्वहारा की सरकार स्थापित नहीं करेंगे। हाँ, सर्वहारा की चेतना को राजनेताओं में अवश्य स्थापित करेंगे।

हम राज्य को समाप्त नहीं करना चाहते हैं, लेकिन हम उसे अपने सिद्धान्तों को मानने पर मजबूर कर देंगे। राज्य को सामन्तवादी प्रवृत्तियों को जीवन के हर क्षेत्र से समाप्त करने के लिए मजबूर कर देंगे।

हम धर्म को भी पूर्णतः प्रतिबन्धित नहीं करना चाहते हैं—लेकिन उसकी सामूहिकता एवं जनजातीयता को समाप्त कर देंगे। धर्म को व्यक्तिगत बना देंगे। फिर भी लोग नहीं सुधरे तो हम धर्म को कुछ वर्षों तक पूर्णतः प्रतिबन्धित कर देंगे। फिर भी नहीं सुधरे तो धर्म को हमेशा के लिए प्रतिबन्धित कर देंगे। हम राज्य को भी ऐसा करने के लिए मजबूर कर देंगे।

हम मनुष्य को सर्वश्रेष्ठ नहीं मानते हैं। हम मनुष्य को प्रकृति का ही एक अंग या हिस्सा महसूस करने के लिए मजबूर कर देंगे। हम उसे प्रकृति का ऐसा हिस्सा या अंग नहीं बनने देंगे, जो प्रकृति के लिए ही भस्मासुर बन जाए। हम जातीय, नस्लीय, क्षेत्रीय, भाषायी या अन्य अन्तरों के आधार पर उत्पन्न श्रेष्ठता की भावना को नेस्तनाबूद कर देंगे।

हम केवल सर्वहारा का ही भला नहीं चाहते हैं, बल्कि हम आधुनिक या बदलते परिवेश में मार्क्सवाद को स्थापित करना चाहते हैं। साथ ही उसे हमेशा परिवर्तनीय भी बनाए रखना चाहते हैं। लेकिन हाँ, हमें किसी भी तरह के शोषण को हमेशा के लिए न्यूनतम करना ही होगा, अतार्किक शोषण को प्रकृति के हर अंग से समाप्त करना ही होगा।

धर्म के नाम पर धंधा चलाने वालों को हम निश्चित रूप से नेस्तनाबूद कर देंगे। धार्मिक एवं जातीय गुण्डों को उखाड़ फेकेंगे। आतंकवादी एवं अलगाववादी तत्वों को हमेशा के लिए हताश कर देंगे।

हर जाति, धर्म, व्यवसाय एवं वर्ग में से सर्वहारा की पहचान करेंगे तथा उसे उसका वाजिब हक दिलायेंगे। देश को उद्योग, सेवा, कृषि एवं पारिस्थितिकी के क्षेत्रों में सर्वश्रेष्ठ बनाएँगे तथा एक शोषण-मुक्त समाज एवं परिवेश का भी निर्माण करेंगे।....जब तक समाज एवं प्रकृति में शोषण रहेगा, तब तक हमारा संघर्ष चलता रहेगा।

लोकतंत्र के कमजोर इच्छा-शक्ति वाले नेताओं को राजनीति से बेदखल कर देंगे। अगर वे नहीं माने तो उनको समाप्त कर देंगे। हम उनमें इतना भय पैदा कर देंगे कि उन्हें शोषणमुक्त सरकार एवं समाज की स्थापना करनी ही होगी।

हमें प्रतिस्पर्द्धा से परहेज नहीं है। हमें राष्ट्रीयता से भी परहेज नहीं है, लेकिन इनमें भविष्योन्मुखता अवश्य होनी चाहिए।

अगर युवा हमारा साथ देंगे, तो हम युग को परिवर्तित कर देंगे।

...ऐसे ही विचार हैं इस संगठन के। ये भी सच है कि इन लोगों को जन-समर्थन भी कुछ हद तक मिलने लगा है।'' फुरकान ने अपनी कमर को सीधा करते हुये बात पूरी की।

''हूँ...! लगता तो काफी गम्भीर संगठन है,...कौन हो सकता है इसके पीछे?'' मैंने पूछा।

''अफवाहें हैं कि इस संगठन के पीछे मनोहर का दिमाग है। लोगों को यह भी शक है कि उसने नरेन्द्र को भी मिला लिया है। इन दोनों का इधर काफी समय से कुछ पता भी नहीं चल पा रहा है कि वे कहाँ हैं?'' पीयूष ने शंका व्यक्त की।

''लेकिन वे दोनों लोग हत्याएँ नहीं करवा सकते हैं? इतने निर्दयी नहीं हो सकते हैं?...वे विचार के स्तर तक ही कुछ कर सकते हैं।'' फुरकान ने कहा।

''अगर वे इस संगठन में शामिल हैं, तो क्या गलत कर रहे हैं? मार्क्सवाद तो हिंसा को साधन के रूप में स्वीकारता ही है। वे मार्क्सवाद में कुछ संशोधन ही तो कर रहे हैं। मुझे तो निश्चित रूप से यह मनोहर का ही दिमाग लगता है।...हाँ नरेन्द्र जैसे हिन्दुत्ववादी का इसमें शामिल होना मुश्किल लगता है।'' सुमित ने अपना मत व्यक्त किया।

''ऐसा नहीं है। एक बार नरेन्द्र अपने दिल की बातें मुझे बता रहा था।...वह कह रहा था कि वह भी सभी धर्मों को साथ लेकर चलना चाहता है। लेकिन जब भी उसने अल्पसंख्यकों की बस्तियों या उनके मुहल्लों में लोगों से बातचीत की है; जिससे कि उनका मन परखा जा सके, तो हमेशा उसका मन खट्टा ही हुआ है। उसके अनुसार इसी वजह से वह भी प्रतिक्रियावादी हो गया है। उसके अनुसार एकतरफा उदारता ने इस देश को हमेशा ही नुकसान पहुँचाया है।

...लेकिन इबादतखाने में आने पर उसके विचार कुछ परिवर्तित हुए थे। बाद में वो इस सच को मानने लगा था कि सभी धर्मों में कुछ न कुछ कमियाँ हैं तथा सभी धर्मों एवं सम्प्रदायों में सुधार की आवश्यकता है।...नरेन्द्र में परिवर्तन आ चुका था और वह राष्ट्र-परिवर्तन की तीव्र प्रक्रिया से जुड़ना चाहता था।'' पीयूष ने काफी विश्वास के साथ अपने विचार रखे।

''हाँ, मुझे भी नरेन्द्र पर शक होता है! इधर उसके विचारों में कुछ परिवर्तन

निश्चित रूप से आया था। वो अब किसी भी साधन से राष्ट्रहित की बातें करने लगा था। वो जल्द से जल्द परिवर्तन लाना चाहता था। वो इधर गरीबों का भी हिमायती हो गया था तथा मनोहर से भी काफी प्रभावित होने लगा था।'' सूरजभान ने विश्वास के साथ कहा।

''पर्चों में क्या कुछ और भी लिखा होता है?'' मैंने पूछा।

''हाँ, हत्या को अक्सर पुण्य की संज्ञा दी जाती है। जैसे, एक धार्मिक रूप से जड़ एवं कट्टर व्यक्ति की हत्या को पुण्य का कार्य कहा गया तथा हत्या द्वारा उस व्यक्ति की मुक्ति की बात भी की गयी। उनका मानना है कि उन्होंने उस व्यक्ति के दूषित विचारों को फैलने से रोका है। यह उसके लिए भी अच्छा है कि उसे इस धूर्त-व्यक्तित्व से मुक्ति मिल गयी।

इसी तरह इधर कई ऐसे व्यक्तियों की हत्या की गयी है, जिनके अधिक बच्चे थे तथा ये सभी धर्मों से जुड़े हुए व्यक्ति थे। इसे भी पुण्य-कर्म बताते हुए उनकी मुक्ति की बात की गयी। उनके अनुसार अगर ये लोग जिन्दा रहते तो और अधिक बच्चे पैदा करते तथा अन्ततः प्राकृतिक असन्तुलन को बढ़ावा देते।

हाँ, मारे गए लोगों के बच्चों की देखभाल राज्य करेगा।...नहीं करेगा तो वे राज्य को ऐसा करने के लिए मजबूर करेंगे।

इसी तरह एक ऐसे व्यक्ति की हत्या को पुण्य कहा गया, जो जातिवाद का कट्टर समर्थक था तथा अन्य धर्मों के लोगों को हीन समझता था।

...वे हर पर्चे के अंत में एक सन्देश भी देते हैं, जिसमें वे प्रत्येक जाति, धर्म, नस्ल एवं वर्ग के युवाओं से अपने संगठन में शामिल होने की अपील करते हैं। लेकिन साथ में यह भी हिदायत रहती है कि युवा संकीर्णताओं को अपने घर पर ही छोड़कर आएँ। अगर हमारे आदमियों को उनकी हरकतें संदिग्ध लगीं, तो उनका भी बुरा हश्र होगा।'' पीयूष ने अपनी बात स्पष्ट की।

''अरे हाँ, पिछले दिनों एक ऐसे उच्च अधिकारी की भी हत्या कर दी गयी, जो साम्प्रदायिक तथा जातीय विचारों से ग्रसित था।...और भी कई ऐसे अधिकारियों एवं नेताओं की हत्या कर दी गयी जो अतिशय रूप से प्रकृति का दोहन कराने में प्रत्यक्ष या अप्रत्यक्ष रूप से भूमिका निभा रहे थे।

एक प्रमुख अखबार के सम्पादक की भी हत्या कर दी गयी। उनके अनुसार वह अखबार निरन्तर अतार्किक एवं व्यंग्यात्मक टिप्पणियों में संलिप्त था।

इधर कुछ ऐसे पर्चे भी मिले हैं, जिनमें कम उम्र में शादी करने वालों को भी मौत की नींद सुलाने की धमकी दी गयी है। साथ ही अन्तर्जातीय, अन्तर्वर्गीय, अन्तर्धार्मिक शादियों के दुश्मनों को भी समाप्त करने का बीड़ा उठाया गया है। एक विधवा-विरोधी परिवार के दो सदस्यों की भी हत्या अभी कर दी गयी है।

इसी तरह महिला–उत्पीड़न करने वालों को भी धमकाया गया है। अगर कोई व्यक्ति लड़की के साथ अप्रासंगिक असमानता को जिद की हद तक अपनाता है; तो ऐसे व्यक्तियों की भी हत्या की बात की गयी है।

धर्म के आधार पर किसी भी तरह के अत्याचार या असमानता को न करने की सलाह भी उन्होंने दी है। धर्म के ठेकेदारों को चुप रहने की या देश छोड़ देने की धमकी दी गयी है। धार्मिक रूप से साम्राज्यवादी–सोच को नेस्तनाबूद करने की धमकी भी दी गयी है। उनका मानना है कि अब सख्ती एवं हिंसा से ही मानवता एवं जीवन को बचाया जा सकता है। अत्यधिक उदारता या लचीलापन हमसे सब कुछ छीन लेंगे।...मानवता समाप्त हो जाएगी, प्रकृति मुरझा जाएगी।'' सूरजभान ने अपनी बात पूरी की।

''इधर उन्होंने मीडिया के नकारात्मक व्यवहार पर भी उँगली उठायी है तथा मीडिया की परम्परावादी सोच को चेताया है। मीडिया को सर्वहारा की चेतना से युक्त होने के लिए कहा है।...मीडिया की भूमिका से वे लोग बहुत नाराज हैं। उनके अनुसार मीडिया उनके आन्दोलन को एक तरफा निशाना बना रही है। वह स्वस्थ बहस को अवसर नहीं दे रही है। वह आदर्शवादी विचारों के आधार पर संकीर्ण आलोचना कर रही है। उनके आन्दोलन के मूल उद्देश्य को प्रसारित नहीं कर रही है।'' फ़ुरकान ने गम्भीर होते हुए कहा।

''और हाँ वे प्रकृति को भी सर्वहारा–वर्ग की ही मानते हैं। इसलिए प्रकृति–विरोधी तत्वों को भी उन्होंने 'खरपतवार' माना है। समाज के सभी तरह के खरपतवारों को खत्म करना वे पुण्य का कार्य मानते हैं।...उनका मानना है कि यदि विश्व में कुछ लाख ऐसे ही खरपतवारों को मौत की नींद सुला दिया जाए, तो दुनिया शोषण से काफी हद तक मुक्त होकर एक नितान्त नए युग में प्रवेश कर जाएगी।...प्रत्येक देश में ऐसे शोषक खरपतवारों की निश्चित ही पहचान की जानी चाहिए और उन्हें समाप्त कर देना चाहिए।'' सुमित उल्लसित–सा होकर बोला।

''कितना बुद्धिमान है मनोहर! उसने प्रकृति को भी सर्वहारा–वर्ग में सम्मिलित कर लिया है। वास्तव में सर्वाधिक दमन तो प्रकृति का ही हो रहा है।...हाँ, पुण्य का विचार शायद नरेन्द्र का ही रहा होगा।'' मैंने अपना पक्ष रखा।

''कुछ लोगों को तो हम पर भी शक है!...कई जगहों पर दंगे भी हो रहे हैं। लोग इस संगठन के पक्ष एवं विपक्ष दोनों में ही हैं। जाहिर सी बात है, लोगों को कानून–व्यवस्था पर सन्देह होने लगा है।'' फ़ुरकान ने कहा।

''ये तो हम लोग जानते ही हैं कि मनोहर दिल का साफ है। उसे देश या समाज के लिए जो भी सही लग रहा है, वो कर रहा है। उसे लोगों से प्यार है, लेकिन वह मार्क्सवादी सिद्धान्तों से भी प्यार करता है। वो मार्क्सवाद को नए रूप में

स्थापित करना चाहता है। वो हर शोषित जाति, वर्ग, धर्म को न्याय दिलाना चाहता है। इन जातियों एवं धर्मों के शोषित तबकों को शोषणमुक्त करना चाहता है। इसके लिए कई वर्षों से वह कठोर परिश्रम कर रहा है। अब तो नरेन्द्र भी शायद उसके साथ है।

लेकिन उसे शायद ये अन्दाजा नहीं है कि आज हिंसक क्रान्ति करना कितना कठिन कार्य हो गया है। आज राज्य बहुत अधिक मजबूत हो चुका है। राज्य से लड़कर या उसे चुनौती देकर आप बहुत दिनों तक अपने कार्यों को अंजाम नहीं दे सकते हैं। और वह भी अपने देश में, जहाँ पर राजनीति सिर्फ सत्ता प्राप्ति का साधन रह गयी है। लोग राष्ट्रवाद से पूर्णतः अनभिज्ञ हैं, राजनेता बाँटो और राज करो की नीति को अपनाते रहे हैं। अत्यधिक विनम्रता, पाखण्ड एवं षड्यन्त्र से अच्छे लोगों की जड़ों को उखाड़ दिया जाता है। राजनीतिक, सामाजिक, आर्थिक, सांस्कृतिक वर्चस्व की अन्दरूनी लड़ाई में ही राष्ट्र की सारी ऊर्जा खप जाती है। राज्य की मजबूती सिर्फ अपने लोगों का शोषण करने में ही सर्वाधिक अभिव्यक्त होती है। अन्तर्राष्ट्रीय साख एवं मजबूती की किसी को भी चिन्ता नहीं है।...अगर मनोहर एवं नरेन्द्र इन सबके पीछे हैं,...तो मुझे अपने अच्छे मित्रों की चिन्ता होती है। शायद ही वे अपना मुकाम हासिल कर सकें।'' मैंने एक लम्बी साँस छोड़ते हुए अन्य लोगों के चेहरों पर निगाह डाली।

हम लोग कुछ देर और चर्चा करने के बाद विदा होने लगे। लेकिन सभी के दिमाग में इस आन्दोलन के विचार गूँज रहे थे।

घर पहुँचने पर जब नफीसा को इस आन्दोलन के बारे में बताया तो वह बहुत मुश्किल से थोड़ा-बहुत यह मानने के लिए तैयार हुई कि इसमें मनोहर का भी हाथ हो सकता है। धीरे-धीरे इस आन्दोलन की कुछ मौलिक बातों की हर तरफ चर्चा होने लगी। सबसे बड़ी बात तो यह थी कि ये लोग बेवजह किसी की भी हत्या नहीं कर रहे थे। हाँ, अनाप-शनाप तरीके से पैसा इकट्ठा करने वालों से फिरोती माँगने की जरूर कुछ घटनाएँ हुई थीं। फिरोती के चक्कर में ही कुछ हत्याएँ भी हो गयी थीं। जिसमें इस आन्दोलन से जुड़े लोगों के हाथ होने की पुष्टि भी हो चुकी थी। तो इसकी मुख्य वजह पैसा थी, क्योंकि पैसे के बिना आज किसी भी आन्दोलन को जिन्दा रखना असंभव था।

कुछ माह बाद जब हम सभी लोग चर्चा कर रहे थे, तभी घर के बाहर एक जीप के रुकने की आवाज आयी। कुछ पल के बाद किसी ने दरवाजा खटाखटाया।

फुरकान ने दरवाजा खोला तो सामने दरोगा खड़ा था। वह चारों तरफ बड़े ध्यान से देख रहा था। उसके साथ में तीन-चार सिपाही भी थे।

"हूँ! यहाँ पर मनोहर व नरेन्द्र को कहाँ छुपा रखा है आप लोगों ने?" उसने काफी सख्त होते हुये पूछा।

"यहाँ पर तो वो लोग दो साल से भी अधिक समय से नहीं आए हैं।" मैंने उत्तर दिया।

"आपमें से शिवांग कौन है?" उसने अपनी टोपी को हाथ में लेते हुये पूछा।

"मैं ही हूँ?" मुझे भी उसका असभ्य व्यवहार बहुत नागवार लग रहा था, इसीलिए मेरी आवाज में भी कुछ रूखापन एवं तल्खी आ गयी थी।

"तो आप नेता हैं इनके? आप ही ऐसे भड़काऊ लोगों को तैयार कर रहे हैं? आपको निश्चित रूप से पता होगा कि मनोहर एवं नरेन्द्र कहाँ हैं?" उसने घूरती हुई निगाहों से मुझे ऐसे देखा कि मुझे अपनी नजरें दूसरी तरफ हटानी पड़ीं।

"न...नहीं...मुझे क्या पता? और मैंने तो उन्हें ऐसा करने की कभी सलाह भी नहीं दी थी। और न ही उन्होंने कभी मुझसे अपनी रणनीति के बारे में कोई बातचीत की है। हमें तो स्वंय उनकी चिन्ता है?" मैंने कुछ हकलाते हुये कहा।

"ठीक है! ठीक है!...आज शाम चार बजे थाने पर आ जाना। वहीं पर सी.ओ. साहब भी होंगे। कुछ पूछताछ तो आपसे करनी ही होगी।...आप इज्जतदार व्यक्ति हैं, इसलिए मुझे आशा है कि आप समय पर पहुँच जाएँगे?...और हाँ अगर उन दोनों के बारे में कुछ भी पता हो, तो शराफत से बता दीजिएगा। अभी तो वे बच भी सकते हैं! वरना उनकी लाश भी हाथ नहीं आएगी। नाक में दम कर रखा है सालों ने।...चलो बे।" और वो पैर पटकता हुआ चला गया।

उसके जाने के बाद हमें समस्या की गम्भीरता का अहसास हुआ। चूँकि हम-लोग तो किसी भी तरह से इस संगठन से जुड़े हुए नहीं थे, इसलिए मुझे थाने पर जाने में कुछ भी अनुचित नहीं लगा।

सभी की सलाह लेकर मैं सीधे घर पर पहुँचा। नफीसा मुझे परेशान देखकर पूछने लगी—"क्या बात है? परेशान क्यों हैं?"

मैंने टालने की कोशिश की, तो वो जिद करने लगी।

जब मैंने उसे घटना के बारे में बताया तो वह और भी परेशान हो गयी तथा कहने लगी कि "इधर डी.आई.जी. साहब की पत्नी से उसकी मित्रता हो गयी है। मैं उनसे कहती हूँ, वो शायद सँभाल लेंगी।"

मैंने उससे मना कर दिया—"हमें छोटी-छोटी चीजों का स्वयं ही सामना करना चाहिए। अगर व्यक्ति जागरुक तथा निर्दोष है, तो आज उसका कोई कुछ नहीं बिगाड़ सकता है।"

शाम चार बजे मैं थाने पर पहुँच गया, पीयूष एवं फुरकान भी मेरे साथ गए थे। उन्हें बाहर बैठाकर मैं थाना-इंचार्ज के कमरे में पहुँच गया।

मुख्य कुर्सी पर सी.ओ. साहब बैठे थे तथा बगल वाली कुर्सी पर वही दरोगा बैठा था।

मुझे देखते ही उन दोनों ने मेरा स्वागत किया—"आइए शिवांग साहब?"

"देखिए शिवांग साहब! अब तो आप प्रतिष्ठित व्यक्ति हो गए हैं, आपको यूँ थाने में बुलाना हमें उचित नहीं लगा। लेकिन ऊपर से दबाव था तथा कानून—व्यवस्था की स्थिति भी काफी खराब हो चुकी है। ऐसे में हमें आपसे काफी उम्मीदें हैं। प्लीज आप जो कुछ भी जानते हैं मनोहर एवं नरेन्द्र के बारे में—हमें बता दीजिए! आपको हम पूर्ण सुरक्षा उपलब्ध करवाएँगे।" सी.ओ. साहब ने मेरी तरफ प्रश्नवाचक निगाहों से देखते हुए कहा।

"मैं...मैं तो आपसे भी कम जानता हूँ इस संगठन के बारे में? हाँ ये सच है कि दोनों मेरे घनिष्ठ मित्र थे...और हाँ...अब भी हैं। लेकिन मित्रता के लिए ये आवश्यक नहीं कि वे अपनी सारी योजनाओं पर मुझसे सलाह लें। सच्चाई तो यह है कि दो साल से भी अधिक समय से मेरा इन दोनों लोगों से कोई मिलना-जुलना हुआ ही नहीं है। मुझे तो कुछ समय पहले ही इस संगठन के बारे में कुछ हद तक पता चला है। मैं ही क्या, हमारे समूह के किसी भी व्यक्ति को उन लोगों के बारे में कुछ भी पता नहीं है। मैं सच्चे दिल से आपको बता रहा हूँ।" मैंने कुर्सी पर अपने शरीर को कुछ ऊपर की तरफ खींचते हुये कहा।

"आपकी किताब से भी उन्होंने बहुत सी बातों की प्रेरणा ली है। आपसे उनका सम्बन्ध कैसे टूट सकता है?...देखिए आप सच-सच बता दीजिए, क्योंकि कानून के दायरे से आप भी बाहर नहीं हैं।" दरोगा ने मुझे घूरते हुए कहा। लेकिन अब उसके व्यवहार में पहले जैसी तल्खी नहीं थी।

"देखिए, शिवांग साहब! इन हत्याओं से कुछ बदलने वाला नहीं है। केवल हमारे देश की छवि ही धूमिल होगी। साम्प्रदायिक एवं जातीय तनाव ही बढ़ेगा।...आपने उन्हें समझाया नहीं?" सी.ओ. साहब ने कहा। फिर कुछ रुक कर वे बोले, "ऐसे में कुछ लोग अपनी दुश्मनी भी संगठन की आड़ में निकाल लेते हैं।"

"देखिए! जहाँ तक मैं समझता हूँ, वे दोनों पक्के राष्ट्रप्रेमी हैं। बस उनका तरीका कुछ अलग है...उसे आप गलत भी कह सकते हैं। लेकिन उनकी नियत में कोई खोट नहीं है।"

दरोगा मुझे टोकते हुए बोला—"वे दोनों आतंकवादी हैं। सुना है उनके साथ कोई वेश्या भी है! देखना तीनों को या तो गोली मार दी जाएगी या फिर फांसी हो जाएगी।"

अचानक मेरे चेहरे पर कुछ गुस्से के भाव उभर आये, मैंने दरोगा को कुछ घूरते हुए कहा—"देखिए! उस लड़की को वेश्या मत कहिए, वो बहुत अच्छी है। और

हाँ, वे आतंकवादी भी नहीं हैं। वे अपने ही समाज के लोग हैं, वे हम सभी देशवासियों से बहुत प्यार करते हैं। उनको ऐसा दंड कदापि नहीं दिया जाना चाहिए। और हाँ नीलम की आप बात कर रहे हैं—...आप उसे वेश्या कैसे कह सकते हैं? मनोहर को प्रेरित करने में उसका बहुत बड़ा हाथ है। आप उसकी बेइज्जती मत कीजिए। अगर उसने कानून के बाहर जाकर कोई काम किया है, तो आप उसे सजा अवश्य दिलवा सकते हैं।''

''देखा! उनका पक्ष ले रहे हैं? ये सब जानते हैं।'' दरोगा बोला।

''हमारी दोस्ती काफी लम्बी रही है। मैं उन लोगों के बारे में सब-कुछ जानता हूँ। लेकिन उनके संगठन की कार्यविधियों से मैं पूर्णतः अनभिज्ञ हूँ। बस मैं ये कहना चाहता हूँ कि शायद वे लोगों को जगाना चाहते हैं, राज्य पर दबाव बनाना चाहते हैं; ताकि राज्य उनके विचारों के अनुसार दृढ़ इच्छा-शक्ति से सुधारों को अपनाए।''

''इसके अतिरिक्त आप कुछ नहीं जानते हैं?'' सी.ओ. ने मेरी आँखों में आँखें डालकर पूछा।

''नहीं, सी.ओ. साहब! मेरा व मेरे अन्य मित्रों का कार्य चर्चा-परिचर्चा तथा लेखन तक ही सीमित है। ये बात नरेन्द्र एवं मनोहर को भी पता है, शायद इसीलिए उन्होंने हमें कुछ भी नहीं बताया है। आप विश्वास कीजिए मुझ पर।'' मैंने कुछ परेशान होते हुए कहा।

''ठीक है...शिवांग जी! आप जा सकते हैं। लेकिन आप अपने स्तर से उन दोनों को समझा सकते हैं तो समझाइएगा जरूर,...और हाँ अगर उनके बारे में कुछ भी पता चले तो एक सभ्य नागरिक की तरह हमें खबर अवश्य कर दीजिएगा?...आप जा सकते हैं।'' सी.ओ. ने कहा।

''ठीक है!...आपका बहुत-बहुत धन्यवाद।'' और मैं वहाँ से चला आया।

रास्ते में फुरकान एवं पीयूष से मैंने सारी बातें बतायीं।

उस दिन के बाद से मेरी एवं अन्य दोस्तों की निगरानी की जाने लगी। जिसकी भनक भी हम-लोगों को लग गयी थी।

लगभग चार माह बाद रात्रि में मुझे वही पुराना सपना फिर से आया। मेरी आँखें खुल गयीं। समय लगभग सुबह चार बजे का ही था। लेकिन इस बार समुद्र के किनारे पर केवल मैं और नफीसा ही थे।

नफीसा कह रही थी—''इतने दिनों से कितना तनाव था, आज यहाँ पहुँचकर वह तनाव समाप्त-सा हो गया है, सब कुछ कितना शान्त-सा है यहाँ पर। प्रदूषण-मुक्त शान्ति बिखरी पड़ी है हर तरफ।''

आज काफी रोमाटिंक मूड में थी नफीसा भी।...काफी देर तक हम लहरों से खिलवाड़ करते रहे। फिर हम लोग रेत पर आकर लेट गये।

सूरज ढलने लगा। कुछ पल के बाद फिर से वही काली सी परछाई हमारी तरफ आती हुई दिखायी दी। नफीसा ने सहमकर मुझे और तीव्रता से पकड़ लिया। उस परछाई के साथ समुद्री जीवों का एक सैलाब-सा भी उमड़ रहा था।

हम दोनों एकाएक घबरा गए,...हमारे दिमाग ने काम करना लगभग बन्द कर दिया। समुद्र में पूरा जमघट सा लग गया।

तभी एक आवाज आयी, ''ठहरो! मैं सभी से कह रहा हूँ।''

''अरे, ये तो ज़फ़र भैय्या की आवाज है।'' नफीसा ने कहा।

मुझे भी उसकी आवाज समझ में आ गयी थी।

तभी सारे जीवों ने ज़फ़र को घेर लिया और चिल्लाने लगे, ''वे रहे मनुष्य—इन्हें मार डालो! इनकी प्रजाति को नष्ट कर दो! इन्होंने हमारा चैन छीन लिया है, इन्हें भी नष्ट कर दो।'' अभी परछाई तथा जीव समुद्र में ही थे।

''नहीं...नहीं, अभी नहीं! अभी इन्हें और मौका दो, अभी ये कोशिश कर रहे हैं। अभी ये लोग स्वयं ही आपस में मर रहे हैं। इन्होंने स्वयं ही अपनी संकीर्णताओं में फँसकर अपनी मृत्यु का इन्तजाम कर लिया है, प्रकृति एवं अन्य जीवों से खिलवाड़ इन्हें एक दिन ले डूबेगा। विपरीत परिस्थितियों से निपटने की क्षमता मनुष्य के शरीर में अब पहले जैसी नहीं रह गयी है। प्रकृति की क्रूर प्रतिक्रिया इनकी सम्पूर्ण नस्ल का ही नामोनिशान मिटा देगी।...तब बड़ी-बड़ी आलीशान इमारतों में हम चैन से आराम फरमायेंगे।...अभी कुछ और इन्तजार करो।''

''हा...हा...हा!''

''ज़फ़र भैय्या, हमारे साथ चलो न! हम लोगों ने आपके सपने पूरा करने का बीड़ा उठाया है। और आप ये कैसी बातें कर रहे हैं? अम्मी तथा बहुत से लोग तो आपको फरिश्ता समझते हैं।...और आप!'' नफीसा चिल्ला पड़ी।

''साथ चलो! ह...ह...ह...ह! फरिश्ता...ह...ह...ह!...अब मैं फरिश्ता हो गया।''

''तू बदल गया है ज़फ़र।'' मैंने निराश होते हुये कहा।

''तुमने सुन लिया है न! या तो सुधार आ जाए मनुष्य की चेतना में, या फिर सभी मनुष्य मरने के लिए तैयार रहें। जल्दी करो, समय हाथ से निकला जा रहा है।''

''हमारे साथ चलो न भैय्या।''

''साथ चलो!...ह...ह...ह...! मैं अधिक दिनों तक इन जीवों को रोक नहीं पाऊँगा। तुम लोग इनसे जीत नहीं पाओगे—इनको मनुष्य जितना सम्मान तथा स्वतन्त्रता देना शुरू कर दो, इसी में सभी की भलाई है।''

जैसे ही सूरज छिपने लगा, वैसे ही सारे जीवों के पैर निकलने शुरू हो गये और वे समुद्र से बाहर की तरफ भागने लगे। काली परछाई उन्हें रोकने की असम्भव कोशिश कर रही थी। लेकिन वे नहीं माने और 'मारो-मारो' चिल्लाते हुये हमारी तरफ दौड़ने लगे।

हम लोग तो एकदम घबरा गये। मैंने नफीसा का हाथ पकड़ा और उनसे दूर भागने लगा।

कुछ दूर जाने पर मैं जल्दी से एक पेड़ पर चढ़ गया और नफीसा को भी ऊपर की तरफ खींचने लगा। लेकिन नफीसा पेड़ पर चढ़ नहीं पा रही थी। समुद्री जीव धीरे-धीरे हमारे पास आते जा रहे थे। मैं और नफीसा, दोनों का ही घबराहट से बुरा हाल हो रहा था। भयंकर शोर हमारे कानों के पर्दों को फाड़े दे रहा था।

मुझे ऐसा लग रहा था कि अब मैं नफीसा को खो दूँगा। मेरा मन कर रहा था कि मैं भी नीचे उतर जाऊँ और नफीसा को लेकर फिर से दौड़ने लगूँ। लेकिन नफीसा ने मुझे नीचे उतरने से मना कर दिया। उल्टे वो मुझे और ऊपर चढ़ जाने के लिए बोल रही थी और स्वयं को खुदा के हवाले छोड़ने के लिए कह रही थी।

तभी पीछे से वह काली परछाई भी आती हुई दिखायी दी। वो चिल्लाने लगी—"जब मैं मनुष्य था तो वो मेरा दोस्त था, अब भी वो दोस्त है। और उसके साथ वाली लड़की मेरी बहन थी। उनको मत मारो।...वो तो हम लोगों की भलाई के लिए ही काम कर रहे हैं। वे तो प्रकृति से, जीवों से बहुत प्यार करते हैं।...वे तो हम सभी के लिए हमेशा दुखी रहते हैं।...उन्हें छोड़ दो।"

"नहीं, नहीं ये सब हमारे दुश्मन हैं, इन सबको हम मार डालेंगे; तुम बीच में मत आओ।" मैंने देखा कि वहाँ केवल समुद्री जीव ही नहीं थे,...पृथ्वी पर अस्तित्व रखने वाले लगभग सारे जीव-जन्तु, पशु-पक्षी उस सैलाब में शामिल थे। उनको देखना ही बहुत डरावना था। यही नहीं अचानक हवा भी तूफानी अन्दाज में बहने लगी। बादल गरजने लगे तथा बिजली कड़कने लगी। देखते ही देखते मूसलाधार बारिश भी शुरू हो गयी। समुद्री लहरें जैसे आसमान को छूना चाह रही थीं। ऐसा लग रहा था कि जैसे वे अपने दैत्याकार पंजे फैलाकर हमें निगल जाएँगी। लग रहा था कि जैसे सम्पूर्ण प्रकृति ही आज एकजुट होकर अपना रौद्र रूप प्रकट कर रही हो।

"अगर तुमने इनको मारा तो मैं तुम सबको छोड़कर चला जाऊँगा।"

"कब तक हम मनुष्य को बर्दाश्त करेंगे...आखिर कब तक?" उस हुजूम की आवाज ऐसी भयानक थी कि कान फटे जा रहे थे।

लेकिन काली परछाई की धमकी का असर हुआ और सभी जीव वहीं के वहीं ठहर गये।

फिर धीरे-धीरे समुद्री जीवों के पैर गायब होने लगे और वे समुद्र में गायब हो

गये। अन्य जीव-जन्तु तथा पशु-पक्षी भी धीरे-धीरे गायब हो गये। तूफानी हवाएँ तथा लहरें भी ठहर गयीं। बारिस भी बन्द हो गयी। मौसम फिर से ठीक होने लगा।

काली परछाई भी धीरे-धीरे हम लोगों से दूर जाने लगी।

मैं जल्दी से नीचे उतरा और नफीसा को होश में लाते हुए खड़ा किया। मैंने उससे कहा, ''खतरा टल गया है। आज जफ़र ने हम लोगों को बचा लिया।''

''अच्छा,...कहाँ हैं भैय्या?''

''वो तो जा रहा है। तुम उसे आवाज लगाकर रोकने की कोशिश करो।''

''भैय्या, वापस आ जाओ प्लीज। हमारे साथ चलो न।''

लेकिन परछाई धीरे-धीरे हमारी नजरों से ओझिल हो गयी।

उसके बाद अचानक मेरी निन्द्रा टूट गयी थी।

मैंने नफीसा को सपना सुनाया तो वह भी सहम गयी। लेकिन इस बात से खुश हुई कि जफ़र ने सपने में हमारी सहायता की है।

''क्या यह किसी नए अनिष्ट का सूचक है?'' मैं बड़बड़ाया।

''न...नहीं, कुछ नहीं! आप परेशान मत होइए। इसमें मुझे तो कुछ ऐसा नहीं लगता। आप जफ़र भैय्या को बेइंतहा चाहते हैं, इसीलिए वे रह-रहकर आपके ख्वाबों में आते रहते हैं। आप बहुत अच्छे हैं शिवी।'' और उसकी आँखों में पानी भर आया।

इधर अब तक स्पष्ट हो गया था कि इस संगठन के पीछे मनोहर, नीलम एवं नरेन्द्र का ही हाथ है।

इन्टरनेट का भी यह लोग भरपूर लाभ उठा रहे थे। इनके पक्ष में एक बड़ा जनसमूह टिप्पणियाँ देने लगा था। लेकिन विरोधी एवं षड्यन्त्रकारी भी इनके ही औजारों से इन पर प्रहार कर रहे थे। इनकी इमेज को धूल-धूसरित करने का कोई अवसर जाने नहीं दे रहे थे। मीडिया भी आदर्शवादी तरीका छोड़ नहीं पा रही थी। मीडिया इनकी कमजोरियों एवं कमियों को ही हाईलाइट करने में लगी रहती थी, जिससे आन्दोलन के कट्टर समर्थकों में मीडिया के प्रति एक गहरे आक्रोश का भाव था।

पिछले डेढ़-दो साल से इस संगठन ने अनगिनत हत्याएँ की थीं, ये लोग अनेक कट्टर एवं पश्चगामी विचारधारा के लोगों को ठिकाने लगा चुके थे। इनके भी हजारों कार्यकर्ता गिरफ्तार किए जा चुके थे और लगभग इतने ही मारे भी जा चुके थे। लेकिन किसी कार्यकर्ता ने भी अपने संगठन के बारे में कुछ नहीं बताया था। पुलिस पर भी अक्सर इस संगठन से सहानुभूति रखने के आरोप लगते रहे थे।

बीच-बीच में कई बार ऐसी खबरें भी आयी थीं, जिनमें कभी मनोहर, तो कभी नरेन्द्र या फिर नीलम की गिरफ्तारी की बातें होती थीं या उनके मुठभेड़ में मारे

जाने की। हम सभी लोग ऐसी खबरों से बहुत परेशान हो जाते थे।

रोजाना ही हम लोग कई अखबार छानते थे, जिससे कि संगठन-सम्बन्धी सारी जानकारी मिलती रहे। हालाँकि अब इलैक्ट्रानिक-मीडिया इस संगठन से जुड़ी हुई छोटी-छोटी खबरों को भी प्रसारित करता रहता था। नफीसा तो प्राय: सभी खबरों को बड़े ध्यान से सुनती थी। रोजाना शाम को वह आकाशवाणी की तरह सारी बातें बता देती थी।

सामूहिक हत्याकाण्ड ये लोग प्राय: नहीं करते थे। ये लोग चुन-चुनकर ही हत्याएँ करते थे। इनका उद्देश्य समाज को एक सन्देश देना ही रहता था तथा तथाकथित खरपतवारों में दहशत फैलाना रहता था। कभी इस संगठन पर हिन्दूवादी, तो कभी अन्य मतावलम्बी होने के चस्पे चिपकाए जाते रहे थे। हालाँकि ये स्पष्ट था कि ये लोग धर्म को अफीम ही मानते थे। बस व्यावहारिक पहलू की वजह से धर्म को पूर्ण प्रतिबन्धित नहीं करना चाहते थे।

इस संगठन की महिला-ब्रिगेड भी काफी तेज-तर्रार थी, जिसकी कमान शायद नीलम के हाथों में थी। उसके कई कारनामों के चर्चे अक्सर लोगों की जुबान पर होते थे। इस ब्रिगेड ने लिंग-भेद के कई समर्थकों को ठिकाने लगाया था। महिला भ्रूण-हत्या को तो ये लोग बर्दाश्त ही नहीं करती थीं। कई लोग इस मामले में अपनी जान भी गंवा चुके थे। महिलाओं में निश्चित रूप से यह ब्रिगेड कुछ हद तक पैठ बना चुकी थी।

मजदूर, भूमिहीन, संसाधनविहीन तथा अन्य तरीकों से शोषित तबके के लोग तो धीरे-धीरे इस सगठन से जुड़ ही रहे थे। साथ ही इनकी विचारधारा को मानने वाले सभी वर्गों के लोग भी जुड़ रहे थे।

चीन एवं नेपाल से सटें इलाकों में इनकी गतिविधियाँ तेज थीं। साथ ही तराई के इलाके जैसे लखीमपुर खीरी...आदि के आसपास जंगल भी इनकी सुरक्षित पनाहगाह बने हुए थे।

वित्तीय स्थिति अभी इनकी बहुत मजबूत नहीं थी। ये भी ठीक से पता नहीं चल पा रहा था कि इनका मूल वित्तीय स्रोत क्या था? हाँ, सरकारी कार्यकलापों, ठेकों आदि से ये लोग भी वित्तीय-टैक्स वसूलने लगे थे। कभी-कभी वर्दीधारियों पर हथियारों की लूट के लिए हमला भी कर देते थे। लेकिन बहुत दबाव में ही ये उनकी हत्या करते थे।

इस संगठन के लोग चे ग्वेरा, माओ, लेनिन तथा मार्क्स आदि की तस्वीरों वाले लॉकेट गले में प्राय: पहने रहते थे। हाँ, पकड़े जाने की स्थिति उत्पन्न होने पर उसे अक्सर फेंक देते थे।

लगभग तीन साल से इस संगठन की हिंसक गतिविधियाँ चल रही थीं। यह संगठन हिमालय के तराई-इलाके में अपनी अच्छी पैठ बना चुका था। धीरे-धीरे यह भारत के अन्य भागों में भी अपनी उपस्थिति दर्ज करवा रहा था। बीच-बीच में नक्सलवादी तत्वों से भी इस संगठन के तार जुड़ने की खबरें आती रहती थीं। कुछ लोग चीन से भी इस संगठन के सम्बन्ध जोड़ रहे थे। इस संगठन के कार्यकर्ता 'छापामार' लड़ाई में बहुत सिद्धहस्त थे।

लेकिन आम जनता का अपेक्षित समर्थन हासिल करने में यह संगठन पूर्णरूपेण सफल नहीं हो पाया था। शोषितों में विद्रोह की आग भी पूरी तरह फैला नहीं पाया था। इतना अवश्य था कि शोषित तबका अब अपने हक की पहले से अधिक बात करने लगा था। ये लोग दबे मन से संगठन की प्रशंसा करने लगे थे। अवसर मिलने पर गुप्त रूप से कुछ सहायता भी कर देते थे।

संगठन किसी भी तरह के शोषण के खिलाफ आवाज को बुलन्द कर रहा था। ऐसे में कई बार सर्वहारा-वर्ग की पहचान काफी जटिल हो जाती थी। लोग कई बार भ्रमित भी होने लगते थे।

अब ये आन्दोलन वास्तव में कुछ मंद पड़ गया था। जबसे सेना ने इसका आक्रामक दमन करना शुरू किया था, तबसे इसकी गतिविधियाँ काफी घट गयी थीं।

सच्चाई का एक पहलू यह भी है कि देश के लोग धार्मिक कर्म-काण्डों, पूजा-पाठ एवं अध्यात्म में इतने लीन रहते हैं कि वे असन्तुष्टि के भाव को विद्रोह के तेवर के रूप में बहुत ही कम बदल पाते हैं। साथ ही अहिंसा एवं शाकाहार को अपनाने से भी यहाँ के लोग हिंसक गतिविधियों में बढ़-चढ़ कर कम ही हिस्सा लेते हैं। लोग अजीब सी रहस्यमयी चेतना में कहीं न कहीं सन्तुष्टि का भाव ओढ़े रहते हैं। यह ऐसी चेतना है जिसके सामने सारे आन्दोलन ठंडे पड़ने लगते हैं। खण्ड-खण्ड विभाजित समाज में राष्ट्रवादी चेतना लगभग नदारद है।

पिछले कई माह से कोई बड़ी घटना नहीं हुई थी। फिर भी इस आन्दोलन का भय इतना व्याप्त हो गया था कि अब लोग इसके खिलाफ आवाज उठाने से डरते थे। समाज में उदार विचारों के साथ जीने का एक दबाव हर जगह महसूस किया जाने लगा था। राज्य भी इस संगठन के कुछ तार्किक विचारों को अपनाने के लिए गम्भीरता से विचार कर रहा था।

इस संगठन ने कुछ हद तक विश्वव्यापी लोकप्रियता भी हासिल कर ली थी। अधिकतर लोग इस संगठन के विचारों एवं कार्यों में प्रायः रूचि लेने लगे थे। इसके दर्शन को जानने के लिए लोग आतुर हो रहे थे।

कुछ ऐसी खबरें भी आने लगी थीं कि संगठन ने अपना मुख्यालय चीन, रूस

अथवा नेपाल में स्थानान्तरित कर लिया है।

ऐसे में एक दिन एक 'ई-मेल' मुझे प्राप्त हुआ—"शिवांग भाई को नमस्कार! हम 'चुके' नहीं हैं। हम देश-दुनिया की शक्ल बदलकर ही दम लेंगे।...अगर दुनिया के कुछेक लाख ऐसे अधिकार सम्पन्न लोगों को समाप्त कर दिया जाए, जो प्रकृति एवं मनुष्यों के लिए खरपतवार बन चुके हैं। तो इससे दुनिया के शोषणमूलक ढाँचे में बहुत बड़ा बदलाव आ जाएगा। जहाँ दुनिया में मनुष्य की आबादी सात अरब के आसपास हो, ऐसे में कुछेक लाख खरपतवारों के समाप्त हो जाने से क्या फर्क पड़ता है?...हाँ, इस समय हम लोग बड़े कष्ट में हैं। साथ ही नीलम की तबीयत भी बहुत खराब है। लेकिन धीरे-धीरे सब ठीक हो जाएगा।

नरेन्द्र भी हम लोगों के साथ ही है।...कितना बदल गया है वो? सच में आप लोग कभी उससे मिलेंगे तो आश्चर्य में पड़ जाएँगे। वो गरीबों के लिए रोता है, प्रकृति के लिए तड़पता है। साम्प्रदायिक-आक्रोश एवं अन्य संकीर्णताओं से वह पूरी तरह उबर चुका है।

कभी-कभी आप सभी दोस्तों की बहुत याद आती है, लेकिन हम-लोग आपसे कोई सहायता नहीं चाहते हैं। न ही हम अपने लिए कोई वैचारिक सहायता ही चाहते हैं। हाँ, बस आपका प्यार अवश्य चाहते हैं, आशा है वो हमें मिलता रहेगा।

और हाँ नीलम भी आप लोंगों को बहुत याद करती है। आप लोगों से कभी न मिलने का उसे बहुत दुःख है। ज़फ़र भाई को देखने वह दिल्ली भी मेरे साथ गयी थी। लेकिन अपने अतीत के भय के कारण वह ज़फ़र भाई से मिलने की हिम्मत नहीं जुटा सकी।

...कभी भी बेचारी हिम्मत ही नहीं जुटा पायी आप लोगों से मिलने की। नफीसा भाभी को मेरा नमस्कर कहना।

आपका दोस्त
मनोहर।"

मैंने सभी लोगों को मनोहर का ई-मेल पढ़कर सुनाया तो सभी लोगों की आँखें नम हो गयीं।

मेरे दिमाग में बार-बार नरेन्द्र, नीलम तथा मनोहर; तीनों की आकृतियाँ उभर रही थीं। लेकिन सबसे ज्यादा नरेन्द्र की आकृति उभर रही थी। मुझे अभी भी नरेन्द्र में आए इतने बड़े परिवर्तन पर विश्वास नहीं हो रहा था।

"मैंने पहले ही कहा था कि आज के राज्य से लड़ाई लड़ना बहुत ही कठिन कार्य है, आज राज्य के पास अथाह संसाधन हैं। आखिर इन लोगों की हिम्मत भी जवाब दे गयी।

...लेकिन हाँ, ये अवश्य है कि हारी हुई लड़ाई भी असफल नहीं होती है, वह अपना प्रभाव पीढ़ी दर पीढ़ी छोड़ती रहती है। चेतना में वह एक ऐसी उथल-पुथल मचा देती है, जो अन्ततः कुछ न कुछ परिवर्तन को निश्चित कर ही देती है...हूँ... ।...वैसे अभी ये लोग फिर से वापसी भी कर सकते हैं!''

आखिर हमने भी तो राष्ट्रविरोधी चेतना के लोगों को उखाड़ फेंकने की ही बात की थी। अब ये तो लोगों के ऊपर है कि वे किसे राष्ट्र या मानवता या प्रकृति विरोधी मानते हैं या फिर किस साधन से इन तत्वों को उखाड़ फेंकने का प्रयास करते हैं।

लम्बे समय तक चलने वाले आन्दोलन के बाद अचानक आए ठहराव से लोगों की चेतना में एक खालीपन आ गया था। पहले हर गली-मोहल्ले के नुक्कड़ों पर अक्सर नवमार्क्सवादी संगठन की चर्चा करते हुए लोग मिल जाते थे। अब एक बोरियतभरा खालीपन लोगों की जिन्दगी में आ गया था। मीडिया का तो इससे भी बुरा हाल था।

मीडिया को इस आन्दोलन से कुछ न कुछ पकी-पकायी खबरें रोजाना अवश्य मिल जाती थीं। इससे अनेक सम्पादको का एक चोखा धन्धा भी चल निकला था। अब इलैक्ट्रानिक मीडिया वाले फिर से अपनी पुरानी कारीगरी पर उतर आए थे। अर्थात् वे फिर से पुराने एवं कुछ नए मिथकों को खड़ा करने का प्रयास करने लगे थे। सांप, बिच्छू, बन्दर, हाथी, गाय; जो भी मिल जाए, उसी से जुड़ी हुई अनेक कथाएँ बड़े ही रोचक अन्दाज में गढ़ने लगे थे। तंत्र-मन्त्र, जादू-टोना, चुड़ैल, शैतान या किसी दैवीय शक्ति की रंगा-रंग कहानियाँ दिखायी जा रही थीं। मजे की बात तो ये है कि इससे उनकी टी.अर.पी. रेटिंग पहले से भी अधिक बढ़ गयी थी। चैनलों के बीच ऐसी कहानियाँ गढ़ने का एक कॉम्पटीशन सा हो गया था। इसी क्रम में कुछ चैनल वाले उड़नतशतरियों या पृथ्वी के नष्ट होने की सच्चाई बड़े ही विश्वसनीय तथ्यों के साथ गढ़ रहे थे। कुछ तो पृथ्वी के नष्ट होने की बात अगले एक दशक या उससे पहले तक ही कर रहे थे। उन्हें इस बात की चिन्ता भी नहीं थी कि यह समय तो बहुत ही जल्द आने वाला है।

चुनाव के वक्त स्थिति और भी विचारणीय हो जाती है। लोग मीडिया में परस्पर विरोधी बातों, घोटालों या ड्रामों को इस तरह से देखते हैं कि यह पता ही नहीं चल पाता है कि कौन सी पार्टी ठीक है। सभी पार्टियाँ एक जैसी दिखने लगती हैं। ऊपर से पार्टी के अन्दर एवं बाहर सियासत इतने निम्न स्तर तक जा पहुँचती है कि पद एवं लालच के सामने राष्ट्र असहाय एवं बौना हो जाता है। राष्ट्र या लोगों की भावना क्या है? इसकी किसी को भी चिन्ता नहीं रहती है। मीडिया को भी नहीं। समस्या यह है कि लोकतन्त्र में लोगों की तरफ से मीडिया के अलावा कौन

दबाव बनाये, ताकि सही व्यक्ति सही पद पर पहुँच सके। कम से कम मीडिया तो राष्ट्र एवं लोगों की भावना के प्रति जवाबदेह बने। वरना एक दिन इतिहास खुद ही सबको जवाबदेह बनायेगा।

कुछ समय बाद एक दिन फिर मनोहर का ई-मेल मिला—"शिवांग भाई! मुझे कहते हुए हिचकिचाहट हो रही है। लेकिन समस्या इतनी गम्भीर हो चली है कि उसे आप ही सुलझा सकते हैं।

...मेरी चाची को पुलिस बहुत परेशान कर रही है। चाचा एवं अन्य रिश्तेदारों को तो पुलिस पहले ही जेल में डाल चुकी है। एक दिन तो चाची को भी किसी पुलिस वाले ने बाल पकड़ कर खींचा था।...आप गाँव जाकर थोड़ा उन्हें 'सपोर्ट' कर देंगे, तो पुलिस उत्पीड़न कुछ कम हो जाएगा।

आप अप्रत्यक्ष रूप से भी उसकी सहायता कर सकते हैं। उसे राहत किसी भी तरह मिल जाए तो अच्छा रहेगा।

मैंने चाची से हमेशा ही छोटी-छोटी बातों पर लड़ाई की है। लेकिन आज वो मेरी वजह से ही दु:खी है, ऊपर से बूढ़ी भी बहुत हो चुकी है।...मैंने तो उसे कई सालों से देखा भी नहीं है।

लेकिन आप अपने को मेरी वजह से किसी समस्या में मत फँसाना।

...नीलम अब ठीक हो गयी है और पूरे मनोयोग से अपने कार्यों में जुट गयी है। नरेन्द्र ने भी सभी को अपना नमस्कार बोला है।...इबादतखाने की भी बहुत याद आती है हम सभी को।

आपका दोस्त
मनोहर।"

ई-मेल सुनने के बाद सभी लोग इस बात पर सहमत हुए कि मनोहर के परिवार की सहायता की जाए।

रात में नफीसा ने काफी बेचैन होकर कहा, "क्या जरूरत थी मनोहर भैय्या को हिंसात्मक आन्दोलन चलाने की? अब पूरे परिवार पर विपत्ति टूट पड़ी है! और खुद को भी देश छोड़ना पड़ गया। पता नहीं किस तरह से अपना समय काट रहे होंगे?" मनोहर की हिंसक गतिविधियों पर वह कई बार गहरी नाराजगी दिखा चुकी थी।

"वह धुन का पक्का आदमी है। वह आम आदमी के सपनों को पूरा करने के लिए जीता है; और प्राय: ऐसे व्यक्ति अपने उसूलों के लिए जान तक देने के लिए तैयार रहते हैं। उसने स्वयं अपना जीवन चुना है। कष्टों एवं विपत्तियों के बारे में तो वो भी पहले से ही जानता होगा।...तुम उसके जीवन को गलत ठहराने की कोशिश मत करो। तुम्हें बस उसके लिए प्रार्थना करनी चाहिए।...अरे! तुम तो उसको सबसे

ज्यादा पसन्द करती थीं।''

''इसीलिए तो उनकी ज्यादा चिन्ता होती है, और प्रार्थना तो मैं करती ही रहती हूँ उनके लिए। लेकिन मुझे हमेशा बहुत डर लगा रहता है उनको लेकर। कभी-कभी तो लगता है कि पता नहीं उनको कभी देख भी पाऊँगी या नही?...अब तो नीलम को भी देखने की बहुत इच्छा है।'' उसने मेरे ऊपर अपना वजन डालते हुये कहा।

''इतना नकारात्मक मत सोचो। वो अब सुरक्षित है पूरी तरह।''

मेरठ के पास एक गाँव है—'अटारी'। उसमें ही मनोहर के चाचा-चाची रहते थे। चाचा का नाम किशनपाल तथा चाची का नाम शकुन्तला था।

तीन दिन बाद फुरकान की कार से मैं, फुरकान और पीयूष सुबह साढ़े चार बजे ही निकल पड़े थे। कार फुरकान ही चला रहा था।

काफी लम्बी दूरी थी, इसलिए हम लोगों ने फैसला किया था कि कार बारी-बारी से चलाएँगे।

सितम्बर का माह चल रहा था, सुबह का मौसम काफी सुहावना हो चला था। कार की सभी खिड़कियाँ खुली हुई थीं। जल्दी उठने की थकान अब मस्ती में बदलने लगी थी। सड़क पर अभी भी ट्रैफिक कम ही था, ट्रक अवश्य कुछ अधिक चल रहे थे। लेकिन अभी ट्रैफिक का शोरगुल उतना नहीं था। सड़क उतनी चौड़ी नहीं थी, साथ ही गाँव एवं कस्बों में फ्लाईओवर नहीं होने से गति में निरन्तरता नहीं आ पा रही थी। बरसात के बाद जगह-जगह कुछ गढ्डे भी हो गये थे, जिस वज़ह से फुरकान को गाड़ी काफी तल्लीनता से चलानी पड़ रही थी। लोगों की चहल-पहल तथा चिड़ियों की चहचहाहट हमारे मन को रोमांचित कर रही थी।

सड़क के किनारे के पेड़ सारे प्रदूषण को जैसे सोख लेना चाह रहे थे। हमारे लिए जैसे ये कोई नजीर पेश करना चाह रहे हों—'देखो! तुम तो आराम भी कर लेते हो, लेकिन हम तो दिन-रात गाड़ियों की पों-पों सुनते रहते हैं। एक मिनट को भी चैन हमें नहीं मिलता है। अजीब-अजीब तरह के लोग अलग-अलग तरह की गाड़ियों से भिन्न-भिन्न कामों से गुजरते रहते हैं। कई बार गाड़ियाँ दुर्घटना होने पर हमसे टकरा भी जाती हैं, लेकिन हम उफ तक नहीं करते हैं। उफ करें भी तो लाभ क्या है? हमारे दर्द की परवाह किसे है? अभी सड़क की चौड़ाई बढ़ने लगे तो समझो जीवन गया। गर्मियों में 'छाया' तथा बरसात में प्राकृतिक 'छतरी' सभी को प्रदान करते हैं। फिर भी लोग मौका पाते ही हमारे अंग छिन्न-भिन्न कर देते हैं तथा हमारे पूरी तरह सूखने से पहले ही हमें अकाल मृत्यु प्रदान कर देते हैं, उस समय

हमारे आँसू पोछने वाला कोई नहीं होता है।'

सूरज की किरणें अब कुछ गर्माहट देने लगी थीं। ट्रैफिक भी धीरे-धीरे बढ़ने लगा था। मैं गाड़ी में पीछे की तरफ बैठा था। मेरे जेहन में बार-बार मनोहर की चाची के नए-नए कल्पित चेहरे उभर रहे थे। कई आशंकाएँ भी मन में उठ रही थीं। पता नहीं काम हो भी पाएगा कि नहीं!

काफी लम्बे सफर के बाद हम मुरादाबाद पहुँच गये। हम सभी लोग काफी थक चुके थे। टाँगे भी कुछ अकड़ गयी थीं।

कुछ देर के लिए हम वहाँ ठहरे, तो सभी का थोड़ा-बहुत मन वहीं रुकने के लिए करने लगा। लेकिन मैं नहीं माना। मैं आज ही किसी भी तरह मनोहर के गाँव पहुँचना चाहता था।

वैसे भी यहाँ से गाड़ी मुझे ही चलानी थी, तो अखिर उन लोगों को मेरी बात माननी ही पड़ी।

अपनी भाषा तथा क्षेत्र के लोगों की याद आने लगी। बहुत दिन हो गए थे घर गए हुए। सभी लोग अभी भी घर जाने से मना करते थे, क्योंकि यूसुफ का परिवार मुझसे खफा था। वे लोग यूसुफ की मौत को लेकर मुझ पर सन्देह कर रहे थे।

मुख्य सड़क से दो किमी. हटा हुआ था अटारी गाँव। गाँव में घुसते ही हमने मनोहर के चाचा के घर का पता पूछा। लोगों ने पहले तो हमें सन्देह की नजरों से देखा, लेकिन फिर उन्होंने अनमने भाव से बता दिया।

काफी घूमकर आगे जाना पड़ा, तब कहीं एक पुराना सा घर मिला। पूरे रास्ते में लोग घरों से बाहर झाँक-झाँककर हमें तथा हमारी कार को कुछ अजीब सी नजरों से देख रहे थे। गाँव के रास्ते पर सभी जगह पक्का खड़ंजा बिछा हुआ था। सड़क के किनारे-किनारे पक्की सीमेण्ट की नालियाँ भी बनी थीं। गाँव काफी साफ-सुथरा था तथा अधिकतर मकान पक्के बने हुए थे। मनोहर के चाचा का घर काफी पुराना था, लेकिन पक्का बना हुआ था। हाँ, दरवाजें एवं खिड़कियाँ लकड़ी के ही थे।

घर के दरवाजे पर पहुँचे, तो थोड़ी दूर पर ही बच्चों की भीड़ लग गयी। पीछे-पीछे कुछ बड़े लोग भी थे। शायद सभी लोग हमें पुलिस समझ रहे थे।

काफी देर तक दरवाजा खटखटाने पर किसी के कदमों की आहट आयी। धीरे-धीरे वो आहट दरवाजे के पास आकर रुक गयी—''क...कौन है?''

''हम हैं मनोहर के पुराने दोस्त?'' फुरकान ने कहा।

''यहाँ...कोई मनोहर नहीं रहता।'' कुछ सहमी सी आवाज अन्दर से आयी।

''चाची हैं क्या?...हम तो आपकी सहायता के लिए आए हैं।'' मैंने बड़े प्यार से कहा।

हल्की चूँ-चूँ की आवाज के साथ दरवाजा खुल गया। सामने कुछ पुराने से

तथा साफ कपड़ों में एक वृद्ध महिला खड़ी थी। कुर्ता, चुन्नी तथा लहँगा पहने हुए वो बहुत घबरायी हुई सी थी, रंग एकदम साफ था। बाल अधिकतर सफेद हो चुके थे तथा चेहरे पर झाईयाँ काफी गहरापन ले चुकी थीं। दाँत भी नकली ही दिख रहे थे, लेकिन कुछ ऐसा जरूर था उस चेहरे में कि बरबस ही आपका ध्यान चला जाता था।

''हम लोग मनोहर के पुराने दोस्त हैं। आप लोगों की सहायता करने के लिए आए हैं।...आप उसकी चाची हैं न।'' इस बार पीयूष बोला।

उस महिला ने धीरे-धीरे सब पर नजर डाली, कुछ अविश्वास-सा दिखाते हुए उसने सहमकर कहा—''अगर तुम लोग मनोहर के बारे में कुछ पूछना चाहते हो, त...तो मैं कुछ भी नहीं बता पाऊँगी। मैं कह-कहकर थक गयी हूँ कि हम लोगों को कुछ भी नहीं पता है। लेकिन पुलिस को हम पर विश्वास ही नहीं होता है। हमसे तो उसने कई सालों से कुछ बताना या मिलना भी बन्द कर दिया है। मुझे तो यह भी नहीं पता है कि वो इस समय कहाँ है?...कैसा है?'' कहते-कहते उसकी आँखे भर आयीं।

''मैं शिवांग हूँ और ये पीयूष तथा फुरकान हैं—शायद आपने कभी हमारा नाम सुना हो।...हमारे साथ कई सालों तक वो रहा है।''

''क्या नाम बताया?'' चाची की आँखें इस बार फैलकर कुछ बड़ी हो गयी थीं।

''शिवांग, पीयूष,...फुरकान...।'' फुरकान ने जल्दी से बताया।

''ए...सच में! मनोहर के चाचा ने कई बार तुम लोगों की चर्चा की है।...एक कोई और भी नाम है...?''

''ज़फ़र!'' कहते हुये मेरे शरीर में एक झनझनाहट सी फैल गयी।

''हाँ,...शायद यही है।'' चाची के चेहरे पर इस बार तनाव की रेखायें कुछ हल्की पड़ गयी थीं।

फिर वो हमें अन्दर ले गयी। अचानक उसके चेहरे की रंगत लौट आयी तथा चाल में कुछ तेजी भी आ गयी। हमें बैठाकर जल्दी ही कुछ खाने के लिए भी ले आयी। देखा तो दूध के साथ चौलाई के लड्डू थे।

हम एक बड़े से कमरे में बैठे थे। कमरा काफी साफ-सुथरा था तथा अन्दर से खिड़कियों तथा दरवाजों पर पर्दे टंगे हुए थे। दो बड़े-बड़े पलंगों पर गद्दे तथा साफ चादरें बिछी हुई थीं। एक काफी पुराना सा बिना गद्दों वाला बेंत का बना हुआ सोफा भी पड़ा हुआ था। सोफे के बीच में एक लकड़ी की मेज भी बिछी हुई थी।

कुछ देर तक इधर-उधर की बातें करने के बाद वो मनोहर पर आ गयी— ''कभी उसने मेरी बात नहीं मानी, हमेशा अपनी चलाता था। हमेशा दूसरों के लिए

सोचता रहता था। सभी बड़े-बड़े लोगों की कमियाँ गिनाता रहता था। हमेशा मुझसे भी नाराजगी दिखाता रहता था, जबकि मैं उसे अपने बच्चों से भी ज्यादा चाहती थी।...अब तो कई सालों से वो घर भी नहीं आया है। आँखे तरस गयी हैं उसे देखने के लिए।'' कहते हुये चाची ने अपने पल्लू से आँसुओं को पोंछा।

''वो ठीक है। उसी ने हमें आपके पास भेजा है।'' मैंने कहा।

''अच्छा!...मेरे बारे में कुछ पूछ रहा था?''

''हाँ! बहुत चिन्ता रहती है उसे आपकी। आपके साथ किये गए अपने बरताव पर पछता रहा था।''

''मुझे पता है, अन्दर ही अन्दर मुझे बहुत चाहता है।...वैसे वो है कहाँ?''

''वो शायद नेपाल, रूस या चीन में है।'' पीयूष ने कहा।

''ये जगह कहाँ हैं?''

''ये हमारे पड़ोसी देश हैं। बहुत दूर नहीं हैं।''

''लोग कहते हैं कि वो...अ...अतंकवादी हो गया है...बहुत से लोगों को मरवा दिया है उसने...क्या यह सच है?'' चाची ने कुछ रुककर कहा।

''न...नहीं उसने ऐसा कुछ नहीं किया है, वो तो गरीब व कमजोर लोगों की लड़ाई लड़ रहा है। वो बहुत अच्छा है।'' पीयूष ने चाची को तसल्ली देनी चाही।

''हाँ...हाँ, मनोहर ऐसा नहीं है। वो तो बस भलाई का ही काम कर सकता है।...हाँ बुरे लोगों को मरवाने की बात वो कभी-कभी जरूर करता था, लेकिन मैं उसे तुरन्त डाँट देती थी।...दिल का बहुत साफ है वो।'' कुछ रुककर चाची फिर बोली, ''बस अलग ही चलाता है अपनी...भगवान को भी नहीं मानता है...तुम ही बताओ भईया इतनी बड़ी दुनिया बिना भगवान के कैसे चल सकती है?...मेरी तो भईया उसकी आधी बातें भी समझ ही नहीं आती थीं।'' चाची अब कुछ सहज होकर बातें कर रही थी।

''जी,...वो चलाता तो अपनी ही है, हम लोग दोस्त हैं उसके। लेकिन करता वो अपने मन की ही है। हमारा कहना भी उसने कभी नहीं माना।...लेकिन फिर भी हम हमेशा उसका भला चाहते हैं, और शायद बो भी हमारे लिए अच्छा ही सोचता है।''...फुरकान ने कहा।

''अब कोई खतरा तो नहीं है उसे?'' चाची ने बड़े प्यार से पूछा।

''नहीं, वहाँ वो पूरी तरह सुरक्षित है।'' मैंने कहा। चाची जैसे ऐसा सुनकर कुछ निश्चिन्त सी हो गयी।

उसके बाद चाची ने पुलिस अत्याचारों की एक लम्बी कहानी सुनायी। जिसे सुनने के बाद सभी की आँखों में एक आक्रोश का भाव उभर आया।

चाची का मन हल्का हो गया था। उसकी बूढ़ी हड्डियों ने जैसे एक अंगड़ाई

सी ले ली थी। शायद काफी दिनों के बाद उसे इतने अपनेपन से बात करने वाले मिले थे।

हमने अगले दिन एस.पी.साहब से मिलने की योजना बनायी। फिर सभी लोग छत पर सोने के लिए चले गए।

अन्धेरी रात थी। आसमान साफ था तथा जगमग करते तारों से भरा हुआ था। हल्की तेज हवा कुछ ठंडक लिए हुए थी।

हम सभी लोग छत की सतह पर ही लेटे हुए थे। सुबह मुझे ठंडक लगने का भय था, इसलिए मैंने कम्बल ले लिया था। मैंने घुटनों तक कम्बल को खींच लिया था। फिर मनोहर को याद करते हुए तथा तारों को निहारते हुए मैं कब नींद के आगोश में चला गया, मुझे पता ही नहीं चला।

सुबह जल्दी ही उठ कर हम लोग तैयार होने लगे। चाची ने हमें छाछ एवं गुड़ का नाश्ता करवाया।

जब हम लोग विदा होने लगे, तो चाची रो पड़ी। उसके अन्दर का अनजाना भय तथा पीड़ा जैसे आँसुओ के माध्यम से बाहर आना चाह रहे थे।

फुरकान ने चाची को बाँहों से सहारा देते हुए दिलासा दी कि "अब पुलिस आपको परेशान नहीं करेगी। अगर कभी भी हमारी सहायता की जरूरत पड़े, तो इन फोन नम्बरों पर किसी से भी हमें फोन करवा देना। हम किसी न किसी तरह आपकी सहायता करवा देंगे।" कहते हुये उसने फोन नं. चाची को दे दिए।

चाची ने चलते-चलते एक-एक गिलास दूध भी सबको पिला ही दिया।

चलते वक्त सभी लोगों को चाची ने 'जुग-जुग जियो' का आशीर्वाद दिया।

अब तक गाँव के लोग भी समझ गए थे कि हम लोग मनोहर के पुराने दोस्त हैं।

चलते समय बहुत से लोगों ने दिलासा दिया कि अब चाची का वे खुलकर साथ देंगे। मनोहर पूरे गाँव के सभी लोगों का लाडला था। अब तो सभी लोग उसे मसीहा के रूप में भी देखने लगे थे।

हम लोगों के आने का जैसे ही एस.पी.साहब को पता चला, वैसे ही उन्होंने अपने घर पर ही हम सबको बुला लिया।

हमने उन्हें पूरा मामला तर्कपूर्ण तरीके से समझाया। साथ ही यह भी बताया कि अब तो वैसे भी आन्दोलन ठप पड़ गया है। अतः उसके परिवार को सताने से क्या लाभ है? वे लोग तो मनोहर के बारे में कुछ जानते भी नहीं हैं। वे लोग तो क्या, उसने तो हमें भी कभी कुछ नहीं बताया।

एस.पी.साहब हमारी किताब और हमारे विचारों से प्रभावित थे। उन्होंने हम पर विश्वास कर लिया। चाची और उसके परिवार को न्याय दिलाने का वादा भी

किया तथा चाची से उन्होंने मिलने का वादा भी किया।

चलते समय हम लोगों ने एस.पी.साहब का नम्बर लिया तथा उनके सहयोग के लिए हमने उन्हें धन्यवाद दिया।

सूरज चढ़ आया था। हम लोग कुछ थके हुए भी थे, लेकिन चलना तो था ही। हाँ, काम ठीक से हो जाने का एक सन्तोष सभी को था। गाड़ी फुरकान ही चला रहा था।

वापसी में मनोहर के मुद्दे पर बार-बार चर्चा हुई। सभी लोग अभी भी हैरत में थे कि आखिर मनोहर तथा नरेन्द्र ने इतना बड़ा राज हमसे छुपा कैसे लिया? और आखिर उन्होंने इतना बड़ा नेटवर्क खड़ा कैसे कर लिया? एक संगठन खड़ा करना बच्चों का खेल नहीं है। आखिर शैशव-अवस्था में इस संगठन को वे पुलिस से कैसे बचाए रहे? प्रारम्भ में वित्तीय संसाधन कैसे जुटाए? या फिर उन्होंने पहाड़ी एवं तराई का इलाका ही क्यों चुना? नक्सलियों के इलाके में भी तो संगठन शुरू कर सकते थे। दोनों का उद्देश्य तो शोषण-मुक्त समाज की स्थापना ही है।

लेकिन ये सच था कि इनके विचार कुछ मायनों में अनोखे थे। ये लोग कम से कम नुकसान में पूरे विश्व में अपना मैसेज पहुँचाने में कुछ हद तक सफल रहे थे। साथ ही प्रकृति को भी ये लोग सर्वहारा मान रहे थे।

उसका नाम ही मनोहर है,...वो सब का मन हर लेता है...यह कहना था पीयूष का।

बार-बार हम लोगों के जेहन में चाची का चेहरा उभर रहा था। कितनी ममता है उसके दिल में। कितना साफ तथा मोम जैसा दिल है उसका। मनोहर की वजह से कितने दुःख उठाए हैं उसने, लेकिन अभी भी उसे दिल से प्यार करती है। दिन-रात उसकी सलामती के लिए प्रार्थना करती रहती है। उसके व्यक्तित्व में कुछ ऐसा जरूर है, जो उसकी याद को विस्मृत नहीं होने देता है।

घर जब पहुँचे तो काफी रात हो चुकी थी। फुरकान एवं पीयूष को मैंने बाहर से ही विदा कर दिया।

घर की घंटी बजायी तो पाया कि नफीसा एवं नताशा, दोनों ही सो चुकी थीं। काफी देर बाद नफीसा ने दरवाजा खोला।

उसने मुझसे खाने के लिए पूछा, लेकिन मैंने मना कर दिया।

जैसे ही मैं बिस्तर पर लेटा, नफीसा ने पूछा—"क्या हुआ?" हालाँकि वह नींद में थी।

मैंने संक्षेप में उसे सारी कहानी बता दी।

वह बहुत खुश होकर मेरी बाँहों में आते हुए बोली—"चाची बहुत दुआएँ देंगी आप सभी को और मनोहर भैय्या भी बहुत खुश होंगे।" अब उसकी नींद कुछ

हट गयी थी।

"देख रहा हूँ, आजकल तुम मनोहर का कुछ ज्यादा ही ख्याल रख रही हो।" मैंने चुटकी ली।

"धत्! ऐसा तो मैं कभी सोच भी नहीं सकती।" और फिर वह अपनी साफगोई पर खुद ही झेंप गयी।

मेरी भी हँसी छूट गयी।

फिर तो उसने मुझे बहुत परेशान किया। वह आज बहुत खुश थी मनोहर के लिए। उस मनोहर के लिए जो सबसे अलग था, जो सिर्फ दूसरों के लिए ही जीना जानता था। उसकी नजर में शायद वह मुझसे भी अच्छा था...या शायद मेरे बराबर अच्छा था।

कुछ दिन बाद मनोहर का एक ई-मेल और आया। जिसमें अपने परिवार की सहायता के लिए उसने हमें धन्यवाद दिया था।

कुछ माह के बाद नताशा की शादी की सारी तैयारियाँ भी पूरी हो चुकी थीं। सभी दोस्त शादी में कुछ न कुछ सहयोग करना चाह रहे थे। मेरे घर वाले तो बहुत दिन बाद इतने खुश दिखायी दे रहे थे।

शादी में मेरे, ज़फ़र एवं पीयूष के परिवार वालों के अतिरिक्त हम सब दोस्त भी उपस्थित थे। बस फुरकान नहीं आ सका था। उसके न आने की वजह भी प्रायः सभी जानते थे।

नताशा भी अपने अतीत को काफी हद तक भूलकर फिर से सुन्दर लग रही थी। पीयूष की तो जैसे मन-माफिक मुराद ही पूरी हो गयी थी और अब तो वो मेरा रिश्तेदार भी होने जा रहा था।

एक बहुत ही सादे से समारोह में शादी सम्पन्न हुई। पीयूष के घर वालों की इच्छानुसार इस बार शादी आर्य-समाज की रीतियों के अनुसार सम्पन्न हुई।

शादी में ज़फ़र के अम्मी-अब्बू वैसे तो खुश दिख रहे थे, लेकिन कहीं न कहीं कोई कसक अवश्य थी—शायद यह सोचकर कि अब वे और भी अकेले हो जाएँगे। ज़फ़र से जुड़ी नताशा भी अब उनसे दूर हो जाएगी। शायद ज़फ़र की पीड़ा अब और भी घनीभूत हो जाने का दुःख उनको था। वो कुछ हद तक बीच-बीच में झलक भी पड़ता था उनके हाव-भाव से।

वैसे नताशा एवं पीयूष, दोनों ने ही उनके घर लगातार आने का वादा किया था। फिर भी...वो बात अब कहाँ रहने वाली थी। नताशा से अपनेपन का वैसा भाव शायद ही अब रह पाएगा। उसके जीवन में कुछ और अपने जो जुड़ने वाले थे।

शादी के तीन दिन बाद नताशा एवं पीयूष हनीमून के लिए नेपाल जाने वाले

थे। पीयूष गहरे नीले रंग के सूट में खूब फब रहा था। नताशा भी हल्के गुलाबी रंग की साड़ी में अच्छी लग रही थी।

मेरे घर से ही वे लोग विदा हुए। लेकिन पता नहीं क्यों नफीसा उतनी खुश नहीं थी। उसके व्यवहार में कुछ बनावटीपन आ ही जा रहा था। वह उसे खूब अच्छे से दबाने का प्रयास कर रही थी।

जब वे लोग नेपाल के लिए विदा हो रहे थे, तो मेरे दिमाग में एकाएक तीन नाम कौंधे—मनोहर, नीलम एवं नरेन्द्र के। मैंने एक लम्बी साँस छोड़ते हुए उन्हें विदा कर दिया।

जनवरी का माह था। आज बादल कुछ ज्यादा ही काले एवं घने होकर घुमड़ रहे थे, लग रहा था कि जल्दी ही बारिस होने वाली है। बादलों में एक होड़ सी लगी हुई थी एक-दूसरे को पछाड़ने की। बादलों ने सूरज को पूरी तरह से छुपा लिया था।

...एकाएक अन्धकार सा छा गया। अचानक मन कुछ उदास हो चला।

उसी उदासी में ज़फ़र का नाम बिजली की तरह कौंधा। जैसे वो नाम बादलों के बीच से ही निकलकर आया हो।

वेदना की एक लम्बी सरसराहट मेरे पूरे बदन में दौड़ गयी—काश!...काश!...एकाएक विचार फिर कौंधा—'फरिश्ता'...क्या वह सचमुच फरिश्ता था?

...हूँ...मैंने विचारों को एक झटके के साथ दिमाग से हटा दिया।

"...अरे! बाहर कपड़े तो नहीं सूख रहे हैं?...उतार लो वरना भीग जाएँगे।" लेकिन मुझे कोई उत्तर नहीं मिला।

नफीसा कुछ परेशान एवं बेचैन-सी थी। शायद इसीलिए वो नमाज वाले कमरे में कुछ देर पहले चली गयी थी।

❑ ❑ ❑

श्रेष्ठ भारतीय साहित्य

भारतीय ज्ञानपीठ